LUZIFER
VERLAG

TENTAKEL des HIMMELS

HEIKE VULLRIEDE

ROMAN

LUZIFER
VERLAG

Deutsche Erstausgabe

www.luzifer-verlag.de

Umschlag: Michael Schubert | Luzifer-Verlag
Lektorat: Manfred Enderle
Printed in Germany

Dieses Buch wurde nach Dudenempfehlung (Stand 2022) lektoriert.

ISBN: 978-3-95835-654-2

Bibliografische Information der Deutschen Nationalbibliothek:
Die Deutsche Nationalbibliothek verzeichnet diese Publikation in der Deutschen Nationalbibliografie; detaillierte bibliografische Daten sind im Internet über http://dnb.d-nb.de abrufbar.

PROLOG

Im Grunde wusste er um die Aussichtslosigkeit seiner Flucht. Kai war nicht naiv genug, es zu leugnen. Der Gedanke an eine mögliche Rettung schuf eine dünnhäutige Verzweiflungsblase in seinem überlebenshungrigen Hirn – der Instinkt eines Primaten, eines Fluchttieres – das eigene Fleisch war zu retten, um jeden Preis. Trotz dieser Erkenntnis fuhr er weiter in die Dunkelheit hinein. Weil man es nicht wahrhaben will, weil man eben doch hofft, entgegen jeder Vernunft. Dabei hätte er es sich so einfach machen können: Stehenbleiben, aussteigen, auf der Straße die Arme ausbreiten, und sich erschießen lassen … oder was sie sonst mit ihm vorhatten. Dann wäre es schnell vorbei gewesen und er hätte seine Ruhe gehabt – endlose Ruhe. Aber nein, er fuhr immer weiter, mit dem Reisepass in der Innentasche seiner Jacke.

Dabei verdiente er nicht einmal die heißbegehrte Rettung, auch das wusste er. Gäbe es eine übernatürliche Gerechtigkeit, die nur annähernd an menschliche Vorstellungen heranreichte, würde sie ihn niemals so davonkommen lassen. Egal, wie bitter er seine Untaten jetzt bereute.

Ein weiteres Mal huschten Kais Augen auf das Abbild im Rückspiegel über ihm. Die Scheinwerfer eines nachfolgenden Wagens, die ihm eben noch Schweißausbrüche bereitet hatten, als wären sie die bösen Augen eines seelenfressenden Dämons, folgten ihm seit der letzten Kreuzung nicht mehr. Wenig erleichtert atmete er auf. Jetzt also noch nicht. Noch hatte er sein Leben.

Er überlegte, ob er Gott dafür danken müsste. Verächtlich schnaubte er vor sich hin. Gott? Ha! Mit einem Ruck legte er den nächsten Gang ein. Immer, wenn er an Gott dachte, sah er den sehr menschlichen Rücken eines großen, weiß gekleideten Mannes vor sich, der sich von einer Schar aufopferungsvoller Jünger anbeten ließ – diesen scheinheiligen Scheißkerl, von dem er sich hatte einwickeln lassen und für den er gelogen, betrogen und sogar gemordet hatte. Ja, er war ein Mörder – ein hinterhältiger Mörder. Einer, der andere verfolgt und ihnen das Leben genommen hatte. Einer, der jetzt selbst auf der Flucht war, vor noch skrupelloseren und grausameren Mördern, als er es war. Immerhin, in diesem abgründigen Sumpf aus Ausbeutung, Korruption und Gewalt gab es schlimmere Menschen als ihn. Das stimmte ihn versöhnlich, auch wenn ihm ein irdischer Richter das vermutlich nicht angerechnet hätte.

Die Tankanzeige meldete Reserve. Das hieß, er musste unausweichlich die abgelegene Landstraße verlassen, auf der er sich versteckter wähnte; von der er hoffte, dass sie ihn dort nicht suchen würden. So viele Umwege zum Flughafen konnten sie unmöglich einplanen. Im Display blinkte es bereits. Warten half nichts, er musste sich beeilen. Welche Tankstelle hatte um diese Uhrzeit und in dieser öden Gegend überhaupt geöffnet? Für einen Moment überlegte er, ob er den Wagen im angrenzenden Wald stehen lassen und in einer einsamen Pension des nächsten Kaffs unterschlüpfen sollte. Wahrscheinlich würden sie ihn so nah gar nicht vermuten. Von dort aus würde er Lara irgendwann wiedersehen können. Lara, die er zurücklassen musste, im Schoß der falschen Kirche. Die er nicht mitnehmen konnte auf seine Flucht, weil sie ihm niemals geglaubt hätte. Also hatte er ihr alles verschwiegen. Niemand gab ihm das Recht, ihr ideales Weltbild zu zerstören, indem er ihr die Wahrheit angetan hätte, über all die falschen Weisheiten und Versprechungen … und über sich. Ihr junges Leben war ohnehin schon verdorben. Er sollte sie in Ruhe lassen. Mochte sie glauben, was sie wollte. Manchmal war es besser, die Wahrheit nicht zu sagen.

Vor ihm tauchte wieder eine größere Kreuzung auf. Kai verwarf den Gedanken, in einem Dorf zu übernachten, und bog ab in Richtung Bundesstraße.

Er fuhr noch lange durch die Nacht, bis er die nächste Tankstelle ansteuerte – schwitzend, übermüdet und doch aufgekratzt – gerade rechtzeitig, bevor der Balken der Tankanzeige vollends am Anschlag kratzte. Ein paar Minuten blieb er direkt neben der Zapfsäule hinter dem Lenkrad sitzen und spähte aus sämtlichen Fenstern seines Wagens. Dann schüttelte er den Kopf über sich selbst. Jeder Idiot erkannte in ihm einen Flüchtigen. Auffälliger konnte er sich gar nicht benehmen.

Beklommen stieg er aus und sah sich um. Alles schien unauffällig. Eine der Lampen über ihm brummte, aus dem Kassenhaus drang leise Musik, und von irgendwo her erklang der Schrei eines Nachtvogels, was ihm so vorkam, wie das heimliche Signal eines Prärieindianers zum Angriff. Er nahm den Zapfhahn und tankte. In der übrigen Finsternis rund um das beleuchtete Dach der Tankstelle fühlte er sich wie eine fleischgewordene Zielscheibe. Verdammt, so konnten sie ihn problemlos von ein paar Metern Entfernung aus abknallen, ohne, dass er zuvor auch nur einen Schatten von ihnen wahrgenommen hätte. Niemand wusste das besser als er selbst. Unwillkürlich spannte er die Bauchdecke an, in der Erwartung, jederzeit von Kugeln zerrissen zu werden.

Das Benzin kroch quälend langsam durch den Schlauch. Klack! Kai riss den tropfenden Hahn aus der Tanköffnung, presste den Deckel auf das Loch, und lief ins Kassenhaus. Misstrauisch beäugte er den jungen Kassierer, während der auf die Tasten tippte. Sah er nicht aus wie jemand, den er kannte? Hatte er ihn schon einmal in einer der *Kirchen des Lichts* gesehen? Als er bezahlte, versuchte er, heimlich einen Blick auf den Hals des kräftigen jungen Mannes zu werfen. Was er suchte, war ein Amulett, ein Anhänger mit dem

Symbol einer strahlenden Sonne. Zwar trug sein Gegenüber eine silberne Kette, aber was daran hing, versteckte sich wohlbehütet im Ausschnitt des dicken Pullovers. Der Junge hielt ihm das Restgeld hin und lächelte freundlich belanglos, wie es routinierte Verkäufer tun.

»Stimmt so!«, murmelte Kai und er eilte nach draußen, den Autoschlüssel einsatzbereit in der Hand.

Vor der Tür des Kassenhauses sah er sich um, obwohl er ja doch nichts in der Umgebung ausmachen konnte. Dann schritt er zügig auf sein Auto zu. So schnell wie möglich würde er wieder eine dieser verborgenen Landstraßen anfahren, auf denen er sich sicherer glaubte, obwohl es vermutlich nur ein trügerisches Gefühl war. Bevor er die Fahrertür erreichte, bemerkte er etwas vor ihm im Inneren seines Wagens – eine Bewegung, ein Schemen auf dem Beifahrersitz. War es wirklich so oder bildete er sich das bloß ein? Sein Herz führte einen zügellosen Tanz auf. Was nun? Allen Mut zusammennehmen und nachsehen? Oder lieber gleich flüchten? Obwohl er sich kalt fühlte, eisig geradezu, schwitzte seine Stirn heiße Tropfen. Sollten sie ihn tatsächlich jetzt schon aufgespürt haben? Nicht einmal vier Tage nach seiner Androhung, auszusteigen?

Er musste einen klaren Kopf bewahren.

Nachsehen, mach es so kurz wie möglich, keine Kurzschlussreaktion jetzt, beschloss er, auch wenn ihm mehr nach Flüchten zumute war.

Wieder war da dieser unsinnige Schimmer Hoffnung, der inmitten seines Hirnwassers schwappte und der ihn mit dem Glauben an eine Chance überflutete. Vielleicht umspülte er ihn deshalb, weil Kai meinte, dieses eine Mal etwas ethisch Wertvolles zu tun. Diese Verfolgung, das alles hier, hatte er sich selbst eingebrockt. Er hätte sich die ganze Angst ersparen können. Aber nein, er musste ja dem Gottkönig in einem Anfall unfassbarer moralischer Stärke dessen Abscheulichkeit um die Ohren schleudern. Nun musste er da durch. Er selbst hatte an diversen Rückholaktionen Abtrünniger, und somit Verrätern, teilgenommen. Dass manch einer von denen weder zurückkehrte, noch dort ankam, wohin er flüchten wollte, war mehr als einmal seinem eigenen fragwürdigen Verdienst geschuldet gewesen. Warum sollte er annehmen, dass es ihm anders ergehen könnte? Wie konnte er damals nur glauben, alles würde gut gehen, als der Padre ihn einfach so aus seiner Kirche spazieren ließ? Was hatte er sich nur dabei gedacht? Zögernd und mit Rauschen in den Ohren näherte er sich der Wagentür, in dem Wunsch, bloß ein Opfer seiner Angst zu sein. Doch drei Schritte vor dem Fahrzeug starrte ihn aus seinem eigenen Autofenster das Gesicht eines Mannes an, das er kannte, dessen aalglatte, nach hinten gegelten Haare im Licht der Tankstellenbeleuchtung verräterisch glänzten. Die rechte Hand Gottes! Wie gelähmt blieb Kai stehen, den Autoschlüssel in die Handfläche gekrallt. In diesem Moment spürte er eine Luftbewegung im Nacken, die ihm die Haare aufstellte. Kai riss den Kopf herum, sah die Faust des Kassierers auf sich zukommen und bückte sich instinktiv, um auszuweichen. Der Schlag verfehlte ihn. Er kämpfte mit seinem Gleichgewicht, hielt sich gerade noch, sodass er nicht fiel. Mit einem Schrei aus Angst und Schreck warf er sich gegen den Oberkörper seines Widersachers, mehr, um an ihm vorbeizurennen, als ihn umzuwerfen. Sie landeten beide auf dem Boden. Der Brustkorb des Jungen war hart und stieß in Kais Rippen, das Kinn traf ihn schmerzhaft am Jochbein. Kai stöhnte auf, kam auf die Knie und fasste sich ins Gesicht. Im Augenwinkel bekam er mit, wie der Mann aus dem Wagen stieg und langsam auf ihn zuschritt, während der andere sich vor ihm aufrichtete. Kai befahl seinen Beinen, aufzustehen. Taumelnd mühte er sich um Bewusstsein. Dann stieß er die beiden von sich, rannte los, kopflos, ohne nachzudenken. Weg von hier, nach vorn, ins Dunkle, immer weiter, bis in ein Maisfeld hinein, wo er über seine Füße stolperte und sich wieder aufraffte. Ganz so, wie es seine eigenen Opfer getan hatten, denen er gefolgt war. Ob ihm jemand hinterherlief, hörte er nicht. Zu laut pulsierte es in seinem Kopf. Vor ihm sah er nur die Dunkelheit und er spürte das Kratzen der Maisblätter auf seiner Haut, die er blind mit den Armen abzuwehren versuchte. Er rannte, griff orientierungslos in die Finsternis und fasste nach den umknickenden Halmen, als könnten sie ihm helfen.

Auf einmal war all das weg. Seine Beine trugen ihn nicht weiter und die Welt um ihn herum wurde noch schwärzer als zuvor. Sie hielten ihn von hinten fest. Die Flucht endete hier. Es wurde ihm sofort klar. Der Schimmer von Hoffnung in seinem Kopf verglimmte wie auf einem sich krümmenden Docht. Das war das Ende. Auf sein Gesicht legte sich etwas – ein kalter Film, den er mit dem eigenen Atem an Mund und Nase ansog und der auf seinen unbedeckten Augäpfeln kleben blieb. Kai zog nach Luft, wollte das Ding von seinem Kopf lösen, das sie ihm übergezogen hatten, aber sie hielten auch seine Hände fest. Mit aufgerissenem Mund lechzte er nach Sauerstoff, doch er behielt immer nur diese Folie im Mund, statt Luft zu bekommen. Sein Brustkorb schmerzte. Seltsam, jetzt dachte er an Lara – wie sehr er sie liebte und dass er sie vermisste und wie gern er sie in die Arme nehmen würde. Genau jetzt wusste er, warum er all das riskiert hatte: Nicht, weil er ein besserer Mensch geworden war – nein, weil er es nicht mehr ertragen konnte, sie zu belügen. Und nun tauchte sie im Geist vor ihm auf und lächelte ihn an, so nah, als könnte er sie berühren. War das ein Teil seines Lebens, das an ihm vorbeizog, wie es geschehen soll, bevor man stirbt? Aber er sah gar nicht sein gesamtes Leben vor sich, sondern nur Lara, wie sie ihn anlächelte mit ihrem verklärten Blick und jetzt wollte sie ihn küssen … doch dann gewann die

Wirklichkeit. In den Ohren knisterte es bei jedem Atemversuch. Es war nicht einmal mehr Platz für ein Geräusch des Röchelns von ihm selbst. Gierig kämpfte seine zusammengefaltete Lunge um jeden Millimeter Ausdehnung. Es fühlte sich an, als wollten die Lungenflügel in ihrer Qual implodieren. Ihm wurde schwindelig … immer mehr … der Schmerz ließ nach, verschwand, und er merkte noch, wie er zu Boden sackte.

TEIL 1

DER FRIEDHOF

Eine Mischung aus Moder und Unkrautvernichter drängte sich in Peter Torbergs Nase, wie jedes Mal, wenn er das alte gusseiserne Tor aufschob. Den Geruch verband er mit dem Tod, mit der Beerdigung seiner Frau, und dem Dahinsiechen am Ende ihres Lebens. Er hasste diesen Beigeschmack des Todes, darum ließ er auf ihrem Grab Lavendel anpflanzen. Zumindest in Sommerzeiten maskierte der Duft der Staude den Mief des Friedhofs.

Welke Buchenblätter übersäten jetzt den feinen Schotterweg unter seinen Halbschuhen. Vom Nebel gehauchte Wasserperlen auf Schaft und Vorderkappe ließen das glänzende Leder rau aussehen. Nach ein paar Metern vereinten sich die braunen Blätter auf dem Weg mit den Resten von Nadeln und Zweigen einer vor Tagen geschnittenen Eibenhecke. Dahinter verbargen sich volle Abfallcontainer und Gartengeräte. Durch eine Lücke der mannshohen Einhegung konnte man die Gerätschaften erkennen. Für einen Moment verlor dort die Friedhofsatmosphäre das Stille und Andersartige. Peter schritt langsam vorbei, die kalten Hände in den Taschen seines schwarzen Dufflecoats vergraben. Das Gefühl, belauert zu werden, beschlich ihn angesichts der Hecke. Ob sie ihm bis hierher gefolgt waren? Er zögerte kurz, dann kehrte er um und zwang sich, zwei Meter in die grüne Einfriedung einzutauchen, um sich zu vergewissern. Nichts, auch kein verdächtiges Geräusch. Offensichtlich teilte keine einzige lebendige Seele die Einsamkeit mit ihm und alle anderen hier waren stumm, taub und blind.

Er setzte seinen Weg fort, noch immer schwanger mit der unangenehmen Ahnung, versteckte Augen könnten ihn beobachten. Peter passierte einige Grabsteine ihm unbekannter Toter, deren Namen er ungewollt mit jedem seiner zahlreichen Besuche mehr verinnerlichte. Sicher auch deshalb, weil er sich gern mit dem Lesen der Inschriften ablenkte, bevor er die Grabstätte erreichte.

Da lag sie. Claudia Torberg, geboren 14. Dezember 1960, gestorben 26. Mai 2018. Die Lavendelblütenstängel zeigten sich inzwischen entblößt, ihr Duft war am Anfang des Herbstes mit den vertrockneten Hülsen verflogen. So biss der Gestank der Friedhofsmischung weiter in seine Geruchsgänge und hielt den Gedanken an den alles umgebenden Tod aufrecht. Unwillkürlich malten sich Bilder in seinem Kopf. Nicht nur von ihrem ausgemergelten Leib vor dem Ende und vom wachsblassen Anblick des aufgebahrten Leichnams. Peter quälte die Vorstellung der fortschreitenden Verwesung, die Claudias dünne Haut im Sarg mehr und mehr zersetzte.

Es war früh am Morgen und noch immer dämmerig. Die Luft stand wie ein bewegungsloser Schleier. Feuchte Kälte kroch von unten in seine Hosenbeine. Eine Krähe hüpfte von Claudias Grabstein auf das Nebengrab, als sie ihn kommen sah. Die Mahnung seiner Großmutter fiel ihm ein, die ihn als Kind hatte schaudern lassen. *Springe nie über Grabsteine, sonst greifen die Toten mit ihren Händen nach dir!* Die beneidenswerte Krähe dachte sicher weder an den Tod noch daran, dass Claudia sie in die Erde ziehen könnte.

Sie hatten gekämpft, gemeinsam, zwei Jahre lang. Und wie! Nichts ließen sie unversucht, jede noch so kleine Chance ergriffen sie. All das blieb fruchtlos.

Peter legte eine frische rote Rose auf den polierten Marmorstein und wischte mit einem Taschentuch und Speichel den Vogelmist der Krähe weg.

»Du wolltest dich Gott zuwenden und verlorst dich in den Fängen eines abgöttischen Tentakels«, flüsterte er. »Und ich machte alles mit. Warum nur haben wir die wenige Zeit nicht anders genutzt?«

Wie konnten sie beide sich nur derart verlieren. Ein Geistlicher und Wunderheiler – was für ein Schwachsinn. Doch damals schien es ihnen die letzte verheißungsvolle Hoffnung gegen Claudias Krebs zu sein. Der charismatische Vater, der Padre, wickelte sie in ein Gespinst aus falschen Versprechungen ein. Peter hatte immer gedacht, so etwas könnte ihm nicht passieren. Ein Mann wie er entschied nicht mit dem Bauch, sondern mit dem Kopf. Zuerst sah er zerknirscht dem Handauflegen des Gottgleichen zu. Sie wollte es unbedingt und sie glaubte daran. Sollte er ihr das verbieten? Als Claudia aber nach all dem Heilfasten und Beten unerklärlich auflebte, weinte er vor Freude und vergaß alle Vernunft. Sie ahnten ja nichts von dem umwerfenden Placeboeffekt, den allein der Glaube an Heilung bewirken konnte. Vielleicht wollten sie es auch einfach nicht wissen. Für diesen Humbug hatte er Geld gespendet, viel Geld. Das halbe Vermögen aus seinem Unternehmen verschenkte er. Dann ließ er sich auch noch überreden, in Gesellschaften dieser Kirche zu investieren … Er hätte es besser der gescheiterten Existenz seines Sohnes hinterherwerfen können, denn man hatte sie betrogen. All die verlogen hingeworfenen Hoffnungsschimmer stahlen ihnen nur Zeit. Der Onkologe sagte später, mit einer palliativen Chemotherapie hätte sie noch Jahre lebenswert verbringen können.

Nun war Claudia für immer fort, viel früher als nötig. Weil er sein Denkvermögen eingebüßt hatte. Wertvolle Zeit war ihnen verloren gegangen. Wochen auf Sylt vielleicht oder sogar auf Neuseeland. Sie hätten all die Dinge genießen können, die sie schon immer erleben wollten. Die eigene Blödheit hatte es verhindert, das war das Schlimmste.

Zu der Wut und der Scham gesellte sich der finanzielle Verlust. Nicht einmal einen Teil des Geldes gaben sie ihm zurück. Selbst seine hartnäckige Drohung, die Forderung über Gerichte klären zu lassen, ließ sie kalt. Ihr Einfluss reichte erschreckend weit. Bereits die dritte Anwaltskanzlei, die er fragte, hatte den Fall abgelehnt und auf andere verwiesen. Einzig die Androhung eines Interviews mit der überregionalen Zeitschrift *Weltenecho* brachte Unruhe in die Sektenführung. Seitdem bedrohten und verfolgten sie ihn, seit Wochen nun schon. Er sah sich um. Bestimmt lauerten sie auch hier. Gab es da nicht auch den alarmierenden Fall von Kai Holzmann, dem Geschäftsführer einer der Gesellschaften? Er war verschollen, gerade dann, nachdem er Peter gegenüber angedeutet hatte, die Sekte zu verlassen. Was für ein Sumpf aus Lügen und Sünden. Nicht Gott lenkte die Sekte, der Teufel war es.

Doch inzwischen war es ihm fast egal. Peters Motivation, das durchzustehen, versank wie bei jedem seiner Friedhofsbesuche in der Trauer um Claudia. Rache? Wozu? Seine Frau kam dadurch nicht zurück. Ihm blieb nur die Einsamkeit. Er hatte einen Sohn. Der vegetierte als obdachloser Künstler in Berlin. Jan wusste nicht einmal, woran seine Mutter verstorben war, geschweige denn, unter welchen Umständen. Er hatte nie danach gefragt. Jan und er lebten völlig verschiedene Leben. Ihn anrufen? Es widerstrebte Peter. Nicht nur falscher Stolz hielt ihn zurück. Was sollte Jan denken, wenn er von der Verstrickung in die falsche Kirche erfahren würde? Nach dem Tod von Jans Mutter sehnte Peter sich jeden Morgen und jeden Abend nach einem Lebenszeichen seines einzigen Kindes. Er hatte den Jungen vergrault, ihm zu wenig Liebe gezeigt. Wegen ihm war Jan nach Berlin gezogen, möglichst weit weg von Streit und Verständnislosigkeit. Gern wollte er wieder gutmachen, was er in frühen Jahren verpasst hatte.

Peter hatte das Testament geändert. Jan sollte das, was noch übrig war, erben. Nicht als Pflichtteil, sondern alles, was in der Vorversion des Testamentes bereits der Sekte zugedacht war. Und ihn, Jan Torberg Junior, den rebellischsten und dickköpfigsten aller möglichen Söhne, würde der Padre mit noch so großer Scheinheiligkeit niemals beschwatzen können. Peter selbst resignierte inzwischen.

Der Nebel zog seinen milchigen Schleier dichter um ihn. Vom Nebengrab aus starrte ihn die Krähe an und schrie auf, als wollte sie ihn fragen, welchen unheiligen Gedanken er gerade nachhing. Ja, er hatte daran gedacht, die Wartezeit bis zur Vereinigung mit seiner Frau erheblich zu verkürzen und zahlreiche Mittel und Wege abgewogen, die es ihm leicht machen sollten. Zu Hause und im Büro seiner Firma dachte er unentwegt daran, die Lügner aus der Sekte mit allen Mitteln zu bestrafen. Doch dann stand er jedes Mal schwach und wie betäubt vor dem Grab seiner Frau und überlegte, aufzugeben und für immer zu verschwinden – dahin, wo Claudia auf ihn wartete.

Er strich mit dem Zeigefinger über die Rose.

»Ohne dich macht alles keinen Sinn.«

Peter hörte das leise Knirschen von Sohlen auf nassem Schotter hinter sich. Gleich darauf überzog Gänsehaut seinen Nacken, als lägen nur Millimeter zwischen ihm und dem Atem eines fremden Menschen. Man merkt, wenn sich jemand von hinten nähert. Jedenfalls dann, wenn man in gänzlicher Stille verharrt. Da waren sie also, die Schergen des Padre, die Schläger Gottes. Er war sich sicher, doch die Enge seines Geistes im Bann des Grabes hinderte ihn daran, sofort um sich zu schlagen. Erstaunt nahm Peter seine Trägheit wahr, panische Angst zu empfinden. Die musste er gewiss haben, denn warum sonst sollte sich jemand an einsamer Stelle an ihn heranschleichen. An Geister glaubte er nicht, auch, wenn er manches Mal insgeheim auf die Hände seiner Frau hoffte, die ihn zu ihr in die weiche Erde ziehen wollten.

Peter nahm das Rauschen von Kleidung neben sich wahr und spürte eine Hand auf seiner rechten Schulter. Nun begann sein Herz doch, kräftig zu klopfen. Aber er sah sich nicht um, weder nach hinten noch zur Seite. Er starrte ohne zu Zwinkern die Krähe an, die wieder auf Claudias Grab hüpfte. Eine Hand fasste nach seinen Fingern. Sie fühlte sich unecht an, künstlich – nicht so warm wie die Haut eines Menschen. Zwischen seinen Fingern wiederum fühlte er etwas schrecklich Kaltes. Man hob Peters Arm, das Kalte drückte gegen seine Schläfe, sein Zeigefinger krümmte sich, ohne dass er etwas dazu tat. Er ließ es geschehen.

Ich komme, dachte er.

Der Atem neben ihm ging fast lauter und schneller als sein eigener. Dann riss es ihm fast den Kopf weg.

DAS ERBE

Tot! Der Alte war tatsächlich tot. Ein leichter Schauder kroch Jan beim Anblick des mächtigen Holzschreibtisches den Rücken entlang, als säße sein alter Herr noch immer dahinter und debattiere mit ihm über Jans ineffektives Künstlerdasein. Dabei musste ineffektiv ja nicht gleichzeitig unproduktiv bedeuten. Aber das hatte seinen Vater nie interessiert. Kunst hatte Hobby zu sein, es sei denn, man wäre berühmt wie van Gogh oder Picasso. Dass auch die sich erst einen Ruf hatten erkämpfen müssen, war für den Alten schon zu viel des Geschwätzes gewesen. Das geldgeile Denken seines Vaters und Jans chaotische Lebenskunst ... ein bis zum Ende unbefriedetes Schlachtfeld. Darauf zurückgelassen: nur Verlierer, wie in jedem ordentlichen Krieg.

Nun hatte er seinem Leben selbst ein jähes Ende bereitet. Ein Schuss, aufgesetzt auf die Schläfe, dessen Explosionskraft den Schädel zerfetzte, und dessen Spuren von Rauch und Hirngewebe an der rechten Hand von Selbstmord zeugten. So hatte man es Jan erklärt. Es waren ihm zu viele Details. Nie im Leben hätte Jan mit einer derartigen Tat seines Vaters gerechnet. Doch die Menschen, die seinen Vater besser kannten als er, erzählten etwas anderes. Sie sprachen von tiefer Trauer nach dem Tod seiner Frau, von abwechselnd depressiven und aggressiven Stimmungen.

Eine seltsame Mischung aus Schmunzelnmüssen und Schmerz vibrierte in Jan, während er sinnlos auf das Erscheinen der vertrauten grauhaarigen Gestalt mit den herabhängenden Mundwinkeln hinter dem Schreibtisch wartete. Irgendwie vermisste er ihn doch. Es war etwas Unvollendetes im Abgang seines Vaters. Er hatte etwas übrig gelassen, nicht nur die Marketingfirma mit – bis vor wenigen Tagen – 96

Beschäftigten, nicht nur eine Menge Geld ... vielleicht hatte Jan sogar gehofft, seinen Vater doch noch stolz machen zu können, womit auch immer – jedenfalls nicht mit den Fotografien aus seiner betagten Nikon, der Zeichnerei und der Grafittikunst ... aber jetzt war es zu spät. Der Alte war weg, verstaut im Grab der Mutter, die womöglich nicht besonders glücklich über die unerwartete Gesellschaft nach den letzten Monaten in Ruhe war.

»Tja, und jetzt wühle ich hier herum und bringe mit Sicherheit alles durcheinander. Ob du das so gewollt hast?«, flüsterte Jan.

Er schritt langsam um den Schreibtisch herum, ließ sich mit seiner seit Wochen nicht gewaschenen Jeans in dem durchgesessenen und speckigen Lederungetüm dahinter nieder und streckte seine langen Beine unter der verkratzten Holzplatte aus. Einen Moment lang wippte er gedankenvoll hin und her. Bald näherten sich seine Fingerspitzen dem Griff der Schublade vor ihm. Privatbereich Vater! Fast spürte er einen Klatsch auf seiner Hand.

Die Tatsache, dass ihm sein Vater trotz allem all das bedingungslos vererbt hatte, wertete Jan als letzten verzweifelten Versuch, den einzigen Nachkommen von der Gosse weg in ein normales Leben zu pressen. Was sollte er mit der Firma? Sie interessierte ihn einen Dreck! Das geerbte Geld reichte, um sich ein bescheidenes Leben lang auf die faule Haut zu legen, ein bisschen Künstler heraushängen zu lassen, Freunde zu kaufen. Er war genügsam, gewohnt, mit wenig auszukommen. Die mangelnde Unterstützung der vergangenen Jahre hatte ihn abgehärtet.

Jan spielte mit dem Knauf der Schublade. Als es in der Stille des Raumes an der Tür klopfte, zuckte er zusammen. Ein junger Mann öffnete, ohne eine Aufforderung dazu abzuwarten, und steckte den Kopf durch den Spalt. Jan erkannte Kemal

Akdas, den Rechtsberater seines Vaters. Der Einzige, den er hier überhaupt näher kannte. Nun betrachtete er ihn als Teil der Erbmasse, die man ihm ans Bein gebunden hatte.

»Darf ich hereinkommen?«

Jan nickte wortlos. Der Kerl würde sowieso eindringen, egal, was er antwortete.

Zögernd betrat der Mann mit den ordentlich gekämmten schwarzen Haaren und dem gebügelten Anzug das Chefbüro. In den Händen trug er einen langweilig aussehenden Ordner und eine geöffnete Fächermappe, deren aufgeklappter Zustand Jan an ein gähnendes Maul erinnerte.

Kemal stellte sich vor den Schreibtisch und musterte ihn aus tiefdunklen Augen.

»Ich störe Sie nur ungern …«

»Warum tun Sie es doch?«

Der scharfe Ton seines neuen Chefs ließ Kemals Gesichtszüge entgleisen, aber nur kurz.

»Es gibt ein paar laufende Terminsachen, die geklärt werden müssen und in der Post von heute …«

»Kann das nicht die Zicke im Vorraum erledigen? Wofür habe ich sie?«

Kemal räusperte sich.

»Sie meinen die langjährige Sekretärin Ihres Vaters? Nun, Sie haben der Dame eine Kündigung nahegelegt. Da sie noch offenstehenden Urlaub und eine unendliche Anzahl an Überstunden übrig hatte …«

»Sie ist schon weg? Das ging aber verdammt schnell.«

»Ja, vermutlich hatte sie es damit so eilig, weil Sie ›blöde Schnepfe‹ und ›dämliche alte Schachtel‹ zu ihr sagten, als sie Ihnen gestern die Post bringen wollte. Ich schätze, dass da noch ein arbeitsrechtliches Nachspiel auf Sie zukommt.«

Jan runzelte die Stirn. Da war er wohl etwas voreilig und eine Idee zu wenig empathisch gewesen. Egal, nun war es eben so. Er brauchte keine alte Tante, die sich aufführte wie eine Expartnerin seines Vaters – was sie mit Sicherheit nicht war – und die glaubte, einen Anspruch auf ein besonderes Vertrauensverhältnis Jan gegenüber zu besitzen. Sollte sie doch weggehen, völlig bedeutungslos. Sie war ersetzbar.

»Genauso, wie Sie dem Pförtner gekündigt haben, dem Chefbuchhalter, einer Reinigungsfrau, die Ihnen lediglich mit dem Staubsauger im Weg war, und den beiden Sachbearbeitern aus der Organisationsabteilung. Ach ja, und der Personalchefin, weil sie ein ernstes Gespräch über all diese Kündigungen mit Ihnen führen wollte.«

»Und jetzt haben Sie Angst um Ihren Job?«, raunzte Jan Kemal von unten aus ins Gesicht.

»Nein, wohl kaum.«

»Ach nein?«

»Nein, Sie brauchen mich noch. Jetzt umso mehr.«

»Da sind Sie sich aber ziemlich sicher.«

»Allerdings, irgendjemand muss das Geschäft weiterführen, auch wenn Sie es vermutlich so schnell wie möglich veräußern wollen. Dabei könnte ich Ihnen übrigens behilflich sein.«

»Vielleicht will ich das ja gar nicht.«

Jan bemerkte einen Hauch von Enttäuschung in Kemals Miene. Hatte der Kerl doch wahrhaftig darauf gehofft, ihn derart schnell loszuwerden? Selbstredend überlegte Jan vom Todestag seines Vaters an, das Geschäft zu verkaufen. Nur wusste er nicht einmal, wie er das anstellen sollte, genauso wenig, wie er etwas vom Marketinggeschäft verstand, von Geschäften überhaupt. Er brauchte Kemal tatsächlich. Ein Glück, dass er ihm noch nicht gekündigt hatte.

»Ich bin also nach wie vor Ihr Rechtsberater?«

»Ja, seien Sie stolz darauf.«

»Da das nun geklärt ist, wäre ich froh, wenn wir ernsthaft über Geschäftliches sprechen könnten. Es gibt einen Vorgang, der mir Bauchschmerzen bereitet. Es betrifft ein – wie soll ich sagen – *besonderes* Unternehmen in Düsseldorf.«

Jan seufzte, es blieb ihm nicht erspart. Nun hatte ihn der Alte da, wo er ihn immer haben wollte.

»Was ist denn so besonders an diesem Unternehmen?«

»Es handelt sich um eine christliche Glaubensgemeinschaft. Sie nennt sich *Kirche des Lichts*.«

»Eine Kirche? Ernsthaft?«

»Ich weiß nicht, was Sie über die letzten zwei Jahre ihrer Eltern wissen. Ihre Mutter war sehr krank und in dieser Kirche wollte sie wohl so etwas wie Erlösung finden.«

»Ich weiß gar nichts. Mein Vater hielt es nicht für nötig, mich über irgendetwas zu informieren. Von der Krankheit und dem Tod meiner Mutter erfuhr ich erst nach ihrer Beerdigung.« Jan betrachtete das goldgerahmte Foto auf dem Schreibtisch, worauf seine Eltern Arm in Arm am Strand von Juist vor dem Meer posierten.

»Das wussten Sie nicht? Ihr Vater sagte, er hätte Sie in Berlin nicht erreichen können. Er meinte, Sie hätten kein Smartphone und keine Adresse, an die er sich wenden konnte.«

»Oh doch, die hatte er. Ich war in einer WG gemeldet. Jede Nachricht an diese Adresse gerichtet, hätte mich erreicht … zumal in einem Zeitraum von zwei Jahren …«

Ein Kloß in Jans Kehle hinderte die nachkommenden Worte, ausgesprochen zu werden. Dafür hasste er seinen Alten. Für diese Sturheit, nicht einmal in Mutters schlimmsten Zeiten den Kontakt zu ihm gesucht zu haben. Für wie undankbar hatte er ihn eigentlich gehalten? Es wurde ihm bewusst verschwiegen. Selbst bei Jans Weihnachtsanruf im letzten Jahr.

Jan wandte sich dem jungen Mann im Büro wieder zu. Er fand ihn etwas herablassend ihm gegenüber. Wer wusste schon, was sein Vater alles über Jan erzählt hatte.

»Was ist denn nun mit dieser Kirche?«, fragte Jan.

»Das, ich nenne ihn mal *Oberhaupt*, möchte unser Unternehmen kaufen.«

»Das hier? Sie meinen mein Erbe, die Marketingfirma *Peter Torberg GmbH*?«

»So ist es. Und an einer Marketinggesellschaft der Kirche sind Sie mit Ihren Anteilen zur Hälfte beteiligt. Ich hatte Ihrem Vater damals übrigens abgeraten, da zu investieren. Wie dem auch sei … der andere Anteilseigner möchte einen neuen Geschäftsführer einsetzen und benötigt Ihre Unterschrift dazu.«

»Das bereitet Ihnen Bauchschmerzen?«

»Nicht die Sache mit dem Geschäftsführer, obwohl … der gilt merkwürdigerweise als verschollen. Aber mich beunruhigt vielmehr dieses Geschäftsfeld. Es ist eine Sekte.«

»Verschollen?«

»Ich lasse Ihnen das Schreiben des Herrn aus Düsseldorf da. Vielleicht schaffen Sie es, sich neben Ihren Kündigungen an die Mitarbeiter und den daraus resultierenden Konsequenzen damit zu beschäftigen.«

»Kemal … ich darf Sie doch beim Vornamen nennen?«

»Wenn es sein muss.«

»Was denken Sie über den Selbstmord meines Vaters? War er wirklich so labil, dass er diesen Schritt gegangen ist?«

»Was sagen Sie denn da? Was soll es denn sonst gewesen sein?«

»Ich weiß nicht, das passte nicht zu meinem Vater. Nicht so, wie ich ihn kannte. Das habe ich den Polizisten auch gesagt.«

»Das hieße im Umkehrschluss, dass er ermordet wurde. Wer sollte so etwas tun? Können Sie sich nicht vorstellen, wie traurig und einsam jemand sein kann, der einen geliebten Menschen verloren hat? Der niemanden sonst mehr an seiner

Seite hat, auch nicht den einzigen Sohn, der sich seit Jahren nur noch zu Weihnachten meldet.«

Jan hob den Kopf höher. »Sie werden unverschämt!«

»Ich dachte, Sie wollten meine Meinung hören.«

»Nein, nicht wirklich.«

»Ich arbeite immer noch für Sie?«

»Noch.«

TAXI NACH DÜSSELDORF

Regen, dunkle Wolken, die den gesamten Horizont vereinnahmten, und das monotone Fahrgeräusch – seit Stunden zogen Bäume und Felder am Fenster vorbei. Die Scheibenwischer mühten sich unablässig um klare Sicht auf die unendlich scheinende Straße.

Angesichts dieser düsteren Stimmung und der versackten Haltung auf dem Rücksitz des Taxis blieb Jan nichts anderes übrig, als den Schlaf zu suchen. Stundenlanges Sitzen und Warten schien ihm unerträglich. Ohne Sicherheitsgurt an das Fenster gelehnt, die Knie hochgezogen, die verschmutzten Schuhe an den Vordersitz gedrückt, knautschte er sich aus seiner ausgebeulten Lederjacke erneut ein Polster für den Kopf. Immer wieder fiel sein Blick auf das ewig Gleiche am Rande der Autobahn.

»Geben Sie noch mal diese Geschäftsakte her«, brummte er.

Seinen Sitznachbarn Kemal schien die Fahrt ebenso mitzunehmen. Er spielte lustlos auf seinem Smartphone herum.

»Solcher digitaler Scheiß stiehlt Ihnen nur einen Teil Ihres Lebens«, stichelte Jan.

Er sah in umränderte Augen und auf eine angestrengt gerunzelte Stirn. Träge steckte der junge Mann das Handy ein und reichte ihm die Mappe.

»Irgendwann werden Sie so einen digitalen Scheiß dringend brauchen«, gab Kemal zurück.

»Nein, davon habe ich mich verabschiedet. Mein Leben funktioniert auch ohne.«

Jan blätterte und versuchte zu lesen – unmöglich, sich zu konzentrieren. Wortlos klatschte er die Unterlagen auf die Oberschenkel seines Mitarbeiters zurück. Er beobachtete ihn dabei genau – dessen erschrockenes Gesicht, der fragende

Ausdruck. Ihn amüsierte die stumme Empörung, die ihm wie erwartet entgegenschlug.

»Ganz schön empfindlich, wie?«

Ein bisschen Provokation als aussichtsreiche Abwechslung zur Öde der Dienstreise – das war es doch.

»Ich bin Justiziar, kein Hafenarbeiter! Im Normalfall ist es heute nicht mehr nötig, eine raue Schale zu besitzen. Wissen ist gefragt und emotionale Intelligenz. Damit lässt sich mehr Geld verdienen.«

»Mein Geld, nicht wahr?« Jan bemühte sich um ein besonders breites Grinsen, von dem er wusste, dass es unausstehlich arrogant wirkte.

»Ihr Vater war diplomatischer im Umgang mit seinen Angestellten«, murrte sein Gegenüber.

»Dafür nenne ich Sie nicht Angestellter, sondern Mitarbeiter. Oder sollte ich Sie besser Alleinarbeiter nennen?«

Zweifelnd fixierte ihn der junge Mann.

»Das war nicht ironisch gemeint, wirklich nicht! Seien wir doch ehrlich, Sie arbeiten und ich ernte die Resultate. Ich habe Sie aus gutem Grund gebeten, mich nach Düsseldorf zu begleiten. Das alles ist Neuland für mich.«

Kemal löste die aufgekommene Starre seiner Gesichtsmuskeln. »Bei Ihnen weiß man eigentlich nie … also gut. Ich schätze, Sie hatten noch nicht viel Gelegenheit, sich mit den Grundlagen für unsere Verhandlungen vertraut zu machen …«

Schon jetzt gelangweilt winkte Jan Torberg nun doch ab. »Ach, wissen Sie was? Ich hab´s mir anders überlegt. Wenn ich schon höre, wie Sie das so monoton vortragen, wird mir schlecht. Bleiben Sie mir mit diesem Mist lieber doch vom Leib.«

In Torbergs Stimme lag etwas derart Abweisendes, dass Kemal vorsichtshalber ein paar entschärfende Minuten verstreichen ließ. Während er durch das Autofenster die ersten vorbeiziehenden Häuser des Ruhrgebietes beobachtete, fragte er sich, wie gefräßig Gier sein konnte. Sie fraß alles, was ihm früher einmal wichtig gewesen war … Selbstachtung, Stolz, Ehre … wo war das geblieben? Er betrachtete Torbergs schwarzen, ungepflegten Flusenbart, der das überheblich hochgezogene Maul umrahmte, das Kemal inzwischen hasste. Dieses Grinsen! Diese ständig zu Schlitzen geformten Augen, die vermuten ließen, dass Torberg gerade darüber nachdachte, wie er Kemal demütigen könnte! Wie lange konnte er das, des lieben Geldes wegen, noch ertragen? Nach diesem Einsatz in Düsseldorf würde Schluss sein, schwor sich Kemal. Danach wollte er sich endlich eine andere Arbeitsstelle suchen, die ihm das Selbstwertgefühl wiedergeben würde, welches er seit dem Tod des alten Torbergs vermisste. Er wollte noch mehr sparen und dann etwas Eigenes gründen – eine Kanzlei. Aber bis dahin musste er sich ducken, kriechen, säuseln, um so lange es ging das dicke, etwas zu üppige Gehalt einzustreichen. Seine einzige Möglichkeit, Torberg zu schaden.

»Hören Sie, Herr Torberg. Ich weiß, dass es Ihnen lästig ist, Papierkram zu studieren, aber wenn wir zu dem Meeting in Düsseldorf erscheinen, sollten Sie wenigstens die wichtigsten Leute mit Namen und deren Stellung kennen.«

»Dann tun Sie, was Sie nicht lassen können.«

»Wenn Sie es wünschen, fasse ich noch einmal alles zusammen. Der Geschäftsführer unserer Beteiligungsgesellschaft …«

»… führt unser Geschäft.« Eine Bemerkung, die sein musste.

»… führte, Herr Torberg … führte! Der Mann ist seit Wochen unauffindbar, einfach verschwunden. Außerdem führte er den Namen Kai Holzmann und einen anschaulichen Lebensstil – etwas zu anschaulich, für ein Mitglied einer angeblich bescheidenen und uneigennützigen Vereinigung, wie ich finde.«

Wortlos lenkte Jan Torberg seinen Blick nach draußen. Verschwunden … was hieß das? Entweder war der Mann Opfer eines Verbrechens geworden oder er wollte bloß nicht mehr gefunden werden. Jan strich sich eine Strähne seiner vernachlässigten Frisur aus den Augen. Unterzutauchen, anonym sein Leben zu verbringen, in einer anderen Stadt, oder in einem fremden Land – weg von allem … manchmal wünschte er sich das. Ein neues Leben anfangen, vieles anders machen, eine neue Rolle in der Gesellschaft spielen, das unbeliebte Alte ablegen. Es wäre nicht die schlechteste Wahl für ihn. Einmal hatte er es bereits versucht, als er nach Berlin gezogen war. Doch selbst im Schmelztiegel multikultureller Künstler, Hipster, Esoteriker, Abtrünniger, und Futuristen, war er nach kurzer Zeit schon wieder Außenseiter. Egal, wo er länger als ein paar Tage blieb, mochte ihn bald keiner mehr.

Jan sah zu Kemal hinüber, der belästigt aussah, wie so oft. Belästigt von ihm, allein durch seine Anwesenheit, von seinem bloßen Anblick wahrscheinlich. Der nur seinen Job machte. Der niemals auch nur entfernt darüber nachdachte, ein Freund seines neuen Chefs zu werden und dass er, Jan Torberg, vielleicht lieber heulen würde als zu belästigen. Kemal mit dem sensiblen Gesicht, den Blick nach draußen gerichtet, genau wie er selbst eben noch. Der saß da mit der Geschäftsakte auf den Knien, das Einzige, das ihn zu interessieren schien an ihrer gemeinsamen Fahrt. Darüber hätte Jan heulen können. Aber er beherrschte sich.

»Wie hieß noch dieser andere Mann … mein Geschäftspartner, zu dem wir jetzt fahren?«, fragte er an Kemals Hinterkopf gewandt. Er ließ das Wort ›Geschäftspartner‹ betont abwertend über seine Lippen fließen.

»Jorge Alonso.«

»Alonso? Ein Landsmann von Ihnen?«

»Ich bin Deutscher!«

»Sie sollten sich einen anderen Namen zulegen, Herr Akdas.«

Kemal Akdas hob den Kopf höher. »Ich bin stolz auf meinen Namen.«

Jan betrachtete den schmächtigen Mann mit den dunklen Augen und der braunen Haut an seiner Seite. Ein empfindliches Gemüt, fast so dünnhäutig wie das seine, nur offenkundiger. Ein Mann, mutig genug, das zu zeigen.

»Sicher, nehmen Sie es nicht so ernst. Sie kennen mich doch inzwischen.«

Er stieß Kemal spaßeshalber in die Rippen. Der zuckte.

»Über Namen scherzt man nicht. Jorge Alonso ist spanischer Herkunft, das sollte auch der Dümmste heraushören können. Er soll übrigens ein Riese sein.«

»Soso, ein Riese.«

»Ja, tatsächlich, einiges über zwei Meter groß. Außerdem hochintelligent und skrupellos. Wenn Sie mich fragen, ein gefährlicher Mann – wenn es stimmt, was man so munkelt. Sektenführer, Guru oder wie man das nennt. Die Sektenbeauftragten der christlichen Kirchen haben bereits ein Auge auf seine *Kirche des Lichts* geworfen.«

»Wenn es so offensichtlich eine Sekte ist, warum duldet man diesen alten Guru dann?«

»Woraus schließen Sie, dass der Mann alt ist? Sagte ich etwas in der Art? Man duldet ihn, weil wir in einem Rechtsstaat leben und diese Kirche legal ist. Religionsfreiheit – schon mal von gehört? Man kann ihm nichts nachweisen. So ist das – die größtmögliche Freiheit impliziert leider, dass man sie größtmöglich ausnutzt. Diesen Alonso sollten Sie nicht unterschätzen. Solche Menschen beherrschen die Gefühle anderer, stehen aber selbst mit beiden Beinen auf dem Boden.«

»Auf meinem Boden! Das ist also der Mann, der selbstständig einen neuen Geschäftsführer für meinen halben Teil der Firma dort bestimmen will?«

»Entschuldigung, nicht selbstständig … er schlägt Ihnen Herrn Wolff nur vor …«

»… und bittet schnellstmöglich um Zustimmung! Wo ist da der Unterschied?«

»In den Worten ›schlage ich vor‹. Vermutlich wusste er nicht, dass Ihr Vater verstorben ist und das Schreiben Ihnen zugehen würde. Sie haben es ja nicht für nötig gehalten, ihre Geschäftspartner zeitnah über den Tod Ihres Vaters zu unterrichten.«

»Ich verstehe bis heute nicht, warum meine Eltern die Verbindung zu dieser Kirche gesucht haben. Ausgerechnet diese Sekte! Wo mein Alter gerade so religiös war, dass es für die Weihnachtsmesse reichte. Und mir haben sie meine suchenden Reisen nach Asien als Zeitverschwendung vorgeworfen. Ich bin erstaunt, wie viel Geld meine Eltern gespendet und investiert haben.«

»Nicht nur Geld, sie verbrachten auch viel Zeit in Düsseldorf.«

»Was haben sie da gemacht? Gebetet? Meditiert?«

»Wahrscheinlich. Ich weiß es nicht. Ich weiß nur, dass sie sich nach Tuchfühlung mit diesem Alonso, den man dort übrigens Padre nennt, nach und nach sehr veränderten. Als ob man ihnen langsam die Gehirne wusch. Ihre Mutter war zeitweise richtig euphorisch. Das war, bevor sie … bevor sich ihr Zustand rapide verschlechterte. Von da an musste ich mit den Mitarbeitern praktisch die Geschäfte allein führen.«

»Hätte mein Vater mich nicht wenigstens dann ins Vertrauen ziehen können? Früher war er doch so wahnsinnig daran interessiert, dass ich mich endlich in sein Marketinggeschäft stürze. Wissen Sie, ich bin und bleibe Fotograf. Fotograf mit Leib und Seele … oder auch nicht – gut gelebt habe ich davon nie … mit Betriebswirtschaft stehe ich jedenfalls auf Kriegsfuß. Man könnte fast meinen, ich wäre von Beruf aus Sohn.«

»Davon war ich überzeugt!«

Diese kleine Bemerkung erlaubte sich Kemal, obgleich er voraussah, welche Reaktion darauf folgen würde. Tatsächlich verhärtete sich das Gesicht seines Vorgesetzten augenblicklich.

»Und ich bin davon überzeugt, dass Sie von meinem Geld auch nicht gerade schlecht leben. Ich habe Ihre Gehaltszahlung unterschrieben und so viel Geschäftssinn habe selbst ich, dass ich die Summe getrost als völlig übertrieben betiteln kann.«

Kemal nahm sich vor, sich solche Bissigkeiten künftig zu verkneifen. Solange, bis er mit Genugtuung kündigen würde. Für den Rest der Fahrt schwiegen sie, ungeduldig das ausweglose Sitzen ertragend.

DIE ZENTRALE DER KIRCHE DES LICHTS

»Warum kommt der so spät? Zwei Stunden Verspätung! Ohne jede Entschuldigung. Was maßt der sich an?«

Der Mann, der vom Fenster des Büros aus die Hofeinfahrt überblickte, nahm eine Zigarette, drehte sie ein paar Mal um und zündete sie schließlich an.

Seine Zuhörerin lächelte.

»Der leistet sich so manches«, sagte sie, seine Finger beobachtend, wie sie ständig durchs Haar griffen, wie ein Redner, der nur aus Kopf und Händen bestand. Die Vorstellung von ihm als Kopffüßler rief eine gewisse Heiterkeit in ihr hervor.

Sie war die Einzige, die Torberg Junior schon kannte. Bei einem ihrer Besuche in der Firma seines Vaters vor ein paar Jahren hatten sie und Jan Torberg festgestellt, dass sie sich aus Schulzeiten kannten. Es war ein einmaliges Treffen gewesen und einiges in der Zwischenzeit geschehen, aber die Erinnerung an den jungen Rebellen war geblieben. Unvergesslich, dieser ironische Zug um Torbergs Mund. Eine Hand hatte er ihr damals nicht gereicht, sie dafür ungeniert, geradezu anzüglich, gemustert. Seine herablassende Art hatte, das musste sie sich zugeben, etwas anziehend Unverschämtes. Anna Schuster amüsierte der Gedanke, wie der junge Unternehmer hier ankommen würde, und sie freute sich jetzt schon auf reichliche Abwechslung. Vor allem auf die Reaktionen Ihres Chefs Alonso. So schnell, wie gewohnt, würde er diesen nicht einwickeln.

Sie nippte an ihrem Glas und beobachtete Wolff, der jetzt das Fenster verließ und auf und ab lief. Dermaßen nervös wie heute sah man ihn selten. Aber die wenig umgängliche Art Torbergs hatte sich durch informierte Zungen herumgesprochen

– gerade auch durch ihre. Und wie vom Bösen getrieben, fand sie es an der Zeit, noch einmal darauf hinzuweisen.

Ein Grund für die Finger, wieder durchs Haar zu greifen. Dann schwiegen die Hände, nachdenklich verharrten sie am Körper.

»Ach was, der wird sich schon anpassen. So wie jeder.«

Er drehte wieder die Zigarette.

»Wenn nicht, dann wird der Padre schon dafür sorgen. Da können wir sicher sein.«

»So sicher wie das Amen in seiner Kirche!«

Anna fand ihre Bemerkung so passend, dass sie auf dem schwenkbaren Sessel hin und her wippte. Obwohl lautlos, schallte das Lachen in ihrem Kopf. Selbst Wolff schmunzelte heimlich, sie sah es. Wäre freilich der Padre anwesend gewesen, hätte sie niemals eine noch so passende Bemerkung gewagt.

Kurz bevor sie in Düsseldorf ankamen, wäre es Jan fast gelungen, einzuschlafen. Gerade kroch ein Gefühl tiefer Entspannung in seinen Körper. Als der Taxifahrer ihn ansprach, dauerte es einige Sekunden, bis er richtig zu sich fand. Sein *Wir sind gleich da, Herr Torberg*, schreckte ihn auf, wie ein Schrei. Sie passierten ein wegweisendes Schild am Straßenrand.

»Fahren Sie noch mal zurück«, befahl Torberg.

Der Taxifahrer murmelte unverständliche Flüche vor sich hin, bevor er den Rückwärtsgang einlegte. Fünfzig Meter zurück stoppte er abrupter als nötig mitten auf der Straße.

Mit zusammengekniffenen Augen studierte Jan durch das Autofenster hindurch die Aufschrift auf der Hinweistafel so lange, als wollte er sie ganz und gar verinnerlichen.

Auf silberfarbenem Grund stand in protzend goldener Schrift:

KIRCHE DES LICHTS
ZENTRALE
MARKETING UND MISSIONSWERK

»Warum halten wir hier?« Kemal war ebenso wie sein Chef aus einem Fast-Schlaf aufgeschreckt.

»Ich wollte es schwarz auf weiß sehen und jetzt sehe ich es golden auf silber.«

»Sie wollten was? Ich kann Ihnen nicht folgen … wie so oft.«

»Ich meine dieses Schild. Kaum zu glauben, dass mir so etwas zur Hälfte gehört.«

»Tja, über einige wesentliche Dinge hat Ihr Vater Sie wohl im Unklaren gelassen. Aber Ihnen gehört von der Zentrale nichts. Sondern nur ein Teil dieses Marketing- und Missionswerks. Missionierung ist auch so eine Art Marketing, wenn man es genau nimmt.« Kemal verzog verächtlich die Mundwinkel.

Zwei Kilometer weiter erreichten sie die Einfahrt zu einem abgelegenen Anwesen. Ein grüner Streifen aus meterhohen Kirschlorbeeren kaschierte den dahinter verborgenen Metallzaun. Doppelstabgitter mit Auslegern, Jan durchdachte reflexhaft seine Chancen, den Zaun zu überwinden. *Nicht ganz einfach, aber machbar*, entschied er.

Der Taxifahrer seufzte auf, als er seinen übermüdeten Körper aus dem durchgesessenen Autositz hob. Draußen bog er den Rücken ausgiebig durch.

»Wird das heute noch was?«, rief Jan von der Rückbank durch die geöffnete Fahrertür. »Sie wissen schon, dass ich Sie üppig bezahlt habe?«

»Deswegen bin ich nicht Ihr Sklave«, antwortete der Fahrer. Den unbequemen Kunden hatte er nur angenommen, weil er sowieso von Hamburg aus zurück nach Düsseldorf wollte und sich dadurch eine lukrative Rückfahrt anbot. Er formte ein unsittliches Zeichen mit seinem Mittelfinger, bevor er sich vor das verschlossene Tor des Anwesens stellte und einen Knopf drückte. Kemal hob angesichts der frechen Antwort des Fahrers triumphierend die Faust.

Das Tor öffnete sich elektronisch und sie befuhren eine breite Schotterzufahrt, bis sie einen gepflasterten Hof erreichten. Der Hof erschien verschwenderisch groß. Er bot Platz genug für zweihundert Autos, aber nur wenige, höchstens zehn, parkten dort. Einige der Fahrzeuge protzten in Jans Augen wie Ludenkarren, die anderen wirkten auf ihn wie Seifenkisten. Ein großer weißer Transporter ohne Aufschrift rangierte vor dem geöffneten Tor einer Halle.

Kemal und Jan enttäuschte das nüchterne Äußere des Gebäudes vor ihnen. Sie hatten mehr Spiritualität erwartet. So etwas wie eine große Kirche oder Moschee, etwas Heiliges jedenfalls.

»Hier wollte meine Mutter ihren Glauben finden? Es sieht aus, wie ein gewöhnliches Bürogebäude«, sagte Jan.

»Es ging nicht nur um ihren Glauben. Es ging um Heilung. Dem Sektenführer wird die Fähigkeit zugeschrieben, Kranke heilen zu können.«

»Ein Wunderheiler? Ich kaufe Ihnen nicht ab, dass mein Vater an so etwas geglaubt hat.«

»Warum nicht? Niemand weiß, wie er reagiert, wenn er den Tod so dicht vor Augen hat. Tut man dann nicht alles, um sich zu retten?«

»Meine Mutter vielleicht, ja. Das kann schon sein.«

»Tja, wenn die Schulmedizin nicht hilft, suchen viele Trost und Hilfe im Glauben. Der Schritt vom Glauben zum Aberglauben ist vermutlich gar nicht so weit.«

»Was unterscheidet denn Aberglauben vom Glauben?«, fragte Jan. »Jede Religion pachtet für sich die Wahrheit.

Warum soll die Wahrheit dieser Sekte falscher sein als die der anderen?«

Kemal dachte eine Weile nach. Diese Frage konnte er nicht einmal für sich selbst beantworten. Also schwieg er dazu. Dass Torberg aber fast philosophisch in die Tiefe fragte, wunderte ihn. Er hatte ihn für einen oberflächlichen Trampel gehalten.

Inzwischen hatte sich der Himmel derart verdunkelt, dass man den Eindruck eines drohenden Unwetters erhielt. Jan ließ den Wagen in einigem Abstand zum Gebäude und mit der Motorhaube zur Einfahrt hin parken. Es gab ihm ein sichereres Gefühl, im Notfall mit dem Gefährt näher am Ausgang zu sein. Er warf einen Blick auf das Tor und registrierte mit Unbehagen, wie es sich verschloss.

»Ich würde gern etwas essen. Wann brauchen Sie mich wieder?«, fragte der Fahrer.

»Sehen Sie hier ein Bistro zum Einkehren? Nein, Sie bleiben hier und warten.«

»Arschloch«, flüsterte es vom Fahrersitz aus.

»Das habe ich gehört.«

Als Jan und Kemal ausstiegen und ihre steif gewordenen Beine endlich wieder ausstreckten, öffnete sich die angesammelte Masse tiefdunkler Wolken und Regen ergoss sich sintflutartig über der Stadt. Binnen Sekunden verwandelte sich die graue Pflasterung in Schwarz und schon flossen kleine Rinnsale den Boden entlang. Kemal hielt es für einen Wink Gottes, sich lieber wieder ins Taxi zu verkriechen und davonzufahren. Trotzdem rannte er mit der Jacke auf dem Kopf über den Hof, um sich in den schützenden Eingang des Gebäudes zu stellen. Direkt dahinter folgte ihm Jan Torberg mit großen Schritten. Jans Füße patschten jedes Mal in kleine Pfützen und erinnerten ihn sofort daran, dass seine Schuhe mit vernünftigem Schuhwerk nichts gemeinsam hatten.

Kaum aber hatten sie den Eingang erreicht, beruhigte sich das Wetter wieder. Der Regen verstummte und nur noch vom Dach des Hauses und den angrenzenden Bäumen plätscherte Wasser, sammelte sich in Pfützen, und alles verlief in kleinen Bächen, um in den Gullys zu verschwinden.

Während sie erst den aufklarenden Himmel und dann sich selbst betrachteten, fragten sich beide, warum sie nicht zwei Minuten gewartet hatten. Kemal lächelte schadenfroh, als er in Jans vor Nässe triefendes Gesicht sah. Und der Taxifahrer lachte im Wagen so laut, dass sie es durch die geschlossenen Fenster selbst aus der Entfernung hörten. Doch Jan grinste ebenso und Kemal bemerkte, wie wenig besser er dastand. Im Gegenteil, ihm war, als wirke ein Mann in einem völlig durchnässten Anzug noch lächerlicher als ein Mann in verschlissener, durchnässter Jeans. Leider war Kemal der Mann im Anzug und es ärgerte ihn, dass es Torberg überhaupt nichts ausmachte, ihm dagegen sehr viel. Das war etwas Grundlegendes, das sie unterschied und das stocherte in Kemals Selbstbewusstsein, seit er den jungen Torberg kannte.

Wortlos folgte er seinem Chef durch eine Glastür in die geräumige Eingangshalle des Gebäudes. Er hatte fast das Verlangen, seine Schuhe auszuziehen, als er den auffallend sauberen Teppich im Eingangsbereich betrat – weinrot auf goldschimmernden Fliesen. Kemal rümpfte die Nase und dachte an den bescheidenen Imam der kleinen Moschee seines Stadtteils in Hamburg. Torberg begrüßte den Pförtner, der hinter einer gläsernen Schutzwand auf ihn wartete. In der Zwischenzeit studierte Kemal einen Ständer mit glänzenden Prospekten und eine Informationstafel, auf der Plakate und Fotos das Leben der Gemeinde illustrierten – zumindest das Leben, das sie nach außen hin führten. An den Wänden hingen Fotografien, welche wohl einige der *Kirchen des Lichts* zeigten. Auch darauf fand er keine sakral anmutenden

Bauwerke. Dafür aber ehrfurchtsvolle Gesichter, glückliches und dummes Lächeln vor den Mauern weiß verputzter Häuser und immer wieder ein riesenhafter Mann in weißem Gewand mit goldenen Ornamenten. Der Mann lächelte kühl und hob die Hände wie zum Segnen, oder er tätschelte den Kopf eines Kindes. Auf einem der Fotos schien er vor einem armen Dorf irgendwo in Osteuropa zu posieren, umringt von lachenden Menschen.

Kemal nahm soeben den Fahrstuhl ihm gegenüber wahr, da sah er Torberg im Treppenhaus daneben verschwinden. Der Pförtner rief ihm mit lauter Stimme etwas hinterher, doch Torberg überhörte ihn schlicht.

Der lässt mich hier stehen, durchzuckte es Kemal.

Noch während sich Kemal mit dem herbeigeeilten Pförtner auseinandersetzte, öffnete sich der Fahrstuhl und ein Mann stieg aus. Mit affektiert erhobenem Haupt trat er Kemal entgegen.

»Wolff … wir hatten Sie eher erwartet!« Unnachsichtig sah Wolff den Verspäteten an. »Sind Sie aufgehalten worden? Hätten Sie sich unterwegs nicht melden können? Wir sind es nicht gewohnt, dass man uns warten lässt.«

Bevor Kemal antworten konnte, trat eine junge Frau in elegantem Kostüm Wolff zur Seite. Sie flüsterte ihrem Kollegen etwas zu.

Verwirrt betrachtete er Kemal. »Sie sind nicht Jan Torberg?«

Der bis dahin verdutzte junge Mann erhob seinen Kopf. »Nein – Gott bewahre! Ich bin nur sein Begleiter. Mein Name ist Kemal Akdas, Sekretär und Rechtsberater des Herrn Torberg«, sagte er, froh, seine Person von dem Verdacht befreit zu haben.

Anna wusste, dass Wolff augenblicklich seine inneren Pläne bedroht sah. Und Pläne brauchte er. Er wagte selten Spontanes. Alle seine kleinlichen Vorbereitungen für dieses Treffen zwischen Torberg und ihrem großen Chef und Vater, wackelten seit zwei Stunden bodenlos.

»Aber wieso...? Ist denn Herr Torberg nicht mit Ihnen gekommen?« Er klang ungehalten und blickte sich suchend um.

»Ein Mann ist vorausgegangen, ohne dass ich ihn aufhalten konnte«, rief der aufgewühlte Pförtner und wies auf das Treppenhaus.

»Sie müssen mir nicht ins Gesicht schreien«, entgegnete Wolff.

Doch der Pförtner schaffte es vor Aufregung nicht, seine Stimme zu dämpfen. »Ich hab sofort Alarm gegeben!«

»Was? Wieso Alarm gegeben?« Kemal fühlte sich wie ein Einbrecher, ertappt und gestellt. Doch Wolff verzog nur seinen Mund, fuhr mit der Hand durch sein Haar und seufzte strapaziert auf. »Also kommen Sie, fahren wir nach oben. Dieser Torberg wird sich schon melden.«

Konzeptlos betrat Wolff mit Kemal und Anna den Fahrstuhl.

»Wieso Alarm gegeben?«, fragte Kemal noch einmal.

Doch darauf bekam er keine Antwort. Stattdessen öffnete sich die Fahrstuhltür schon in der nächsten Etage und vor ihnen stand Jan Torberg. Anna erkannte ihn sofort. Zwar waren Jahre vergangen, doch diese Gestalt war ihr seitdem im Gedächtnis geblieben.

Grußlos stieg er ein und musterte Wolff aus nächster Nähe ausgiebig. Der warf einen fragenden Blick auf Anna – sie bestätigte mit kurzem Nicken und nutzte die Gelegenheit, Torberg heimlich zu betrachten. Dass er und sein Begleiter in einen Regenguss gekommen waren, konnten sie nicht leugnen. Hochgewachsen und schlank stand er da, gerade aufgerichtet und er sah auf Wolff hinab, ohne seinen Kopf zu senken. Sie amüsierte sich innerlich. Wolff hasste es, zu jemand anderem aufblicken zu müssen als zum Padre.

Torbergs Schuhe hinterließen im Fahrstuhl eine beachtliche Pfütze. In ausgebeulter Jeans und abgetragener Jacke entsprach er so gar nicht dem Bild des reichen Firmeninhabers, der er nach Antritt seines Erbes nun war. Aber etwas anderes hatte Anna auch nicht erwartet. Verstohlen lächelte sie, als sie in Wolffs vor Eitelkeit gekränktes Gesicht sah. Während der langen Sekunden im Fahrstuhl ließ Torberg nicht einmal den Blick von ihm.

Sieh an, Torberg ist älter geworden, dachte sie. Sein Gesicht schien ihr wesentlich verlebter als früher, das nasse Haar strohiger. Vielleicht trank er oder, noch wahrscheinlicher, hatte er Drogen genommen, oder beides zusammen. Gesund sah er jedenfalls nicht aus. Nur der Bart, der seine schmalen, aber weich geschwungenen Lippen von der Nase bis zum Kinn dünn umhüllte, war genauso flusig, wie sie es von früher kannte. Er hätte sich lieber rasieren sollen, doch glattrasiert und etwas gepflegt war er sowieso nicht vorstellbar. Sie hatte seine Augenbrauen vergessen, die schwarz und überdeutlich eine dicke Linie über seine hellen Augen zogen. Sie wuchsen in der Mitte fast zusammen und prägten entscheidend dieses eigenwillige Gesicht.

Der Aufzug hielt in der vierten Etage. Wolff führte sie in ein großes, komfortabel eingerichtetes Büro, das mehr an einen luxuriösen Wohnraum erinnerte als an einen Arbeitsraum. Jan blieb eine Weile vor der Tür stehen und sah sich um. An der Tür hing kein Schild, keine Nummer, kein Name. Ein kräftiger blonder Mann mit ernstem Gesicht und grauem Anzug wachte davor. Nachdem er den Raum näher in Augenschein genommen hatte, vermutete Jan, dass es das Büro des Chefs war.

Halber Chef, berichtigte er sich sofort, *die Hälfte dieser Nobelfirma gehört mir!*

Er nahm nicht an, dass der Mann aus dem Fahrstuhl sein eigentlicher Geschäftspartner war, denn so riesig, wie beschrieben, war dieser keinesfalls. Jan setzte sich in einen der bequem aussehenden, schwenkbaren Ledersessel und hatte zunächst nur einen Gedanken – seine nassen Socken auszuziehen, die sich inzwischen in seinen Turnschuhen wellten. Mit Schwung warf er seine Beine übereinander, zog nach und nach erst seine Schuhe und dann die Socken aus. Beides ließ er achtlos zu Boden fallen, um anschließend seine nackten Füße auszustrecken.

Anna konnte sich ein Lachen kaum verkneifen. Jetzt wusste sie, worauf sie mit Spannung gewartet hatte. Mit hin und her wippenden Füßen lehnte sich Jan nach hinten und schloss für einen Moment die Augen. Da fiel ihm Annas nicht ganz verkniffenes Kichern auf und er beugte sich im Sitzen ein Stück vor, um sich nach hinten umzudrehen, soweit es mit ausgestreckten Beinen eben ging. Dann blickte er von einem zum anderen, und als er das empörte Gesicht von Wolff erfasste, verharrte er eine Weile. Was gab es denn zu sehen, außer seinen nackten Füßen auf diesem Teppich? Ein nackter Fuß war immerhin sauberer als ein beschuhter, und außerdem fühlender, konnte er doch jede Faser des teuren Hochflors spüren, der weich und dicht seinen ausgekühlten Fuß wärmte.

»Aber bitte, nehmen Sie doch auch Platz«, bot Jan vom Sessel aus den anderen gönnerhaft an.

Niemand reagierte und es entstand eine vorwurfsvolle Pause.

»Ich hasse nasse Socken.«

Damit hielt er die Sache für erledigt.

Anna musste hinausgehen. Ihr Maß an Beherrschung war überschritten. Sie schloss leise die Tür hinter sich und lief ein Stück den Flur entlang, bog um eine Ecke, um unbeobachtet die Hände vor das Gesicht zu schlagen und ausgiebig zu lachen.

Kemal wäre ihr aus anderen Gründen gern gefolgt. Er hatte das Gefühl, als Gewissen dieses Mannes umherzulaufen, schämte er sich doch für zwei. Ihm war bewusst, dass man sie bei Besprechungen stets zusammen betrachtete, nicht einzeln, und er konnte sich innerlich nicht von Torbergs skandalösem Benehmen distanzieren. Unaufhaltsam stieg eine peinliche Hitze in seine Kopfhaut, die – Allah sei Dank – mit ihrer natürlichen Bräune die schlimmste Offenbarung seiner Gefühle vorerst verhinderte.

Wolff nahm am Schreibtisch vor der Sitzgruppe Platz und griff zum Telefon. Während er wählte, ließ er seinen ungehobelten Besucher nicht aus den Augen. Torbergs Arroganz stand er ohnmächtig gegenüber. Der Armleuchter war ein Gast des Padre, kein Opfer, das er drangsalieren durfte, und das hätte er am liebsten bereits im Fahrstuhl in die Tat umgesetzt.

»Hier ist Wolff – ja, er ist jetzt da. Wenn Sie jetzt kommen, können wir mit dem Meeting beginnen.«

Er legte den Hörer auf und beobachtete seinen Gegner.

»Wo ist dieser … wie heißt der noch gleich … Alonso?«, fragte Jan mit der verächtlichsten Miene, die er ausdrücken konnte.

»Unterwegs hierher, er wird in fünfzehn Minuten hier sein.«

Wolff ahnte, dass es alles andere als geplant laufen würde. Ein unterschätzter Gegner gewinnt fast jede Schlacht. Und dann stand Torberg auf, nahm seine durchgeweichten Schuhe vom Teppich und verließ auf nackten Füßen wortlos den Raum. Er verschwand einfach, ließ Wolff zurück, wie ein Stück Abfall auf seinem Weg.

Kemal folgte ihm verwirrt bis zur Tür. Was jetzt?

»Äh … wir setzen uns mit Ihnen in Verbindung«, rief er hilflos in den Raum hinein. Wie er das jemals erklären sollte, wusste er nicht.

Wolff starrte ihnen nach – perplex, ratlos. Anna hatte nicht übertrieben. Dieser Mann würde ihn eine Menge Nerven kosten. Er besann sich, griff erneut zum Telefon und versuchte Alonso noch aufzuhalten.

Währenddessen fuhr unten im Hof das Taxi auf das Tor zu. Kemal, der fast nicht mitgekommen wäre, saß mit aufgestütztem Kopf neben Torberg auf dem Rücksitz, voll unerfüllter Erwartungen, nutzloser Aufregung und das unangenehme Gefühl durchnässter Kleidung auf der Haut.

»Das können Sie nicht machen! Sie können jetzt nicht einfach gehen. Herr Alonso ist in diesem Moment auf dem Weg hierher.«

»Warum nicht?« Jans Augen blitzten wütend. »Man lässt mich von Hamburg nach Düsseldorf kommen, um mich warten zu lassen?«

»Bedenken Sie – wir sind zwei Stunden zu spät gekommen. Hätte Herr Alonso etwa zwei Stunden auf Sie warten sollen?«

»Ja, das hätte er. Verstehen Sie nicht, Kemal? Das war pure Absicht. Wäre ich pünktlich erschienen, wäre die Situation nicht anders gewesen. Man wollte mich herabsetzen, Dampf herauslassen, indem man mich wie einen dummen Jungen warten lässt. Glauben Sie mir, das kenne ich. Ich habe es nicht nötig, mich herabsetzen zu lassen.«

Kemal staunte über diese Antwort. Torbergs Abgang eine überlegte Reaktion? Diese Leute in Düsseldorf waren sicher ausgekochte Geschäftsleute. Er hatte sich in Hamburg aus verschiedenen Quellen über die *Kirche des Lichts* informiert. Was er gelesen und gehört hatte, war alarmierend. Diesem Alonso hingen einige Prozesse und Menschenrechtsorganisationen am Hals, allerdings betraf das Fälle im Ausland. Hier, in Deutschland, stand seine sogenannte *Kirche* bisher am Anfang, waren die Strukturen der Organisation noch nicht mächtig genug.

Als sie das Tor erreichten, blieb es verschlossen.

Der Fahrer hielt an und wartete. Entschlossen verließ Torberg den Wagen, entriegelte das Tor von Hand und stieg wieder ein.

»Woher wussten Sie, wie man es aufbekommt?«, fragte Kemal.

»Lebenserfahrung.« Jan zwinkerte ihm zu. »Von innen muss man es immer manuell öffnen können – als Fluchtweg.«

»Sind wir denn auf der Flucht?«

»Flucht würde ich es nicht nennen, eher taktisches Manöver.«

Der Taxifahrer blickte besorgt in den Rückspiegel.

»Muss ich mir Sorgen machen? Sie sind doch keine Diebe?«

»Würden Sie mich das wirklich fragen, wenn Sie es glauben würden? Fahren Sie einfach.«

»Und wohin, wenn ich fragen darf?«

»Richtung Innenstadt.«

»Und was haben Sie jetzt vor? Sie wollen die Angelegenheit schließlich auch geklärt wissen«, fragte Kemal.

Jan überlegte eine Weile, während er aus dem Fenster sah. Er war müde und hatte die Fahrerei satt. Außerdem hatte Kemal recht. Seine Konfrontation mit diesem Kirchenmann war gewollt. Er musste den Mann kennenlernen, dem seine Eltern zwei Jahre lang wie Äffchen hinterhergerannt waren, dem sie Intimes anvertraut hatten, die sie ihrem einzigen Sohn verschwiegen. Jan wollte wissen, was diese Sekte dort trieb. Jetzt nach Hamburg zurückzufahren, wäre sinnlos gewesen.

»Wir werden uns hier in der Nähe eine Bleibe suchen. Morgen rufen Sie dort an und vereinbaren einen neuen Termin – mit der Bitte um pünktliches Erscheinen! Und für morgen besorgen Sie mir, was man so für einen kürzeren oder längeren Aufenthalt hier braucht.«

Vor seinem geistigen Auge schwebten eine gemütliche Sweet, geile Filme, ein kulturelles Highlight oder bloß das

Kinoprogramm, Knabbereien und vor allem ein paar kühle Helle.

Anna sah ihnen vom Flurfenster des Gebäudes aus nach. Das war wohl nicht so gelaufen wie vorgesehen.

Neugierig schlich sie ins Büro zurück, um nach Wolff zu sehen. Neben dem Sessel, auf dem Torberg sich ausgestreckt hatte, fand sie die nassen Socken auf dem Boden liegend. Angewidert, aber belustigt und mit angehaltener Luft, pickte sie die eingekringelten schwarzen Haufen mit zwei Fingern auf. Herausfordernd hielt sie die Strümpfe Wolff unter die Nase.

»Wollen Sie die nun Alonso vorstellen?«

Ihr Blick war zynisch. Es machte ihr Spaß, ihren eingebildeten Kollegen zu provozieren. Sie wollte ihm die Socken direkt gegen die Nasenspitze tupfen, doch er wehrte sie rechtzeitig ab. Roh drückte er ihren Arm nach unten, sodass sie glaubte, er zerquetsche Elle und Speiche zu einem einheitlichen Mus. Trotzdem grinste Anna schadenfroh.

»Und was wollen Sie dem Padre erzählen, wenn er jetzt kommt?«

»Gar nichts! Er wird nicht kommen. Ich habe ihn noch rechtzeitig erreicht.«

Schade, dachte Anna und wand sich vorsichtig aus seinem Griff. Sie hielt es für besser, ihre Zusammenarbeit nicht durch spontanen Übermut zu gefährden. Wolff war des Chefs rechte Hand und nach Alonso selbst fürchtete sie ihn am meisten. Niemals wollte sie vergessen, dass er ein Schläger war. Auch in den Momenten, in denen er sie gelegentlich hofierte. Ihr Verhältnis zueinander war zwiespältig. Sie hatte sich ihn immer auf Abstand gehalten. Das ärgerte Wolff, sonst gewohnt, sich zu nehmen, was er begehrte. Doch Anna stand unter des Padres schützender Hand.

Sie rieb sich den rot angelaufenen Unterarm. Dann lief sie zur Schrankbar und holte Gläser und eine Flasche heraus.

»Na, einen Wodka haben wir uns wohl verdient«, sagte sie falsch lächelnd und goss Wolff viel, sich selbst aber nur einen winzigen Schluck ein. Wenn solche Angelegenheiten nicht nach Plan verliefen, musste er es vor Alonso verantworten. Darum war er nicht zu beneiden. Während sie tranken, beobachtete sie sein nervöses Augenzwinkern. Fast tat er ihr leid.

Allerdings wird er auch dafür bezahlt und bevorzugt, dachte sie dann und ihr Mitleid verpuffte schnell. Sie behielt die Socken und verabschiedete sich.

ANNA

Auf der Fahrt nach Hause wollte Anna alles hinter sich lassen, was ihre Nerven hätte strapazieren können. Eigentlich gab es doch nichts, was man nicht wegduschen konnte. Alle Belastungen abwaschen, wie Schweiß an sich hinunterfließen lassen und sie im Abfluss verschwinden sehen, Gefühle abspülen wie Schmutz – ihre Strategie seit acht Jahren.

Aber seit Kai Holzmanns Verschwinden gelang es ihr nicht mehr so gut. Der unauffindbare Kerl spukte wie ein Mahnmal in ihrem Kopf. Hatte er ihr gegenüber nicht das Undenkbare angedeutet – dass er aussteigen wollte? Als könnte man dort einfach kündigen und den Job wechseln! Wolff sollte zukünftig an seiner Stelle Geschäftsführer der Zentrale werden, was niemand anders erwartet hatte. Obwohl dieser Posten kaum mehr als eine Art Schulterklopfen für ihn bedeutete. Die rechte Hand Gottes! So hatte ihn Kai immer genannt. Gottes Vertrauter, der Einzige, der privat bei dem Padre ein- und ausging und der wirklich in absolut alles eingeweiht war.

Ihre Gedanken blieben bei Kai haften. Was war nur mit ihm geschehen? Irgendetwas sagte ihr, dass Wolff für sein Verschwinden verantwortlich war. Der Vorstellung darüber, wie genau er darin verstrickt sein könnte, verweigerte sie allerdings, zu Ende gedacht zu werden.

Anna parkte im Carport ihres kleinen Einfamilienhauses, öffnete die Wohnungstür einen Spalt und drückte erst einmal das dicke weiß-schwarz gescheckte Kaninchen mit einem Fuß sanft zurück in den Raum, bevor sie eintrat.

»Na, Merlin? Wie war dein Tag?«

Sie sah sich um. Das Tischtuch lag am Boden, der Staubsauger war umgekippt und das Sofakissen haarig.

»Ach, Merlin! Du bist ein stummes, hoppelndes Ungeheuer!«

Noch bevor sie die Jacke auszog, öffnete sie die Terrassentür, nahm einen halben Bund Möhren aus dem Kühlschrank und warf ihn samt Grün in den Garten. Der Riesenschecke sprang in weiten Sprüngen hinterher. Anna blieb kurz am Türrahmen stehen.

»Wenigstens bellst du nicht«, murmelte sie.

Dann lief sie ins Wohnzimmer zurück und hob das Tischtuch auf. Als sie das Kissen ausklopfte, stutzte sie.

»Seit wann stellst du hier die Möbel um?«

Misstrauisch betrachtete sie die Anordnung der Zierkissen auf ihrem Sofa – hatte das Rote heute früh nicht hinter dem Braunen gelegen? Stand dieses halb volle Glas Wasser auf dem Beistelltisch jetzt an einer anderen Stelle? Und der Tisch, war er nicht um einige Zentimeter verrückt worden? Ihr Blick wanderte durch den Raum, tastete die Möbel ab und glitt über den Teppich. Da war es wieder, dieses von tief innen emporkriechende Gefühl, jemand könnte in ihrer Wohnung gewesen sein, ihre Schränke durchsucht haben … womöglich sogar anwesend sein … Aber nein, die flachgedrückten Teppichfasern unter den Füßen ihres Wohnzimmertisches passten genau zur Stellung des Möbelstückes. Nicht zum ersten Mal bereute sie, dass sie so abgelegen wohnte. Damals fand sie das Haus gerade wegen der fehlenden direkten Nachbarn so attraktiv. Von ihrem Büro im Obergeschoss aus konnte sie die Straße sehen, aber sie war weit weg. Niemand würde es mitbekommen, wenn jemand hier eindringen würde.

Sie zwang sich, den Zustand der Wohnung nüchtern zu beurteilen, versuchte, Umschweife und ausufernde Gedankenketten zu unterdrücken, welche zu nichts anderem führen mussten als zu purer Angst. Im Grunde fand sie nichts, was nicht auch das große Kaninchen hätte durcheinanderbringen können – oder doch? Ihr Unbehagen blieb und Anna wurde wieder einmal klar: Seit Kais Verschwinden und Peter Torbergs überraschendem Selbstmord gab es kein Vertrauen mehr in ihr. Nicht eine Spur der Sicherheit, die sie bislang empfunden hatte. Wenn sie ehrlich mit sich war, musste sie zugeben, dass alles an ihrem lässig sachlichen Auftreten inzwischen zu einer Maske mutiert war. Sie trug ein Clownsgesicht, mit dem sie ihre Umgebung täuschte, mit dem sie jeden in ihrem Umkreis betrog – Betrug an sich selbst eingeschlossen. Was sie nach außen zeigte, hatte nichts mehr mit ihrem Innenleben zu tun.

Mit dem Kissen in der Hand ließ sie sich auf das Sofa sinken und schauderte bei der Aussicht, heute Abend aus diesem Zimmer hinaus in ein anderes gehen zu müssen. Wenn nun tatsächlich noch jemand hier war? Die Tür zur Diele lehnte nicht vollständig an, ein düsterer Spalt klaffte ihr entgegen. Dahinter: undurchdringliches, bedrohliches Dunkel. Alles ließ sich dort hineininterpretieren. Jede denkbare Gefahr wanderte aus ihrem Kopf in diese finstere Öffnung. Warum hatte sie sich noch immer keine Waffe angeschafft? Eine für die Handtasche, die sie stets hätte bei sich tragen können. Jetzt saß sie wehrlos hier und die aufkeimende Furcht, die sich schlängelnde Angst, gepflanzt von schlechtem Wissen und Gewissen … sie konnte sie nicht mehr ablegen wie früher.

»Verdammt, Merlin, vielleicht wärst du doch besser ein riesenhafter Hund«, flüsterte sie in die Stille des Zimmers hinein.

Alonso, der Padre – wie alle ihn nannten, sie selbst ihn aber niemals nennen würde – führte eine recht große Glaubensgemeinschaft an. In so vielen Städten standen inzwischen seine Gotteshäuser und Siedlungen. Seine *Kirche des Lichts* kroch leise durch das Land wie eine bösartige Schlange mit einem unscheinbar wirkenden Kopf, aber fleischigem Körper. Von Düsseldorf aus regierte er wie ein Papst über seine

Anhänger und über sein kleines deutsches Imperium. Es gab viele Unternehmenszweige, nach denen er seine Finger ausstreckte, vorausgesetzt, es half ihm irgendwie weiter. Seine Macht war in den letzten Jahren erheblich gewachsen. Niemand gebot ihm hier in Deutschland Einhalt. Sie dachte an die vielen Sympathisanten aus Abhängigkeit, seine bezahlten Unterstützer, Richter, Politiker … sie wusste von ihnen, kannte ihre Namen … wer, verdammt noch mal, würde sich da nicht verfolgt fühlen?

Sie atmete mehrmals tief durch, um sich zu beruhigen. Seine Schäfchen hielt der Padre mit sozialen und realen Zwängen beisammen.

So ein dummes Schaf war sie selber aber nicht. Oh nein! Fest kniff sie in das Kissen auf ihrem Schoß. Ja, sie war eine derjenigen, die ihm gut bezahlt zur Seite standen, Teil der gut geführten Organisation. Für ihre Arbeit bekam sie ein Traumgehalt. Dafür war sie ihm Rechtsberaterin und Managerin auf all seinen Reisen. Das ließ sie zu gewissen Vorkommnissen ihren Mund halten. Es fiel bei dem Geld, das sie dafür bekam, nicht sonderlich schwer. Unbestreitbar verdiente sie mehr, als ihr Gewissen wert war.

Sie entließ das Kissen aus ihren Krallen und legte es zur Seite. Sich selbst etwas vorzumachen, war Unsinn. Letztendlich wusste sie, warum sie noch immer zu vielen Vorfällen schwieg. Aufhören und weggehen? Ihre lang ersehnte Traumreise um die Welt antreten? Das ging nicht mehr – sie wusste längst zu viel. Genau wie Kai zu viel gewusst hatte. Die schrecklichen Verbrechen, die er ihr kurz vor seinem Verschwinden in einem heimlichen Treffen hinter der Siedlung, im Regen zwischen Kirschlorbeeren und Kastanienbäumen, gebeichtet hatte – dass er Menschen im Auftrag des Padre bestraft hatte – sie wusste alles. Er wollte sogar gemordet haben für ihn. Doch das weigerte sie sich, zu glauben.

All das ließ die schleichende Furcht in ihrem Kopf zu, hinderte sie daran, ihr eigenes Bad ohne Angst zu betreten, bevor sie sich nicht zwanzigmal in der Wohnung umgesehen hatte. Sich Alonso entgegenzustellen, war gefährlich. Bisher war sie selbst von seiner strafenden Hand verschont geblieben. Wahrscheinlich dank ihrer Gabe, sich in der richtigen Dosierung anzupassen – nicht zu viel und nicht zu wenig. Doch sie schwankte. Sie balancierte auf einem schmalen Grat über einem sich immer tiefer aufreißenden Abgrund.

Lange Ohren wackelten vor der Terrassentür. Anna erschrak, als sie es im Augenwinkel bemerkte. Dann riss sie sich zusammen, stand auf und öffnete, um das hoppelnde Untier, das weder Hund noch wirklich Kaninchen sein wollte, in die Wohnung zu lassen. Na bitte, sie lebte ja nicht allein in Haus und Garten. Natürlich war dieses feige Zwölf-Kilo-Karnickel kein Schutz. Aber – idiotisch – sie fühlte sich dennoch ein kleines bisschen weniger ausgeliefert. Merlin hoppelte bedenkenlos vor ihr durch den finsteren Spalt der Dielentür. Wie sie dieses Tier beneidete, das sich um nichts als genügend Karotten und Streu Gedanken machte.

Mutig folgte sie ihrem Haustier in die Diele, tastete hastig nach dem Lichtschalter und hasste ihren heftigen Herzschlag währenddessen. Der kleine Gang war menschenleer – wie zu erwarten. Schnell knipste sie das Licht im angrenzenden Schlafzimmer an und wagte einen Blick hinein. Nichts schien angerührt, weder die zurückgeschlagene Bettdecke noch die halb geöffnete Wäschetruhe. Auch der Schrank, hinter dessen Tür sich ein gepackter Koffer versteckte, schien unangerührt. Langsam entspannte sie sich. Im Bad warf sie ihre Jacke über die Badewanne und griff in die Hosentasche. Zwei Fünfzig-Euroscheine, heute nach dem Einkaufen am Morgen zur Seite gelegt, um ihre Ersparnisse aufzufüllen, kamen zum Vorschein. Ein täglicher Betrag, den sie sich seit drei Jahren von ihrem Gehalt in bar abzwackte, um doch noch irgendwann ihre Weltreise anzutreten. Einhundert Euro, Tag für Tag. In bar, damit es auf keinem Konto auftauchte. Geld für den Fall, dass sie es einmal sehr eilig haben würde, von hier wegzukommen. Sie öffnete den Deckel einer großen, leeren Badeschaumflasche und stopfte die Geldscheine zu den anderen. Der größte Teil ihres Gesparten lag jedoch längst auf zwei Schweizer Bankkonten.

Auf das Duschen direkt nach der Arbeit verzichtete sie heute. Es ließ sich nichts mehr abwaschen. Die Zeiten waren vorbei, in denen sie die teuflische Schmiere abseifen konnte. Forschend betrachtete sie sich im Spiegel und überlegte, ob man ihre Mitwisserschaft an Alonsos widerlichen Machenschaften im Gesicht ablesen konnte. Dunkelblondes Haar, halblang und brav gebunden, dezent geschminktes Gesicht – darunter tiefliegende Augen, erste Falten um die Mundwinkel, zu keinem noch so kleinen Lächeln bereit, es sei denn, es wäre ein hämisches Grinsen. So hätte sie die verlockende Stelle damals sicher nicht bekommen.

Nach ihrem Jurastudium war sie unentschlossen gewesen. Eine sichere Anstellung hatte sie gesucht. Hätte sie doch nur das Angebot bei der Stadt angenommen! Stattdessen war sie auf Alonso hereingefallen, der ihr mit seinem großzügigen Geldsegen die Augen verschleierte, obwohl ihr bei seinem Anblick gleich unwohl im Bauch geworden war. Hätte sie vorhersehen können, dass sie sich einmal nichts mehr wünschen würde, als von hier zu verschwinden? Irgendwohin, um nur in Ruhe zu leben? Das Bauchgefühl trügt nicht, das wusste sie jetzt.

Torbergs Socken fielen ihr wieder ein, die sie unsinnigerweise mitgenommen hatte, in einem Anflug von Schadenfreude und Übermut. Mit spitzen Fingern zog sie das feuchte Etwas aus ihrer Jackentasche und schüttelte sich.

Torberg, dieser unbequeme, aufsässige Unruhestifter, und Alonso, sein scheinheiliger, steinharter Gegner, in unvergleichbar besserer Position ... einerseits freute sie sich auf das bevorstehende Duell zwischen den beiden, andererseits ahnte sie, was aus einem Streit mit dem Padre erwachsen könnte. Immer größer wurde das Gefühl, Torberg warnen zu müssen. Dieser Sturkopf wusste nicht, mit wem er sich da anlegte, konnte es nicht wissen, sonst wäre er vorsichtiger gewesen. Das glaubte sie, wollte sie glauben – das musste so sein, denn so bescheuert oder so mutig konnte nicht einmal Torberg sein.

TEIL 2

LARA

Gleich nach dem Aufwachen zündete Lara eine Kerze an. Die anderen fünf jungen Mädchen und zwei Männer ihrer Wohngruppe dösten auf ihren Futons. Sie schnarchten und wälzten sich müde unter ihren warmen Decken hin und her, hoffend, dass ihre Mentorin sie nicht so bald weckte.

Lara setzte sich im gekonnten Lotussitz auf die Reismatte, direkt vor den kleinen Altar, der als Mittelpunkt des schlichten Raumes die Augen aller Anwesenden sofort in den Bann zog. Ihre Fußsohlen zeigten in den Himmel, die Schultern waren weit, der Nacken locker. Mit den Händen formte sie einen flachen Kelch, um zu empfangen, was Gott ihr an diesem Morgen schenkte. Das Herzstück des Altars, die bronzefarbene Skulptur einer strahlenden Sonne, hellte sich im Schein der sich sanft wiegenden Kerzenflamme auf. Sie schloss die Lider und atmete ein paar Mal tief ein und aus, um sich auf die Meditation einzustimmen. Ihre volle Konzentration galt nun dem Atem. Bald nahm sie nur noch die Luftbewegung wahr, die kaum merklich von ihrer Nase aus auf die Oberlippe strömte. Sie öffnete sich innerlich und registrierte mit entspannt geschlossenen Augen die Geräusche ihrer Umgebung: das Schnarchen, das Rauschen der Decken, Taubengegurre draußen. Ihr Geist nahm all das wahr, ohne es zu bewerten, ganz so, wie sie es gelernt hatte. Dann schickte sie ihn in Richtung Altar. Sie begrüßte die strahlende Sonne, bevor sie weiterwanderte, in einen virtuellen Gottesdienst, zu einem großen, segnenden Mann in weißem Gewand. In ihrer Meditation lächelte er sie an, wie ein Vater ein Kind anlächelt. Seine Liebe ergoss sich über sie, umhüllte ihren Körper und bildete einen Kokon, der sie vor allen Übeln der kapitalistischen Welt da draußen schützte.

Wie gern hätte sie den Padre berührt, wie bereitwillig noch einmal seine Hand auf ihrem Kopf gespürt, wie damals beim Segnen während der feierlichen Weihe. Wenn sie in der Zentrale, ein paar hundert Meter weiter, Unterlagen ihrer Schüler abgab, war sie ihm oft ganz nah. Manchmal konnte sie ihn durch die Glasscheiben eines der Büros sehen. Und doch blieb er stets unberührbar für sie, ein Symbol ihrer brennenden, ungestillten Sehnsucht. Wenn er sie nur mehr wahrnehmen könnte. In der Schar seiner Gläubigen blieb ihre besondere Hingabe zu ihm unentdeckt, wie ein Juwel unter tausend Halbedelsteinen. Lara überschüttete ihn geistig mit Liebe und guten Wünschen. Sie hätte alles getan, um seine Wertschätzung zu gewinnen.

Wie jeden Tag schloss sie den Padre in ihr Gebet zu Gott mit ein, damit er seine unendliche Weisheit behielte und seine *Kirche des Lichts* in diesem Land weiter wachse. Jeder hatte es verdient, erleuchtet zu sein, wie Lara selbst. Sie hätte am liebsten die ganze Welt bekehrt. Das Glück, das sie empfand – das hatte sie gelernt – lag in der Einfachheit ihres irdischen Daseins. Das hieß Arbeiten, Beten, Meditieren, für die Gemeinde da sein, die Menschen der Gemeinde lieben. Hier war sie wichtig. Als Mentorin nahm sie einen wichtigen Platz ein, für eine Anzahl der *Jüngsten*, der neuen Schüler auf Gottes richtigem Weg.

Kai tauchte in ihrer Versenkung auf. Lara zuckte. Kai hatte diesen Weg verlassen und den falschen eingeschlagen. Unglücklicherweise konnte sie seine Erscheinung nicht wieder abschütteln. Seine Gestalt blieb vor ihrem geistigen Auge, sosehr sie sich auch bemühte, ihn gehen zu lassen. Das war das Ende ihrer morgendlichen Meditation. Mit einer

Mischung aus Ärger und Trauer löste Lara den Lotussitz und streckte die Beine langsam nacheinander aus. Sie lehnte sich zurück, mit den Händen auf der Matte abstützend, und legte den Kopf in den Nacken, sodass sich ihr Zopf in der Kapuze ihres goldschimmernden Pullovers einkringelte. Warum nur hatte er sie verlassen und das so beschämend. Ohne ein Wort war er gegangen. Kai hatte nicht nur sie verlassen, sondern die gesamte Gemeinde, den Padre, ihre komplette Welt. Bei dem Gedanken an ihn schossen Tränen in ihre Augen. Wie konnte er ihr das antun? Er war zum Verräter geworden. Das Schlimmste, was es gab. Schlimmer noch als die ungläubigen, habsüchtigen Menschen außerhalb der Kirche. Das warf auch ein schlechtes Licht auf sie selbst. Jeder wusste, dass sie ein Paar waren. Sein Vergehen war ihr Unheil. Immer wieder fühlte sie sich seither misstrauisch beäugt vom Familienältesten.

Lara seufzte gequält auf. Sie musste Kai vergessen. Er war es nicht wert, dass sie sich von ihm in der Meditation stören ließ. Sie hatte eine Aufgabe zu erfüllen. Jetzt erst recht! Sie musste dem Padre zeigen, wie loyal sie ist. Lara stand mit leise knackenden Knien auf. Ihr nach unten gerichteter Blick wanderte über die eingekuschelten Körper ihrer Mitbewohner. Alle sieben waren ihr untergeben. Sie nannten sie nicht nur so, sie fühlte sich auch wie eine Mutter für sie. Diese Stellung hatte sie sich mit strenger Disziplin und großer Leidenschaft erarbeitet. Mentorin konnte nicht jeder werden. Dazu musste sie ihre tiefe Gläubigkeit und die Fähigkeit, anderen ein Vorbild zu sein, beweisen. Kai hätte ihr das fast verdorben. Niemals mehr wollte sie diesen Judas wiedersehen.

Sie klatschte laut in die Hände.

»Los, aufstehen, ihr Schlafmützen!«

Lara musste mehrfach klatschen, bis alle unter den warmen Decken hervorgekrochen kamen. Übermüdet zogen sie sich ihre weißen Kapuzenpullover über. Tiefe Ringe unter den Augen zeugten von zu wenig Schlaf. Ihre Blicke zeigten kaum Regsamkeit, doch sie setzten sich gehorsam um den Altar herum und begannen unter Laras Anweisung die morgendliche Meditation.

»Lea, sitz gerade! Du siehst aus, als ob du gleich einschläfst«, ermahnte sie ein Mädchen mit auffallend gekrümmter Haltung. »Ich kann gar nicht oft genug betonen, dass nur echte Hingabe zur Erfüllung führt.«

Sie ging zu ihr hin und fasste ihre Schulter an. Lea blickte erschrocken zu ihr auf.

»Komm doch bitte nachher zu mir, damit wir darüber sprechen.«

Schnell senkte Lea die Augen wieder. Nach der Ermahnung aber und der zu erwartenden moralischen Belehrung fiel ihr die richtige Versenkung ihres Geistes noch schwerer. Lara sah ihre Augäpfel unter den Lidern während der gesamten Meditation hin und her wandern.

»Lara!« Carstens Stimme zerschnitt die friedliche Atmosphäre der Meditationsgruppe.

Aufgeschreckt drehte sich Lara um. Der Familienälteste der Siedlung stand im Türrahmen und winkte ihr harsch zu. Offenbar hatte er sie und die Schüler unbemerkt beobachtet und sogleich spekulierte Lara, ob sie unbeabsichtigt etwas falsch gemacht hatte. Der überaus ernste Gesichtsausdruck prophezeite ihr ein eher unangenehmes Gespräch mit ihm. Warum nur? Die Unannehmlichkeiten der letzten Wochen seit Kais Verschwinden schienen kein Ende zu nehmen. Sie bemühte sich Tag für Tag, wieder gutzumachen, was Kai der Gemeinde angetan hatte. Was sollte sie denn noch tun, um ihre Treue und Zuverlässigkeit zu beweisen? Leise, um die anderen nicht in der Meditation zu stören, stand sie auf und näherte sich dem Familienältesten.

Der Mann mit der Halbglatze, den etwas zu langen Haaren und der stets kritischen Miene lebte seit der Gründung in dieser Siedlung. Vier Jahre also, bevor Lara hier ein Zuhause gefunden hatte. Sie respektierte ihn als ihren Lehrer, aber mochte ihn nicht besonders, denn sie fürchtete seine Vorträge über die Ansprüche der Gemeinde und ihrer mangelnden Fähigkeit, diesen zu genügen. Das geschah nicht nur in diskreten Gesprächen, sondern ebenso häufig in vielen Bemerkungen über diesen und jenen kleinen Fehler, der ihr unterlief.

»Warum gibt es immer wieder Probleme mit dieser Lea?« Er klang gereizt.

Sie hob ratlos die Schultern.

»Ich glaube, sie ist eine derjenigen, für die es ein sehr langer Weg sein wird, den Pfad der Jüngsten zu verlassen, um die Weihe zu empfangen«, sagte sie.

»So, wie es aussieht, wird sie es nie schaffen«, mäkelte Carsten.

»Vielleicht. Sie ist ein schwieriger Fall.«

»Du, als ihre Mentorin, bist verantwortlich dafür, dass sie funktioniert. Lea ist in jeder Hinsicht mangelhaft. Sie arbeitet langsam, sie ist ungeschickt, und sie bringt nichts ein. So ist sie für unsere Gemeinschaft eine Belastung. Sag ihr das! Sie muss sich schon anstrengen.«

Lara nickte nur. Ihm etwas entgegenzusetzen, stand ihr nicht zu.

IM HOTEL

Greller Sonnenschein weckte Jan Torberg am nächsten Morgen. Er kniff die Augen zusammen und drehte sich zur Seite. Aber das Licht durchstach seine Lider, bevor er sie öffnete. Blinzelnd schickte er einen Blick zum Fenster und entdeckte Kemal Akdas, der sich mit ekelhafter Lebensfreude bemühte, die Vorhänge so weit wie möglich aufzureißen.

»Gleich verpassen Sie Ihr Mittagessen.«

Kemal streckte sich ausgiebig am offenen Fenster.

»Heute Nachmittag steht ein neues Treffen mit Herrn Alonso an. Die Herrschaften waren nicht gerade begeistert von Ihrem gestrigen Auftritt, aber ich habe mich richtig für Sie ins Zeug gelegt und die Wogen haben sich geglättet.«

Nun verging Jan erst recht die Lust, aus dem Bett zu steigen. Die Sache nagte schon jetzt an seinen Nerven. Unangenehme Angelegenheiten erledigte er am liebsten knallhart sofort oder gar nicht – meistens das Letztere. Obwohl er diese Sache selbst verzögert hatte, gefiel es ihm nicht, dass es sie noch gab. Um die Nase wehte ihm der kalte Novemberwind und er war froh um die bauschige Bettdecke auf seinem Körper. Kemal überkam indes der pure Leichtsinn. Er zog mit einem Ruck an dieser Wärmequelle, um Torberg aus dem Bett zu locken. Doch der reagierte schnell. An einem Zipfel bekam er sie zu fassen und er klammerte sich daran fest. Kemal ließ nicht los. Er zog, legte sein ganzes Gewicht in sein Vorhaben, gewann, und lag schließlich mit seiner flauschigen Beute an der Tür. Blitzartig folgte ihm ein Kissen, ein unbenutzter Wecker verfehlte seine Stirn, und ein Turnschuh traf ihn schmerzhaft am Oberarm. Ohne zu zögern, hätte ihm Jan auch die Nachttischlampe nachgeworfen, wenn nicht das Hoteltelefon geläutet und ihn abgelenkt hätte.

Kemal waren die überschüssigen Reaktionen seines Chefs eine Nummer zu hart. Freund oder Feind? Für ihn war das nicht einschätzbar. Beleidigt suchte er an seinem Arm nach blauen Flecken und verließ fluchend das Zimmer. Sollte Torberg doch den gesamten Tag lang schlafen! Innerlich verklagte er ihn wegen gefährlicher Körperverletzung.

Das Telefon läutete und verstummte mehrmals. Seufzend kam Jan unter dem Bett hervor, wo er vergeblich nach seinen Socken gesucht hatte. Langsam näherte er sich dem Störenfried. Immer noch hoffte er, dass der Anrufer aufgab, doch letztlich ging er ran.

»Torberg!«

Seine Stimme klang so, wie er sich fühlte: ungeduldig und wütend. Die Anruferin war für einen Moment dermaßen irritiert, dass sie einige Sekunden brauchte, um sich zu fassen. Doch bevor sie sich mit Namen melden konnte, versiegte die Geduld ihres Zuhörers. Er wartete genau diese Sekunden ab, um krachend aufzulegen.

Sprachlos saß Anna mit ihrem Smartphone in der Hand im Büro. Zweifel stiegen in ihr hoch, ob Torberg es wirklich wert war, gewarnt zu werden. Warum ließ sie nicht den Ereignissen ihren Lauf, wie sie es immer tat? Wichtig war für sie doch nur ihre eigene Sicherheit und die hätte sie mit diesem dämlichen Anruf an Torbergs Hoteltelefon fast gefährdet. Als sie ihr Handy einsteckte, war sie längst froh über das Misslingen ihrer Aktion. Nebenbei hatte sie das beste Alibi, das ihr Gewissen brauchte: Sie hatte es versucht! Alles andere war allein Torbergs Sache und sie würde sich heraushalten. Verächtlich warf sie ein Paar muffige Socken auf den nächstbesten, ziemlich hohen Aktenschrank.

DAS TREFFEN

Gereizt erschien Jan in der Empfangshalle des Hotels, um Kemal zu suchen, den er seit dem Beschuss mit seinem Turnschuh vermisste. Kemal hatte alles, was ihm für dieses Meeting fehlte: die Unterlagen, das Wissen und obendrein das notwendige diplomatische Geschick. Er selbst kannte weder Uhrzeit noch Ort des neuen Treffens. Eigentlich wusste er überhaupt nichts, außer, dass er es gestern vermasselt hatte, natürlich ... was sonst. Das Einzige, das er noch immer hatte, war Geld. Seit seiner Erbschaft schwamm er darin, gemessen an dem Nichts, das er vorher hatte.

Im Foyer herrschte Betriebsamkeit. Drei Pärchen standen an, um ein- oder auszuchecken. Einer der Trolleys neben ihnen quietschte bei jeder Bewegung. Zwei Kinder liefen im Wettstreit um einen der niedrigen Tische, die zu einer Ruheinsel gehörten, bis sich ein älterer Herr darüber beschwerte. An der Rezeption telefonierte jemand in Englisch, wieder und wieder mit denselben Sätzen, da man am anderen Ende scheinbar nichts verstand. Hinter Jan tauchte aus dem Treppenhaus eine Gruppe junger Touristen auf, die lautstark über die Planung der nächsten Stunden diskutierten. Eine Fliege flog unablässig brummend gegen die Deckenbeleuchtung.

Jan machten all diese Geräusche wahnsinnig. Er hielt sich den Kopf, weil er glaubte, sein Gehirn platze ihm gleich aus den Ohren. Er hasste Lärm und konnte überhaupt nicht verstehen, warum sonst niemand von dem Quietschen, Kreischen, Reden und Brummen Notiz nahm. In seiner Anspannung verlor er für einen Moment fast das Gefühl dafür, wo in all dem Getöse und Gewühle er selbst stand. Schließlich machte er einem der Geräusche ein Ende. Mit langen

Schritten sprang er auf den Trolley zu, riss ihn dem Besitzer aus der Hand und stellte ihn polternd mit der Längsseite auf dem Boden ab. Der Mann, dem der fahrbare Quietschkoffer gehörte, glotzte ihn mit geöffnetem Mund an, als wüsste er nicht, ob er vor Jan fliehen oder ihm eine reinhauen sollte. Auch die anderen im Foyer, einschließlich der Kinder, unterbrachen ihr Spektakel für die nächsten Minuten.

Jan drehte an einem der grässlichen, kleinen Räder.

»Quietscht!«, klärte er auf.

Er starrte jedem Einzelnen drohend in die Augen, bevor er zum Ausgang schritt. Vor der Tür empfingen ihn die ersten feinen Schneeflocken des beginnenden Winters. Sie tänzelten federleicht im seichten Wind und legten sich wie kalte Tupfen auf die Lider seiner geschlossenen Augen. Allmählich beruhigte sich das Chaos in seinem Kopf. Das Einzige, was er jetzt hörte, waren die Fahrgeräusche entfernter Autos, doch die Monotonie der laufenden Motoren störte ihn nicht. Es hatte nichts Alarmierendes, nichts Fremdes.

Jan wagte einen Blick in die Umgebung. Ihr Taxi stand wie geplant auf dem Hotelparkplatz. Für einen Augenblick überlegte er, ob er den mürrischen Fahrer aus seinem Hotelzimmer holen, zurück nach Hamburg reisen, und den ganzen Mist hier vergessen sollte. Dann keimte ein schockierender Gedanke in ihm auf. War Kemal etwa auf denselben Einfall gekommen? Wollte sein wichtigster – oder besser einziger – Vertrauter ihn hier zurückgelassen? Jan biss sich auf die Lippen. Verdient hätte er es auf jeden Fall. Er wusste, was er anderen Menschen antat.

In diesem Moment erschien Kemal hinter dem Taxi, beladen mit drei gefüllten Einkaufstaschen. Jan lächelte erleichtert. Er hatte einen Augenblick lang wirklich gedacht, der Mann hätte so viel Rückgrat, ihm einen Tritt in den Arsch zu verpassen.

Zuvorkommend eilte er Kemal entgegen und nahm ihm einen Teil der Last ab. Der blieb verwundert stehen. Hatte er da ein echtes Lächeln in diesem Gesicht entdeckt? Er meinte ein richtiges Lächeln, kein schäbiges Grinsen. An eine plötzliche Wesensänderung seines Chefs glaubte er nicht. Er musste etwas im Schilde führen.

Während sie die Treppe zum Hoteleingang nahmen, fielen ihm Torbergs Schuhe auf. Diese verschlissenen, geizig am Leben erhaltenen Latschen, die Tag für Tag ohne Unterbrechung und Auslüftung dessen Füße schützten oder im besten Fall versteckten. Ob er sie jemals gegen ein vernünftiges Paar tauschen würde? Jedenfalls hatte er nagelneue Sneaker in entsprechender Größe besorgt. Sie waren Bestandteil einer neuen Garderobe, mit der er seinen Chef gesellschaftsfähig machen wollte. Womöglich eine Zumutung für diesen eingefleischten Modemuffel. Die ausgebeulte Jeans sollte eine gepflegte – und vor allem saubere – Edeljeans ersetzen. Während sich Kemals Blick etwas angewidert der Hose in ihrer ganzen Länge widmete, stockte er plötzlich, als er die Füße erreichte. Nackte Haut! Er hatte die Socken vergessen. Seit Torberg gestern überstürzt aus dem Haus seines Widersachers gebraust war, steckten seine Füße barfuß in ihren Möchtegernschuhen.

Beim Betreten der Empfangshalle wunderte sich Kemal, dass sämtliche Anwesenden sie misstrauisch bis ängstlich anstarrten. Ihre Augen verfolgten sie auf ihrem gesamten Weg durch das Foyer. Kemal war das unheimlich. Ihm drängte sich bald der Verdacht auf, Torberg könnte nicht unschuldig daran sein. Schließlich hatte Kemal ihn leichtsinnigerweise unbeaufsichtigt im Hotel zurückgelassen. Er quetschte sich mit der letzten Tüte in den fast belegten Hotelfahrstuhl, während sein Chef wie immer die Treppe nahm. Gefühlte Feindseligkeit drang Kemal entgegen. Es kam ihm vor, als plusterte sich die Menge absichtlich auf, um ihn derart mit dem Rücken an die Fahrstuhltür zu drücken. Wenig überraschend erreichte Torberg zuerst die obere Etage. Solange er ihn kannte, stieg dieser Mann Treppen nie anders hinauf, als dass er mindestens zwei Stufen auf einmal nahm.

Jan schloss mit seinem Chipschlüssel das Hotelzimmer auf und träumte von kühlen Hellen und kulinarischen Genüssen in Form ungesündester Knabbereien. Ein bisschen Gras würde er sich vermutlich selbst besorgen müssen. Das konnte er Kemal nicht zumuten. Der Mann war vermutlich der gesetzestreueste Bürger Deutschlands. Insgeheim plante er einen abendlichen Ausflug in die Düsseldorfer Innenstadt mit einem Abstecher bei den passenden Dealern. In Großstädten ein Leichtes, sie zu finden. Sofort durchwühlte er sämtliche Tüten aus Kemals Einkauf. Die darin enthaltenen Kleidungsstücke warf er achtlos beiseite.

»Ich hatte Sie doch gebeten, für heute alles Notwendige zu besorgen.«

»… und das habe ich!«

Jetzt kam Kemal in Schwung. Er sammelte alle Sachen wieder ein und legte sie glättend auf das zerwühlte Bett.

»Sehen Sie, eine schwarze Hose mit fliederfarbenem Hemd, ein anthrazitfarbener Sakko und hier …«, triumphierend hielt er ein Paar geschmackvolle Sneaker in die Höhe, »… die passenden Schuhe dazu! Größe 46 stimmt doch?«

Enttäuscht saß Jan auf der Bettkante und schluckte den angesammelten Speichel hinunter, der sich vor Erwartung gebildet hatte.

»Was soll das? Wo ist das Bier? Und außerdem passen Ihnen die Sachen sowieso nicht. Die sind Ihnen doch viel zu groß.«

»Natürlich sind sie zu groß für mich. Das ist ja auch nicht für mich!«

Jan runzelte die Stirn.

»Für wen sonst?«

Kemal war sich nicht sicher, ob Torberg nur so tat, als begreife er nicht und überließ es ihm selbst, die Antwort zu finden.

Jans Mund stand unkontrolliert offen, sein Blick traf fragend sein Gegenüber, aber der ließ nicht die geringsten Zweifel aufkommen. Und so tastete er langsam den Sakko ab, befühlte die Wollmischung, den Reverskragen, drehte ihn um, als hätte er nie Ähnliches gesehen.

»Wozu?«, fragte er verdutzt.

Wozu? Kemal schnappte sich die Hose und hielt sie ihm vor die Nase.

»Damit ich mich bei diesem neuen Treffen mit Ihnen sehen lassen kann, ohne mich fremdzuschämen. Dieser Herr Alonso kommt bestimmt nicht in abgetragener Lederjacke und verdreckter Hose. Haben Sie gesehen, wie elegant man sich dort gibt?«

»Eben, man gibt sich so. Mehr ist da auch nicht hinter. Die Etikette interessiert mich nicht. Ich kleide mich praktisch und mehr nicht. Und sehen Sie – empfangen haben die mich auch so.«

»Weil die etwas von Ihnen wollen. Sonst hätten die so was wie Sie gar nicht reingelassen.«

»Die Sachen, die ich gerade trage, sind mir die allerliebsten, insofern gestehe ich dem Treffen sogar ein Maximum an Wichtigkeit zu. Wenn ich das da anzöge, würde ich mich nicht kleiden, sondern verkleiden und das ist nicht meine Absicht. Wir haben November und nicht Karneval.«

Kemal verdrehte die Augen. Was hatte er auch anderes erwartet? Er versuchte sich in Überredungskunst.

»Ziehen Sie es wenigstens ein einziges Mal an. Ob Sie es schließlich tragen, entscheiden sowieso Sie allein … wenn nicht für Sie selbst, dann eben mir zuliebe.«

Jan verzog seinen Mund. Insgeheim reizte es ihn schon, sich einmal im Leben in solchen Klamotten im Spiegel zu betrachten. Nicht mal zur Beerdigung seines Vaters hatte er sich von seiner verschlissenen Jeans getrennt und ja, er gab zu – er hätte sie in der Zwischenzeit schon mal waschen können. Doch frische Wäsche roch so anders. Das mochte er nicht. Aber er mochte auch keine ungewaschene neue Kleidung, die womöglich schon jemand anderes anprobiert hatte. Er schüttelte sich bei dem Gedanken. Nun lag das da und Kemals Hundeblick bohrte sich in sein Gewissen.

»Ich weiß nicht.«

Kemal sah ihn immer noch bettelnd an.

Na ja, warum nicht? Anschließend konnte er den Mist ja wieder ausziehen und sich gründlich abduschen.

»Also wirklich nur Ihnen zuliebe.«

Kemal strahlte.

Jan war, als schlüpfe er mit den ungewohnten Kleidungsstücken in eine andere Identität, als probiere er ein fremdes *Ich* an.

Die Verwandlung übertraf Kemals kühnste Vorstellungen. Kleidungsstück um Kleidungsstück verwandelte sich Torberg von einem ungepflegten Fastpenner in einen unrasierten und ungekämmten Geschäftsmann. Perfekt! So sah er aus, sein Wunschvorgesetzter. Nicht zu elegant, und nicht zu schlampig. Begeistert schob er seinen kostümierten Chef vor den Schrankspiegel und verglich ihn mit einem Model aus einer Parfümwerbung.

»Nun übertreiben Sie aber!«

Dennoch geschmeichelt drehte und wendete sich Jan vor seinem Ebenbild, die Hände lässig in den Hosentaschen. Nicht ungern ließ er sich von Kemal bewundern.

»Doch wirklich, wenn Sie sich jetzt noch rasieren und einen Besuch bei einem Friseur wagen würden …«

Jan bekam Spaß an der Sache. Lachend tänzelte er um Kemal herum. Dann blieb er dicht vor ihm stehen, sodass er schon die intime Nähe seines Körpers spüren konnte, und hauchte: »Na, gefalle ich dir?«

Kemal prustete unkontrolliert heraus. Tröpfchen seines Speichels trafen ungewollt Jans Nase. Jan zuckte zurück und bekam augenblicklich Gänsehaut. Wieso war er seinem Mitarbeiter bloß so nahegekommen. Igitt! Mit dem Ärmel des Sakkos und zugekniffenen Augen wischte er den ekelhaften Sabber schnell weg.

»Hinreißend!«, sagte Kemal. »Also, wenn ich nicht versprochen wäre …«

Das nahm Jan zum Anlass, Kemal klarzumachen, dass dies nur eine Kostümprobe war.

»Ach so, Sie sind versprochen? Na dann hat sich das erledigt.«

Bei diesem Satz saß Jan bereits auf dem Bett und schlüpfte aus Sakko und Hose. Kemal sah ernüchtert zu, wie er sich aus den Sachen schälte und bekam Jans Unterhose zu Gesicht. Er spekulierte, wollte aber besser gar nicht wissen, ob Torbergs Retroshorts genauso lange keine Waschmaschine gesehen hatte, wie seine unsägliche Jeans. Instinktiv atmete er für einige Augenblicke nur durch den Mund. Am Ende fragte er doch.

»Haben Sie eigentlich so etwas wie Unterwäsche mit?«

Jan sah ihn verständnislos an.

»Was soll denn die Frage?«

»Nun ja, wenn ich an Ihre Jeans denke …«

Torberg stand auf, öffnete den Hotelschrank und seine Reisetasche. Zögernd kam Kemal näher, fast schon mit Herzklopfen, weil er befürchtete, die ekelhaftesten Sachen zu entdecken, die ihn noch Tage und Wochen verfolgen würden. Doch in der Tasche befand sich nur saubere Kleidung, darunter Berge von Retroshorts.

»Und wo ist Ihre Dreckwäsche?«

»Ich werfe sie weg. Zufrieden?«

Räuspernd trat Kemal ein paar Schritte zurück.

»Halten Sie mich für einen Penner?«, fragte Jan in deutlich verärgertem Tonfall.

Er nahm die Schuhe und pfefferte sie mit unnötig heftigem Schwung in eine Ecke des Zimmers.

»Das passt mir nicht. Schaffen Sie das raus.«

»Oh doch, es passt. Aber Sie wollen nicht passen, und zwar nirgendwo hin.«

»Nein, das will ich nicht. Ich werde nie angepasst an diese Scheißwelt sein. Und wissen Sie, warum? Weil einfach nirgends Platz für mich ist. Warum sollte ich mich zwanghaft irgendwo reinzwängen, wo man mich sowieso nicht haben will?«

Kemal erkannte die Sinnlosigkeit, ihn überreden zu wollen. Verbittert suchte er die Sachen zusammen und verstaute alles faltenlos in Torbergs Hotelschrank.

»Tragen Sie bitte wenigstens die neue Hose. Ihre Jeans steht vor Dreck. Das ist eine Zumutung. In einer der Einkaufstaschen liegen die Rechnungen. Das Taxi wartet um 14.30 Uhr.«

Desillusioniert verließ er das Zimmer.

In der Zentrale der *Kirche des Lichts* war inzwischen alles für das bevorstehende Treffen vorbereitet worden. Diesmal gab man sich mehr Mühe, in der Hoffnung, wenigstens zu einer fruchtbaren Zusammenkunft zu kommen, was auch immer daraus erwachsen sollte.

Anna spielte wieder die Dame, die sie nicht war, trug ein elegantes Kostüm und hohe, spitze Schuhe. Sie hatte für einen gedeckten Tisch gesorgt und schwitzte feuchte Hände. Alles wartete nur auf den Padre und Torberg.

»Ich bin gespannt, welche Überraschungen wir heute erleben.«

Anna fuhr herum. Wolff stand hinter ihr und zündete sich eine Zigarette an. Sie versuchte, den Rauch mit den Händen zu vertreiben. Misslaunig schob sie ihn an den Schultern zum geöffneten Fenster hin. Anna dachte sich nichts dabei, bis sie sah, dass Wolff genüsslich grinste. Reflexartig wollte sie ihre Finger von seinem Körper nehmen, doch er drehte sich um, fasste nach ihr und erwischte im letzten Moment ihre rechte Hand. Anzüglich und spöttisch grienend drückte er ihre Hand an seinen Bauch und schob sie immer weiter nach unten.

»Sie dürfen gern tiefer anfassen.«

Anna versuchte, ihren Arm aus seinem festen Griff zu zerren, aber er hielt sie fest.

»Nehmen Sie sofort die Hände von mir«, zischte sie. »Ich werde mich bei ihm beschweren.«

Wolff ließ los. Sein gehässiges Grinsen versiegte nur langsam.

Obwohl sie den Drang verspürte, hinauszurennen, um von ihm wegzukommen und ihre Hand gründlich zu waschen, blieb sie klopfenden Herzens trotzig vor ihm stehen. Er sollte nicht wissen, wie viel Angst sie vor ihm hatte. So viel, dass er ihr seit Langem sogar in Albträumen erschien.

Sie wollte ablenken und sah auf die Uhr. »Der Padre wird sicher pünktlich kommen, aber wie steht es mit Torberg?«

Anna dachte an die Socken, die sie auf ihren Aktenschrank geworfen hatte. Ob dieser Mann überhaupt so etwas wie Reisegepäck mit sich führte? Da sahen sie Alonsos Wagen wie eine Staatskarosse die Einfahrt passieren. Direkt dahinter fuhr ein Taxi auf den Hof. Wolff zerquetschte die Zigarette in einem Saftdeckel und zog das Fenster noch mehr auf, um den Rauch hinauszufächern.

Kurz bevor sie das Anwesen der Zentrale erreichten, fiel Jan sofort der Mercedes-Benz auf, der ihnen entgegenkam. Der Wagen bog vor ihnen ein und kam vor dem elektronischen Tor zum Halten.

»Donnerwetter«, rief Kemal, »eine Stretch-Limo!«

»Ein Maybach«, ergänzte Jan.

»S600 Pullman Guard, 6,36 Metern lang und gepanzert«, vervollständigte ihr Taxifahrer voller Begeisterung.

»Gepanzert? Wozu braucht der ein gepanzertes Fahrzeug?«

Jan kletterte halb über seinen Rechtsberater, um das Luxusauto zu bestaunen.

»Vielleicht hat er sich ja Feinde gemacht«, mutmaßte er.

Kemal drückte seinen Chef energisch von sich weg, zurück in den Sitz, um nicht mit seiner Jeans in Berührung zu kommen.

»Das Teil kostet mindestens eine Million Euro.« Der Taxifahrer war geradezu ehrfürchtig.

»Ich vermute, Sie sinken gleich zu Boden, um es anzubeten. Sehen Sie lieber zu, dass Sie den nicht anrempeln.«

Jans Sicherheitshinweis entlockte dem Fahrer ein müdes Lächeln.

Aus der Limousine vor ihnen musste niemand extra aussteigen. Das Tor öffnete sich wie von Geisterhand von selbst. Langsam fuhren sie hinterher, über den Hof, bis vor das Gebäude.

Jan ließ den Taxifahrer in größerem Abstand halten und als er ausstieg, vergewisserte er sich, ob Kemal ihm folgte. Im Schlendergang näherte er sich dem Fahrzeug, aus dem von hinten ein hünenhafter Mann ausstieg – schon aus der Entfernung eine eindrucksvolle Erscheinung. Er schien unglaublich breit, nicht dick, aber doch mit deutlichem Ansatz. Selbstverständlich trug er Anzug, wie erwartet. Je näher Jan kam, desto stattlicher erschien er ihm. Jan war sicher, dass der Koloss sich mit Krafttraining in Form hielt. Er selbst war ja nicht klein, aber dieser Mann überragte ihn mindestens um einen halben Kopf – ein Riese, wahrhaftig. Mit ernstem und – anders, als Jan es von einem Spanier erwartet hätte – blassem Gesicht, schmalen Lippen, das dünne schwarzgraue Haar ab den Geheimratsecken streng nach hinten gekämmt, stand Alonso vor ihm wie ein Berg und sah ihn interessiert abschätzend an. Sein Blick schien ihm so durchdringend, als wollte er in den Pupillen seines Gegenübers die Gedanken lesen. Dieser Blick stieß Jan bis in die Eingeweide, wusste der Teufel warum. Kein Mensch, außer seinem eigenen Vater, hatte es je geschafft, ihn innerhalb eines Augenblicks derart zu verunsichern, dass ihm Angst- und Fluchthormone den Bauchraum durchwühlten. Aber Jans Augen verrieten Alonso sicher nichts. Er trotzte dem Berg von unten aus direkt ins Gesicht, stumm, aufsässig, sekundenlang, ohne auch nur eine Miene zu verziehen oder gar zu zwinkern, obwohl er mit dem Theater in seinem Inneren kämpfte.

Kemal sah dem Geschehen von Weitem zu. Es schien ihm ein erster Kampf, eine Art ernstes Spiel, bei dem der verlieren würde, der zuerst seine Augen senkte. Beide sprachen kein Wort. Dann ging Alonso dazu über, Torbergs Äußeres zu mustern. Von oben herab streiften seine Augen Torbergs Körper, der in seiner ungewaschenen Kleidung steckte, und sie blieben stutzend an dessen nackten Knöcheln haften. Nach einem Runzeln der Stirn hielt er ihm überraschend die Hand entgegen, so nah, dass er Jans Brustkorb soeben berührte.

»Sie sind Herr Torberg, nehme ich an.«

Auf seinem Gesicht lag nun ein Lächeln, das Jan noch mehr irritierte als der zuvor abschätzende Blick.

»So ist es.«

Jan hatte nicht vor, ihm die Hand zu reichen. Im Gegenteil, er hatte sie demonstrativ in die Hosentasche gesteckt. Doch der Guru ließ die Finger da, wo sie jetzt ruhten, genau auf seiner Magengrube. Er sah Jan ohne Wimpernschlag an, in sicherer Erwartung einer Erwiderung. Solchermaßen gedrängt, vor allem wegen des durchgehend freundlichen Blicks, tat Jan es letztlich doch. Der Handschlag des Riesen fühlte sich wie die erdrückende Umarmung eines Oktopus an.

»Willkommen in meinem Haus«, sagte Alonso. »Ihr Auftreten gestern werte ich mal als Missverständnis ... folgen Sie mir.«

Endlich ließ er Jan los, wandte sich ab und bewegte sich, einem Hünen gleich, begleitet von seinem Chauffeur sowie einem offensichtlichen Bodyguard, zum Eingang des Hauses. Dort hielt er persönlich die Tür auf.

Torberg blieb indes wie angekettet stehen, sodass Kemal ihm einen leichten Schubs von hinten gab.

»Na los, der Bär bittet zum Tanz!«

Mit einem Anflug von Schmunzeln beugte sich Jan zu Kemal und flüsterte ihm ins Ohr.

»Nun sehen Sie sich das an – ich soll mich elegant kleiden und der da trägt einen Zopf.«

Auch Kemal war aufgefallen, dass auf dem maßgeschneiderten Rückenteil des Mannes ein dünner geflochtener Zopf ruhte.

Jan und Kemal folgten der Einladung und während sie den Gastgeber passierten, fühlten sich beide wie kleine Jungen in ihrer Schulzeit. Natürlich ließ Jan sich nichts anmerken, aber Kemal glaubte nicht, dass er seine Unsicherheit verstecken konnte.

Bevor sich der Hausherr weiter mit ihnen beschäftigte, wandte er sich wie selbstverständlich dem Pförtner in der gläsernen Loge zu.

»Wie geht es Ihnen heute, Herr Leitz?« Auch ihm reichte er eine Hand und er drückte sie länger, als man es üblicherweise erwartet.

»Danke, sehr gut, mein Padre, sehr gut.«

»Das freut mich.«

Die Zuwendung zeigte Wirkung. Unterwürfig sprang der Mann aus seiner Loge und geleitete seinen Padre samt Gefolge zum Fahrstuhl, als könnten sie das nicht allein schaffen. Der Bodyguard und der Chauffeur blieben an der Tür stehen.

Im Aufzug wurde es allein aufgrund der einnehmenden Gestalt von Alonso verdammt eng. Der kleine Raum füllte sich mit prickelnder Stille. Alles war offen, nun konnte sonst was passieren. Kemal hätte diese Stille gern gebrochen. Doch blieben ihm die Worte im Leib stecken. Bereits jetzt wirkte Alonso bedrückend auf ihn. Was er von ihm wusste, war nicht viel. Aber das, was man sagte, reichte aus, sich zu fürchten und die Gefahr förmlich zu riechen.

Als sie Alonsos Büro betraten, warteten Wolff und Anna direkt an der Tür auf sie. Anna empfing sie mit routinierter Freundlichkeit.

Torberg folgte nur widerstrebend.

Er hielt es nicht für nötig, Anna zu grüßen. Kemal holte das für ihn nach, wie üblich, die Form für seinen Vorgesetzten wahrend.

Anna starrte Torberg giftig nach. Alonso mochte ein Verbrecher sein, aber Benehmen hatte er schließlich. Es schien ihr zwar fraglich, ob das eine das andere entschärfte, doch im Moment wäre es ihr wichtig gewesen, wenigstens zur Kenntnis genommen zu werden. Aber Torberg sah durch sie hindurch, als existierte sie gar nicht. Er klebte an einem Fleck im Raum, schaute sich unschlüssig um, als überlegte er, ob er überhaupt bleiben sollte. Alle anderen saßen bereits und warteten nur auf ihn.

Anna nahm sich zusammen. Sie forderte ihn gezwungen freundlich auf, Platz zu nehmen, indem sie auf die bevorstehende Bewirtung hinwies.

Jan hatte sich inzwischen von dem ersten charismatisch aufgeladenen Eindruck erholt. Er schickte dem Padre ein zynisches Lächeln.

»Sie haben also die Taktik geändert. Heute versuchen Sie es nicht mit gönnerhafter Abfertigung, sondern mit aufgesetzter Höflichkeit.«

Damit ließ er sich rotznäsig auf den angebotenen Sessel fallen und blieb, mit einem Bein über die Lehne baumelnd, sitzen, wartend auf eine Reaktion.

Kemal fasste sich an die Stirn. Dieser Mann war dabei, ihn wahnsinnig zu machen. In dessen Begleitung war Blamage eine Regel.

Anna überging das entstandene Schweigen und begann höchstpersönlich, den Kaffee einzuschenken. Sie bewirtete den Padre zuerst und sah ihn verstohlen an. Er ordnete mit seinen groben Fingern Unterlagen, als hätte er nichts gehört. Aber Anna wusste genau, dass er jedes Wort, jede Bewegung seines Gegners registrierte. Er war dabei, sich ein Bild von Torberg zu machen, um seine Persönlichkeit zu studieren, ihn zu scannen. Mit seiner Menschenkenntnis hatte er meist schon in wenigen Minuten heraus, wie sich ein Mensch manipulieren ließ und es gab nur eine Handvoll, für die er länger brauchte. Dieser hier würde ihm sicher Kopfzerbrechen bereiten.

Sie war zu Torbergs Tasse vorgedrungen und goss sehr, sehr vorsichtig ein – immer in der Erwartung, er könnte die Tasse einfach unter der Kanne wegziehen. Aber, womit man rechnete, das tat er sowieso nicht.

Zum ersten Mal schien er sie wirklich zu sehen.

»Schönen Dank!«, sagte er und sie wusste nicht, ob er es ironisch oder freundlich meinte.

Jan nahm einen kräftigen und geräuschvoll schlürfenden Schluck und starrte sie währenddessen ungehemmt an. Dabei fiel ihm auf, dass sie anscheinend als Einzige hier im Haus keinen dieser auffälligen Anhänger trug, die ihnen, einschließlich diesem Padre, um den Hals hingen. Es waren Anhänger mit dem Motiv einer strahlenden Sonne.

Während sich Torbergs Blicke auf Anna konzentrierten, saß Kemal bedrückt in seinem Sessel. Ihm gegenüber saß Alonso, dieser einflussreiche, mächtige Mann und ihm war klar, dass er zwischen den beiden zu vermitteln hatte. Leider kannte er Torberg schon zu gut und dessen augenblickliche Laune schien alles andere als einlenkend.

Endlich rührte sich Alonso.

»Herr Torberg, ich habe Ihnen noch gar nicht mein Beileid ausgesprochen.«

Das kam unerwartet. Jan zuckte und verschüttete fast den Kaffee. Er zwinkerte ein paar Mal, als ob er einen Tick unterdrücken wollte.

»Für wen jetzt? Für meinen Vater oder meine Mutter?«, fragte er, nachdem er sich gefasst hatte.

»Sie haben recht. Sie müssen einen doppelt so schweren Verlust ertragen. Das tut mir leid für Sie. Ich habe Ihren Vater als sehr integren Menschen kennengelernt.«

»Er hat sich umgebracht.«

»Das weiß ich. So sollte kein Leben enden. Ich hätte nie gedacht, dass Ihr Vater so etwas tun könnte. Er hat sich erschossen, nicht wahr?«

Mit leicht flatterhafter Hand setzte Jan die Kaffeetasse ab. In Gedanken tauchte sein alter Herr vor ihm auf, mit einer Pistole in der Hand, die er langsam an die Schläfe führte und dann aufsetzte. Rauch und Hirnmasse … er sah all das Blut vor sich, das die Beamten vor ihm verschwiegen hatten.

»Nun, Herr Torberg …«

Jan bemerkte, dass er in Gedanken versunken war und alle anderen ihn erwartungsvoll anstarrten.

»... trotz all Ihrem Schmerz, den Sie verspüren. Lassen Sie uns über Geschäftliches sprechen. Deshalb sind Sie doch hier?«

»Sicher ...« Jan war noch nicht ganz im Jetzt angekommen. »Ich frage mich, warum mein Vater überhaupt eine Pistole hatte. Wo hatte er sie her? Hatte er sie nur für diesen Zweck angeschafft?«

Alonso runzelte die Stirn.

»Vielleicht sollten wir das Gespräch doch ein anderes Mal führen. Sie sind emotional zu sehr angeschlagen.«

»Was denken Sie darüber?«

»Worüber?«

»Sie sagen, es passte nicht zu meinem Vater. Dasselbe sage ich auch.«

»Nun, dann sind wir uns ja einig. Was wollen Sie denn von mir hören?«

Jan zuckte mit den Schultern. »Vielleicht, dass es Mord sein könnte.«

»Mord? Wenn Sie das glauben, dann sollten Sie mit der Polizei darüber sprechen.«

»Das habe ich, aber es interessiert sie nicht.«

Der Padre fixierte ihn nachdenklich. Anscheinend fiel es ihm schwerer als gedacht, Jan richtig einzuschätzen.

»Also gut. Die Sachlage ist Ihnen bekannt. Da Sie aus rätselhaften Gründen nicht in der Lage sind, den von mir vorgeschlagenen neuen Geschäftsführer, Herrn Wolff, zu akzeptieren, biete ich Ihnen folgendes Geschäft an ...«

Kemal, im Sessel neben Jan, ahnte, von welcher Art dieses Geschäft sein würde, und hoffte insgeheim, sein Chef würde schnell und komplikationslos einschlagen.

Alonso schob Jan ein von Anna vorgefertigtes Schriftstück über den Tisch, ohne ihn dabei aus den Augen zu lassen. Wie zu erwarten, würdigte der es mit keinem Blick. Er starrte

Alonso regungslos an und Alonso blickte schmal, als erwartete er irgendeine trotzige Antwort.

»Sie sind kein Geschäftsmann. Das Geschäft, das ich Ihnen anbiete, wird dem sehr entgegenkommen.«

Noch immer blieb eine Antwort aus. Alonso schob ihm das Schriftstück näher hin.

»Ich zahle Sie aus – zu einem sehr wohlwollenden Betrag.«

Mit der Spitze seines goldenen S.T. Dupont Füllfederhalters deutete er auf die ausgeschriebene Summe. Kemal rutschte schnell zu Torberg hinüber und lugte auf den noch unwirksamen Vertrag. Was er las, übertraf seine Vorstellungen um einiges. Hektisch stieß er Jan an. Auch der hatte inzwischen die Augen auf das Blatt gesenkt.

»Das ist gut«, flüsterte Kemal, »durchaus angemessen – mehr als das!«

Doch seine Aufregung ging nicht auf seinen Chef über. Auch Jan wusste, dass es mehr als angemessen war. Er kannte die Summe seiner Beteiligung an dieser Firma. Ja, er hatte – was ihm hier sicher niemand zutraute – die Geschäftspapiere gesichtet, wenn auch flüchtig. Was Alonso ihm bot, überschritt den Wert seiner Beteiligung um das Doppelte. Gerade das machte ihn stutzig. Leute, wie dieser Padre verschenkten sicher nichts, selbst aus Bequemlichkeit nicht.

Er will mich loswerden, dachte er, *und das so schnell wie möglich. Aber da hat er sich geschnitten.*

Warum sollte er es nicht darauf ankommen lassen? Jan brauchte das Geld nicht. Es hätte ihn nicht einmal interessiert, bevor ihm diese unsägliche Erbschaft aufgedrängt wurde. Er begann ein schiefes Grinsen. Eins von der Sorte, seine Mitmenschen innerlich platzen zu lassen. Dann schüttelte er langsam den Kopf. Es sollte doch mit dem Teufel zugehen, wenn er diesen Padre nicht aus der Ruhe bringen könnte.

Ernste Falten verdunkelten Alonsos Stirn, was Jan mit Befriedigung registrierte. Der Padre nahm etwas zu ruckartig den Vertrag an sich und unterschrieb im Voraus mit geschwungener, großer Schrift und blauer Tinte. Seine edelsteinbesetzte Breguet-Uhr blitzte kurz unter dem Ärmel hervor. Ein paar Blätter weiter unterschrieb er noch drei weitere Male.

»Überlegen Sie es sich nicht zu lange, junger Mann.«

Er wies auf Kemal. »Ihr Berater hat recht. Das ist ein unschlagbares Angebot. Ihnen bedeutet dieses Geschäft doch gar nichts. Bauen Sie sich mit dem Geld etwas auf, was Ihnen mehr liegt. Oder verschleudern Sie es, wenn Sie wollen.«

Kemal war ganz seiner Meinung. Wieder stieß er Jan an. Der grinste nur noch einseitig. Das Wort *verschleudern* stieß ihm unerträglich auf. Es erinnerte ihn an die Vorhaltungen seines Vaters, wenn es um Kunst und seine Unterstützung ging. Das hätte Alonso nicht sagen sollen.

»Behalten Sie den Wisch. Ich bleibe im Geschäft. Und wer weiß? Vielleicht werde ich Ihre Geschäftspraktiken mal überprüfen. Es interessiert mich, wie Sie Ihre Brötchen verdienen. Man hört da so einiges.«

Damit erhob er sich. Es tat ihm gut, für einen Moment auf seinen selbstgefälligen Widersacher hinunterzublicken.

»Man sieht sich«, warf er dem verdutzten Alonso hin.

Dann drehte er sich um und schritt zum Ausgang.

Jetzt rührte sich Wolff, der hinter Alonsos Sessel stand, und der den Schlagabtausch bisher stumm mitverfolgt hatte. Auf einen Wink des Padre nahm er die Verträge an sich. Er schob sein Kinn nach vorn, strich sich über das Haar, und folgte Jan Torberg zur Tür. Der sollte ihm nicht noch einmal sang- und klanglos entwischen. Mit seinem durchtrainierten Körper versperrte er den Ausgang und hielt Torberg die Papiere direkt unter die Nase. Zu seinem Leidwesen musste er zu

Torberg nach oben sehen. Wolffs Stimme klang bedrohlich leise und unnatürlich ruhig.

»Nur ein Idiot würde das hier ausschlagen.«

Jan konnte Wolffs Atem riechen. Er roch nach Zahncreme und altem Kaffee.

»Ich bin ein Idiot«, sagte Jan und schob den Körper, dessen Brust vor Angespanntheit fast das Hemd zu sprengen drohte, vorsichtig zur Seite. Der aber versperrte ihm ein weiteres Mal den Weg. Wolff hielt den Türgriff fest, sodass Jan ihn hätte anfassen müssen.

»Legen Sie sich nicht mit dem Padre an«, flüsterte Wolff. »Sie wären nicht der Erste, der das bereut. Es soll Leute geben, die heute nicht einmal mehr drei Euro für ein Brot haben, weil sie seine Angebote ausgeschlagen haben.«

Jan schlug mit der Handkante den Arm unsanft weg und stieß Wolff mit beiden Händen von sich. Der Mann stolperte zwei Meter zurück.

Ganz wohl war Jan nicht zumute, aber ein letztes blödes Grinsen konnte er nicht verdrängen, bevor er grußlos ging.

Als Kemal erkannte, dass Torberg die Gesellschaft unwiderruflich sitzen ließ, sprang er auf. Er wollte sich sofort nach ihm durch die Tür drängen. Doch Alonso stand ebenfalls auf, packte ihn an seinem schmächtigen Oberarm und zog ihn dicht zu sich heran. Wolff gab seinem Chef die Unterlagen zurück, die der Padre Kemal grob in die Hand klatschte.

»Gib ihm den *Wisch*.«

Er musterte den zierlichen Kemal einige Sekunden lang, dann lockerte sich sein fester Griff. Etwas erschrocken nahm Kemal den Vertrag an sich und senkte verlegen den Kopf. Ein unerträglich mulmiges Gefühl breitete sich in seinem Magen aus.

Warum lässt der mich, verdammt noch mal, nicht los?

Aber noch immer hielt Alonso ihn fest und, obwohl er nicht zu ihm nach oben sah, spürte er förmlich, wie dessen Augen ihn aufspießten. Mit Selbstüberwindung und vor allem der Sorge, seine Verlegenheit zu sehr preiszugeben, hob Kemal mutig den Kopf und sagte schnell: »Ich werde tun, was ich kann.«

Seine Stimme klang etwas dünn.

Als Alonso ihn endlich losließ, schien etwas wie ein zufriedener Zug um seine Lippen zu liegen.

»Berate ihn gut«, hörte Kemal ihn leise drohen, während er selbst hastig durch die Tür schlüpfte.

Mit schnellen Schritten eilte er durch das Treppenhaus. Das mulmige Gefühl in der Magengegend steigerte sich allmählich zu echter Übelkeit. *Scheiße!* Warum fühlte er sich eigentlich verfolgt? Dies waren doch Torbergs Probleme, nicht seine. Erst, als er am Pförtner vorbei war, das Haus verlassen hatte, und der Wind sein Gesicht kühlte, beruhigte sich sein Bauch. Von Torberg war keine Spur. Wenigstens das Taxi stand bereit. Er beschloss, sich nicht weiter um den Mistkerl zu kümmern, und ließ sich zurück ins Hotel fahren.

Der Padre stand, von seinem Gast zurückgelassen, im Raum. Anna und Wolff beobachteten ihn mit gebannten Gesichtern, ratlos, wie tags zuvor. Dann sah Alonso zum Fenster hinaus, als versuchte er, von Weitem in Jans Gedanken einzudringen.

»Ein impertinenter Kerl!« Er atmete hörbar durch.

Anna kannte dieses Durchatmen. Es war stets Ausdruck äußerster Anspannung und unterdrückter Gewalt.

»Aber Charakter hat er,« rutschte es aus ihr heraus.

Sie bereute es bereits, als sie es aussprach. Doch ihr Mund war zu schnell gewesen. Alonso fuhr herum. Erschrocken presste sie ihre Hand vor die Lippen.

»Das war natürlich ironisch gemeint«, fügte sie schnell hinzu. Aber ihr Versuch, zu entschärfen, schien nicht überzeugend.

Sie wandte sich dem Tisch zu und begann abzuräumen, bloß nicht in die Augen der beiden anderen zu schauen. Dennoch fühlte sie die bösen Blicke hinter sich.

»Der wird sich schon melden – spätestens übermorgen«, versprach sie, ohne aufzusehen.

Dass der Padre gar nichts sagte, beunruhigte sie. Er war es nicht gewohnt, sich mit solchen Kleinigkeiten aufzuhalten. Ebenso wenig, wie den überheblichen Ton Torbergs.

Du hättest ihn doch warnen sollen, stichelte ihr Gewissen.

Zügig füllte sie das Tablett mit dem Geschirr und sie war froh, dass sie den Raum verlassen und sich allein in ihr eigenes Büro zurückziehen konnte. Mit waghalsigen Turnübungen angelte sie Torbergs Socken wieder vom Aktenschrank und steckte sie ein weiteres Mal in ihre Jackentasche. Sie wusste zwar nicht, wie sie ihm die Dinger zustecken sollte, doch um Einfälle war sie noch nie verlegen gewesen. Aber was, wenn Torberg ihre Warnung nicht ernst nehmen würde? Wenn? Ganz bestimmt würde er sie nicht ernst nehmen, durchfuhr es Anna. Wahrscheinlich war es besser, sich gleich an dessen Berater zu wenden. Dieser gutaussehende Justiziar, Kemal Akdas, machte doch einen vernünftigen Eindruck. Sicher wusste er nicht, in welche Lage Torbergs Verhalten selbst ihn bringen konnte. Je mehr sie darüber nachdachte, desto bewusster wurde ihr, dass sie nicht Torberg, sondern ihn warnen musste.

Stumm sah der Padre Annas wippendem Hintern im engen Rock hinterher, als sie den Raum verließ. Wolff folgte seinem Blick, bis sie die Tür geschlossen hatte. Als wäre ihr ansprechendes Hinterteil noch immer in Sicht, verweilten beider Augen eine Zeit lang auf dem Holz der Tür.

»Entweder der Quertreiber zieht mit oder wir werden nachhelfen müssen«, sagte Alonso dann.

»Nichts lieber als das.« Wolff schnaubte. »Ein Wort nur und ich schlage ihm höchstpersönlich seine arrogante Fresse zu nicht mehr identifizierbarem Brei.«

Er schlug mit der Faust vor Alonso auf den Schreibtisch. »Der grinst uns nicht noch einmal so dämlich an!«

»Ich dachte eher an ein paar finanziell bedeutsame Interventionen«, sagte der Padre lächelnd.

Enttäuscht räusperte sich Wolff. »Ach so, das ist dann wohl eher Annas Aufgabenbereich.«

Alonso zog die Brauen hoch. Er schwieg, während er sich setzte und sich noch einmal der vor ihm liegenden Ausfertigung des Vertrags widmete.

Wolff sah seine Chance gekommen. Er schritt neben Alonsos Sitz und beugte sich zu dessen Ohr.

»Anna ist auch nicht mehr dieselbe, die sie war. Sie ist weich geworden, zu weich.«

Alonso blätterte.

»Meinen Sie nicht auch, dass sie inzwischen zu viele Geheimnisse tragen muss? Ihre Schultern sind zu schwach, dem Druck von außen und innen standzuhalten.«

Das Schweigen des Padres ließ Wolffs Finger kurz im Haar nach Beruhigung suchen.

»Aber ihr Hintern ist noch genauso schön rund wie vor acht Jahren, nicht wahr?« Alonso sah nicht einmal auf.

Wolff stutzte. Dann schmunzelte er.

ANNAS GEWISSEN

Anna packte Notebook, iPad und einiges an Papierkram in ihre geräumige Ledertasche. Unterdessen überlegte sie, wie sie Akdas warnen sollte, ohne bei Wolff oder gar dem Padre den Verdacht von Illoyalität zu wecken. Sie verschloss ihr Büro und durchschritt den breiten Gang, der wie immer nach einer seltsamen Mischung aus Kaffee und Räucherstäbchen roch. Die meisten Arbeitsräume in der Zentrale hatten nicht einmal eine Tür. Nur sie selbst, der Padre, Wolff und zwei weitere Kollegen erfreuten sich einzelner Büros. Alle anderen arbeiteten in den Großraumbüros der vier Etagen. Ein Arbeitsklima, das nicht unbedingt jedem lag. Anna jedenfalls wollte auf ihren Blickschutz mitnichten verzichten, auch, wenn dieser nur aus satiniertem Glas bestand. Es war neunzehn Uhr. All die fleißigen Helfer im Gebäude mit dem typisch glücklich-wissenden Gesichtsausdruck waren längst nicht fertig und würden bis spät in den Abend vor ihren Schreibtischen sitzen. Sie verschenkten ihre Arbeitskraft selbstverständlich im Dienste ihres Glaubens.

Auf dem Gang vor den Sanitärräumen traf sie auf Lea, ein Mädchen aus der nahegelegenen Siedlung der Gemeinde. Ausgerüstet mit Eimer, Besen und Handschuhen wrang sie einen Aufnehmer aus. Ihr aschblonder, geflochtener Zopf, zusammengebunden mit einem einfachen Gummiband, hing ihr als dünnes Anhängsel über die Schulter und reichte fast in das Putzwasser hinein. Anna grüßte mit einem Lächeln, doch Lea schaffte heute gerade mal eine Erwiderung mit einem Mundwinkel. Im Vorbeigehen hing sie hilfesuchend an Annas Augen.

Nicht heute, dachte Anna.

Ein paar Schritte weiter hörte sie eine fragile Stimme hinter sich.

»Ich könnte heute helfen kommen.«

Trotz ihres Widerstrebens zwang sich Anna, stehenzubleiben und sich umzudrehen. Das Mädchen arbeitete oft für sie, als Haushaltshilfe oder im Garten. Umsonst, wie alle anderen hier. Manchmal kam sich Anna vor wie eine Sklavenhalterin.

Ich bin nicht besser als die skrupellosen Lügner dieser falschen Kirche. Verdammt!

Anna war aufgewühlt. Sicher lag es an Jan Torberg, der mit seinem widerlichen Mut zu Aufruhr so unbequem in dieses Schmutznest eindrang und sich dabei tief in die Nesseln setzte. Aber warum sollte sie sich wegen Lea schämen? Das Mädchen arbeitete gern für sie, das wusste Anna. Außerdem steckte Anna längst mittendrin im schmierigen Morast.

»Heute nicht, Lea. Ich bin viel zu sehr beschäftigt.«

»Dann könnte ich doch umso mehr helfen. Ich mache den Haushalt und Merlins Stall sauber. Und Sie können sich um Ihre Arbeit kümmern.«

Anna schüttelte den Kopf. »Es gibt gar nichts in meinem Haushalt zu tun. Wirklich, geh nach Hause und ruhe dich mal einen Abend aus.«

Lea sah schlecht aus, ausgezehrt, unausgeschlafen, verbraucht. Was sollte sie in diesem Zustand schon schaffen?

»Bitte, irgendetwas … ich mache alles. Ich brauche nur ein bisschen …« Lea zögerte. Verstohlen sah sie sich um. Dann senkte sie die Augen. »… Geld.«

»Du willst für Geld bei mir arbeiten?«

Erschrocken irrten Leas Augen wieder umher.

»Bitte, ich brauche es«, flüsterte sie.

Vor Überraschung wusste Anna nicht, ob sie darüber lachen sollte. Jetzt flüsterte sie ebenfalls.

»Wozu brauchst du das Geld? Willst du weggehen?«

Lea hielt sich vor Schreck eine Hand vor den Mund und schüttelte nachdrücklich den Kopf, als hätte Anna das

Undenkbarste des Denkbaren ausgesprochen. Fast glaubte sie, dass ihr das Mädchen vor lauter Entsetzen ohnmächtig vor die Füße kippte.

»Schon gut, vergiss es. Beruhige dich … also gut. Komm heute gegen halb neun.«

Sie klopfte Lea leicht auf die magere Schulter und lief weiter. Es ging also nicht ums Weglaufen. Gut so – damit wollte Anna keinesfalls zu tun haben. Aber sie ahnte schon, wozu Lea das Geld brauchte.

Anna näherte sich mit all ihren Arbeitsunterlagen im Gepäck Alonsos Büro und erinnerte sich an ihr ursprüngliches Anliegen. Was sollte sie wegen eines Treffens mit Kemal Akdas unternehmen? Es erforderte nur minimalen Mut von ihr, einen Bruchteil dessen, was Torberg hier trieb. Der Personenschützer vor der Tür sah Anna kommen und nahm ihr mit dem vorauseilenden Öffnen die Entscheidung unabsichtlich ab. Sie ertappte sich noch, wie sie blitzschnell über verschiedene Notlügen nachdachte, warum sie ihren Chef jetzt aufsuchte.

Als sie den Raum betrat, stand der Padre mit dem Rücken zu ihr. Er trug bereits die weiße Robe mit den goldenen Ornamenten, mit der er wenig später ein betuchtes Paar empfangen wollte, um mit ihnen eine Sitzung zur geistigen Behandlung einer schweren Erkrankung abzuhalten. Wenn er die Robe anzog, stieg er selbst auf Annas Respekttreppe drei Etagen höher. Dann wirkte er wie ein Bischof oder gleich wie der Papst. Es war eine Uniform, die ihm Respekt und Unterwerfung garantierte. Für einen Moment stockten ihr bei seinem Anblick die Gedanken.

Anna sah sich um. Dankbar nahm sie zur Kenntnis, dass Wolff sich nicht in der Nähe aufhielt. Noch immer hatte sie keine Ahnung, wie sie dem Padre die offizielle Erlaubnis abringen wollte, sich mit Kemal Akdas zu treffen. Trotzdem näherte sie sich ihrem Chef, bis sie leicht von der Seite aus sehen konnte, dass er immer noch den Vertrag in Händen hielt, mit dem er Torberg hatte überrumpeln wollen.

»Kaum zu glauben, dass der das nicht sofort angenommen hat, finden Sie nicht auch, Anna?«, sagte er, ohne sich umzublicken.

Er hatte schon immer die Fähigkeit gehabt, Menschen an ihrer bloßen Anwesenheit zu erkennen. Wie er das zustande brachte, war Anna unerklärlich. Seine Anhänger nannten es göttliche Gabe. Für sie kam eher eine natürliche Ursache infrage, wie ein besonders gutes Gehör. Fraglos beeindruckte es Anna immer wieder.

Da sie vermutete, dass er ohnehin keine Antwort erwartete, sagte sie nichts.

Leise seufzte er. »Ein anstrengender junger Mann. Was machen wir nun mit ihm?«

Man hätte es als Drohung verstehen können, doch Anna nahm erstaunt eine gewisse Ratlosigkeit in seiner Stimme wahr. Gewöhnlich wandte er in schwierigen Fällen zuerst Bestechung, dann Intrigen und Erpressung an, ohne auch nur einen winzigen Gedanken an Skrupel zu verschwenden. Nun aber schwang in seinen Überlegungen zu Torberg etwas Großzügiges, fast Väterliches mit. Ja, natürlich, auch das war der Padre. Anna erinnerte sich daran, es niemals zu vergessen. Er konnte ein Mann mit einem Gesicht sein, das vertrauenswürdig wirkte, wie das eines starken Vaters, der sich streng, aber fürsorglich um jedes seiner anvertrauten Kinder kümmert. Nicht nur Anna hatte er damit oft genug um den Finger gewickelt. Eine ganze Gemeinde von beachtlicher Größe war ihm hörig. Jeder seiner Anhänger vertraute ihm blind. Seine Ausstrahlung auf diese Menschen musste unübertrefflich sein.

Anna wusste es inzwischen besser. Er konnte sie nicht mehr täuschen, glaubte sie zumindest. Es ging um nichts anderes als Macht und Geld, nicht um Liebe zu diesen Menschen und schon gar nicht um göttliches Licht, wie er ihnen weismachte. Es ging nur um ihn. Alonso war jedes Mittel recht, um seine Macht zu zementieren … jedes … wer wusste schon, was mit dem plötzlich nicht mehr auffindbaren Kai Holzmann geschehen war?

Kai wollte aussagen, um dem Padre das Handwerk zu legen. Sie war Zeugin des letzten abendlichen Streits mit Alonso, bevor Kai für immer verschwand. Ihr Wissen über die Auseinandersetzungen hatte Anna den ermittelnden Polizisten verschwiegen. Alonso hatte es ihr geraten – um Peinlichkeiten zu vermeiden, wie er meinte, und sie hatte gehorcht. Weil sie feige war.

Als sie in diesem Moment seine Hände auf ihrer Schulter spürte, erschrak sie. Prüfend stand der Padre vor ihr und sie kam nicht um das Gefühl herum, er hätte ihre Gedanken erraten.

Anna schaltete schnell. »Was wollen Sie tun?«

Er sah sie nur an.

»Also, ich würde Kontakt mit Torbergs Rechtsberater aufnehmen und mit ihm um eine vernünftige Einigung ringen, wenn Sie erlauben«, fuhr sie fort. »Vielleicht hat er einen gewissen Einfluss auf ihn. Wie ich Torberg einschätze, wird er seine Nase in all das stecken, das ihn nichts angeht und ich glaube nicht, dass er dazu schweigen wird, sollte er etwas entdecken, was uns Schwierigkeiten machen könnte.«

Alonso nickte, ohne eine Miene zu verziehen.

»Ja, diesen Wechselbalg habe ich unterschätzt. Ich habe auch nicht erwartet, dass der alte Torberg das Testament noch ändert. An diese Möglichkeit hätten Sie denken müssen! Wofür, glauben Sie, bezahle ich Sie?«

»Ein Testament kann der Ersteller jederzeit ändern. Das kann man nicht verhindern.«

»Sie sagten mir damals, das gemeinsame Testament sei auch nach dem Tod der Ehefrau bindend. Wie konnte er es dennoch tun?«

»Die beiden haben es noch vor ihrem Tod geändert, gemeinsam.«

Sie wusste, dass er das nicht gern hörte. Die Frau, die er meinte, fest in seinen Tentakeln zu haben, hatte sich in den letzten Tagen ihres Lebens von ihm abgewandt. Seine göttliche Ausstrahlung war in ihren Augen von ihm abgefallen, wie ein alter Sack und das hatte sie ihm gesagt. Claudia Torberg wollte der *Kirche des Lichts* nichts mehr vererben. Vielleicht hatte Peter Torberg auch ihre Unterschrift gefälscht. Aber diesen Verdacht band sie Alonso nicht unter die Nase.

»Sie, meine liebe Anna, meine Justiziarin, Sie hätten darauf drängen müssen, dass das Testament bei unserem Notar hinterlegt wird und nicht nur beim Amtsgericht. Dann wäre alles an uns gegangen und Torberg wäre mit einem Pflichtteil rausgewesen.«

Ertappt. Anna blieb eine Rechtfertigung schuldig. Besser ablenken, als darauf eingehen. Jede Diskussion darüber würde sie verlieren. Leider wusste der Padre in vielen Rechtslagen mehr Bescheid, als es ihr lieb war.

»Also wegen Torberg – Wenn Sie wollen, werde ich mich noch heute Abend mit Herrn Akdas treffen. Ich meine schon, dass er daran interessiert sein wird.«

Sie drückte etwas Weiches in ihrer Jackentasche. Alonso überlegte unangenehm lange. Irgendetwas schien ihm an Annas Vorschlag nicht zu gefallen.

»Verschaffen Sie mir Informationen über Torberg, über seine Kindheit, seine Bildung, sein Leben, seinen Glauben, alles, was Sie erfahren können. Wo sind seine Stärken und vor allem – seine Schwächen!«

»… und Akdas?«

Warum zögerte er so? Nach kurzer Pause, in der er sie beunruhigend misstrauisch ansah, gab er nach.

»Meinetwegen, versuchen Sie es. Und fragen Sie ihn über Torberg aus.«

Endlich, darauf hatte Anna gewartet. Sie würde demnach bei einem Treffen mit Akdas nur wenig riskieren. Rausgekommen wäre es ohnehin. Jetzt hatte sie seinen Segen.

»Ach ja, und laden Sie die beiden Herrschaften zu unserem Empfang morgen Abend ein,« sagte er.

»Torberg auf unserem Empfang? Sind Sie sicher, dass Sie das Risiko eingehen wollen?«

Anna wunderte sich. Aber vermutlich hoffte er, Torberg in informeller Atmosphäre leichter einwickeln zu können.

»Haben Sie schlechte Ohren?«

»Nein, ich verstehe.«

Schnell verschwand sie durch die Tür, bevor er sie in Ungnade fallen ließ oder sich das mit ihrem Treffen mit Akdas anders überlegte. Doch das drückende Gefühl, hinter sich die drohende Pranke eines Tigers zu wissen, begleitete sie.

Zu Hause versuchte Anna verzweifelt, an Kemal Akdas heranzukommen. Wozu trug der Mann ein Handy mit sich herum, wenn er nie ranging? Im Hotel hatte man ihn an diesem Abend gesehen, doch in seinem Zimmer war er nicht zu erreichen. Sie hinterließ ihre Nummer, gezwungen zu warten. Anna starrte aus dem Fenster ihres Arbeitszimmers, das in der ersten Etage des Hauses lag. Von hier aus konnte sie ein Stück der entfernten Straße überblicken. Nacheinander fuhren Autos vorbei, umlenkten ein schräg parkendes Fahrzeug, das sich in eine zu kleine Lücke gequetscht hatte, und bogen dann alle um eine Ecke. Ihre Scheinwerfer warfen Lichter auf die Hauswände und erleuchteten flüchtig die dunkle Stimmung. Wieder war das Wetter nass und düster, genauso düster wie

Annas Ahnungen. Es braute sich etwas zusammen in ihrem Leben. Sie wusste es und konnte es nicht verhindern.

Ein schriller Ton löste sie aus ihren Gedanken. Die Haustür. Wer sollte sie jetzt besuchen? Augenblicklich stellten sich albtraumhafte Szenarien ein, die sie aus vielen Nächten kannte, in denen sie schweißgebadet aufwachte. Eine davon war die von Wolff vor ihrer Tür, der ihr sogleich nach dem Öffnen die Faust ins Gesicht schlug. Warum ein Traum von Wolff? Weil es zu ihm passte? Weil es ein Omen war, ein Wink Gottes, so bald wie möglich zu flüchten? Nach dem fünften Schellen verlor sie die Nerven und ging nach unten. Anna schlich zur Tür, sie stellte sich auf Zehenspitzen und lugte durch den Spion.

Lea! Es war halb neun. Das hatte sie vergessen. Mit an Spion und Tür gepresstem Gesicht sichtete Anna, ob irgendjemand links oder rechts neben Lea stand. Schließlich öffnete sie den massiven Querriegel und ließ das Mädchen herein.

Leas schleichender, lautloser Gang erweckte den Eindruck, als berühre sie vor lauter Demut den Boden zu ihren Füßen nicht. Anna sah auf die Uhr. Ungeduldig schob sie Lea zum Wohnzimmersofa.

»Hast du überhaupt etwas gegessen?«, fragte sie.

Lea schüttelte träge ihren Kopf. »Fastenzeit.«

»Was denn, schon wieder fasten?«

Anna konnte es kaum glauben. Wenn der Padre auf Dauer so seine Gemeinde ernährte, hätte er bald keine mehr.

Lea lehnte alles ab, was Anna ihr anbot. Das hatte ihr gerade noch gefehlt – ausgerechnet heute kam dieses Mädchen mit großen Problemen. Sie hatte nicht die geringste Lust, danach zu fragen. Anna ertappte sich dabei, wie sie Lea mit allerlei Vorwänden unauffällig loswerden wollte. Zwecklos, Lea blieb sitzen, mit einer Miene, die einen langen, deprimierenden Abend versprach.

»Sie sagen, ich sei krank.«

»Das ist offensichtlich, so wie du aussiehst. Wenn du krank bist, musst du zu einem Arzt gehen.«

Mit Lea in komplizierteren Sätzen zu sprechen, wäre völlig sinnlos gewesen.

»Das wollte ich, aber Dr. Hermann behandelt mich nicht und zu anderen Ärzten dürfen wir nicht.«

»Warum behandelt dich Dr. Hermann nicht?«

»Ich hab lange kein Geld gesammelt ... kann nicht richtig arbeiten ...«

»Verstehe, und da haben sie es ihm verboten.«

»Ich muss es mir verdienen.«

Anna verstand. Wenn eins der Mitglieder den anderen nur noch auf der Tasche lag, störte es den effektiven Geldfluss und damit die Harmonie der Familie. In hoffnungslos störenden Fällen ließ man sie sogar gehen, oder besser – man schob sie weg, in genau die Gesellschaft zurück, der man sie entrissen und die man ihnen verteufelt hatte. Feine Freunde! Die Familie – eine viel zu schöne Umschreibung für die strenge Hierarchie der *Kirche des Lichts*. Anna kannte sich aus in der Rangordnung: der Padre, sein engster Vertrauter Wolff samt seiner Armee von Schlägern, die Verwalter der Zentren, die Priester, die Priesteranwärter, die Familienältesten, die Mentoren – genannt Mütter oder Väter – die einfachen Mitglieder. Die Untersten der Einfachen waren die *Jüngsten*. Anna hatte Hunderte von ihnen gesehen. Es waren die Schüler der Mentoren, oft sehr junge Menschen, zum Teil noch Kinder. Auf der Suche nach einem Sinn in ihrem Leben allein gelassen, und dazu mit falschen Freunden, boten sie sich als leichte Opfer für die scheinheilige Propaganda der Sekte an. In der neuen Familie fanden sie offenbar, was sie suchten: Freundliche Aufnahme, hier wurde ihnen zugehört, hier fühlten sie sich bald geborgen ... und wurden in Wirklichkeit verkauft.

Was für ein Geschäft – angeboten wurde Geborgenheit, ein Leben scheinbar ohne Risiken, die absolute Versicherung über den Tod hinaus – bezahlt wurde mit sklavischer Unterwürfigkeit, totaler Selbstaufgabe und viel, viel Geld. Produziert wurde auch – so etwas wie diese geistlose, schlappe Hülle, die nun auf Annas Sofa saß und um Hilfe jammerte.

»Ich sehe überhaupt kein erleuchtetes Lächeln mehr in deinem Gesicht.«

Lea blickte auf. »Ich kann einfach nicht mehr. Ich bin so leer.«

Dankbar nahm sie die Papiertaschentücher aus einem Karton an, die Anna ihr anbot.

»Willst du nach Hause – ich meine nach Hause zu deiner richtigen Familie, die, die du verlassen hast?«

Anna glaubte fast nicht, was ihr da aus dem eigenen Mund sprudelte. Wollte sie sich denn wirklich darum kümmern? Was tat sie da nur?

»Sie sagen, ich bin krank, weil ich an Gott zweifle. Aber ich bete jeden Tag und mache wirklich alles, was vorgeschrieben ist. Doch ich bin zu schwach.«

Sie sah Anna traurig an. »Vielleicht habe ich Gott enttäuscht.«

Anna glaubte weder an Gott noch an andere übernatürliche Wesen, dennoch verteidigte sie den Allmächtigen wie selbstverständlich. Denn sie kannte die christliche Lehre von Liebe und Nächstenliebe, und das stand in völligem Gegensatz zu dem, was der Padre da trieb.

»Nun mach mal halblang. Gott enttäuschen … den Padre vielleicht, die Gemeinschaft, Menschen also … aber doch nicht Gott.«

»Aber der Padre ist mit Gott verbunden. Wenn er nicht zufrieden ist, kann Gott es auch nicht sein.«

Anna konnte nicht anders, sie verdrehte die Augen. Der Padre mit Gott verbunden … lächerlich. Das Schlimme war, sie durfte Lea nicht sagen, dass eher ein siedend heißer Typ aus der Unterwelt mit dem Padre verbunden war, und zwar sehr eng.

Ein flehendes Gesicht sah ihr entgegen, hoffnungsvolle Erwartung aus zu tief liegenden Augen.

»Sie sehen ihn doch … Sie sehen den Padre jeden Tag und sprechen mit ihm. Er kennt mich. Ich habe bei ihm geputzt. Bitten Sie ihn für mich. Nur um eine kleine Pause. Danach werde ich bestimmt wieder richtig arbeiten können. Ich weiß, dass er ein großzügiger Vater ist.«

Entschieden schüttelte Anna den Kopf.

»Auf diese Dinge habe ich überhaupt keinen Einfluss.«

Es war völlig ausgeschlossen, ihn um Derartiges zu bitten, und sie wollte auch gar nicht. Immer hatte sie sich an ihren Vorsatz gehalten, sich aus der Glaubenssache herauszuhalten.

»Du weißt, dass ich nicht zu euch gehöre. Ich bin nicht Teil der Gemeinde.«

Lea schien jetzt wie gelähmt.

»Ich kann den Padre nicht bitten, Lea.«

»Aber Sie sind doch Teil von uns … Sie gehören ihm doch genauso wie wir …«

»Dem Padre gehört so manches und auch mancher, ich aber nicht, dass das klar ist, Mädchen!«

Aufgebracht stand Anna auf. Wo immer Lea diese Meinung aufgeschnappt hatte, sie wollte es keinesfalls stehen lassen.

»Gib mir die Telefonnummer deiner Eltern … ich meine deiner richtigen Eltern.«

»Was? Ich weiß nicht … ich weiß sie nicht mehr.«

»Dann komm wieder, wenn du sie hast. Hier …«

Anna nahm das Portemonnaie aus ihrer Handtasche und öffnete es. Sie zögerte. Dann griff sie die beiden Fünfziger, die sie heute noch nicht in ihre Sparflasche gestopft hatte, und übergab sie Lea.

»… nimm das. Sag, du hast für mich gearbeitet.«

»Was gearbeitet?«

»Irgendwas, lass dir was einfallen – nein, besser nicht. Sag, du hast mir mit der Wäsche geholfen und mich heute Abend unterhalten. Und dann suchst du nach der Telefonnummer deiner Eltern, aber rede mit niemandem darüber. Mach es heimlich.«

»Ich glaube, ich weiß sie doch.«

»Die Telefonnummer? Dann schreib sie auf … dort.«

Anna reichte ihr ein Stück abgerissener Zeitung und einen Kugelschreiber.

Lea kritzelte etwas. Schon auf den ersten Blick erkannte Anna, dass die Nummer nicht stimmen konnte. Auch darum würde sie sich also selbst kümmern müssen.

»Es kann ein paar Tage dauern, bis ich mich melde. Jetzt geh, sonst kommst du zu spät zu eurem Abendgebet.«

Lea stand auf und fiel Anna mit ihren dünnen Armen um den Hals. Anna wollte das nicht. Sie drückte sie vorsichtig weg, dann schob sie Lea fast handgreiflich zur Tür hinaus, legte den Riegel um und schloss ab. Es war wie ein Fluch. Seit Kais Verschwinden stürmte alles, was sie acht Jahre lang von sich geschoben hatte, gebündelt auf sie ein.

Lea verfolgte sie in Gedanken noch lange, nachdem sie das Mädchen durch die Tür gedrückt hatte. Erst, als um 22.00 Uhr das Handy klingelte, verdrängte sie diese Augen ganz.

Kemal Akdas ließ sich nach dem zweiten misslungenen Treffen am Nachmittag sofort zum Hotel fahren. Wut kreiste in seinem Kopf wie ein Karussell und es interessierte ihn nicht im Geringsten, wo Torberg während der nächsten Stunden abblieb. Mit einem Regenschirm bewaffnet durchforschte er Düsseldorfs City, besuchte eine Moschee, was ihn genauso wenig entspannte wie das Spazierengehen. Erst später am

Abend kehrte er zurück. Als er hörte, dass Torberg immer noch nicht dort eingetroffen war, machte er sich erste Gedanken. An der Rezeption gab man ihm eine Telefonnummer. Er machte dieselbe fremde Nummer aus, die sich als unbeantworteter Anruf in einer Nachricht auf seinem Smartphone befand. Angespannt eilte er auf sein Zimmer.

Er wählte.

»Schuster.«

Kemal erkannte die Stimme am Telefon sofort. Sie gehörte der einzigen freundlichen Person an diesem Tag.

»Hier Akdas, Sie wollten mich sprechen?«

»Ja, gehen Sie immer so selten an Ihr Handy?«

»Ich besuchte eine Moschee … da schalte ich mein Handy aus.«

»Na ja, Sie hätten ja mal zurückrufen können.«

»Das tue ich doch gerade.«

»Also gut, kommen wir zum Zweck meiner Kontaktaufnahme. Ich würde gern noch heute Abend mit Ihnen zusammentreffen.«

Er hielt inne. Die Uhr zeigte nach zehn.

»Finden Sie es nicht reichlich spät für solch ein Anliegen?«

»Es ist sehr wichtig, wirklich.«

»Wieso interessieren Sie sich eigentlich für mich. Ein Zusammentreffen mit Herrn Torberg wäre sicher sinnvoller. Ich habe keinerlei Entscheidungsgewalt.«

Anna sah ihre Chancen schwinden.

»Herr Alonso würde lieber erst mit Ihnen verhandeln, um gewissen Schwierigkeiten aus dem Weg zu gehen. Vielleicht könnte man sich auf diesem Umweg einigen.«

Kemal zögerte. Einem nächtlichen Treffen mit Alonso war er ganz und gar nicht zugetan.

»Bitte…«, bat Anna, »mir zuliebe. Ein Rendezvous mit mir kann doch nicht so abschreckend sein. Ich wüsste da ein gemütliches italienisches Ristorante, das auch nach zehn Uhr noch warmes Essen anbietet.«

»Mit Ihnen allein?«

»Natürlich, ich zahle auch für mich selbst.«

»Na, dann ist die Sachlage natürlich anders.«

Kemal lächelte erleichtert. Sympathisch war sie ihm ja. Wie man geschäftlich mit ihr zurechtkäme, würde sich zeigen.

TEIL 3

DIE SIEDLUNG

Nachdem er seine Gesprächspartner genügend schockiert hatte, gab es für Jan nichts Interessanteres, als sich auf eigene Faust in dem Gebäude des Verwaltungszentrums umzusehen. Immerhin war er der Chef von der Hälfte dieses Ladens. Zumindest von einer der Untergesellschaften. Das allerdings schienen die Mitarbeiter anders zu sehen. Überall, wo er auftauchte, egal in welchem Büro oder Gebäudeteil, verwehrten sie ihm den Zutritt. Die Leute, die ihm entgegentraten, waren nicht gerade gesprächig. Sie lächelten zwar, behandelten ihn jedoch wie einen Touristen, der sich zu weit in die einheimische Kultur gewagt hatte, und komplimentierten ihn hinaus. In sämtlichen Räumen hingen Bilder von Alonso, auf denen er ein weißes Gewand trug, manchmal beide Hände zum Segen emporstreckte und immer vielsagend lächelte. Es hätte der Papst sein können, von der Gestik her, doch nach Jans bisherigen Erfahrung schien der Patron dieser Sekte eher ein knallharter Geschäftsmann als ein Geistlicher zu sein. So richtig wusste Jan ihn nicht in sein Weltbild einzuordnen. Im Grunde fand er das Ganze interessant. Es war anders, nicht das langweilige Geschäftsblabla seines Vaters. Wer hätte gedacht, dass Business spannend sein konnte. Er suchte nach etwas Aufschlussreichem, das er in diesem Gebäude finden wollte, wie immer es auch aussehen mochte. Aber er fand nicht die richtige Tür zu der fremden Welt, die sich vor ihm auftat.

Da war noch etwas. Jan fühlte sich schon bald verfolgt, nicht nur, weil man ihn von allen Seiten misstrauisch lächelnd beäugte. Ein unangenehmes Bauchgefühl breitete sich fortgesetzt in ihm aus. Ein ihm nicht unbekanntes Gefühl, das er irgendwo zwischen beängstigend und fesselnd einordnete. Manchmal sehnte er sich nahezu nach dem nervenzerfetzenden Kick in seinem Sonnengeflecht. Aber immer dann machte er gewöhnlich etwas Dummes, wenn er genau darüber nachdachte. Dem Verlangen danach, dem nachzugeben, schien nicht die beste Idee.

Als er sich wieder einmal umsah, entdeckte er den blonden Türsteher hinter sich, der ihm schon am ersten Tag aufgefallen war. Sein Bauchgefühl log also nicht. Sie folgten ihm tatsächlich. Verständlich, er war ein ungebetener Gast, dafür hatte er ja selbst gesorgt. Sowohl der Wächter als auch dieser Wolff schienen weder Geistliche noch Geschäftsmänner zu sein, sondern ziemlich verärgerte Schläger.

Um sich zu entziehen, bog Jan abrupt um eine Ecke und lief im Treppenhaus ganz nach unten. Doch dieser Weg führte nicht zu einem Ausgang. Schon hörte er hastige Schritte hinter sich. Die nächste Tür, die er öffnete, trug die Aufschrift ›Lager‹ und er landete in einem dunklen Raum voller Kartons auf Holzpaletten. Nur ein vergittertes Oberlicht erhellte einen Teil des Raums. Es entpuppte sich als Falle, denn, wenn sie ihn hier erwischen sollten, gab es kein Entkommen. Die Schritte näherten sich. Hastig versteckte er sich hinter ein paar der meterhoch gestapelten Kisten. Eigentlich idiotisch, dass er sich versteckte, ging es ihm durch den Kopf. Er war hier als Geschäftsmann eingeladen, immerhin als Inhaber der Hälfte der Anteile, und jetzt verbarg er sich hier, als hätte er etwas verbrochen. Aber er hatte dieses ungute Bauchgefühl und seine Erfahrung aus einem Leben auf der Straße, das er lang genug gelebt hatte, warnte ihn vor genau solchen Typen. Jan quetschte sich in einen der schmalen Gänge zwischen den Stapeln.

Als er erneut meinte, leise Schritte zu hören, presste er seinen Leib so dicht wie möglich an das, was hinter ihm stand, und hielt den Atem an. Er lauschte. Nichts. Jan holte wieder Luft. Vor sich sah er Aufschriften aus Rumänien und aufgeklebte Flugblätter mit dem Symbol einer strahlenden Sonne. Immer noch nichts. Das wurde allmählich unbequem. Er konnte ja auch nicht ewig hier stehen bleiben und Nichtstun – auch nur für wenige Minuten – quälte ihn über alle Maßen. Jan fasste Mut und zwängte sich seitlich gehend wieder zurück. Die Umgebung taxierend, wandte er sich um, möglichst leise, um niemanden mit ungewollten Geräuschen anzulocken. Er quetschte sich Schritt für Schritt aus dem engen Gang heraus. Bevor er jedoch die Tür erreichte, durch die er eingedrungen war, riss er mit seinem Arm einen vorstehenden Karton von einer angebrochenen Palette. Unaufhaltsam fielen gleich mehrere Kisten mit lautem Gepolter herab, versperrten ihm den Weg und er stolperte ungelenk darüber. Gerade konnte er sich mit den Armen rudernd vor dem Fall nach hinten retten, da stand plötzlich Wolff vor ihm. Er sah recht finster aus.

»Tut mir leid«, stammelte Jan und er meinte das sogar genau so.

Verlegen versuchte er, die Kartons wieder aufzustapeln, was ihm aufgrund des Gewichts der Verpackungen so schnell nicht gelang.

Wolff konnte sich offenbar nur mühsam beherrschen.

»Warum schnüffeln Sie hier herum?«

Seine Stimmlage gefiel Jan gar nicht. Jetzt tauchte auch der blonde Kraftprotz wieder auf und positionierte sich hinter Jan. Die beiden wirkten nicht, als wollten sie mit ihm diskutieren.

Jan sah sich um. Einen Ausweg gab es nicht. Sie standen bedrohlich nah. Um an ihnen vorbeizukommen, musste er wenigstens einen von ihnen zur Seite stoßen. In seinem Kopf begann es zu arbeiten. Er wusste allzu gut, dass er sich mehr als unbeliebt gemacht hatte. Diesem Wolff schien eine solche Gelegenheit sehr willkommen zu sein und das blonde Muskelpaket rieb sich bedeutungsvoll grinsend die Fäuste. Zwei gegen einen ... schlechte Karten für Jan, aber nichts, worauf er zum ersten Mal erwidern musste.

In solchen Augenblicken gab es für ihn nur eine Verteidigung – und das war die des Angriffs. Er sah die beiden an, unschuldig, als begreife er nicht, was ihm bevorstand – aber dann, unvermittelt, griff er dem Blonden hinter sich ins Haar, zog ihn hinab und gab ihm blitzschnell einen Stoß mit dem Knie ins Gesicht. Der Blonde stöhnte auf und ehe Wolff reagieren konnte, warf ihm Jan den aus der Nase blutenden Kerl mit solcher Wucht entgegen, dass sie zusammen zu Boden fielen. Bevor sich Jan hastig davon machte, wuchtete er einige Stapel größerer Kartons um, die seinen Verfolgern den Weg versperren sollten. Eilig rannte er durch die Flure und suchte einen Hinterausgang. Zwei Ecken weiter fand er ihn und er lief auf den Hof, wo er hoffte, Kemal und das Taxi vorzufinden. Doch weder vom Taxi noch von seinem Rechtsberater gab es die geringste Spur. Warum ließ der Mensch ihn hier hilflos zurück? Wofür berappte er Monat für Monat dieses horrende Gehalt für ihn? Undankbarer Mistkerl.

Ohne allzu lange zu überlegen, floh Jan nicht in Richtung Straße, wie er es zunächst instinktiv machen wollte. Dort hätte er das Tor oder den Zaun überwinden müssen. Nicht, dass er dazu nicht imstande war. Aber er wollte seine Verfolger austricksen. Sie würden ihm sicher zutrauen, dass er über den Zaun geklettert war. Stattdessen bog er rechts ab und hastete um das Gebäude herum. Dort fand er einen schmalen festgestampften Erdweg, dem er folgte. Hoffentlich führte er nicht in eine Sackgasse. Man würde sehen. Immerhin ließ er das Gebäude hinter sich. Hier draußen konnten sie ihm nicht so schnell an die Wäsche.

Jan lief zwei-, dreihundert Meter und sah sich immer wieder um. Sie schienen ihn verloren zu haben. Wenigstens entdeckte er niemanden hinter sich. Wahrscheinlich waren sie zur Straße gelaufen, um ihn dort zu suchen. Zunehmend lässiger folgte er weiter dem langen Weg, der zu einem Pfad wurde und den jetzt Bäume mit Resten von Herbstlaub säumten.

Was für ein Tag. Wieder einmal hatte er sich selbst in Schwierigkeiten gebracht, wieder in eine Situation hineinmanövriert, aus der es kaum einen vernünftigen Ausweg gab. Er schaffte es einfach nicht, sich wie ein bürgerlicher Mensch zu benehmen und seinen Mitmenschen ohne Kampfansage entgegenzutreten. Verdammt, ja, er war anders. Schon als Kind hatte er seinen Eltern das Leben zur Hölle gemacht. Wären sie nicht so betucht und einflussreich gewesen, hätte er sicher keinen Abschluss mithilfe eines Privatlehrers, sondern gar keinen an einer Förderschule für sozial und emotional gestörte Kinder erreicht. Selbst aus dem teuren Internat für reiche, faule Jungs war er geflogen.

Als kleiner Junge hatte er schnell herausgefunden, wie man Aufmerksamkeit erzwingen konnte. Eine Aufmerksamkeit, die er sicher auch anders hätte bekommen können. Er hatte die Empörung genossen, jedes Mal, wenn er eine freche Antwort gegeben hatte, die Aufregung, wenn er genau das Gegenteil von dem tat, was man von einem braven Jungen erwarten konnte. Warum? Er wusste es nicht. Freunde hatte er nie. Manchmal hängten sich ein paar jüngere Bewunderer an ihn, aber eine richtige dauerhafte Freundschaft entstand nie. Jan wusste nicht, wie Freundschaft ging. Meistens hassten ihn die anderen sogar. So wie Kemal … der hasste ihn ganz sicher.

Eigentlich hatte er immer nur sein eigenes Leben gelebt, sich nie um die Empfindungen anderer geschert. Wie auch, ihm fehlte die Fähigkeit, sich in sie hineinzuversetzen. Nicht immer verstand er, warum sich andere von ihm gestört fühlten. Bestimmt war er für seine Mitmenschen exzentrisch oder so, zumindest aber ein komischer Kauz ... wer konnte es ihnen verdenken. Doch er konnte auch anders, ab und zu. Obwohl es schwerfiel, hatte er trotz allem gelernt, dass man sich gelegentlich mit dieser Welt arrangieren musste. Er war ein guter Fotograf, bestimmt – aber seine Motive, seine Darstellung der Welt und vom Leben, fanden nirgendwo Anklang. Normale, brauchbare, werbewirksame Bilder zu machen, bedeutete für ihn einen schweren Kompromiss und da hatte Jan inzwischen gelernt, welche einzugehen. Sonst hätte er niemals auch nur einen einzigen Cent selbst verdient. Befriedigend waren solche Kompromisse nicht.

Sein bescheuertes Leben hatte einen einsamen, niedergeschlagenen Kämpfer aus ihm gemacht. Einen Mann ohne Freunde, eingeschlossen und allein gelassen in seiner begrenzten Welt, und er konnte nicht einmal jemand anderem die Schuld dafür geben. Jan blickte in den Himmel, während er weiterschlenderte. Dem da oben könnte er eventuell die Schuld geben, dass es ihm schlecht ging. Wenn es ihn denn gäbe. Manchmal wollte er schon glauben, dass er sich an eine höhere Macht wenden könnte, die für ihn zuständig wäre. Diese Macht müsste sich ja etwas dabei gedacht haben, jemanden wie Jan zu erschaffen. Vielleicht könnte man mal aufklären, wozu er denn unbedingt nötig für die Menschheit war oder ob dem Allmächtigen mit Jan schlicht ein fataler Fehler unterlaufen war.

Für einen Moment blieb er stehen.

»Wie wäre es mit einem Zeichen für mich?«

Er blickte nach oben. Es musste ja nicht gleich Freunde vom Himmel regnen. Jan hätte einiges darum gegeben, wenigstens Kemal zum Freund zu gewinnen, obgleich er wusste, dass nur er selbst der Hinderungsgrund war. Kemal war nett und ehrlich. Jan mochte ihn. Aber Kemal mochte ihn ganz bestimmt nicht. Der wusste gar nicht, wie erbärmlich sich Jan manchmal fühlte. Heute war ein besonders mieser Tag. Am liebsten wollte er sich wieder einmal weit wegwünschen, alles hinschmeißen, seine Papiere vernichten, seine gesamte Identität, und als völlig neuer Mensch in einem fernen Land ein neues Leben beginnen. Er wettete inzwischen fest darauf, dass dieser Kai Holzmann das genau so gemacht hatte. Ja, der Mann war nicht verschwunden, dem war nichts zugestoßen, der war einfach nur abgehauen.

Als er weiterlief, tauchten vor ihm nüchtern weißgestrichene Häuser auf, dreigeschossig und eckig wie Bauklötze. Sie wirkten fremdartig auf Jan, so als gehörten sie nicht in diese Gegend. War es, weil keine Gardinen die Fenster verdeckten, weil kein einziges Auto davor parkte und keinerlei Vorgarten oder sonstiges Grünzeug an Spießigkeit erinnerten? Oder waren es die Menschen, die dazwischen herumliefen, einige so weiß gekleidet wie die Wände ihrer Häuser, andere mit goldschimmernden Klamotten?

Jan blieb stehen und beobachtete sie, ungeniert, wie es ihm zu eigen war, und bald schon entdeckte man ihn. Ein junges Mädchen löste sich aus einer Gruppe und zu seinem Unbehagen kam sie auf ihn zu. Sie war einer der goldschimmernden Menschen und hatte ein hübsches, natürliches Gesicht, umrahmt von den Haaren ihres blonden Zopfes. Freundlich sah sie ihn an.

Tja, die kennt mich noch nicht. Bald wird sie mich nicht mehr anlachen, dachte Jan gleich.

»Wo kommst du denn her?«, fragte sie.

»Ich war Gast im Zentrum«, sagte Jan und freute sich, dass er nicht einmal lügen musste.

»Und wer bist du?«

Sie klang so uneingeschränkt vorurteilsfrei, dass Torberg nicht umhinkam, ihr zu antworten.

»Jan.«

»Jan.« Sie sprach seinen kurzen Namen sinnlicher nach, als er es je für möglich gehalten hatte. Das gefiel ihm. Sie gefiel ihm. Selten, in ein blasses, ungeschminktes Frauengesicht zu sehen.

Verscheuch sie nur nicht gleich, indem du was Blödes sagst.

Er versuchte, jede aufkeimende, unpassende oder vermeintlich passende Bemerkung zu verschlucken.

»Hat dein Name eine Bedeutung für dich?«

Er verstand ihre Frage nicht. Sein Name … eine Bedeutung? Was sollte an *Jan* schon bedeutungsvoll sein?

Jan schüttelte den Kopf.

»Ich sag es nur ungern, aber du siehst unglücklich aus.«

Er musste zugeben, dass sie recht hatte. Jan lächelte. Sie war der erste Mensch seit Langem, der sich für seine Gefühlswelt zu interessieren schien. Niedlich sah sie aus, ein bisschen naiv … *könnte schon sein, dass sie es ehrlich meint.*

»Darf ich dich einladen? Ich denke, du wirst uns schon nicht überfallen. Oder bist du einer von dieser rechten Bande?«

Jan lachte. »Sehen die denn auch so unglücklich aus? Nein, ich war nie in einer Bande.«

Sie winkte ihm zu, und als er zögerte, nahm sie seine Hand. Er hätte seine Hand fast unwillkürlich weggezogen, doch er tat es nicht. Die letzte Berührung eines gutaussehenden Mädchens war eine schallende Backpfeife gewesen. Jan hoffte, dass diese Begegnung nicht so enden würde.

»Wer bist du?«, fragte er.

»Ich bin Lara.«

»Lara …« Der Name passte zu ihr, fand er.

Sie zeigte auf die Häuser. »Ich wohne hier.«

»Allein?«

»Nein.« Jetzt lachte sie. »Wir sind eine Gruppe von Menschen, die ihr Leben komplett umgekrempelt haben. Sozusagen ein Neuanfang. Interessiert es dich?«

»Ihr habt ein neues Leben angefangen?« Jan blickte kurz in den Himmel. Konnte das ein Zufall sein? Hatte der da oben nach Jahren des Wegsehens plötzlich sein Herz für Jan entdeckt?

Lara nickte ihm zu. »Seitdem leben wir glücklicher und viel intensiver als früher. Weißt du was, heute ist unser Gruppentreffen, komm doch mal mit.«

Gruppentreffen? Allein das Wort schockierte Jan.

»Ach nee, das ist nichts für mich. Nein, nein, dafür habe ich keine Zeit.«

»Du musst ja nicht lange bleiben. Komm, trau dich. Wird schon nicht so schlimm sein.«

Dann zog sie ihn an der Hand, ging voraus in Richtung Häuser, federnd, und er ließ sich hinterherziehen, skeptisch, aber immens neugierig.

Gruppentreffen, nichts für mich ... Ihr Po wippte bei jedem Schritt ... *Was soll's, ansehen kann man sich das ja mal.*

An der Tür zum vordersten Gebäude riss er seine Hand los, blieb stehen, zu fremd und gehemmt, einzutreten. Der Gedanke an eine ganze Gruppe von Menschen, die ihn womöglich genauso intim ansprach wie das Mädchen, verschreckte ihn. Lara verschwand in einem halbdunklen Gang hinter der geöffneten Tür.

»Du musst deine Schuhe ausziehen«, rief sie ihm von drinnen zu.

Nur spärlich warf der ausklingende Tag Licht in die Gemäuer des Hauses. Kaum gewahrte er einen Einblick in den Raum. Das Mädchen tauchte in dem Schummerlicht wieder auf, packte seine Füße und zog ihm gegen seinen Willen die Schuhe aus.

Oh Mann, hoffentlich stinken meine Füße nicht!

Zum ersten Mal fiel Jan auf, dass er keine Socken trug. Seine Füße froren fast augenblicklich auf dem gepflasterten Untergrund des Eingangs fest.

Lara nahm ihn erneut bei der Hand und führte ihn hinein. Wie befürchtet, umringten ihn sofort weitere Bewohner der Siedlung. Das war ihm nicht geheuer, allerdings angenehmer als die Abneigung, die ihm in der Zentrale entgegengebracht wurde.

Als Lara ihn losließ, stand Jan etwas befangen da und verstand den Rummel um seine Person nicht so recht. Lara musste das bemerkt haben. Mit einer Handbewegung veranlasste das Mädchen die anderen, ihn nicht zu bedrängen und sie entfernten sich von ihm.

Reismatten, glücklicherweise über den gesamten Boden des Raumes verlegt, wärmten Jans nackte Füße. Darauf lagen Futons, verteilt an den Rändern und einige weitere bildeten in der Mitte eine Insel. Kissen in allen Größen luden zum Sitzen oder Liegen ein. Junge Menschen kuschelten sich in Wolldecken und saßen beieinander. Zwischen ihnen standen Wasserpfeifen, Kerzen und Stövchen mit Kannen aus Keramik und Tassen ohne Henkel. Es roch nach aromatisiertem Tee und würzigen Kräutern, ein wenig so, wie er es aus Bioläden kannte. Ein junger Mann spielte Gitarre, andere lauschten verträumt mit den Tassen in ihren Händen. Die Musik löste die Anspannung in ihm. Es war genau das, was Jan jetzt brauchte. Allmählich bettete ihn die ungezwungene Atmosphäre in die unbekannte Umgebung mit ein. Er beobachtete das alles fasziniert. So etwas hatte er noch nie gesehen. Es schien ihm die perfekte Harmonie, weit weg von dem Alltag, den er kannte. So musste das aussehen, wenn man eine fremde Welt betrat. Eine Welt, in der man neu anfangen, sich neu erfinden konnte. Nein, er wollte ihnen nicht zeigen, was für ein Mensch er war. Sie sollten ihn mögen. Wenigstens eine Zeit lang. Dafür wollte er sich extra Mühe geben.

Lara zog ihn zu der Futon-Insel und er ließ sich mit ihr im Schneidersitz nieder. Ein dickes, gelbes Kissen gab ihm etwas Halt im Rücken. Verstohlen betrachtete er seine Füße. Sie sahen okay aus, er hatte Schlimmeres befürchtet und das wäre ihm jetzt tatsächlich peinlich gewesen.

Man bot ihm Tee an und ein frischgebackenes Fladenbrot mit Sesamkörnern darauf. Jan griff zu. Was er an diesem Fladenbrot fand, wusste er selbst nicht. Es hatte etwas. Das Ambiente war so behaglich für ihn, dass ihm dieses Weizengebäck schmeckte, wie ein Geschenk von Mutter Erde. Nach und nach kamen wieder mehr der jungen Leute hinzu. Alle, außer Lara – die gegen die anderen in ihrer goldschimmernden Tunika wie eine Prinzessin aussah – trugen weiße Hoodies. Jan kaute sein Brot, sah in die Gesichter um sich herum und lächelte. Man bemühte sich um ihn, mal was anderes als sonst. Sie fragten ihn aus. Er gab nicht viel preis, aber alle schienen derart herzlich, so naiv interessiert und uneigennützig, dass er mehr erzählte, als er sich vorgenommen hatte.

Lara wollte wissen, wie alt er war.

»Achtundzwanzig.«

Sie sahen ihn an, als hätte er sein gesamtes Leben bereits vertan.

»Glaubst du an Gott?«

Jan stellte das Kauen ein. Er schob den Bissen in die linke Wange, was ihn nuscheln ließ.

»Nicht wirklich … das heißt, ich weiß es eigentlich selber nicht … was für einer Vereinigung gehört ihr eigentlich an?«

Lara warf die zerzausten Haare ihres Zopfes zurück.

»Also, mit der allgemeinen Kirche haben wir nichts zu tun, keine Sorge.«

Verächtlich winkte sie ab.

»Hast du schon mal versucht, von der katholischen oder evangelischen Kirche eine Antwort auf deine Fragen zu bekommen? So richtig, meine ich? Du hast keine bekommen!«

Jan überlegte. »Nein, nicht wirklich.«

»Weil sie nur reden und reden und die Fragenden sich selbst überlassen. Sie predigen dir in den Schulen und überall, wo du dich einfangen lässt, aber so leben, wie sie predigen, das tun sie nicht. Sieh dir die Welt doch an – wie verloren sie ist. Keiner von ihnen ist bereit, so zu leben, wie sie es uns vorgaukeln.«

»Ja, stimmt … verlogenes Pack.« Er kaute weiter.

»Jan«, sagte sie, »wir haben beschlossen, das anders zu machen. Wir, das ist unsere Gruppe und wir sind schon sehr viele. Wir leben so, wie es alle tun sollten. Schon allein wegen der Ressourcen der Erde. Man kann sie nicht ewig ausbeuten, noch dazu auf Kosten so vieler anderer Menschen in weniger privilegierten Ländern.«

Jan nickte. Das war ganz seine Meinung.

»Da sagst du was … diese Ausbeutung, dieser Kapitalismus, all der zwanghafte Konsum, was kotzt es einen an«, sagte er.

Sollte er ihr auch sagen, dass er seit ein paar Wochen reich war?

Sie wies auf ihre Tunika, die sie über einer weißen Hose trug.

»Das ist alles, was ich habe und ich bin stolz darauf. Wir leben hier minimalistisch, weißt du. Was wir besitzen, passt in eine große Reisetasche und da gehört unsere Rollmatratze noch zu.«

»Minimalismus … davon habe ich gehört. Manche gehen nur mit einem Rucksack auf Reisen.«

Sie lachte. »Wir reisen eher nicht, jedenfalls nicht unnötig. Das würde ja die Ressourcen unnötig verbrauchen.«

»Ja, klar.« Er probierte den Tee, doch der war sehr heiß, also setzte er die Tasse wieder auf das vorgesehene Tablett vor sich auf dem Boden. Die ganze Zeit über im Schneidersitz zu sitzen, fiel ihm schwer. Diskret streckte er eins seiner langen Beine zur Seite aus. Erstaunlich, wie gelenkig alle waren. Ihm saßen außer Lara inzwischen sechs weitere lächelnde Menschen so gegenüber, dass sie alle zusammen einen Kreis bildeten. Keiner der anderen hatte Probleme mit dem Schneidersitz. Sie trugen allerdings keine Jeans wie er, sondern alle diese lockeren weißen Hosen, die an dicke Jogginghosen erinnerten.

»Was machst du denn so?«, fragte Lara.

»Ähm, ich bin Fotograf.«

»Echt? So richtig von Beruf? Interessant.«

»Na ja, es geht so – wenn man davon leben muss, ist es schwierig, als Hobby macht es Spaß.«

»Ist es nun dein Hobby oder dein Beruf?«

»Beides … irgendwie … es war mein Beruf und seit ich die Firma meines Vaters geerbt habe, ist es mein Hobby.«

Nun war es raus. Bestimmt hielten sie ihn jetzt für ein Kapitalistenschwein und schmissen ihn hinaus.

Zu seiner Überraschung und Erleichterung löste dieses Geständnis nichts dergleichen aus. Lara lächelte sogar mehr als zuvor.

»Du hast eine Firma geerbt? Was für eine Firma?«

»Ein Werbeunternehmen … ist nicht wirklich meine Welt. Ich werde die Firma verkaufen.«

»Warum willst du das tun?«

»Es macht mir keinen Spaß und ich will nicht wie mein spießbürgerlicher Vater enden.«

Das *nicht wie sein Vater enden* meinte er aufrichtiger, als sie es ahnen konnten.

»Verstehe, und was wirst du tun, wenn du sie verkauft hast?«

»Ich weiß noch nicht so richtig. Vielleicht mache ich eine Reise rund um die Welt, nur mit einem Rucksack und meiner Kamera, zu Fuß, minimalistisch oder mit dem Fahrrad. Ich hab mir schon mal Pläne dazu gemacht. Früher war ich gezwungen, minimalistisch zu leben. Teilweise lebte ich auf der Straße …«

»Auf der Straße, echt? Obwohl du reiche Eltern hattest?«

»Ja, wirklich. Ich wollte von denen nicht abhängig sein. War dann aber abhängig von Auftraggebern und da reichte es dann nicht für eine Wohnung mit dem bisschen Honorar. Also schlief ich nachts unter dem Vordach eines Museums.«

»Finde ich klasse, da hast du ja schon immer anders gelebt.«

»Na ja, nicht immer …«

»Ich habe gleich gemerkt, dass du anders bist. Mir gefällt das. Was sagt ihr dazu?«

Lara blickte in die Runde und alle nickten zustimmend. Sie wollten mehr von ihm wissen. Die sieben um ihn herum hingen geradezu an seinen Lippen, als er von seinem Leben auf der Straße berichtete. Und irgendwie erwischte sich Jan dabei, dass er alles ein wenig ausschmückte, sodass es romantischer klang als in Wirklichkeit. Nichts an diesem Leben war romantisch gewesen. Es war kalt, unsauber und gewalttätig gewesen, mehr nicht, aber minimalistisch auf jeden Fall.

»Jetzt sagt mal, welcher Vereinigung – Entschuldigung, Kirche – ihr nun angehört.«

Jan wusste es eigentlich, trotzdem fragte er. Dass diese Häuser ganz in der Nähe der Zentrale der *Kirche des Lichts* standen, war sicher kein Zufall. Sie mussten von dieser Sekte sein.

»Ist das so wichtig für dich?«

»Seid ihr Anhänger der *Kirche des Lichts*?«

»Du hast von uns gehört? Ach ja, du warst Gast in der Zentrale, sagtest du. Ich wollte es eigentlich nicht erwähnen, damit du nicht denkst, wir wollten dich missionieren. So was machen wir nämlich nicht. Wer von der *Lehre des Lichts* hören möchte, dem enthalten wir nichts vor, aber aufdrängen möchten wir nichts. Oder hattest du den Eindruck, dass wir dich hier mit irgendetwas überrumpeln wollen?«

»Nein, nein, mich interessiert nur, was ihr so macht. Also ihr lebt minimalistisch und achtet auf die Ressourcen der Erde. Find ich gut. Und sonst? Was macht ihr den ganzen Tag über? Betet ihr die gesamte Zeit?«

»Klar, beten wir, aber nicht den ganzen Tag über.«

Lara und die anderen kicherten belustigt. Sie zeigte mit ihrer kleinen Hand um sich herum.

»Na, sieh dich doch um ... wir machen Musik zum Beispiel, wir sitzen zusammen, reden, trinken Tee ... aber es gibt schon Rituale. Dazu gehört auf jeden Fall ein Morgengebet und ein Abendgebet. Regelmäßig gibt es auch Gottesdienste. Wir meditieren auch viel, um immer ganz in der Gegenwart zu sein. Und wir erinnern uns gegenseitig, nicht rückfällig zu werden und in alte Verhaltensmuster zu verfallen.«

»Wovon lebt ihr? Ich meine, vom Beten kann man ja nicht leben und vom Zusammensitzen und Musizieren auch nicht, oder bezahlt euch das alles eure Kirche?«

»Arbeit kann auch Meditation sein, viele von uns sehen das so. Jeder arbeitet das, was er am besten kann, manche im Büro, andere sind handwerklich begabt, wieder andere gehen Spenden sammeln. All das kommt in einen Topf, von dem alle profitieren. Ganz gerecht.«

»Und wenn einer nichts kann?«

»Jeder kann irgendetwas. Am wichtigsten ist uns die Gemeinschaft, hier lässt keiner den anderen im Stich. Wir alle erinnern uns gegenseitig daran, unser Ziel – das einfache Leben zu würdigen und den Weg nicht zu verlassen – zu erreichen.«

Laras Augen glänzten. »Ich bin stolz darauf, hier leben zu dürfen, und ich weiß, dass all das, worauf ich verzichte, so schrecklich unwichtig ist gegen das, was die *Lehre des Lichts* mir geschenkt hat.«

»Was hat sie dir denn geschenkt?«

Jan kam ins Grübeln. Lara fühlte sich nicht ausgenutzt, eher glücklich und zufrieden und voll Begeisterung für ihre Sache. Jan konnte sich nur schwer vorstellen, wo man hier Geschäfte machen konnte. Was sollte daran verkehrt sein, andächtig und einfach zu leben, wenn man es freiwillig tat? Lara schien ihm kein dummes Mädchen zu sein und Jan war davon überzeugt, dass sie sich sicher nicht zu irgendetwas zwingen lassen würde. Wenn sie die Machenschaften der christlichen Kirchen so einschätzte, wie sie sagte, dann konnte sie doch nicht kritiklos einer anderen beigetreten sein.

»Sie hat mir den Sinn des Lebens geschenkt, die Erfüllung, verstehst du?«, sagte sie.

»So ganz nicht, aber ich versuche es. Auf jeden Fall habt ihr gute Ziele.«

»Natürlich kannst du es nicht sofort verstehen, du hattest sie ja nicht, die Erfüllung … wenn wir mehr Zeit hätten, würde ich es dir zeigen. Bevor ich hierherkam, ging es mir sehr schlecht. Die LEHRE hat meinem Leben eine entscheidende Wendung gegeben. Ich bin so glücklich jetzt.«

Jan glaubte es ihr. Er lächelte ihr zu und biss noch einmal in sein Fladenbrot. Lara war in ihrem Wortschwall kaum zu bremsen.

»An einem Abend kann ich dir unmöglich alles erklären, was ich innerhalb langer Zeit erkannt habe. Man muss es erleben, Jan, anders geht es nicht. Du musst es selbst erleben, was wir erlebt haben. Du musst unser Leben leben, um uns verstehen zu können.«

Das waren ein paar zu viele *du musst* für Jan.

»Euer Leben leben?« Er nippte an seinem Tee, der inzwischen erkaltet war.

»Komm doch mal mit mehr Zeit zu uns.«

»Au ja, komm noch mal wieder«, rief einer der Gitarristen dazwischen.

Lara lachte dem Jungen zu. Dann hielt sie den Finger auf ihre Lippen, damit er ruhig war, und wandte sich wieder Jan zu. »Entschuldige.«

Jan winkte dem Gitarristen zu. »Es ist okay, lass ihn doch.«

»Nimm dir die Zeit einfach, vielleicht so zwei, drei Tage, dann könntest du eine Kostprobe von unserem Leben haben. Einfach hineinschnuppern. Wir geben Seminare für Menschen, die auf der Suche sind. Du wirst sehen, es wird dir guttun. Ich sehe doch, dass dir etwas fehlt. Gib dir diese Chance.«

Er schlürfte den Rest aus der Tasse, stellte sie ab und sah auf die Uhr. »Ich muss gehen.«

»Gib dir diese Chance! Du bist doch nicht glücklich so, das sehe ich … das musst du dir wert sein.«

Mühsam stand er auf und fühlte sich dabei wie ein alter Mann. Seine Beine schienen wie eingesteift, die Füße eingeschlafen. Das ganze Blut war im Oberschenkel hängen geblieben. Jan schüttelte die kribbelnden Gliedmaßen aus.

»Vielleicht … mal sehen …«

Sie stand ebenfalls auf, als sie merkte, dass er endgültig gehen wollte.

»Und denke daran – du kannst jederzeit kommen, egal, warum. Wenn ich hier bin, werde ich immer für dich Zeit haben. Meine Aufgabe ist es, denen zur Erfüllung zu verhelfen, die es verdient haben – und du hättest es verdient. Da bin ich mir ganz sicher. Weißt du, wenn jemand in der Welt da draußen nicht zurechtkommt, ist es meist ein sicheres Zeichen dafür, dass er zu uns gehört.«

Jan sagte nichts. Er rieb sich die Beine und bewegte sich zum Ausgang. Die jungen Leute winkten ihm zu, als wäre er ein Freund, der sie täglich besuchte.

Lara folgte ihm und nahm noch einmal seine Hand.

»Wenn ich nicht an dieser Zentrale da drüben vorbeigehen möchte, gibt es einen anderen Weg von hier in Richtung City?«, fragte er sie.

»Ja, folge dem schmalen Weg an unseren Häusern vorbei. Dann kommst du an ein Tor. Das Tor ist nicht abgeschlossen. Wenn du da durchgehst, kommst du bald auf eine der Hauptstraßen.«

»Ah, danke.«

»Ich werde an dich denken, Jan, egal, ob wir uns wiedersehen«, sagte Lara und drückte ihm einen sanften Kuss auf die linke Wange. »Mach es gut. Ich wünsche dir ein erfülltes Leben.«

Als er ging, spürte er ihren Kuss noch lange auf der Wange und er wusste jetzt schon, dass er zurückkommen wollte. Er hatte das Gefühl, Freunde gewonnen zu haben – Menschen, die ihn sogar mochten, obwohl er nicht ihrer Gemeinschaft angehörte und im Grunde ein Kapitalistenschwein war.

Der herbe Wind kühlte ihn dann ein bisschen ab. Blöd, dass es ausgerechnet Leute von Alonsos Sekte sein mussten. Aber das gab ihm auch die Möglichkeit, einen Einblick in die Geheimnisse der Kirche zu bekommen. Draußen war es tief dunkel. Kemal machte sich sicher Sorgen. Er nahm das nächstbeste Taxi, das er bekommen konnte, und ließ sich ins Hotel fahren. Unterwegs fiel ihm ein, dass er Lara und den anderen ja wenigstens eine Spende hätte dalassen können. Jetzt, wo er darüber nachdachte, war es ihm peinlich, dass sie ihn bewirtet hatten und er ihnen gar nichts dafür gegeben hatte.

Beim nächsten Mal, dachte er. Auf jeden Fall musste er noch einmal dorthin.

Zu seiner Enttäuschung erwartete ihn im Hotel niemand. Kemals Zimmer war verschlossen und er öffnete auch auf Jans beharrliches Klopfen nicht. An seiner eigenen Zimmertür entdeckte er einen Zettel, der mit Klebeband befestigt war.

›Bin ausgegangen. Komme spät. Akdas‹

Es schmerzte Jan, dass es Kemal scheinbar überhaupt nicht interessierte, wo er abgeblieben war. Schließlich war er für Stunden ohne Nachricht verschwunden gewesen. Wieso war der Kerl ausgegangen und mit wem? Mit einer Frau? Er fand keine Ruhe. Angesäuert beschloss er, wach zu bleiben, bis Kemal kommen würde, aber es gelang ihm nicht einmal eine halbe Stunde lang. Seine Gedanken entglitten ihm, sein Körper wurde kraftlos und nachdem seine Augen zugefallen waren, schnarchte er mehr sitzend als liegend, mit Schuhen und in voller Bekleidung auf dem frischen Bett.

EINE PATIENTIN

Mit Genugtuung und einer gönnerhaften Geste hielt der Padre seinen Gästen wie ein Bischof den Handrücken hin, damit sie seinen diamantbesetzten Ring küssten. Er trug die weiße Robe mit den Ornamenten. Sein goldenes Amulett mit dem Symbol der *Kirche des Lichts* lag schwer auf seiner Brust. Die Verbeugung der beiden war schon etwas tiefer als bei den ersten Sitzungen. Großmütig deutete er ihnen an, sich aufzurichten, und wies ihnen einen Platz auf den Chesterfield-Sesseln ihm gegenüber an. Die Lehnen der Clubsessel waren so hoch und die Sitzfläche so niedrig, dass die Gäste in den Möbeln nahezu verschwanden.

Es war ein Paar mittleren Alters, er ein spärlich behaarter Mann mit gepflegtem Bart und runder Brille, sie eine hagere Frau, das erste Grau der Haare dezent übertönt, die hellen Farben ihres Kostüms geschmackvoll arrangiert.

Ein schüchterner, weißgekleideter Junge aus der Gemeinde brachte Traubensaft und eine Wasserflasche auf den Tisch. Man merkte, dass die Anwesenheit des Padre ihn vor lauter Ehrfurcht verunsicherte, und dass er froh war, wieder aus dem Zimmer verschwinden zu dürfen.

»Lassen Sie sich von den Weingläsern nicht täuschen. Sie wissen ja, hier gibt es keinen Alkohol«, erklärte der Padre.

»Aber natürlich«, bestätigten seine Gäste, als wollten sie sich für ihre etwas zu langen Blicke auf den Saft entschuldigen.

»Nun, dies ist unsere vierte Sitzung. Wie ist es Ihnen seit dem letzten Mal ergangen?«, fragte Alonso die Frau.

»Ich fühle mich schon etwas wohler. Nur kann ich immer noch nicht gut schlafen.«

»Haben Sie dann Schmerzen?«

»Nein.«

»Ist es Ihnen dann übel?«

»Das auch nicht. Ich weiß nicht, warum ich dann nicht schlafen kann.«

»Merken Sie etwas? Angst beherrscht Ihre Seele. Sie müssen mehr Vertrauen wagen, dann können Sie sich besser fallen lassen.«

»Ja, das wird es wohl sein.«

Der Padre rückte mit seinem Oberkörper etwas weiter vor und nahm ihre vom Wassermangel faltige Hand in seine großen warmen Hände.

»Vertrauen Sie mir. Alles wird gut. Wir besiegen diese Krankheit, da bin ich ganz sicher – gerade bei Ihnen. Wir reden hier nicht von einer vagen Hoffnung, sondern von Zuversicht.«

»Ja«, flüsterte die Frau und sie begann zu weinen. Gleichzeitig versuchte sie, ein wenig zu lachen. Es ging ja um Zuversicht.

Ihr Mann streichelte hilflos ihren Oberarm. Dabei hatte er Schwierigkeiten, über die hohen Lehnen hinweg seinen Arm weit genug zu ihr hinüberzustrecken.

»Glauben Sie mir«, fuhr der Padre fort, »ich habe schon viele Krebskranke empfangen. Gerade Ihr Fall ist einer von denen, die gut ausgehen werden. Sie sind einer der Menschen, die es schaffen. Ich muss es wissen.«

Die Frau nahm ein Papiertuch, schnäuzte die Nase und lächelte verlegen. »Entschuldigung.«

»Sie müssen sich für nichts entschuldigen.«

Er reichte ihr ein neues Taschentuch, das er einer auf dem Tisch bereitstehenden Box entnahm. Sie stopfte das gebrauchte Tuch in die Hosentasche und nahm dankend an.

»Wirklich, bei Ihnen habe ich ein besonders gutes Gefühl. Es ist nur ganz wichtig, dass Sie mir voll und ganz vertrauen. Und Sie müssen glauben. Glaube ist die Essenz des Lebens.

Ohne diesen Glauben wird es nicht vorangehen. Mit der Entgiftung und dem Fasten haben Sie körperlich einiges in Gang gesetzt. Die Krankheit wird aber auch durch Ihre Gedanken beeinflusst. Der Tumor ist bösartig, also müssen Sie ihr Leben elementar verändern.«

Sie nickte heftig.

»Nun, legen Sie sich dort bitte hin.«

Der Mann schälte sich aus dem Sessel heraus. Er half seiner Frau auf und begleitete sie zu einem mit goldfarbenem Tuch bedeckten Ruhemöbel. An der Wand darüber hing ein großes gerahmtes Foto des Padre in Zeremonienkleidung. Auf einem Tischchen daneben stand eine goldene Schale mit Wasser, auf dem zarte rosafarbene Blütenblätter schwammen, wie Seerosen in einem Miniaturteich. Mühsam legte sich die Frau hin. Ihre abgemagerte Gestalt verlor sich in den goldenen Tüchern. Als der Padre sich erhob und ihr folgte, machte ihr Mann dem Erhabenen Platz und setzte sich zurück in den Sessel. Er goss sich ein Glas des Traubensafts ein und nahm einen der Flyer vom Tisch, auf denen die Gemeinde für die Bemühungen des Padre um weitere großzügige Spenden bat.

Der Padre setzte sich neben die Frau auf einen gepolsterten Hocker, der unter seinem Gewicht deutlich einsackte und ein klein wenig knarrte.

Er streckte die Hände nach vorn, damit sich die Ärmel seiner Robe zurückzogen. Dann ließ er die Arme über dem Körper der Frau mit den Handflächen nach unten ausgebreitet schweben und schloss die Augen. Der Padre atmete tief und geräuschvoll ein und aus. Er ließ die Hände sinken und tastete mit den Fingern sanft auf dem Bauch der Frau entlang. Als sie einmal leicht zuckte, verblieben seine Hände an diesem Ort und er sprach ein gemurmeltes Gebet, das niemand im Raum verstehen konnte. So verharrte er minutenlang, ohne die Augen zu öffnen. Die Frau entspannte sich immer mehr, bis sie schließlich keine Spannung mehr in ihrer Bauchmuskulatur aufbaute. Langsam und ohne Druck strich der Padre über die Stelle. Seine Stirn zeigte von der starken Konzentration, die er aufbrachte, ernste Falten. Dann hob er seine Hand und legte sie der Frau auf die kalte schmale Stirn. Auch jetzt murmelte er ein unverständliches Gebet.

Der Padre öffnete die Augen und berührte die Lider seiner Patientin, damit sie ihn ansah.

»Es ist schon etwas kleiner geworden. Man kann es fühlen. Nicht viel, aber ein wenig.«

Nässe schoss in ihre Augen. »Wenn es nur nicht wächst, wäre es schon gut, aber dass es sich verkleinert … danke.«

Alonso winkte den wartenden Mann heran.

»Hier, fühlen Sie selbst.« Der Padre nahm die Hand des Mannes und legte sie auf die Stelle des Bauches, die er eben bearbeitet hatte.

»Fühlen Sie es?«

»Ich weiß nicht … ja, doch.«

Noch einmal legte der Padre die Hand auf.

»Es ist eindeutig kleiner. Nicht viel, aber es ist ein Anfang. Ihnen wird eine große Gnade zuteil.«

Das Paar sah sich an und fasste sich an den Händen, beide den Tränen nah.

»Wir sollten den ermutigenden Erfolg Ihrer Behandlung befördern.« Der Padre fasste sich nachdenklich ans Kinn, dann nickte er vielsagend.

»Ich biete Ihnen heute etwas an, das ich nur denjenigen anbiete, in die ich größtes Vertrauen setze.«

Seine Gäste horchten auf.

»Wie Sie wissen, kann ich die mir von Gott gegebene Energie auf meine Patienten übertragen. Aber auch das hilft nur im Zusammenwirken mit Ihrem Glauben und dem richtigen Zeitpunkt. Für Sie würde ich ein besonderes Zeremoniell vorschlagen, abgestimmt auf die Patientin und auf den geeigneten Tag.«

Die beiden nickten erwartungsvoll.

»Gut, dann werde ich das vorbereiten. Es wird eine Weile dauern, bis es so weit ist. Dazu muss ich erst in mich gehen, um das richtige Datum zu empfangen. Auch der Stand der Sonne ist wichtig. Ihr Licht und ihre Strahlen sollten zur Seelenverfassung der Patientin passen. Das kann Ihre Selbstheilungskräfte um einiges verbessern. Sollen wir das tun?«

Bittend sah die Frau den Padre an.

»Ja, bitte.«

»Sie müssen aber auch etwas tun.«

»Alles, was Sie empfehlen.«

»Sie müssen an das Vertrauen denken, von dem ich heute sprach. Und an Ihren Glauben. Beten Sie abends, wenn Sie nicht schlafen können … inständig und ehrlich. Es ist ausgesprochen wichtig, dass Sie glauben wollen.«

»Das werde ich, Padre, ganz bestimmt.«

Der Mann half seiner Frau erneut, aufzustehen, und die beiden nahmen ihre Jacken von den Haken neben der Tür.

»Sie sagen uns dann Bescheid, wenn es so weit ist?«

»Selbstverständlich, Ihr Wohlergehen ist mir sehr wichtig.«

Der Padre drückte ein weiteres Mal die Hand der Frau und hielt sie eine Weile fest. Aufmunternd zwinkerte er ihr zu. »Ich weiß nicht warum, aber Ihr Fall liegt mir besonders am Herzen. Aber wie gesagt, es kann dauern.«

Überglücklich über seine besonderen Bemühungen bedankten sich beide.

»Ach ja«, sagte der Padre, als sie schon fast aus der Tür waren. »Das Zeremoniell findet in unserer Kirche statt. Nichtgemeindemitglieder haben sonst keinen Zutritt. Aber für Sie werde ich eine Ausnahme machen. Weil ich denke, dass ich Ihnen vertrauen kann.«

»Das ist sehr freundlich.«

Der Padre begleitete sie dann doch hinaus. Er wandte sich an eine junge Frau im Vorzimmer seines Behandlungsraums.

»Machen Sie bitte für die Patientin einen neuen Termin für eine erneute Sitzung in etwa zwei Wochen. Und es wird eine Heilmesse an einem besonderen Tag stattfinden.«

Er winkte noch kurz, dann verschwand der Padre im Behandlungszimmer.

Der Mann zückte das Portemonnaie und beglich die Rechnung für die stattgefundene Sitzung. Freundlich lächelnd händigte die Assistentin eine Spendenbescheinigung aus.

»Wegen der Messe … für die Mitglieder der Gemeinde sind diese Messen umsonst. Aber, da Sie nicht Mitglied sind, müssten wir für das spezielle Öffnen und Ausstatten der Kirche sowie der begleitenden Ministranten und den Einsatz des Padre etwas berechnen.«

»Ach so.«

»Das müssen Sie verstehen. Unsere Kirche ist auf Spenden angewiesen.«

»Selbstverständlich.«

»Sie sollten es nur wissen, bevor Sie sich endgültig entscheiden. Dann müsste ich allerdings dem Padre das eben noch mitteilen.«

»Nein, nein … das ist schon in Ordnung.«

»Gut … wenn Sie sich natürlich irgendwann überlegen sollten, Mitglied zu werden, stünde auch Ihnen alles kostenlos zur Verfügung. Sicher auch rückwirkend. Da könnte ich mit dem Padre reden.«

Sie drückte den beiden ein Faltblatt in die Hand.

DIE WARNUNG

Anna wartete mit aufgespanntem Regenschirm vor dem kleinen italienischen Ristorante. Sie fröstelte, steckte die freie Hand in die Tasche ihres viel zu dünnen Capes. Von einem Bein auf das andere tretend, hielt sie im spärlichen Licht der Leuchtreklame Ausschau nach ihrem Gesprächspartner. Dann endlich bog ein Taxi in die Straße ein und hielt direkt gegenüber auf der anderen Straßenseite. Ein schlanker, mittelgroßer Mann stieg aus, von dem Anna im Dunkeln nur die Silhouette erkennen konnte. Sie trat etwas näher an den Straßenrand. Das Taxi fuhr fort und der Mann kam ihr mit hochgeschlagenem Kragen rasch entgegen. Es war Kemal Akdas.

»Kommen Sie schnell unter meinen Schirm«, rief sie und hielt den Schirm höher. Der Regen nahm an Heftigkeit zu und so beeilten sie sich, in das Lokal zu kommen. Kemal hielt ihr die Tür auf. Sie legten ab und suchten sich eine Sitzgruppe in der äußersten Ecke aus, um ungestört reden zu können. Kemal machte einen höflichen und gepflegten Eindruck auf Anna. Sein Haar war tiefschwarz und kurz geschnitten, sein Teint etwas dunkel. Einen Bart trug er nicht, dafür eine Brille mit unauffälligem Gestell. Verstohlen betrachtete sie seine Hände, während er in der Karte blätterte. Auch sie waren sehr gepflegt, schmal, und er bewegte sie geschickt. Gegen Wolff und Alonso wirkte er direkt zierlich.

Kemal lächelte sie an. Anna lächelte zurück.

»Und? Was nehmen Sie?«

»Spaghetti aglio et olio … auch wenn man das übermorgen noch an mir riechen wird.«

Sie lachte. »Also gut, dann nehme ich das auch. Für den Fall, dass wir uns bis dahin noch einmal begegnen werden.«

Kemal rief die Bedienung und bestellte für sie beide.

»Auch ein Glas Rotwein?«, fragte er.

»Danke, nein, für mich ein Pils, bitte.«

Kemals Lippen quittierten das Pils mit einem verwunderten Lächeln.

Die Bedienung ging und bis sie die Getränke servierte, vertrieben sie die Zeit mit Floskeln über das Wetter und Witzen über Knoblauch.

Ihr Lachen war nur halbwegs echt. Beide wussten, dass es nicht wirklich um Smalltalk ging. Nachdem sie sich zugeprostet hatten, beendete Anna das verlegene Geplauder.

Sie nahm einen Schluck von ihrem Bier und sah ihn ernst an.

»Ich glaube, Sie wissen gar nicht, worauf Sie sich einlassen, oder besser gesagt, mit wem. Ich kann Sie nur warnen.«

Kemals aufgesetztes Lächeln erstarb mit dem Nippen am Rotweinglas. Er stellte das Glas ab. Jetzt kam genau das, wovor Kemal sich fürchtete. Schon in Hamburg hatte er es geahnt. Seine Informationen über Alonso und seine Geschäfte waren dürftig, aber eindeutig.

»Wovor warnen Sie mich?«

Anna druckste herum. Sie hatte keine Lust, sich selbst in die Gefahr zu bringen.

»Sie werden Schwierigkeiten bekommen, sehr große Schwierigkeiten. Ich weiß nicht, wie ich es sagen soll – Sie haben es hier nicht mit gewöhnlichen Geschäftsleuten zu tun.«

»Sondern?« Kemal blieb hartnäckig. Er wollte ihr mehr entlocken.

»Also, haben Sie denn keine Fantasie?«

»Es ist eine Sekte, das ist alles, was ich weiß. Ich habe mich nie besonders für Religion interessiert. Erzählen Sie mir mehr.«

»Hier in Düsseldorf ist der Sitz einer weitverzweigten Organisation. Die *Kirche des Lichts*, da geht es um mehr als Ideale.

Es sind harte Geschäfte, umfangreiche Geschäfte, und es geht um sehr viel Geld.«

»So viel Geld, dass ihr Anführer mit einem Maybach herumfährt? Das heißt, diese Sekte, für die Sie arbeiten, hat nicht nur das edle Ziel, die Welt zu verbessern?«

Anna nickte widerstrebend. Sie musste vorsichtiger sein. Mit Bier schluckte sie ihren Redefluss hinunter.

»Viel mehr kann ich Ihnen beim besten Willen nicht sagen.«

Kemal runzelte die Stirn. »Kommen Sie, diese paar Sätze hätten Sie mir auch am Telefon sagen können. Erzählen Sie mal was – über den Aufbau der Sekte zum Beispiel. Wohnen die wirklich alle in speziellen Wohnsiedlungen?«

Ihr Seufzen war unüberhörbar. Da saß sie und verbrannte sich die Zunge. Fast automatisch sondierte sie die umgebenden Tische. Sie hatte das Gefühl, Alonso stünde ihr im Nacken, bereit, ihr mit seinen großen Händen den Hals umzudrehen, bis es knackte. Sie sah Kemal lange ins Gesicht. Verständlich, dass ihm das nicht reichte, er wollte alles wissen. Das hätte sie an seiner Stelle auch gewollt. Anna wurde klar, wie unvorbereitet sie hierhergekommen war. Konnte sie ihm trauen? Auf der anderen Seite fragte sie sich, wozu sie überhaupt gekommen war. Es sollte ja eine Warnung sein und wenn sie etwas über den Aufbau der Sekte erzählte, würde sie schließlich kein Geheimnis verraten. Das Geheimnis sollte zwischen den Sätzen liegen.

»Ja«, sagte sie zögernd, »viele wohnen in Siedlungen beisammen. Ein nicht zu vernachlässigender Teil aber lebt mitten unter den … wie soll ich sagen … Normalbürgern. Die große Masse ist sehr jung, aber es gibt auch viele Ältere und Familien in der Gemeinde. Sie pflegen ihren Glauben weitaus intensiver als Andersgläubige. Das ist auch der große Unterschied zu den etablierten christlichen Kirchen. In der *Kirche des Lichts* wird Religion praktiziert und nicht nur davon geredet. Hier kann sich jeder ganz hingeben, nicht nur sonntags beim Gebet.«

Kemal rümpfte unmerklich die Nase. »Der Unterschied wird wohl im Wesentlichen in der Ausbeutung der Menschen liegen.«

»Einen wesentlichen Unterschied gibt es meiner Meinung nach nicht. Was machen die Kirchen denn anders? Ihnen ist sogar gesetzlich erlaubt, Steuern zu nehmen. Eine kleine Religionsgemeinschaft lebt nur von Spenden.«

Anna fühlte sich bedrängt. Seltsam, sie sah sich genötigt, die Gemeinde zu verteidigen. Oder viel mehr ihre eigene Mitarbeit an dem großen Geschäft mit den Gläubigen. War die *Kirche des Lichts* schlecht, war sie es in seinen Augen vermutlich auch.

Doch Kemal stichelte weiter. »Ist es nicht so, dass man die Menschen ihrer Persönlichkeit beraubt, dass man ihre Seelen aussaugt …?«

»Ihre fragwürdige Persönlichkeit geben sie freiwillig, niemand zwingt sie dazu, nicht einmal der Padre. Diese Menschen suchen direkt nach jemandem, dem sie sich hingeben können. So sieht das aus, ob Sie es wahrhaben wollen oder nicht.«

Unter ihren Armen spürte sie verschwitzte Nässe.

»Mag sein, dass sie sich freiwillig anschließen, aber sie werden doch sicher schamlos ausgenutzt«, beharrte Kemal.

»Wenn Sie das Bedürfnis haben, in ein fremdes Land zu reisen, begeben Sie sich wahrscheinlich auch in die Hände eines Reiseleiters, oder wenn Sie krank sind, vertrauen Ihrem Arzt. Es gibt immer jemanden, der solche Bedürfnisse stillt. Gewissermaßen können Sie das Stillen der Sehnsucht dieser Menschen als eine Art Marktlücke betrachten, die zu füllen sich die *Kirche des Lichts* zur Aufgabe gemacht hat.«

»… zum Geschäft!«

»Meinetwegen, zum Geschäft. Es ist doch ganz natürlich, dass derjenige, der das erfüllt, seinen geschäftlichen Nutzen daraus zieht.«

»Aber bei jedem guten Geschäft bekommt man auch, wofür man bezahlt. Diese Sekte macht große Versprechungen, die sie nicht halten kann.«

»Das wissen Sie doch gar nicht, oder? Was veranlasst Sie zu dieser Annahme? Weil es *Sekte* heißt? Die versprechen nichts anderes als andere Religionen auch – Erlösung, ein paradiesisches Leben nach dem Tod – wenn Sie danach gehen, können Sie sämtliche Religionen an den Pranger stellen. Nur weil die ein paar Jahrhunderte älter sind, sind sie nicht besser.«

Anna fühlte immer mehr Ärger in sich aufsteigen. Als wenn es hier um eine Grundsatzdebatte über Sinn und Unsinn von Religionen gehen sollte.

»Ihr Padre lügt den Menschen bewusst etwas vor. Er lockt sie in vollkommene Abhängigkeit und quetscht jeden Cent aus ihnen heraus. Sagen Sie nicht, das wäre keine Ausbeutung!«

»Das behaupte ich auch gar nicht. Ich verstehe nur nicht, warum Sie sich so darüber aufregen. Gehen Sie doch mal in so ein Familienzentrum. Diese Menschen sind glücklich so. Die wollen so leben. Ihre Argumente berühren die gar nicht. Glauben Sie mir, ich habe mit vielen dieser Anhänger gesprochen. Es ist vollkommen sinnlos, da ein Umdenken bewirken zu wollen. Und die leben auch wirklich umweltkonform. Greenpeace würde sich in die Hände klatschen, wenn alle Menschen so bescheiden leben würden.«

Das Essen wurde serviert und Anna war froh über die Unterbrechung. Sie drehten ihre ölgetränkten Nudeln, aßen und schwiegen. Anna dachte nach. Sie musste aufhören, über Ideologien zu sprechen, sondern auf die Gefahr durch die Leute hinweisen, die mehr dem Geld Bedeutung beimaßen als der Ideologie.

»Es ist auch gar nicht die *Kirche des Lichts* an sich, vor der ich Sie warnen möchte. Wirklich, das alles ist Ansichtssache, wenn Sie mich fragen. Nicht die Anhänger sind das Problem, es geht um die Leute, die das verwalten.«

»Der Padre!«

»Ja, der Padre. Wenn er nicht bekommt, was er begehrt, wird es unangenehm.«

»Aha.«

»Was, aha?«

»Jetzt kommen wir zum Punkt.«

»Wer hat denn hier eine Grundsatzdebatte angestoßen? Das waren doch Sie.«

»Jetzt mal Klartext – wovor genau warnen Sie mich? Was könnte Torberg zustoßen?«

»Ich meine Schmierereien gröbster Art, finanzieller Ruin, Erpressung und … Schlimmeres.«

»Schlimmeres?«

»Zu was genau Alonso fähig ist, möchte ich Ihnen lieber nicht erzählen. Es soll reichen, wenn ich Ihnen sage, dass es gefährlich für Sie werden kann – wirklich gefährlich, und zwar für Sie beide.«

»Für mich auch?« Sie nickte.

Kemal stellte für einige Sekunden das Essen ein. »Sie meinen körperliche Gefahr?«

Anna sah sich verstohlen um … dann nickte sie erneut.

»Und der Rechtsstaat?«

Anna lachte auf. »Ich bitte Sie! Sie sind Jurist, ich bin Juristin … wir wissen beide, dass Recht der bekommt, der die besten Anwälte hat. Und der Padre hat viel Geld und noch mehr Einfluss.«

»Wieso ich?«

»Sie hängen einfach mit drin. Ihre einzige Chance wäre es, sich von Torberg zu distanzieren und ihn hier allein zurückzulassen. Oder aber, Sie wirken auf ihn ein, diesen Vertrag zu unterschreiben und gut ist es.«

»Vergessen Sie es, Torberg ist das eigenwilligste Geschöpf, das mir je begegnet ist. Ich habe keinerlei Einfluss auf ihn.«

»Wenn Sie es nicht haben, dann weiß ich auch nicht mehr weiter.«

Kemal legte das Besteck nieder. Der Appetit war ihm vergangen. »Ich wusste gleich, dass Torberg Junior mir nichts als Ärger bereiten wird.« Sie grinste.

Er beugte sich etwas über den Tisch in ihre Richtung und flüsterte.

»Das klingt alles sehr nach Mafia, was Sie da sagen. Sagen Sie mir, dass Sie das bloß erfunden haben, damit ich mehr Druck auf Torberg ausübe, damit er unterschreibt.«

Sie flüsterte zurück. »Da muss ich Sie enttäuschen.«

»Im Ernst?«

»Ich übertreibe nicht.«

»Und dieser Kai Holzmann? Der soll untergetaucht sein. Was hat es damit auf sich?«

Anna zögerte ein paar lange Sekunden lang.

»Ehrlich gesagt, habe ich meine Zweifel, dass Kai Holzmann einfach nur untergetaucht ist.«

»Wenn Sie ernsthaft glauben, dass man ihm etwas angetan hat, sollten Sie das nicht der Polizei sagen?«

»Es ist nur so ein Gefühl … ich zähle eins und eins zusammen und komme für mich selbst zu keinem anderen Schluss. Aber beweisen könnte ich nichts. Alle hätten für alles irgendein Alibi, eine Rechtfertigung, eine harmlose Erklärung. Das Einzige, das mich dazu bringen könnte, der Polizei gegenüber meinen Verdacht zu äußern, wäre Holzmanns Auftauchen … und zwar als Leiche.«

Bei dem Wort *Leiche* aus ihrem Mund hielt Kemal für einen Moment den Atem an. Er musterte Anna forschend.

»Aber dann würden Sie es tun?«

»Vielleicht ... ich weiß nicht. Nachdem, was ich alles erlebt habe, wird man es zugunsten des Padre drehen und wenden und ich würde die Doofe sein. Eigentlich habe ich Angst, dass ich auch irgendwann *verschwinden* könnte.«

Nun war es raus, deutlicher konnte sie nicht werden.

»Und wenn wir beide Beweise sammeln würden? Ich könnte Sie unterstützen.«

Anna verschluckte sich fast an ihrem Bier, als sie das hörte.

»Wollen Sie das wirklich tun? Denken Sie gut darüber nach. Wenn es tatsächlich so ist, wie ich es befürchte – wollen Sie wirklich Ihr eigenes Leben riskieren? Sind Sie so ein Held?«

Kemal schüttelte nachdenklich den Kopf.

»Sie haben recht. Ich bin kein Held.«

»Sehen Sie, ich auch nicht. Ich bin hin- und hergerissen. Allzu gern würde ich mich einfach absetzen und all dem Adieu sagen. Aber dafür ist es für mich zu spät. Für Sie noch nicht.«

»Warum arbeiten Sie für Alonso?«

»Warum arbeitet ein Kellner für ein schlechtes Restaurant, warum schreibt ein Journalist für ein Lügenblatt, warum arbeiten Sie für Torberg? Ich mache meine Arbeit, mehr nicht. Das heißt nicht, dass ich die Dinge für gutheiße, die geschehen. Irgendwann bin ich da reingerutscht. Aber das ist eine andere Geschichte. Sie würde den Rahmen dieses Abends sprengen. Bearbeiten Sie Ihren Herrn Torberg, halten Sie ihm diesen Vertrag unter die Nase und bringen Sie mir diese Unterschrift. Für Freitag um 17 Uhr habe einen neuen Termin deswegen anberaumt.«

»Stellen Sie sich das nicht so einfach vor. Denken Sie nur nicht, ihn würde beeindrucken, was Sie mir erzählt haben.« In Gedanken schwebte ihm Torbergs hämisch grinsendes Gesicht vor.

»Aber es könnte lebenswichtig für ihn sein! Ich hatte gehofft, Sie hätten wenigstens ein bisschen Einfluss auf ihn.«

Ratlos lehnte sie sich auf ihrem Stuhl zurück. Sie hatte schon mehr gesagt, als sie sich vorgenommen hatte. Das konnte doch nicht spurlos an Torberg vorbeigehen. Sie wischte sich Olivenöl von ihrem Mund, das sie zwar nicht sehen, aber spüren konnte. Es war ein leichter, klebriger Druck um ihre Lippen.

»Dann ziehen Sie wenigstens die Konsequenzen. Wenn Torberg unbedingt den Helden spielen will, dann soll er es allein tun – halten Sie sich heraus. Oder will er etwa bei diesem Geschäft mit einsteigen?«

Auf diesen Gedanken war sie noch gar nicht gekommen.

»Ich glaube nicht«, sagte Kemal nachdenklich. »Nein, ganz bestimmt nicht. Ich glaube, er wird lediglich alles versuchen, Ihrem Chef das Leben so schwer wie möglich zu machen und er wird neugierig sein, was der da treibt.«

»Und Sie?«

»Ich weiß nicht. Ich handle nur im Interesse meines Vorgesetzten, bis zu einer gewissen Grenze natürlich, dafür werde ich bezahlt. Im Grunde halte ich eine ähnliche Position wie Sie, nur eben für Herrn Torberg. Herr Alonso wird auf meine Situation sicher Rücksicht nehmen.«

Anna verschluckte sich endgültig am Bier. Nach ein paar nicht unterdrückbaren Hustenattacken sah sie ihn amüsiert an.

»Ich schätze nicht. Von Rücksichtnahme habe ich in diesem Geschäft noch nichts bemerkt.«

Kemal wirkte etwas erschrocken. »Auf niemanden?«

»Niemanden!«

»Auch nicht auf seine eigenen Leute, zum Beispiel auf Sie …?«

Sie lachte laut auf. »Rücksicht – auf mich? Wofür halten Sie mich? Alonso würde sogar sein eigenes Kind verkaufen, wenn er es für nötig hielte. Ich darf gar nicht daran denken, was er mit mir machen würde, wenn er wüsste, was ich Ihnen alles erzähle.«

Daraufhin versuchte sie, ihre Beklommenheit hinunterzuspülen. Ihr Lachen fror ebenso schnell wieder ein, wie es sie überkam.

Schockiert fuhr sich Kemal mit der Hand um den Mund. So weit würde man also gehen.

»Ich hoffe doch, Sie bekommen wegen unseres Treffens keine Unannehmlichkeiten.«

»Das ist ein verdammt feiner Ausdruck für das, was mir alles zustoßen könnte. Aber seien Sie unbesorgt, wenn Sie ihm nicht laut entgegenschreien, dass ich Sie gewarnt habe, geschieht mir gar nichts. Ich habe sogar den offiziellen Auftrag zu diesem Treffen, nur hätte unser Gespräch nicht so weit führen dürfen.«

Ein wenig beruhigt nahm auch er einen Schluck von seinem Wein. Von ihm würde Alonso sicher nichts erfahren. Aber wie stand es mit Torberg?

»Ich werde Ihre Warnung weitergeben«, sagte er nach einigem Überlegen. »Gut verpackt, in unverdächtiger Fassung. Torberg wird Ihren Namen nicht hören.«

»So gefällt mir das. Ach, Sie sind übrigens eingeladen zu einem Empfang morgen Abend.«

Sie fischte zwei Einladungskarten aus ihrer Tasche.

»Sie und Torberg, morgen Abend um 20 Uhr am Zentrum. Es gibt einen großen Empfangssaal dort. Aber das werden Sie dann schon sehen.«

»Was ist der Anlass zu diesem Empfang?«

»Kontaktpflege, offiziell der Bau eines Frauenhauses der *Kirche des Lichts*. Es kommen Leute mit Rang und Namen. Sie werden erstaunt sein. Alles Spender.«

»Ein Frauenhaus?« Ungläubig sah Kemal sie an.

Anna grinste ironisch. »Ja, wir sind sozial sehr engagiert.«

»Werden Sie dort sein?« Ihm gefiel der Gedanke, sie einmal wiederzutreffen.

»Selbstverständlich.«

Darauf stießen sie an und leerten ihre Gläser. Die anfängliche Sympathie füreinander flammte wieder auf. Hätten sie einander nur woanders kennengelernt, Kemal hätte sie eingeladen – aber nun blieb eine Distanz zwischen ihnen, unüberwindbar, für kaum ein weiteres Gefühl offen.

Am nächsten Morgen eilte Jan halb angezogen durch das Hotelzimmer. Mit ausgeleiertem T-Shirt und Unterhose, die Zahnbürste in der Hand, öffnete er im Vorbeigehen die Tür und ließ den wartenden Kemal ein. Grußlos lief er zurück zum Waschbecken. Kemal redete auf ihn ein. Er erzählte von einem Treffen und von einer Warnung, die man ernst nehmen müsste.

Jan interessierte das herzlich wenig. Eigentlich hörte er gar nicht zu. Er dachte an die Siedlung, an Lara und ihre Freunde. Seine Freunde. Ihre Aufmerksamkeit für ihn waberte noch durch seinen Kopf. Er wollte sie wiedersehen, Tee trinken und Fladenbrot essen. Diese unangenehmen Gespräche über Alonso waren ihm äußerst unwillkommen. Alonso interessierte ihn heute viel weniger. Die auf Angriff gepolten Gefühlswallungen, gestern noch wichtig, wollten heute nicht mehr richtig aufkommen. Natürlich wusste er von der Verbindung zwischen Lara und dem Padre – eine gefährliche Verbindung vielleicht – aber er verdrängte das erfolgreich. Jan wollte die Gruppe und Alonso voneinander getrennt betrachten. Diese interessanten Menschen, die so anders waren auf der einen und den geschäftlichen Konkurrenten auf der anderen Seite. Außerdem war er neugierig. Was trieb Alonso in seiner Kirche? War es eine gefährliche Sekte oder nur eine andere Art zu leben, die ihre Berechtigung hatte? Was gab anderen das Recht, über diese Menschen zu urteilen? Wenn er dort hineinschnüffelte, ohne dass Alonso es mitbekam, war es die Gelegenheit, all das herauszufinden.

»Hören Sie mir eigentlich zu?«

Kemal merkte, dass er praktisch gegen eine Wand sprach.

»Reden Sie nur weiter«, heuchelte Torberg Interesse, um bloß keine Diskussion auszulösen und ihn schnell wieder loszuwerden.

»Aber das war doch alles! Verstehen Sie nicht?«

Kemals Stimme überschlug sich leicht.

»Und, was wollen Sie dann noch?«

»Unterschreiben Sie den Vertrag! Verzichten Sie auf dieses Unternehmen! Wenn Sie wollen, verkaufen Sie ihm noch ihr eigenes. Lassen Sie uns das alles hier beenden und nach Hause fahren. Das da ist nichts anderes als eine Art Mafia.«

Was redete der da von Mafia? Jan hatte tatsächlich überhaupt nicht zugehört.

Langsam ging Jan auf Kemal zu. Verständnislos musterte er das Bündel Papier in dessen Hand, mit dem er die ganze Zeit über herumfuchtelte. Das ging ihm zu schnell. Nein, so wollte er es nicht lösen. Außerdem, wenn er einmal unterschrieben hätte, ginge ihm womöglich auch der Kontakt zu Lara verloren. Er wollte wissen, wie es sich in dieser Siedlung lebte. Welchen Grund sollte er dann noch vorgeben, sich dorthin zu begeben? Unmissverständlich schüttelte er den Kopf.

»So weit sind wir noch nicht, Herr Akdas, noch lange nicht.«

Sein treuer Jurist ließ resigniert den Arm sinken. Torberg war der unzugänglichste und dickköpfigste Mensch, der ihm je begegnet war. Ein solcher Eigensinn musste ja beinahe bestraft werden.

»Am nächsten Freitag um 17.00 Uhr haben Sie die Möglichkeit, vernünftig einzulenken. Herr Alonso wird Ihnen sein vermutlich letztes friedliches Angebot machen. Was danach kommt, kann man nur fürchten.«

Vergeblich wartete er auf ein erschrockenes Gesicht oder wenigstens ein beschwichtigendes Wort. Torberg reagierte überhaupt nicht, er antwortete nicht, schien mit seinen Gedanken längst woanders. Jede Hoffnung auf eine schnelle und einfache Lösung schien Kemal verloren. Ernüchtert stellte er sich vor Torberg hin und sah ihn an. Es dauerte eine Weile, bis Torbergs Augen an ihm haften blieben, mit der gewohnten flatterhaften Unruhe darin.

»Wenn Sie einen Privatkrieg anzetteln wollen, dann ohne mich. Mit mir können Sie ab jetzt nicht mehr rechnen. Ich hoffe nur, dass Sie nicht erst durch Erfahrung zur Einsicht gelangen und Ihnen etwas zustößt … hier …«, er warf die beiden Einladungskarten auf den Hoteltisch. »Sie sind eingeladen. Ich würde an Ihrer Stelle übrigens nicht hingehen.«

Jans Augen verharrten für einen Moment.

»Was sollte mir zustoßen? Glauben Sie nicht, dass ich schon alles erlebt habe … damals auf der Straße, in Berlin, in Hamburg, im Knast?«

»Hören Sie auf mit Ihrem Gelaber über Ihr Leben auf der Straße!«, platzte Kemal heraus.

Jan tippte Kemal auf die Brust. »Ich habe keine Angst, aber Sie. Sie sind ein kleiner Hosenscheißer.«

Kemal schluckte. Die ausgesprochene Wahrheit traf ihn tief. Aber er beschloss, dazu zu stehen.

»Ja, ich habe Angst. Und ich habe aber auch die Vision einer Zukunft, in der ich eine Rolle spiele, etwas aus meinem Leben mache, Freunde besuche, vielleicht eine Familie gründe. Ich habe etwas zu verlieren.«

»Ach, und Sie meinen, der Torberg, der hat ja nichts zu verlieren?«

»Das habe ich nicht gesagt.«

»Aber gedacht! Sie wollen mich also jetzt im Stich lassen. Habe ich das richtig verstanden?«

Eine Antwort erwartete Jan nicht wirklich. Er spürte das Endgültige in Kemals Stimme, es war so endgültig, dass es jede Möglichkeit zur Umkehr ausschloss. Jan fragte sich, ob Kemal ihn tatsächlich nur oberflächlich sah. Als ob er keinen nachvollziehbaren Grund hätte, hierzubleiben. Für einen Moment überlegte er, Kemal von der Siedlung zu erzählen, von seiner Neugierde und davon, was man Spannendes über diese Kirche erfahren könnte. Aber Kemal lief schon durch die Tür. Er hatte keine Zeit mehr für ihn. Vermutlich hätte er ihn nicht verstanden. Wie hätte er auch verstehen können, dass ausgerechnet er, Jan Torberg, der selbstbewusste Einzelgänger, sich nach diesem neuen Gruppengefühl sehnte? Dass er, der Heimatlose, eine Heimat suchte, dass sein schlechtes Benehmen nur das Ergebnis einer inneren Einsamkeit war? Ja, Jan brauchte keinen Psychologen. Er wusste selbst, was mit ihm los war. Doch Kemal interessierte das nicht.

»Sie haben eine Kündigungsfrist einzuhalten. Bis dahin haben Sie gefälligst noch für mich zu arbeiten!«, schrie er hinterher.

TEIL 4

DER PADRE

Jorge Alonso lehnte sich weit in dem tief eingesessenen Leder-Schwenkstuhl hinter seinem Schreibtisch zurück, um Wolff die volle Aufmerksamkeit zu schenken. Sein Brustkorb hob und senkte sich, gelenkt von großem Lungenvolumen, gleichmäßig ruhig auf und ab. Lediglich der Zeigefinger seiner rechten Hand tippte ab und an auf der Armlehne herum und zeugte von der latenten Ungeduld, die ihn befallen hatte. Es ärgerte ihn, dass dieser Quälgeist Torberg die von ihm vorgesehenen Abläufe störte. Er stahl ihm Zeit. Zeit, die er sinnvoller verbringen könnte. Das war unverzeihlich, einerseits. Andererseits weckte das Verhalten des jungen Mannes ein gewisses Interesse in ihm. Natürlich, der Junge wusste nichts von ihm, dem Padre. Nichts über seine Kompetenz, von seiner Macht. Für seine Anhänger war er gottgleich, für Torberg womöglich ein Niemand, genauso, wie Torberg für ihn ein Niemand war.

»Und? Was haben die Recherchen ergeben?«

Wolff lehnte am Türrahmen und wartete seit Minuten auf diese Aufforderung.

»Nichts, was uns überraschen könnte. Torberg ist ein überspannter Einzelgänger, in jeder Beziehung, im Privatleben, wie im Beruf. Wollte zum Theater gehen, wurde aber auf Drängen seiner Eltern wenigstens Fotograf. Seine Fotografien wollte niemand. Sie sind zu wirr, zu ausgefallen, zu provokant. Ich hab ein paar davon mitgebracht. Sie sind vermutlich technisch einwandfrei, womöglich nicht einmal digital verschlimmbessert, ein Teil durchaus spannend, aber sehen

Sie selbst … als Nichtsnutz schlug er sich ohne die finanzielle Hilfe seiner Eltern durch – auch durch Kneipen. Im Übrigen soll er in den letzten beiden Jahren etwas ruhiger geworden sein. Die Kampfeslust versiegt allmählich.«

Alonso ergriff die mitgebrachten Fotografien von Torbergs wenigen und lange zurückliegenden Ausstellungen, die Wolff ihm reichte.

Er runzelte die Stirn.

»Tja, was wollte der Künstler damit sagen?«

Missfällig warf er die Fotos der Kunstwerke auf den Tisch. »Ein vergeudetes Talent … und sonst?«

»Sonst wenig – schwieriges Kind, Privatlehrer, Bundeswehr, Militärknast, längere Zeit obdachlos, mehrfach polizeilich erfasst wegen Schlägereien, Drogenmissbrauch, noch mal Knast.«

»Drogen? Sieh an. Gibt es Hobbys, Leidenschaften?«

»Immer noch die Fotografie, dazu kommt Gekleckse auf Leinwänden und Graffiti-Schmierereien. Ach ja, man glaubt es kaum – eine Zeit lang war er Hobbykoch. Interessant vielleicht auch: Er verbrachte einige Monate in Meditationszentren in Thailand und Indien.«

Überrascht blickte Alonso auf. Das hatte er von Torberg nicht erwartet. Er schien ihm von einer recht harten Fassade umgeben, hinter der sich, je näher man ihn betrachtete, ein bemitleidenswerter Mensch verbarg.

»… und Frauen?«

»Keine Frauen! Nichts, was bekannt wurde.«

»Etwas ungewöhnlich … oder schwul.«

Wolff grinste hämisch. »Nicht mal das. Wer will schon so einen Kauz zum Geliebten?«

Alonso überlegte lange. Vielleicht konnte er ihn doch noch packen. Die Aufenthalte in den Meditationszentren klangen nicht nach einem atheistischen Geistlosen, sondern eher nach einem Menschen auf der Suche. Dass dieser Junge versteckte Wunden in sich trug, war mehr als offensichtlich. Er musste sie nur finden und aufbrechen. Torbergs Schale war hart wie Beton. Nur ein besonders guter Menschenkenner konnte sie knacken. Aber das, ohne sich selbst groß zu huldigen, das war er. Genau deshalb nannten sie ihn den Padre und niemanden sonst. Wenn die Schale erst einmal geknackt war, würde er den Rest auslöffeln wie ein weiches Ei. Torberg fing an, ihn zu faszinieren. Es war eine Herausforderung. An diesem Menschen konnte er sich noch einmal beweisen. Er wollte ihn ködern, verführen und brechen. Alonso lächelte selbstgefällig bei dem Gedanken daran, wie Torberg ihm die Hand küssen würde. Da war auch diese eine Sache, die kein anderer hier wagen würde. Der Junge hatte den Mut, sich gegen ihn zu erheben – noch. Dieser kleine Aufständische flehte im Grunde danach, bezwungen zu werden.

»Das reicht mir nicht. Ich brauche mehr.«

»Kann ich versuchen. Aber wie gesagt, viel gibt es anscheinend nicht. Er ist auf keinem sozialen Netzwerk aktiv, das ich kenne, jedenfalls nicht mit Klarnamen, nicht einmal Facebook. Anna wollte sich doch mit diesem Türken treffen wegen des Vertrages. Vielleicht erreicht sie ja was und diese ganzen Nachforschungen erweisen sich als unnötig.«

Alonso winkte ab.

»Vergiss es. Sie wird nichts erreichen. Auch ihre Warnung wird ihn nicht beeindrucken. Torberg muss man anders packen.«

Erstaunt hob Wolff den Kopf.

»Warnung? Habe ich etwas verpasst?« Verwundert musterte er seinen Chef. »Sie misstrauen Anna?«

Er konnte es kaum glauben. Im Laufe der Jahre hatte sie sich eine gewisse Achtung bei ihm und ein Minimum an Vertrauen erworben. In ihrer inneren Einstellung war sie nicht ganz loyal, das war ihm klar. Doch sie stand immer unter dem Schutz des Padre. Es schien ihm unvorstellbar, dass sie es wagen würde, ihn oder gar Alonso zu hintergehen. Den Schneid hatte sie nicht. Das passte nicht zu ihr.

Alonsos Stimme durchschnitt scharf die kurze Stille im Raum.

»Das dumme Huhn hat sich verraten.«

»Verraten? Was hat sie getan?«

»Sie hat vor, diesen Rechtsberater von Torberg zu warnen – natürlich suchte sie für dieses Treffen nach einem Vorwand. Dann denkt sie noch, dass ich es nicht merke.«

Der Padre lehnte sich vor in Wolffs Richtung.

»Aber sie kann schlecht lügen. Ihre Augen haben sie verraten, ihr Blinzeln, ihre Stimme, das leichte Zittern darin, ihr ganzes Gehabe.«

Wolff sog jedes Wort auf. Unverhofft eröffnete sich eine Gelegenheit für ihn, die er noch gar nicht in Betracht gezogen hatte. Bisher war Anna unberührbar für ihn gewesen. Das Eigentum des Padre. Wenn der nun seine schützende Hand über sie wegzog … ein aufregendes Gefühl machte sich in seinem Magen und ein lüsternes Empfinden in seinem Unterleib breit.

»Soll sie bestraft werden?«, fragte er erwartungsvoll.

Alonso winkte ab. »Es ist nur eine Laune. Torberg imponiert ihr mit seinem Theater. Ihre Achtung für ihn wird bald wieder verfliegen.«

Gemächlich ließ er seinen gewichtigen Körper wieder in die Lehne des Sessels sinken. Das Möbel stöhnte unter seinem Gewicht und wippte satt auf und ab.

»Eine kleine Zulage wird sie sicher wieder beruhigen, schätze ich. Außerdem sollte sie nun endlich umziehen.«

Er nahm einen kraftvollen Schluck Wasser. Alkohol trank der Padre nur zu öffentlichen Anlässen und stets in Maßen. Er wollte immer Herr seiner selbst sein.

»Ja, ich finde es an der Zeit, dass Anna sich in unsere Familie eingliedert«, sagte er.

»Sie würde nie …«

Alonso ließ Wolff nicht aussprechen. Er wusste genau, was er sagen wollte, und es gefiel ihm nicht.

»Egal, was sie will – ich will sie in meiner Nähe haben. Entweder, sie passt sich jetzt an, oder sie bekommt ein Problem mit mir und das würde ich ihr nicht wünschen.«

Die Deutlichkeit seiner Worte war endgültig. Sein Gesichtsausdruck verdunkelte die Atmosphäre und Wolff wusste, jetzt war es besser zu schweigen. Annas Weigerung, sich der Gemeinde anzuschließen, konnte nicht ewig erfolgreich sein. Früher oder später musste sie sich einfügen. Und er kannte Alonso. Ihm musste alles gehören, auch Anna. Und zwar ganz. Seine bisher gezeigte Geduld war über Jahre sehr großzügig gewesen. Er hatte sie immer an einem langen Band geführt. Jetzt wollte er es kürzen. Allerdings war Wolff davon überzeugt, dass Alonso dieses Recht zustand. Er war der Padre. Wenn er der Meinung war, Anna müsste in eine der Siedlungen einziehen oder seinen Predigten beiwohnen, oder ihm die Hand oder sonst was küssen, dann hatte sie das zu tun.

Alonso sah ihn nur kurz an. »Geld hat sie bisher noch immer beruhigt. Wir werden ihren Umzug großzügig unterstützen.«

Wolff nickte. Mit Geld beruhigten sie Richter, Politiker, Geschäftsleute, Moralisten, Eltern – und Anna. Leider ließ sich der Padre nichts darüber entlocken, wie er Anna gefügiger machen wollte. Heute noch nicht. Schade, ihm lagen einige Vorschläge auf der Zunge, die ihm gefallen hätten. Einmal in seiner Fantasie aufgekommen, klammerte sich der erregende Gedanke an Annas Bestrafung an Wolff fest. Wenn der Padre sie fallen ließ, sollte sie ihm gehören.

ANNAS ANTEIL

Mit einem Berg an Vorgängen saß Anna am nächsten Tag Alonso gegenüber und wartete nervös darauf, dass er sich ihr zuwandte.

»Also los, was gibt es heute. Geben Sie mir einen Überblick.« Seine Stimme klang unangenehm gereizt.

Anna entpackte die Terminmappe.

»Ich habe hier ein paar kostenpflichtige Abmahnungen an Betreiber von Websites wegen diffamierender Äußerungen gegen die *Kirche des Lichts* und eine Abmahnung an diesen neugierigen Journalisten.«

»Sie meinen, den Kerl von dem Düsseldorfer Käseblatt?«

»Genau der. Wenn er das nicht zurücknimmt beziehungsweise richtigstellt, verklagen wir ihn.«

»Das hoffe ich.«

»Dann gibt es einige Nachfragen seitens des Landes wegen der Unterstützung unseres Drogenberatungsprojektes und der Streetworker Aktion, über die ich Sie auf dem Laufenden halten wollte.«

»Das machen wir morgen. Was noch?«

»Ein paar Infos über die Fortschritte anderer Projekte.«

Er tippte ungeduldig mit dem geschlossenen Füllhalter auf dem Schreibtisch herum.

»Legen Sie los.«

»Für die Bibelschule mit Waldabenteuer wurden 24 Kinder angemeldet. Da werden wir noch zwei weitere Betreuer einsetzen müssen. Für das geplante Projekt der Nachhilfe mit Konzentrationstraining für Kinder haben wir über einen passenden Namen diskutiert und die Mehrheit fand *Kopfpiraten* ganz gut.«

»Kopfpiraten? Hm … nicht schlecht.«

»In der Umweltgruppe gibt es etwas Ärger mit zwei extrem radikalen Mitgliedern.«

Er schüttelte den Kopf. »Extreme können wir nicht gebrauchen. Nichts, was die Gruppen besonders in die Öffentlichkeit dringen lässt. Sehen sie zu, dass wir die loswerden.«

»Von den Teilnehmern an den Minimalistentreffen haben sich bisher die meisten – gesehen an all unseren Projekten – anschließend der Gemeinde angeschlossen. Dies darf man also als vollen Erfolg werten.«

»Minimalistentreffen – das war doch Ihre Idee, nicht wahr?«

Anna bejahte. Inzwischen war ihr dieses Lob unangenehm. Ja, es war ihre Idee gewesen, diesen neuen Trend zu nutzen, und nun führten zwei Dutzend weitere Schäfchen in Alonsos Herde ein Leben in absoluter Abhängigkeit. Nichts, worauf sie jetzt stolz wäre.

»Manchmal sind Sie direkt zu etwas zu gebrauchen.«

Seine vorwurfslastige Stimmung heute verunsicherte sie. Irgendetwas musste ihn massiv verstimmt haben. Sie hoffte, dass nicht ihr Treffen mit Kemal Akdas der Grund war. Ob sie beschattet wurde? Hatte man ihr heimlich eine Wanze in die Tasche gestopft? Inzwischen traute sie Alonso und Wolff alles zu.

»Was ist mit den Änderungen der Einträge in Wikipedia?«, fragte er. »Da stehen immer noch zu viele verleumderische Kritikpunkte.«

»Dazu habe ich bereits die Presse- und die IT-Abteilung beauftragt. Ich werde nachfragen, warum das so lange dauert.«

»Gut. Und was die Zahlung an diesen Staatsanwalt angeht, über die wir gestern gesprochen haben: Ich will, dass das Geld auf sein Privatkonto geht, damit er sich im Falle eines Falles nicht rausreden kann. Ich brauche ein verwendbares Druckmittel, falls er meint, sich das anders überlegen zu wollen.«

»Sein Privatkonto wird er verweigern. Aus genau dem Grund, dass man es ihm dann einfach nachweisen kann.«

»Dann lassen Sie sich etwas einfallen.«

»Ich könnte ihm vorschlagen, ein Konto auf eines seiner Kinder oder meinetwegen seinem Schwager bei unserer Hausbank einzurichten. Dort lasse ich dann seinen Namen als Ansprechpartner hinterlegen. Das haben wir schon mehrfach so gemacht. Er wird es nicht merken.«

»Ich hoffe für Sie, dass das dann auch klappt. Hier bekommt niemand Geld im Voraus ohne Sicherheit.«

»Selbstverständlich nicht.«

»Wäre das für heute alles?«

Sie wühlte in den Unterlagen und holte eine Vorlage mit einem Diagramm hervor, das sie ihm präsentierte.

»Bezüglich der Finanzgesellschaft, die Sie gründen wollen. Ich habe mir da gemeinsam mit unserem Steuerberater Gedanken gemacht, wie man es steuerlich und rechtlich am sichersten gestaltet. Sehen Sie …«

Anna stand auf und ging um den Schreibtisch herum an seine Seite, um das Diagramm zu erläutern. Es war ihr mit jedem Tag unangenehmer, ihm so nah zu sein. So charismatisch er auch heute noch manchmal auf sie wirkte, sie hatte zu viel erlebt, was dieses Charisma schnell in Luft auflöste, wenn sie daran dachte.

»Die Investoren für Ihr geplantes Zentrum würden in einen Fonds einzahlen. Das hier sind die Gesellschaften, die das Geld verwalten.«

Er sah sich die Präsentation genau an. »Und das ist rechtlich nicht angreifbar?«

»Garantiert nicht. Ich lasse es dennoch noch einmal von unserem Finanzfachmann überprüfen.«

»Machen Sie das. Ich will keine böse Überraschung erleben. So wie mit dem Testament der Torbergs etwa.«

Anna nahm das Blatt und packte es ein. Sie hatte auf mehr Anerkennung gehofft. Es war eine wirklich schwierige Aufgabe, die er ihr aufgebürdet hatte. Er wollte Investoren für ein besonderes Vorhaben gewinnen. Die erneute Anspielung auf das Testament der Torbergs war ein deutlicher Seitenhieb. Der Padre war angesäuert. Möglich, dass sie schon bald in Ungnade fallen würde.

Sie sah ihn an. Jetzt starrte Alonso fast verträumt in die Luft, als sähe er sein großartig geplantes Superzentrum direkt vor sich. Er beabsichtigte nicht einfach den Bau einzelner Siedlungen, so wie er es bisher getan hatte. Er wollte ein ganzes Dorf erschaffen – mit eigener Infrastruktur, wie Geschäfte, Ärzte, Schwimmbad, Meditationszentren, Seminarräume und vieles mehr. Mittelpunkt sollte natürlich seine *Kirche des Lichts* sein. Wer dort wohnen wollte, musste Mitglied sein. Das Ganze sollte sich selbst verwalten. Ein Grundstück hatte er dafür bisher noch nicht in Sicht. Aber mit einigen Bürgermeistern verschiedener Gemeinden waren sie damit inzwischen in Kontakt. Auch Geld war bereits geflossen. Geld, von dem niemand sonst wissen durfte.

Ein energisches Klopfen an der Tür unterbrach sie. Gleich darauf stand Wolff im Raum. Im Hintergrund warteten zwei seiner Männer mit einem verängstigt aussehenden jungen Mann zwischen ihnen.

Alonso war wenig erfreut.

»Was gibt es?«

»Ärger mit einem respektlosen Drecksack.«

»Und warum bringen Sie mir den hierher? Können Sie das nicht allein regeln?«

»Der Dreckskerl hat die Kirche beschmiert. Mit Spray … *Der Padre ist ein Blutsauger.*«

Die Miene des Padre verdüsterte sich. Er lehnte sich zurück und winkte die Männer heran. Grob schleppten sie den zu dünn geratenen Jungen mitten in den Raum. Der Junge sah armselig aus. Er bibberte am ganzen Körper. Da sie ihn unter den Achseln nach oben zogen, war sein T-Shirt unter der Teddyjacke aus der Hose gerutscht und offenbarte spitze Hüftknochen und einen eingefallenen Bauch. Er war jung, aber sein Gesicht verlebt. Ein Junkie offensichtlich. Anna betrachtete ihn aus ihrer Entfernung genauer. Dieses Gesicht kam ihr bekannt vor.

Auch Alonso musterte ihn eingehend.

»Du bist Jakob, nicht wahr?«

Er bekam keine Antwort. Wahrscheinlich blieben dem armen Wicht die Worte im Hals stecken.

Alonso lächelte spöttisch. »Der kleine Ausreißer, der die Spendenkasse mitgenommen hat. Ich erinnere mich an dich.«

Der Junge zitterte noch heftiger.

Der Padre stand auf und schob mit seinem Bein den schweren Schwenksessel hinter sich zurück.

»Du hast wirklich Nerven, noch einmal zurückzukommen.«

Er ging auf den Jungen zu. Auf dem halben Weg warf er einen Blick auf Anna und hielt sich zurück. Bedeutungsvoll nickte er Wolff zu, der sich neben die drei Männer gestellt hatte.

»Wir sehen uns unten. Das erledige ich persönlich. Aber nicht hier. Dafür ist der Teppich zu schade.«

Der Junge begann zu heulen.

Wolff grinste. »Ihr habt gehört, was der Padre gesagt hat. Bringt den Wichser auf den Hof.«

Sie zerrten das Häufchen Elend aus dem Büro.

Anna stand da, wie erstarrt. Es war nicht das erste Mal, dass sie Zeuge solcher Zwischenfälle wurde. Jedes Mal taten ihr die bedauernswerten Geschöpfe unglaublich leid. Sie hatten keine Chance, sich gegen die Übermacht zur Wehr zu setzen.

Alonso räusperte sich und Anna zuckte zusammen.

»Wann beginnt der Empfang?«, fragte er.

Irritiert wanderten ihre Augen zwischen ihm und dem in der Ferne verschwindenden Jungen hin und her.

»In … zwei … Stunden«, stotterte sie schließlich.

»Dann sehen wir uns dort.«

Alonso begutachtete ihre Kleidung. »Und ziehen Sie sich was an, das korrupte Männer verrückt macht.«

Der Padre ging und ließ sie mit ihren Unterlagen und der noch nicht ganz gelösten Angststarre zurück. Sie vermied es, ihm vom Fenster aus nachzusehen, weil sie gar nicht wissen wollte, was da unten geschah. Anna wollte wegsehen, damit es nicht auf ihr lastete. Zu vieles verursachte ihr schon Albträume. Ihre Finger zitterten, als sie die Papiere vom Schreibtisch räumte. Sie kannte diese Praxis von anderen Fällen und sie wusste, dass man den Jungen später an irgendeiner Stelle liegen lassen würde, irgendwo in einem Feld, am Stadtrand, im Wald, oder vielleicht in einem Gebüsch am Rande der Autobahn. Sie würden ihn windelweich prügeln, ihm die Zähne ausschlagen, und halb tot treten. In diesem Falle der Padre persönlich.

Anna wurde es übel.

EIN FEST

Pünktlich zu den Feierlichkeiten erschien der Padre im korrekt sitzenden weißen Anzug und mit verbindlichem Lächeln. Man sah ihm nichts an. Keiner seiner Gäste ahnte, was er zuvor getan hatte. Die leicht aufgeschlagenen Knöchel seiner Rechten fielen ihnen beim Händeschütteln nicht auf, weil sie ihm vertrauensvoll ins Gesicht sahen.

Anna stand im hautengen goldenen und sündhaft kurzen Kleid neben ihm und begrüßte die Gäste mit einem Glas Champagner. Sie versuchte, den armen Jungen aus ihrem Gedächtnis zu löschen. Mit Blick auf Alonsos Knöchel, vor allem ihre Fantasie von seinem zu Brei geschlagenen Gesicht. Der Junge war ein Junkie, niemand würde ihm abnehmen, dass ein so ehrenhafter und wichtiger Mann wie der Padre ihm persönlich zu Leibe gerückt war. Ein Heiliger, der so etwas Soziales wie Drogenberatungsprojekte plante und Streetworker bezahlte. Vermutlich aber würde der Junge nach dieser Erfahrung aus Angst lieber gar nichts sagen.

Anna überblickte die parkenden Fahrzeuge draußen und die herbeischlendernden Gäste. Von Kemal Akdas und Torberg gab es keine Spur. Sie ging davon aus, dass sie nicht kommen würden. Wahrscheinlich war es auch besser so.

Nach drei langatmigen Reden und einem viel zu aufwendigen Abendessen kam der Tanz. Für Anna die Gelegenheit, sich von der Seite Alonsos zu lösen. Wie immer übertraf Wolff sich selbst, schwang sich von Tanz zu Tanz und von Frau zu Frau. Selbstgefällig lächelnd kam er auf Anna zu, ein Glas in der Hand, von seiner Ausstrahlung überzeugt. Angewidert wich sie ein Stück zurück. Doch solche Gesten pflegte Wolff zu ignorieren. Er umschlang ihre Hand und gab ihr mit gekonntem Getue einen nach Alkohol riechenden Handkuss, wobei er ihr Gesicht nicht aus den Augen ließ. Fast leckte er ihre Haut ab.

»Na, schöne Frau, darf ich Sie um diesen Tanz bitten?«

»Tut mir leid, den habe ich schon versprochen.«

Mit beiden Händen wehrte sie sich gegen seine Aufdringlichkeit.

Wolff zeigte ein enttäuschtes Gesicht.

»Wem denn versprochen – ihm, dem Herrn und Meister?«

Er deutete hinter sie. Dort saß in einiger Entfernung Alonso und gab sich zum Besten.

Ein giftiges Lachen entsprang Anna. Sie versuchte sich in Humor. »Wir wären sicher ein merkwürdiges Paar.«

Wolff lachte mit und nutzte die scheinbar günstige Gelegenheit, sich noch enger an sie heranzudrücken.

Anna versuchte, ihn abzulenken.

»Sehen Sie den dort hinten? Das ist Herr Staatsanwalt Winkler. Einen korrupteren Mann habe ich noch nie kennengelernt. Er gibt sich kaum Mühe, seine Bestechlichkeit zu verbergen …«

Aber Wolff interessierte sich nicht für korrupte Staatsanwälte und übersah ihre abwehrende Haltung schlicht. Anna hasste das. Es war das, was er am besten konnte – die Missachtung ihrer Person, als Mensch mit eigenem Willen.

»Andrej, Sie wissen ganz genau, dass ich nicht mit Ihnen tanzen will. Wenn Sie mich nicht sofort loslassen, können Sie etwas erleben, das …«

Sie sprach nicht zu Ende. Mitten im Satz stockte sie und starrte zur Tür.

Wolff amüsierte sich. »Was kann ich erleben?«

Es dauerte eine Weile, bis er begriff, dass sie sich überhaupt nicht mehr mit ihm beschäftigte. Er folgte ihrem Blick und stutzte dann selbst.

Jan Torberg betrat den Raum. Siegessicher sah er in die Runde. Selbst Alonso war ganz offensichtlich überrascht.

Glattrasiert, mit gepflegtem Haar stand Torberg da, seine Hände in die Taschen eines gutsitzenden Sakkos gegraben, mit neuer Hose und vermutlich auch neuen Socken. War das noch derselbe Torberg, den Anna kannte? Selbst seine Turnschuhe hatte er eingetauscht.

»Ihm habe ich den Tanz versprochen«, sagte Anna. Ruppig stieß sie Wolff zur Seite und schickte ein Lächeln an den neuen Gast.

Torberg tat, als wäre nie etwas geschehen. Er bewegte sich wie selbstverständlich unter den Gästen und nahm Annas Angebot zum Tanz sofort an.

»Sie müssen mir allerdings zeigen, wie es geht«, gestand er, indem er in ihr Ohr flüsterte.

Anna lachte. »Kein Problem. Dann führe ich.«

Alles war ihr lieber als eine irgendwie geartete Körpernähe zu Wolff.

Während sie Torberg Schritt für Schritt über das Parkett führte, warf sie Wolff einen schadenfrohen Blick zu. Mit Genugtuung registrierte sie die Wirkung. Wolff hätte sie und Torberg am liebsten gepackt und verspeist.

Sicher hatte Torberg vor, Alonso zu provozieren. Das passte zu ihm und Anna war nicht abgeneigt, einem handfesten Skandal beizuwohnen. Sie fing an, ihn sympathisch zu finden.

»Haben Sie getrunken?«, fragte sie, als sie seinen süffisanten Gesichtsausdruck registrierte.

»Natürlich habe ich getrunken.«

Sie schnüffelte an seinem Gesicht.

»Hoppla, und nicht zu wenig. Oder war da etwa auch Gras im Spiel? Wo ist ihr Freund … Kemal?«

»Er ist nicht mein Freund.«

»Ah ja, ich hatte vergessen, dass Sie nie Freunde hatten. Das war schon damals in der Schule nicht anders, Sie Stinkstiefel. Warum sind Sie hierhergekommen?«

Torbergs Gestalt machte sich auf der Tanzfläche nicht mal schlecht. Er lernte schnell und begann, die Führung zu übernehmen.

»Ich bin neugierig.«

»Manche Leute sterben vor Neugierde.«

Seine Lippen verzogen sich zu einem rechthaberischen Lächeln. »Das stammt aus einem Film.«

»Ich weiß«, sagte Anna. »Aus *Spiel mir das Lied vom Tod.*«

»Das soll jetzt aber keine Andeutung auf meine Zukunft sein?«

»Man weiß nie. Sie zumindest wissen vermutlich nie, wann man aufhören sollte, neugierig zu sein.«

»Ich suche hier ein Mädchen.«

»Sie und ein Mädchen? Das kann ich nicht glauben. Wer will denn mit so einem Sturkopf wie Ihnen liiert sein? Wie heißt sie denn?«

Zu ihrem Erstaunen fand er ihre Bemerkung wohl nicht so witzig. Sein Gesicht verlor das Lächeln.

»Lara.«

»Lara? Kenne ich nicht. Oder meinen Sie etwa die Mentorin aus der Siedlung?«

»Genau die meine ich. Klein, zierlich, feines blondes Haar, niedliches Gesicht …«

»Oha, da ist jemand verliebt. Die werden Sie in dieser Gesellschaft nicht finden.«

»Ist das nicht ein Empfang der Gemeinde?«

Sie lachte auf. »Aber die Gläubigen aus der Siedlung werden doch nicht eingeladen.«

»Warum nicht. Was sind das hier alles für Leute.«

»Wichtige Leute.«

»Und Lara ist nicht wichtig?«

»Spender sind wichtig, Bürgermeister, Ratsmitglieder, Leute mit Beziehungen, aber Lara nicht. Woher kennen Sie sie?«

»Ich bin ihr begegnet.«

Anna kniff die Lider ein wenig zu und forschte in seinen graublauen Augen nach einem ehrlichen Blick.

»Sie waren in der Siedlung? Was haben Sie da gesucht?«

»Gute Frage. Für mich ist wichtiger, was ich dort finde.«

»Was wollen Sie denn dort finden? Ich meine, außer Lara.«

»Antworten.«

»Sie sind aus dem Takt.«

Sie blieben kurz stehen und Jan versuchte, einen neuen Zugang zu dem Rhythmus zu finden.

»Antworten auf was?«, hakte Anna nach.

»Auf Fragen des Lebens.«

»Kommen Sie, Sie wollen mich doch für dumm verkaufen. Was wollen Sie wirklich? Anhaltspunkte für einen großen Skandal finden? Bitte, sagen Sie ja.«

Torberg schwieg.

»Geben Sie es zu.«

Ein Klatsch lenkte sie beide ab. Wolff hatte sich neben ihnen aufgebaut. Seine Zähne blitzten ihnen entgegen und selbst der Dümmste konnte erraten, dass er nichts weiter als eine Gehässigkeit plante.

»Darf ich bitten?« Demonstrativ hielt er Anna den Arm hin, damit sie sich einhakte.

Jan beobachtete ihre angewiderte Miene. Dass sie Wolff am liebsten in die Hölle wünschte, war offensichtlich.

»Wir sind noch nicht fertig«, brummte er dem Aufdringling zu.

Mit beiden Händen stieß er Wolff zur Seite. Von der Heftigkeit des Stoßes prallte Wolff gegen ein anderes tanzendes Paar. Einige Gäste, die das mitbekommen hatten, richteten schockiert die Augen auf die beiden. Wolffs Antwort darauf war eine automatische Reaktion, die ihn vergessen ließ, in welchem Umfeld er sich gerade befand. Er ballte die Faust und versetzte Jan einen Schlag ins Gesicht. Jan stürzte fast, doch den nächsten anvisierten Hieb fing er mit einer Hand auf. Mit der anderen verpasste er Wolff blitzschnell eine blutende Nase. Die Wucht legte Wolff aufs Parkett.

Anna hielt die Luft an. Nichts schien ihr befriedigender als das Blut unter Wolffs Nase. Aber immer mehr der illustren Gäste bekamen die Auseinandersetzung mit. Und sie stand mitten im Geschehen. Das würde der Padre ihr sicher anlasten. Hektisch zerrte sie an Torbergs Ärmel, um ihn von weiteren Tätlichkeiten zurückzuhalten.

»Lassen Sie das … nicht hier! Er ist es nicht wert.«

Jan sah sich um und hielt sich zurück. Er wollte Anna von Wolff weg weiter in den Raum ziehen, doch er stieß hinter sich gegen etwas, was er auch für eine Mauer hätte halten können. Jan fuhr herum. Alonso stand vor ihnen.

»Anna«, sagte der Padre mit gespielt erstaunter Mimik. »Als ich sagte, Sie sollten sich entsprechend kleiden, wusste ich nicht, dass Sie auch so schräge Vögel anziehen würden.«

Er fasste Jan auf die Schulter. »Kommen Sie mal mit, mein Freund.«

Jan warf Anna noch einen fragenden Blick zu, da schob ihn der Padre schon bestimmt durch den Saal in einen angrenzenden Raum. Zwischen der Garderobe und den Toilettenräumen stoppte er und beförderte ihn am Kragen des neuen Sakkos in eine Ecke. Jan hob die Arme vors Gesicht, um sich gegen alles, was kommen sollte, zu schützen. Doch Alonso ließ ihn los und korrigierte Jans Kleidung. Vier Bodyguards waren ihnen gefolgt. Der Padre bedeutete ihnen, sie allein zu lassen. Er musterte Jan und schüttelte einige Male den Kopf, als überlegte er, was er mit ihm anstellen sollte.

»Ich freue mich, dass Sie meiner Einladung gefolgt sind«, sagte er. »Aber Sie haben nicht etwa vor, diese Feier in irgendeiner Art und Weise zu stören?«

Jan senkte die Arme. Anscheinend wollte der Koloss nur mit ihm sprechen.

»Ich? Niemals! Wie kommen Sie denn da drauf?«

Nach einem kurzen Moment schmunzelte Alonso auf einmal und Jan schmunzelte mit ihm.

»Es wäre auch zu schade, wenn ich Sie rauswerfen lassen müsste.«

»Das würde die Party aber auch stören.«

»Aber das wäre etwas, das ich selbst unter Kontrolle habe.«

»Sie schicken aber nicht Wolff los, um mich rauszuschmeißen? Das könnte nach hinten losgehen. Möglich, dass ich stattdessen ihn auf die Straße setze.«

»Unterschätzen Sie Andrej Wolff nicht, Herr Torberg. Das ist ein ernst gemeinter Rat. Im Übrigen könnte ich Sie auch persönlich hinausbefördern. Das geht ganz sicher nicht nach hinten los.«

»Das glaube ich fast. Machen sie Bodybuilding oder so was? Solche Schultern und Arme sind doch nicht normal.«

Alonso lachte laut. »Etwas Kraftsport würde Ihnen auch nicht schaden.« Er zwickte in Jans Oberarme. »Ein Wunder, dass Sie sich so durchschlagen können.«

Der Padre winkte einer vorbeilaufenden Servicekraft und nahm ihr ein Glas mit Sekt und eins mit Wasser ab. Den Sekt reichte er Jan.

»Sie scheinen ein schlagfertiger junger Mann zu sein. In jeder Hinsicht. Lassen Sie uns jetzt von Mann zu Mann sprechen, ohne das amüsante Geplänkel zwischen uns.«

Jan hob das Glas. Als er trank, bescherte ihm das Schlucken Probleme. Wolff hatte ihn an einer ungünstigen Stelle getroffen.

»Dann legen Sie mal los«, nuschelte er, weil er mit der Zunge nachfühlte, ob noch alle seine Zähne an ihrem Platz waren.

»Sie sind in stundenlanger Fahrt von Hamburg nach Düsseldorf gefahren, haben mich einmal komplett versetzt, ein nächstes Mal mitten im Meeting sitzen lassen, mein Angebot ausgeschlagen, haben im Gebäude herumspioniert, einem meiner Wachleute eine blutende Nase verpasst, und jetzt auch Wolff – ganz abgesehen davon, dass Sie meine Feier ruiniert haben. Ich sage Ihnen jetzt nicht, dass nicht jeder so ungeschoren davonkommt, der sich mir gegenüber derart verhält. Ich frage Sie nur: Warum sind Sie eigentlich hier?«

Die Zähne waren noch alle fest. Jan überlegte. Alonso musste nicht wissen, dass er sich nicht nur in diesem Gebäude, sondern auch in der Siedlung dahinter umgesehen hatte. Und, dass er sich in ein Mädchen dort verguckt hatte, schon gar nicht.

»Vielleicht unterschreibe ich ja diesen Vertrag.«

»Ist es wirklich nur das? Oder hat es mit ihren Eltern zu tun? Sie wundern sich vermutlich, warum die beiden sich meiner Gemeinde angeschlossen haben und wollen Antworten.«

Ein Gespräch in diese Richtung gefiel Jan genauso wenig. Die Angelegenheit mit seinen Eltern ging ihm wirklich ans Gemüt. Ihr Vertrauen zu dem Padre und der Umgang mit der *Kirche des Lichts* wirkten so befremdlich auf ihn. Das passte überhaupt nicht zu dem Bild, das ihm von seinen Eltern im Kopf schwebte. In den zwei Jahren, die er sie nicht gesehen hatte, hatten sie anscheinend ihr ganzes Leben verändert.

»Wo haben Sie das eigentlich gemacht … meiner Mutter die Hand aufgelegt, um sie vom Krebs zu befreien.«

Alonso hob den Kopf etwas an. Sein Gesicht verlor das kleine Lächeln, das er in den letzten Minuten an den Tag gelegt hatte.

»Ich verstehe, dass jemand wie Sie das nicht sofort nachvollziehen kann. Jetzt noch nicht. Ihnen fehlt der Glaube.«

»Dann erklären Sie mir das. Wie kann man eine so schwere Krankheit mit Handauflegen heilen? Das widerspricht allen wissenschaftlichen Erkenntnissen. Oder wissen Sie was? Machen wir einen Test. Legen Sie Ihre Hand auf meinen Bluterguss und heilen Sie das.«

Jan stellte sein Glas mangels anderer Ablagemöglichkeit auf dem Boden ab, verschränkte die Arme und hielt sein Gesicht hin. Nicht, dass er eine Berührung gewollt hätte. Alonso würde es sowieso nicht machen.

Alonso lachte auf. »Das stellen Sie sich etwas zu simpel vor.«

»Wieso simpel? Meine geschwollene Wange ist nichts gegen die Krankheit meiner Mutter. Das muss für Sie doch ein Klacks sein.«

»Ich heile nicht Krankheiten, ich heile Kranke. Der Mensch besteht nicht nur aus Organen. Er ist ein Ganzes aus Körper, Geist und Seele. Den Körper kann man leicht reinigen, Geist und Seele brauchen Zeit. Es braucht mindestens zehn Sitzungen, um etwas zu bewirken.«

»Sie brauchen zehn Sitzungen für meinen Bluterguss?«

Alonso schloss für einen Moment die Augen, dann stieß er ein kurzes amüsiertes Seufzen aus.

»In diesen Sitzungen gehe ich gemeinsam mit den Patienten den Ursachen für ihre Erkrankung auf den Grund. Den Grund für Ihren Bluterguss wissen Sie selbst. Da helfen Kühlpads.«

Ein abwertendes Grinsen schmückte Jans Lippen. Er sagte nichts, in dem Wissen um die Wirkung seiner Mimik.

Alonso übersah es absichtlich, dafür ging er zum Gegenangriff über.

»Ihre Mutter hatte Brustkrebs, nicht wahr? Es gibt Hinweise, dass in vielen Fällen die Ursache für Erkrankungen der Brust im Verhältnis der Mutter zu ihren Kindern besteht oder zu denen, die sie nicht bekommen können.«

Jan verging das Grinsen.

»Oh, ich mache Ihnen keinen Vorwurf«, fuhr der Padre fort. »Zunächst mal waren Sie das Kind und Ihre Eltern die Erwachsenen. Aber, Sie haben ein Problem, junger Mann … Sie sind mit sich selbst nicht im Reinen. Ihnen fehlt nicht nur die Selbstliebe, Ihnen fehlt der feste Glaube an etwas. Sie wissen nicht, warum Sie auf der Welt sind.«

Jan bemerkte, wie seine Augenlider zu zucken begannen. Der alte Tick. Bemüht, sie ruhig zu halten und sich nichts anmerken zu lassen, sperrte er sie mehr auf als nötig. Er wandte sich ab. Für heute reichte es ihm. Sollten das hier Therapiestunden werden?

»Ich muss gehen.«

»Bitte, dann aber hinten raus. Sonst vergraulen Sie mir noch die letzten Gäste.«

Der Padre winkte ihm zu und Jan folgte ihm durch einen kümmerlich beleuchteten Gang. Er fühlte sich unwohl. Jetzt wäre ihm ein Schlag in die Magengrube lieber gewesen, als noch eine dieser tief einschneidenden Fragen und Botschaften. Sie erreichten eine verriegelte Stahltür. Mit einem Ruck zog Alonso den Riegel zurück. Bevor er die Tür aufsperrte, blieb er eine Weile davor stehen. Alonso blickte so lange auf ihn herab, bis Jan nicht mehr anders konnte, ihn anzusehen. Zu seinem Unmut wirkte sein Tick noch immer.

»Die Gläubigen meiner Gemeinde wissen um den Sinn ihres Lebens. Sie würden sich wundern, wie stark die Gemeinschaft ist. Verurteilen Sie uns nicht allein deswegen, weil man die *Kirche des Lichts* in Ihren Kreisen Sekte nennt.«

Endlich draußen vergewisserte sich Jan erst einmal, ob der Padre auch wirklich die Tür hinter ihm schloss. Dann atmete er erleichtert aus. Dieser Abend war mehr als gefüllt. Von einer Rangelei bis hin zu philosophischen Gedanken über den Sinn des Lebens. Dabei war er nur gekommen, um Lara auf diesem Fest zu treffen.

Es war dunkel und im ersten Moment konnte er nicht erkennen, wo genau er sich befand. Irgendwo sah er Licht in der Ferne. Von dort hörte man leises Stimmengewirr. Jan ging in die andere Richtung, quer über den Hinterhof und über moosbewachsenen Rasen. Seine Schuhe sanken mit jedem Schritt wie auf Wolken in die grünen Polster ein. Der Schein des fast vollen Mondes erhellte spärlich seinen Weg. Er suchte den Pfad zur Siedlung. Zwischen ihm und dem angrenzenden Zaun standen ein paar Bäume, deren Äste sich jetzt in der Nacht wie die Arme von Geistern in die Dunkelheit reckten. Er hörte zwischen ihnen ein Knacken und ein Geräusch, wie ein leises Wimmern. Als er nachsehen wollte, flatterte vor ihm ein Nachtvogel auf. Von hier aus erkannte er in einiger Entfernung die Häuser der Siedlung, deren weiße Wände die Helligkeit des Mondes widerspiegelten. Er wollte Lara wiedersehen. Jetzt sofort. Aber er hatte auch keine Lust, von Wolff oder Alonso aufgegriffen zu werden, deshalb blieb er noch in dem Dickicht versteckt. Hinter ihm knackte es erneut. Jan horchte auf und vernahm ein undeutliches, schnelles Atmen. Schnell duckte er sich und schlich so leise es auf den knisternden Blättern des Bodens ging in die Richtung, die er ausgemacht hatte. Inmitten der Stämme und Geisterarme der Bäume machte er eine Bewegung und den Schatten eines Menschen aus, der ungeschickt und kraftlos auf einen der Äste kletterte. Der Gestalt nach war es weder Wolff noch einer seiner Männer, sondern ein ziemlich dünnes Mädchen. Was hatte es vor, so mitten in der Nacht? Alles wirkte geheimnisvoll. Es stand auf dem Ast und schien innezuhalten oder regungslos etwas zu beobachten. Jan schlich näher heran und stellte sich an den Fuß des Baumes. Plötzlich fiel ihm das Mädchen mit Wucht direkt auf den Kopf.

Jan fing sie unfreiwillig auf und ging mit ihr zu Boden. Doch der Körper des Mädchens blieb nicht in seinen Händen. Er zog sich nach oben, weil er an irgendetwas festhing. Es dauerte eine Weile, bis Jan realisierte, dass ein Strick um ihren Hals geschlungen war. Ihre aufgerissenen Augen starrten ihn an, während sie stumm zappelte. Panisch umklammerte er ihre Beine. Er wollte sie hochhalten, damit der Strick sich nicht weiter zuziehen konnte oder sie sich durch ihr eigenes Gewicht das Genick brach. Sie strampelte in seinen Armen. Jan brach der Schweiß aus. Er konnte den Strick ja nicht lösen, ohne sie loszulassen.

»Scheiße«, schrie er. »Hilfe!«

Wer sollte ihn hier schon hören? Wenn man Wolff und seine Schläger brauchte, waren sie natürlich nicht da.

»Halte dich an dem Seil oben fest«, rief er dem Mädchen über sich zu.

Doch sie machte keine Anstalten.

»Festhalten da oben!«

Sie wackelte in seiner Umklammerung hin und her.

»Verdammt … jetzt könnte ich wirklich jemanden gebrauchen, der hilft.«

»Torberg?«

»Gott sei Dank, Anna! Du musst da rauf und das Seil lösen.«

Anna überwand ihren ersten Schreck, warf ihre Highheels ins Gebüsch und versuchte, den Stamm zu erklimmen. Wenn Lea das geschafft hatte, musste ihr das auch gelingen. Zu ihrer Überraschung gelang ihr das schneller als gedacht.

»Wie soll ich das denn lösen? Der Knoten hat sich vollkommen stramm gezogen hier oben.«

»Dann binde es von ihrem Hals ab oder was auch immer, aber mach was.«

Anna sah nach unten. So sehr tief sah es gar nicht aus. Sie hangelte sich, die Beine fest um den Ast geschlungen, in ihrem hautengen, goldenen Mini-Festkleid kopfüber nach unten und hantierte am Hals des Mädchens.

»Oh Mist, es geht nicht. Sie ist schon ganz blau!«

Kaum ausgesprochen knackte es im Baum, diesmal sehr laut, und Lea, Anna und der Ast krachten auf Torberg.

Jan stöhnte auf. »So geht es natürlich auch.«

Während er noch seine Glieder sortierte, löste Anna den Strick von Leas Hals und schüttelte sie.

»Wie kannst du mir das antun!«, schrie sie.

Lea weinte. Ihre Stimme klang wie ein heiseres Krächzen. Sie atmete nur mühsam.

»Lasst mich doch, ich will nicht mehr.«

»Das könnte dir so passen«, schimpfte Anna.

»Das Mädchen hat gerade versucht, sich umzubringen und schreist sie an. Was soll das?«

Anna sah Jan an. »Du hast ja keine Ahnung. Ich arbeite seit Tagen daran, sie von hier wegzubringen, weil sie mich um Hilfe gebeten hat und jetzt macht sie so was.«

Jan rieb sich den Ellenbogen und den Kopf. Dann nahm er Lea auf den Arm. »Immerhin ist sie ansprechbar. Wo bringen wir sie hin?«

»Am besten in die Siedlung. Es gibt einen Arzt, der sich um alle hier kümmert.«

Anna lief voraus, auf Seidenstrümpfen mit Dutzenden von Laufmaschen. Die Mulchstückchen und kleinen Steine auf den Wegen stachen in ihre Fußsohlen.

»Woher wusstest du, dass ich hier im Gebüsch bin?«, fragte Jan.

»Ich wollte nur frische Luft schnappen und Wolff loswerden. Es war Zufall, dass ich dein Schreien hörte.«

»Hat er dich angefasst?«

»Wolff? Das kann der mal wagen. Ich bin praktisch das Eigentum des Padre. Solange der seine Hände über mich hält, wagt Wolff es nicht.«

Sie klingelte und klopfte an der Tür zu dem Gebäude, das Jan schon mit Lara gemeinsam aufgesucht hatte.

Ein untersetzter Mann mit Halbglatze öffnete. Jan schob ihn direkt zur Seite und trug Lea ins Haus. Auf einer der Reismatten legte er das leise weinende Mädchen vorsichtig ab. Zwei, drei andere Mitbewohner kamen hinzu und kümmerten sich um sie.

Anna diskutierte an der Tür lautstark mit dem Mann. Jan wollte zuhören, doch dann sah er Lara. Sie rannte auf ihn und das Mädchen zu und wirkte aufgelöst.

»Bei Gott, was ist geschehen? … Jan, du?«

Lara wusste nicht, um wen sie sich zuerst kümmern sollte. Nach einem langen Blick in Jans Augen, sorgte sie zunächst sehr bestimmt dafür, dass man Lea in ein Zimmer brachte und den Arzt anrief. Jan beobachtete ihre selbstbewusste Art, die anderen zu sinnvollem Tun anzuweisen, und er bewunderte ihre höfliche Ausdrucksweise. Sie machte ihm in diesen wenigen Minuten vor, wie man mit Menschen umgehen sollte, wenn man sie führen will. Die anderen nannten sie Mutter. Auf Jan wirkte es sonderbar. Lara war so zart und klein. Und doch füllte sie diese Rolle erstaunlich gut aus.

Als Lea versorgt war, schlang sie ihre weiße Wolljacke enger um sich und begegnete ihm mit im Pullover verschränkten Armen. Sie wirkte verlegen. Eben noch war sie die Macherin, jetzt eine junge Frau, die sich ein wenig schüchtern einem fremden Mann näherte. Jan lächelte sie an. Ihre Haare waren völlig verstrubbelt, ihre Augen sahen verschlafen aus. Sie gefiel ihm immer mehr.

»Danke … für die Rettung«, sagte sie.

»Ich konnte nicht anders«, antwortete er und dachte daran, wie das Mädchen geradewegs auf seinen Kopf gefallen war.

»Lea ist mein Sorgenkind. Manchmal weiß ich nicht, wie ich ihr noch helfen soll.«

»Ich bin überzeugt, dass du alles tust, was du kannst.«

»Zumindest bemühe ich mich.«

Jan streckte die Hand aus, doch anstatt ihr die Hand zu geben, streichelte er ihr leicht über die Wange. Er wusste auch nicht, was ihn dazu verleitete, sie so anzufassen. Doch sie wehrte ihn nicht ab und zog nicht einmal ihren Kopf zurück. Es schien ihm, dass sie seine Berührung mochte, ja genoss. Jetzt lachten sie beide.

»Kommst du mich noch mal besuchen? Ich meine, uns?«, fragte sie leise.

Er nickte. »Ganz sicher«, flüsterte er.

»Tja dann … bis bald.«

Anna war nicht die Einzige, welche die beiden beobachtete. Auch der Mann mit der Halbglatze, der Familienälteste, warf einen langen Blick auf das Beieinander der Mentorin und dem Fremden. Er sagte nichts. Ob es ihm gefiel oder nicht, konnte Anna nicht aus seinem Gesicht herauslesen. Für sie war der Anblick von Jan Torberg in der geradezu zärtlichen Pose, als er Laras Wange streichelte, sehr merkwürdig. Das war etwas, was sie ihm nicht zutraute. Aber was wusste sie schon von ihm? Nur Oberflächliches, nur das, was er seine Mitmenschen sehen lassen wollte. Was sich in seinem Inneren abspielte, war sein großes Geheimnis und Anna würde es sicher nicht lüften können. Aber vielleicht Lara.

Als sie die Siedlung verließen, sah sie ihn fast mit anderen Augen. Da war mehr als der grobschlächtige Provokateur. Wenn man ihn genau betrachtete, konnte man auch etwas Sensibles in ihm entdecken. Man musste es nur wollen.

»Am besten gehen Sie hinten herum auf die Straße zu. Dort gibt es ein Tor …«

»Ich kenne das Tor«, sagte Jan.

»Lara ist ein nettes Mädchen. Aber sie ist auch Mentorin, die Mutter dieser Familie.«

»Das weiß ich.«

»Sie sollten wissen, dass sie in der Gemeinde fest verankert ist. Lara wird ihre Familie und den Padre nicht verlassen. Niemals. Eine Liebe müsste schon sehr stark sein, um sie da herauszulocken.«

Er sagte nichts dazu.

»Wir sehen uns am nächsten Freitag um 17 Uhr. Denken Sie daran. Unterschreiben Sie einfach diesen Vertrag und Sie sind Alonso los.«

»Und Lara.«

»Es gibt viele Mädchen, die wie Lara sind. Auch in Ihrer Welt. Sie müssen nur mit offenen Augen und ein bisschen Sensibilität durchs Leben gehen.«

IN DER WOHNGRUPPE

Es war der Freitag, an dem ein neues offizielles Treffen zwischen Jan und Alonso stattfinden sollte. Kemal hatte sich seit dem letzten Streit nicht mehr bei Jan gemeldet. Anscheinend meinte er die Kündigung ernster, als Jan es gehofft hatte. Erst an diesem Vormittag sah er im Postfach des Hotels nach und fand Kemals Nachricht, die er mit Kugelschreiber auf die Rückseite eines zerknitterten Flugblattes hinterlassen hatte. Jan las mit angehaltenem Atem.

Ich kündige, Sie Arsch!

Kein Wort des Bedauerns, nur noch Kemals Adresse und seine private Handynummer.

Für Notfälle, stand daneben. *Wenn Sie das weitergeben, verklage ich Sie.*

Jan stopfte den Zettel in seine Hosentasche.

Dann wählte er die Nummer seiner Firma in Hamburg.

»Peter Torberg GmbH, was kann ich für Sie tun?«

»Torberg, geben Sie mir Kemal Akdas.«

Vor Schreck, die Stimme des Chefs zu hören, vergaß die Rezeptionistin, für einen Moment zu sprechen.

»Sind Sie taub?«

»Äh … Herr Akdas arbeitet nicht mehr hier. Soll ich Ihnen seine Vertretung geben?«

Kemal hatte es also wahrgemacht. Jan biss sich auf die Lippen.

»Er hat doch eine Frist einzuhalten. Dann geben Sie mir die Personalabteilung.«

Die stellvertretende Personalchefin versuchte, ihm vorsichtig beizubringen, dass Kemal das Recht hatte, aufgestauten Urlaub abzufeiern. Im Übrigen beteuerten alle in der Firma, dass der Laden – der immerhin *Peter Torberg GmbH* hieß – auch ohne jeden Torberg wunderbar lief.

Na klar, dachte Jan. Nach der von ihm verursachten Kündigungswelle und seiner Schreckensherrschaft waren sie froh, ihn möglichst lange los zu sein. So gern, wie in den letzten Tagen, waren seine Mitarbeiter vermutlich noch nie zur Arbeit gegangen.

Nun musste er also endgültig ohne Kemal auskommen. Doch dazu sah er sich nicht imstande. Er konnte dieses Geschäft nicht führen. Das würde gründlich in die Hose gehen. Wie sollte er Verantwortung für so etwas Großes tragen? Welche Entscheidungen sollte er treffen, wenn sie es von ihm erwarteten?

Jan fasste einen spontanen Entschluss. Er ging ins Hotelzimmer zurück, griff sich die vorbereiteten Verträge zwischen ihm und Alonso und unterschrieb alle Ausfertigungen. Sowohl seine Anteile an dem Unternehmen in Düsseldorf als auch seine Firma in Hamburg sollten Alonso gehören. Dessen Unterschrift saß ja schon drauf. Sollte der sich damit rumschlagen. Jan wollte das Geld nehmen und von dieser Sorge befreit sein. Er setzte das Datum daneben, tütete das Ganze ein und klebte den Umschlag zu. Mit dem Verschwinden des Vertrages im Umschlag empfand er eine große Erleichterung. Erledigt! Weg mit allem, was ihn belastete. Jetzt musste er nur noch Anna Schuster die Abwicklung überlassen, mit allen daran hängenden Konsequenzen. Danach war er komplett raus. Jan verließ das Hotel und fühlte sich frei. Frei von Verantwortung, von jedem Entscheidungszwang. Er hatte sein Leben zurück.

Ein Taxi fuhr ihn zum Zentrum der *Kirche des Lichts*. Jan ließ den Fahrer so nah wie möglich vor dem Tor hinter der Siedlung halten. Den Rest ging er zu Fuß. Das hinter einer Rosenhecke versteckte Holztor quietschte wie jedes Mal. Er hielt sich, während er es öffnete, mit der anderen Hand ein Ohr zu und fand es unerträglich. Nächstes Mal wollte er eine

Spritzflasche voll Öl mitbringen. Der Weg vom Tor zu den ersten Häusern der Siedlung führte als Trampelpfad zwischen dornigen Strauchrosen und Hagebutten entlang. Einige der einst rotorangen Früchte steckten noch wie verschrumpelte braune Kugeln an den Zweigen. Lara hatte ihm erzählt, dass ab spätem Frühjahr hüfthohe Brennnesseln ein Durchkommen über diesen inoffiziellen Weg nur mit langer Kleidung möglich machten. Man ließ den Pfad extra zuwuchern, damit er nicht zu einem Hauptweg missbraucht wurde.

Am Eingang zu Laras Haus zog Jan sich die Schuhe aus. Er trug sie hinein und stellte sie auf eines der langen, dreistöckigen Regale, auf denen die Bewohner und Gäste ihr Schuhwerk ablegten. Er nickte Carsten zu, der wie so oft bei geöffneter Tür grummelig in seinem Büro saß. Der Familienälteste war ihm als Einziger hier nicht sympathisch. Zwar sagte er nie etwas, doch sein offen misstrauischer Blick folgte Jan überallhin.

Lara kam direkt auf ihn zu, als er eintraf.

»Ich hole frisch gebrühten Tee«, sagte sie nach ihrer zaghaften Begrüßung.

Schnell verschwand sie in der Teeküche und kam mit einer Bauchkanne mit abgegriffenem Blumendekor zurück. Sie setzten sich im Schneidersitz auf die Futon-Insel. Jan hatte herausgefunden, dass ihm eins der runden Kissen beim Sitzen mit übereinandergeschlagenen Beinen half. Lara brauchte das nicht. Sie konnte ihre Gliedmaßen wie ein Gummimensch verschränken, ohne jemals über eingeschlafene Füße zu klagen. Er bewunderte sie dafür.

Der Tee schmeckte, wie er es erwartete. Auch das Fladenbrot und die Rohkost aus dem kleinen Schälchen, das sie ihm reichte, nahm er gern an. Es war genau die aufnehmende Stimmung, die Jan finden wollte und jetzt brauchte. Die Aura voll Harmonie massierte seine Seele und das streichelte sein

Ego. Wer von den anderen an ihnen vorbeiging, lächelte ihn an. Diese Menschen mochten ihn und damit waren sie mit Sicherheit die Einzigen.

Lara gestattete Jan, sie in die oberen Stockwerke zu begleiten. Während sie den Stufen der Treppe folgten, warf er eine Frage ein, die ihm seit seinem ersten Besuch hier beschäftigte.

»Was arbeitest du eigentlich?«

Sie blieb vor ihm auf der Treppe stehen. Obwohl sie ein paar Stufen über ihm stand, strahlte ihr Gesicht auf seiner Augenhöhe. Jan hätte an ihre Taille fassen und sie wie eine Feder hochheben können, was ihn nahezu unwiderstehlich in den Fingern juckte.

»Ich bin Mentorin für die *Jüngsten.*«

»Die Jüngsten?«

»So nennen wir die Schüler, die neu dazugekommen sind und noch lernen müssen. Es sind alle diejenigen, die komplett weiß gekleidet sind. Ich bin ihre *Mutte*r. Wir sehen uns als große Familie.«

Endlich verstand er, warum man sie *Mutter* nannte. Das Leben in der Gemeinde spielte sich familiär ab: Familienzentrum, Familienältester, Mutter oder Vater, der Padre. Für ihre Schüler sicher ein geeigneter Ersatz für die zurückgelassene echte Familie.

»Bekommst du dafür Geld?«, fragte er.

»Wer direkt für die Gemeinde arbeitet, bekommt etwas viel Wichtigeres als Geld: Achtung und Anerkennung. So etwas kann kein Lohn auffangen. Es wäre ja auch sinnlos, da alles Geld aufgeteilt wird.«

»Alles wird eingesammelt? Egal, ob jemand viel oder wenig verdient hat?«

»Alles für alle. Das ist gerecht. Niemand darf mehr besitzen als andere. Nur so kann Neid vermieden werden.«

»Und wer teilt es für euch auf?«

»Unser Familienältester sammelt es und sorgt für alles. Es muss genügend Essen da sein und Kleidung, auch die Kirche muss gepflegt werden. Was noch übrig bleibt, sendet er weiter an andere Familien, die vielleicht weniger haben. Was sonst noch bleibt, wird für die Verwirklichung unserer Ziele verwendet.«

Lara drehte sich um und Jan folgte ihr weiter nach oben. Ein lobenswertes Leben, das sie hier führten. Alles für alle, jeder für jeden. Was für ein Unterschied zu der geldgierigen egoistischen Welt da draußen.

Die weißgestrichenen Räume in der oberen Etage unterschieden sich kaum von dem ihm bekannten Raum im Erdgeschoss. Es gab keine Stühle, nur Kissen. Reismatten füllten die Böden aus und sorgten für warme Füße, wenn man sie barfuß betrat. Die Futons auf den Matten dienten hier als Betten. Ordentlich zusammengelegte Decken ruhten darauf. Gläser und Kannen standen auf niedrigen viereckigen Holztischchen. An einer der Wände ragten hohe, weiß lackierte Holzregale bis unter die Decke. In den zahlreichen kleinen Fächern verstauten die Bewohner ihre Habseligkeiten.

Jan probierte den Futon aus, der Lara als Bett diente. Im Liegen betrachtete er die kahlen, unverhangenen Fenster und die weißen Tapeten. Nur ein einziges, sehr großes Bild – ein Foto des Padre – hing an der Wand. Es gab keine Blumen, nichts Persönliches, außer in den Regalen. Alles war neutral weiß. Kein Farbpunkt belebte den Raum, nur Lara stach mit ihrer goldfarbenen Tunika heraus. Und das Schmuckstück, das sie wie die anderen um ihren Hals trug – ein Anhänger, welcher auffällig silbern glänzend von den Kleidern abstach.

»Was ist das für ein Amulett, das ihr bei euch tragt?«

Lara setzte sich zum ihm auf die Matratze, damit er es näher betrachten konnte.

»Eine strahlende Sonne.«

Er nahm es in die Hand. Es war schwer und scheinbar wirklich versilbert.

»Es ist ein Symbol für das Leben, das wir führen. Wer Mitglied der Familie werden will, muss alles, was ihm bisher etwas bedeutete, aufgeben. Er muss sein altes, unmoralisches Leben ablegen und ganz von vorn anfangen. Es ist ein Symbol für unser Leben, denn bis zum Ende strahlt die Sonne für uns.«

Sie nahm es ihm aus der Hand.

»Das ist der einzige materielle Besitz, den wir haben. Alles andere, was du hier siehst, gehört der Gemeinschaft und wird von allen benutzt. Bis auf die Zahnbürsten und das Waschzeug natürlich … und die Wäsche. In den Klamotten stehen unsere Namen, damit wir sie auseinanderhalten können nach der Wäsche.«

Lara band ihm das Amulett um. Dabei streiften ihre Unterarme seinen Hals und ihre Finger ertasteten vorsichtig seinen Nacken. Die Berührung erschreckte Jan. Trotzdem hielt er still. Ihr Körper kam ihm so nahe, dass er den süßlichen Geruch ihrer Haut wahrnahm. Derart intim war ihm schon lange niemand begegnet. Meistens mochte er die Nähe anderer Menschen nicht. Doch bei Lara war es anders. Fast war er versucht, sich vorzubeugen und ihren Hals zu küssen.

»Wer es trägt, ist Mitglied unserer Familie.« Sie zog ihre Arme langsam von ihm fort und lächelte ihn an. »Das steht dir gut.«

Auch Jan lächelte. Der Duft ihres Körpers wehte noch immer um seine Nase.

»Es fühlt sich gut an, Teil von etwas zu sein«, sagte er.

»Du könntest Teil von uns sein.« Ihre Stimme klang betörend. »Wir sind alle Brüder und Schwestern.«

»Wirklich nur Brüder und Schwestern?«

Ihr Blick verriet, dass sie genau wusste, worauf er anspielte und für einen Moment schien es ihm, als sähe sie ihn lasziv an.

»Jeder darf jeden lieben«, flüsterte sie.

Jan merkte, wie sein Atem schneller ging, als sie sich wieder zu ihm hinbeugte. Doch statt des erwarteten Kusses, griff sie erneut an seinen Nacken, löste das Band des Amuletts und nahm es zurück. Es schmerzte ihn, dass sie es ihm wegnahm. Er gehörte nicht dazu. Wie lange würde sie sich die Mühe machen, ihn für sich zu gewinnen. Bald würde sie ihn als unverbesserlich einstufen und es aufgeben, ihn bekehren zu wollen. Vor diesem Moment fürchtete er sich schon jetzt, vor dem Tag, an dem sie ihn nicht mehr hineinlassen würde.

»Hast du es nie bereut?«, fragte er.

»Bereut, nichts zu haben, in einer Gemeinschaft voll Brüder und Schwestern zu leben, die mich lieben? Ich besitze viel mehr als Materialisten je besitzen können. Am Ende meines diesseitigen Lebens werde ich die Reichere sein.«

Jan beneidete sie. Da war sie, die Sehnsucht nach dem Ungreifbaren, nach dem Unbekannten, das diese Sehnsucht erfüllen sollte. Sein Leben lang war er auf der Suche gewesen und er hatte nichts gefunden. Weder in Asien noch in der Kunst. Es ging um nichts anderes als den Sinn des Daseins. Das war die unbeantwortete Frage seines Lebens. Wozu gab es ihn auf der Welt? Eine Antwort, woraus dieser Sinn bestand, gab es für ihn nicht. Lara hatte sie, ihr Leben war erfüllt. Er würde weiter suchen müssen. Vielleicht, ohne je eine befriedigende Antwort zu finden.

Vorerst blieb ihm der Neid. Nicht, dass er ihnen ihr Glück nicht gönnte. Er hätte nur gern daran teilgehabt. Doch ihre Ziele sein Eigen nennen, konnte er nicht. Dazu war er zu skeptisch, zu weltlich, so gern er es gewollt hätte.

Eines wurde ihm immer bewusster – dazu gehören konnte nur, wer sich uneingeschränkt den vorgeschriebenen Riten unterzog, der sich ganz und gar hingab und sein Leben unterordnete. Jedem Luxus zu entsagen, war kein Problem für Jan, möglicherweise auch, seine ungeliebten Eigenheiten aufzugeben – aber das als Wahrheit anzunehmen, was sie Wahrheit nannten? Sie glaubten an ein Leben nach dem Tod, das es nur für sie gab, die vom Padre Erretteten. Sie glaubten daran, dass nur sie sündenfreie Nachkommen hatten und je größer die Familie wurde, desto größer war die Chance, die ganze Menschheit zu erretten. In ihrer Welt hatte jeder seinen festen Platz.

Jeden Gedanken an Alonso versuchte er zu verjagen. Das passte nicht zu der Idylle, die er sich hier ausmalte. Und doch, Alonso stand wie eine Grenze zwischen ihm und der Gruppe. Er war zu realistisch für Jan.

Sie nannten ihn Padre – Vater – ausgerechnet. Das Bild im Raum erinnerte ihn wieder an seine Existenz. Es wirkte ernüchternd auf Jan, erinnerte ihn an seine Bedenken. Lara sah es. Sie bemerkte, wie er das Bild anstarrte und wie er sich anschließend ein wenig von ihr löste.

»Das ist der Padre.«

»Ich weiß.«

»Was gefällt dir an ihm nicht?«

Torberg dachte nach. War es die Autorität dieses Mannes, sein Geschäftssinn oder seine protzend erscheinende Lebensweise?

»Warum lebt er nicht so enthaltsam, wie er es von euch erwartet?«

Lara lachte. Für sie war alles selbstverständlich.

»Natürlich lebt er wie wir! Er ist doch der Begründer unserer Familie. Wir alle leben nach seinem Vorbild.«

»Lara, der Mann ist reich. Er fährt einen 600er-Mercedes mit Chauffeur. Er lebt nicht wie ihr.«

»Das siehst du zu oberflächlich. Natürlich, das Auto, sein Haus – das alles ist notwendig für seine Aufgabe. Er muss die *Kirche des Lichts* repräsentieren, er muss Geschäfte leiten,

Verhandlungen führen. Sein Besitz ist nur Teil seiner Arbeit. Aber er braucht das alles nicht für seinen Glauben und sein Glück. Das alles dient unserer Kirche.«

Jan seufzte und wollte etwas sagen, aber sie redete so aufgeregt, dass er verstummte.

»Der Padre ist so wunderbar. Er hat uns die Augen geöffnet, uns errettet aus dem gleichgültigen Dahinleben in der materialistischen Welt. Aber wir sind nun mal nicht die Mehrheit in diesem Land. Das Geld, das er verwaltet, sichert unsere Existenz. Wenn alle so leben würden wie wir … ach, du müsstest ihn hören, wenn er predigt.«

Vor Jans Augen tauchte der Padre im Anzug auf, wedelnd mit dem Vertrag in der einen Hand, einem sündhaft teuren Füllfederhalter in der anderen, und mit den Worten ›Bauen Sie sich mit dem Geld etwas auf, was Ihnen mehr liegt. Oder verschleudern Sie es, wenn Sie wollen.‹

»Ich habe gehört, dass er Kranke heilt«, sagte er.

»Oh ja, er ist ein von Gott gesegneter Heiler. Viele Menschen vertrauen sich ihm an.«

»Und dafür nimmt er Geld?«

»Nein, er bittet um Spenden. Die Leute geben freiwillig.«

»Hast du es gesehen? Ich meine, wie er heilt … legt er die Hände auf, oder was macht er da?«

»Er hat die Gabe, Krankheiten zu erspüren und Schmerzen zu nehmen …«

Ein lauter Knall und ein Klirren schreckten sie auf. Jan spürte eine schnelle Luftbewegung neben seinem Kopf. Gleich darauf stürzte das Tablett vom nahen Beistelltisch zu Boden und verteilte Tassen und Kanne mit heißem Tee auf den Reismatten. Verstört sahen sie für einen Moment untätig zu, wie das brennende Teelicht aus dem Stövchen bis zu ihrer Matratze rollte. Der Docht schien zu erlöschen, doch dann flammte ein Rest der kleinen gelben Flamme neu auf und brannte blitzschnell ein Loch in den Bezug des Futons, auf dem sie saßen. Endlich sprang Jan auf. Er riss sich die Lederjacke vom Körper und klopfte den Brandherd mit heftigen Schlägen aus.

Zwischen einer zerbrochenen Tasse und dem Stövchen am Boden lag ein roter Ziegelstein in der Größe einer Männerhand. Mitten im Fenster blühte ein Loch, das in seiner ausgefransten Form an eine strahlenförmig gefiederte Blüte erinnerte, umsäumt von spinnwebartigen Strukturen, die sich fast über die gesamte Scheibe ausdehnten. Jan stieg mit seinen nackten Füßen vorsichtig über die Scherben und begutachtete das Loch. Nirgendwo draußen in der Siedlung hatte Jan solch einen Stein gesehen. Wer machte sich die Mühe, ihn extra mitzuschleppen, um ihn durch Laras Fenster zu schleudern?

Vom Hof her hörte er lautes Geschrei und gehässiges Lachen.

Lara saß blass auf der Matratze und rührte sich nicht.

»Da sind sie wieder«, flüsterte sie.

Ihr Fenster schien nicht das Einzige zu sein, das zerstört worden war. Jan wagte einen vorsichtigen Blick auf die Ansammlung junger Männer im Hof.

Sie begannen, im Sprechchor zu grölen. »Ratten raus – aus dem Haus!«

Eingeschüchtert kamen einige der Brüder und Schwestern Laras heraus. Sie versuchten aus zehn Metern Entfernung, die Meute zu beruhigen. Doch sie erreichten nichts. Im Gegenteil, der Mob bewarf sie jetzt mit Brocken, die sie vom Kiesweg aufsammelten. Die Schmerzensschreie der peinlich hilflosen Gemeindemitglieder amüsierten sie.

Lara rief ihm noch etwas zu, aber Jan eilte schon mit großen Sprüngen die Treppe hinunter, schlüpfte am Ausgang schnell in seine Schuhe und rannte auf den Hof. Er fühlte eine Kraft in sich, die er schon lange nicht mehr gespürt hatte. Diese

Idylle wollte er retten. Seine Lara mit Steinen zu bewerfen, das ging gar nicht.

Auf dem Hof angekommen zählte er acht Angreifer, die inzwischen amüsiert auf die Jungs aus der Gemeinde eindroschen. Spürbare Gegenwehr schlug ihnen nicht entgegen. Jan versuchte, sie einzuschätzen. Hängende Hosen, Kapuzenpullis, Camouflage-Hosen, zwei von ihnen trugen Springerstiefel … sie waren jung – eher ungefährlich, entschied er.

»Ey, ihr Spacken, wie wäre es mit einem richtigen Gegner?«

Wie gehofft, ließen sie von den kläglich um sich hauenden Gläubigen ab und wandten sich ihm zu. Die beiden mit den Stiefeln waren etwas älter als die Jungs mit den Hoodies. Grinsend kamen sie auf ihn zu, aber sie zögerten.

»Noch so ein Rattenschwein!« Voller Verachtung rotzte der Vorlauteste von ihnen auf den Boden. Er trug sein braun gelocktes Haar wie einen Pinsel auf dem Oberkopf, während die Seiten fast kahl geschoren waren. Seine Jeans wies mehr Löcher als Stoff auf. Die Steppjacke mit Fellkragen wirkte widersprüchlich feminin dazu, was er vermutlich nicht wusste. Anscheinend war er der Gangchef.

Sie machten keinen Unterschied zwischen Jan und den weiß gekleideten Gläubigen. Das aber sollte ihr Fehler sein, dachte Jan. Nach seiner Erfahrung würden mindestens vier von ihnen vor einem drohenden Kampf mit ihm das Weite suchen. Von den anderen vier blieben vermutlich nur die zwei Älteren, im schlimmsten Fall noch ein Dritter, gegen die er sich ernsthaft wehren müsste. Seinen größten Vorteil sah er im Überraschungsmoment.

Bevor sie auf die Idee kamen, ihn anzugreifen, stakste er ohne Zögern auf den Anführer zu, packte ihn am Kragen und schlug ihm nach kurzem, schnellem Ausholen dreimal mit der Faust auf die Nase. Der Mann schrie auf, torkelte rückwärts und fiel hin.

»Will noch einer eins aufs Maul?«, fuhr Jan die anderen an.

Der Schreck über das blutverschmierte Gesicht ihres Kumpels, der sich am Boden sitzend beide Hände vor die Nase hielt, ließ fünf von ihnen sofort zurücktreten. Damit hatten sie nicht gerechnet. Nicht einer von ihnen kam auf die Idee, ihrem verletzten Häuptling hochzuhelfen. Jan schüttelte seine Hand. Die Knöchel schmerzten mehr als erwartet. Er war nicht mehr in Übung.

Nicht vorhergesehen hatte er die Unerschrockenheit der beiden mit den Stiefeln, die jetzt auf ihn zustürmten. Er brachte sich in Stellung. Die beiden entpuppten sich als schlagfertig. Sie prügelten gleichzeitig auf ihn ein und er musste sich eine ganze Zeit wehren, ohne selbst austeilen zu können. Mit den Unterarmen fing er sich haufenweise blaue Flecken ein, bevor er wieder zum Zug kam. Jans Körper arbeitete jetzt wie ein Roboter – treten, ausholen, zuschlagen, decken. Seine Schläge waren schnell und heftig. Die Knöchel seiner Finger blutig. Als die Kämpfer der Gegenseite immer mehr einsteckten und nur noch schwankend wieder hochkamen, mischte sich Pinsellocke ein, der sich von seiner blutenden Nase erholt hatte. Da erwischte es Jan von der Seite. Er fühlte, wie sich die Knöchel seines Widersachers zwischen Ohr und Zahnfleisch ins Gesicht gruben. Der Schlag riss Jan die Füße vom Boden und warf ihn in die Arme des anderen, der ihm das Knie in die Weichteile rammte. Ein Blitz schoss über seine Leiste bis in den Bauch. Stöhnend fasste er sich zwischen die Beine und rutschte an den Schenkeln seines Gegners zu Boden. Jan würgte vor Schmerz und spuckte Sabber auf die Erde. Er war einer Ohnmacht nahe.

Scheiße, das hätte ich auch so gemacht, dachte er in seiner Qual. Er hatte sie erheblich unterschätzt.

Doch das Adrenalin in den Adern beflügelte ihn, das Schlimmste zu verhindern. Halb weggetreten umarmte er die

Waden seines Gegenübers. Er ließ sich mit seinem ganzen Gewicht nach hinten fallen und zog ihm so die Beine weg. Haltlos stürzte der Kerl vor ihm und schlug hart mit dem Hinterkopf auf. Die Fäuste des anderen der beiden, der in diesem Moment von rücklings auf Jan einschlagen wollte, droschen ins Leere. Auf dem Rücken liegend, schob Jan erst die Stinkstiefel des Gestürzten von seinem Bauch. Dann drehte er sich um, griff nach den Hosenbeinen desjenigen, der noch stand, und zog sich an ihm hoch. Der Dreckskerl wollte das verhindern und versuchte, Jans Kopf mit aller Gewalt nach unten zu drücken. Es gelang ihm nicht. In einer gewissen Höhe war Jan versucht, in den Hosenstall vor ihm zu beißen. Aber das war seiner nicht würdig, fand er, obwohl er wegen seines eigenen Gemächts nach Rache sann. Es musste einen anderen Weg geben. Von dieser unsäglichen Position aus fiel sein Blick kurz auf die verängstigte Gemeinde der Siedlung. Hilfe konnte er von ihnen nicht erwarten. Sie boxten mit schlaffen Armen gegen den Rest des rechten Haufens, der inzwischen wieder Mut geschöpft hatte.

Jan riss beide Arme hoch und sprengte damit endlich die Umklammerung des anderen. Dann packte er dem Kerl an die Ohren und verpasste ihm eine so fette Kopfnuss, dass sein Gegner das Bewusstsein verlor. In der Annahme, ein gutes Vorbild sein zu müssen, trat er nicht nach. Er sah sich um. Drei lagen am Boden, aber er stand, gekrümmt zwar, jedoch siegreich. Vor ihm stöhnten ein paar junge Gläubige, hielten sich Bäuche und Köpfe und fluchten über die scheiß materialistische Gesellschaft, die ihnen, den Märtyrern, Schläger schickten und sie angeblich dafür bezahlten. Plötzlich verspürte er einen heftigen Stoß in den Rücken. Sie gaben immer noch nicht auf. Doch als er sich mit erhobenen Fäusten umdrehte, ließen die Angreifer auf einmal von ihm und den anderen ab und suchten rennend das Weite.

»Ja, lauft nur, ihr Hundesöhne!«, grölte er hinter ihnen her.

Warum man sie so plötzlich in Ruhe gelassen hatte, verstand Jan erst, als er Wolff mit einem finsteren Gefolge vor sich fand, ihn anstarrend, als wäre Jan ein Geist.

Wolff verstand nichts. Torbergs Anwesenheit im Familienzentrum war ihm so unverständlich wie dessen schlagfertige Hilfe gegen diese Rechtsradikalen.

Jan hielt sich die Stirn und wischte in seinem Gesicht herum. Dabei verschmierte er mehr, als er wegstrich. Er hatte nicht gemerkt, dass er derartig blutete. Was ihm mehr zu schaffen machte, war das brennende Gefühl geschwollener Hoden. Der Gedanke, ertappt zu sein, ergriff ihn jetzt. Wie sollte er seine Anwesenheit im Familienzentrum erklären, ohne seine Gefühlsduselei gegenüber Lara zu verraten. Eine Ausrede musste her. Er würde irgendetwas von Neugierde stammeln, etwas davon, dass er einfach mal sehen wollte, welchen Mist sie in diesen Häusern verbreiteten. Aber Lara durchkreuzte seinen unreifen Plan. Sie offenbarte unwissend, was er verzweifelt verbergen wollte, mit zwei Sätzen.

Jan sah sie schon von Weitem kommen. Besorgt sprang sie barfuß über die Stufen des Eingangs und stürmte, einer Feder gleich, mit fliegendem Zopf auf Jan zu. Nicht einmal jetzt konnte er die Augen von ihr lassen. Kurz, bevor sie ihn erreichte, stoppte sie abrupt. Schockiert presste sie die Hände vor ihren Mund.

»Oh Gott, Jan! Du bist ja voller Blut.«

Sie warf sich trotz der Schmiererei in seine Arme. Jan konnte gar nicht fassen, dass er ein Mädchen im Arm hielt. Fast wusste er nicht, wie er um sie herum greifen sollte, ohne sie zu zerdrücken oder sonst etwas Schlimmes anzustellen. Lara lehnte ihren Kopf vertrauensvoll an seine Brust. Er bekam das Gefühl, das nicht verdient zu haben. Mehr noch, Wolffs versteinertes Gesicht warf ihm vor, etwas Verbotenes zu tun.

»Was machen Sie denn hier?«

»Kennt ihr euch?« Lara sah nach oben und bemerkte Jans verlegenes Gesicht, das er hinter vorgehaltener Hand zu verbergen suchte. Als ob sie ahnte, einen herausragenden Fisch gefangen zu haben, erklärte sie Wolff voller Stolz, dass Jan vielleicht ihr neuer Schüler würde.

»Jan ist noch unsicher.« Sie packte Jans Kopf zwischen ihre beiden Hände. »Wenn du den Padre erst einmal kennenlernst, wirst du verstehen.«

Jan wollte im Boden versinken, doch das Erdreich tat sich leider nicht auf.

Wolffs verkrampfte Haltung wollte sich nur schwer lösen.

»Wie muss ich das einordnen? Haben Sie sich hier eingeschlichen, um unsere Leute auszuhorchen?«

»Nein … ich … war neugierig. Ein Zufall führte mich hierher.« Gestammelt, wie vorher ausgedacht.

Einige von Wolffs Männern sammelten den am Boden liegenden Jungen auf, der es nicht schaffte, rechtzeitig wegzulaufen. Was sie mit ihm trieben, konnte Jan nur ahnen, als sie hinter dem Haus mit ihm verschwanden und seine Schmerzensschreie bis auf den Hof schallten. Die restlichen Männer umringten Jan interessiert. Jan versuchte, unauffällig so breitbeinig wie möglich zu stehen, um die Schmerzen im Schritt erträglich zu machen. Eine weitere Schlägerei würde er jetzt nicht verkraften. Darum unterdrückte er alles, was Wolff provozieren konnte.

»Seht zu, ob ihr noch welche von denen fassen könnt«, befahl der seinen Männern.

Er telefonierte mit dem Arzt der Gemeinde und begleitete Jan, Lara und die geschundenen Gläubigen zurück ins Haus. Misstrauisch ließ er Jan nicht einen Moment aus den Augen.

Dr. Hermann wurde von einem Fahrer gebracht. Den Arztkoffer-Trolley, den er hinter sich herzog, stellte er auf den

Reismatten ab, bevor er sich einen Überblick über die Lage verschaffte. Er war ein alter, großer Mann mit vollen grauen Haaren, rahmenloser Brille und kerzengerader Haltung. Jan spekulierte, ob er sein Medizinstudium beim Militär absolviert hatte. Besonders empathisch wirkte er auch nicht in der Art, wie er seiner weiblichen Assistentin Befehle erteilte.

Der Mann begutachtete Jans Stirn.

»Eine Platzwunde. Ich sehe, es wäre nicht die erste Narbe in Ihrem Gesicht. Kommen Sie damit klar, oder soll das genäht werden?«

Jan winkte ab. Die Stiche einer Naht wollte er sich ersparen.

»Haben Sie sonst noch irgendwo Beschwerden?«

Vorsichtshalber verschwieg Jan die Sache mit dem Tritt in seine Weichteile. Er hatte keine Lust, vor allen anderen die Hose herunterzuziehen und für Wolff die Lachnummer abzugeben.

»Verbinden Sie den jungen Helden hier. Desinfizieren und Kompresse!«, wies Dr. Hermann seine Assistentin an.

Dann widmete er sich den anderen zusammengekauerten Geschöpfen, die auf den Matten auf eine Behandlung warteten.

Das Desinfektionsspray der Assistentin legte sich kalt auf seine Wunde. Mit etwas Mull wischte sie die Haut drum herum sauber und pappte ihm dann eine saubere Kompresse auf die Verletzung. Bevor sie ihm mit einem riesigen Pflaster zu nahe kam, das ihm nicht nur die aufgeplatzte Stirn, sondern mindestens die Hälfte der Haare verklebt hätte, machte er sich aus dem Staub. Leise schlich Jan sich aus dem Haus, als sich Wolff mit dem Familienältesten verschwörerisch austauschte und ihn für einen Moment aus den Augen ließ. Er brauchte Ruhe, er brauchte das Alleinsein, um seinem Kopf Klarheit zu verschaffen. Um 17 Uhr sollte das Treffen mit Alonso stattfinden und er hatte den unterschriebenen Vertrag samt Umschlag im Hotelzimmer vergessen. Seine Schusseligkeit gab Jan die ungewollte Gelegenheit, sich die Sache noch einmal zu überlegen. Hin- und hergerissen zwischen dem Wunsch, Lara auch künftig wiederzutreffen, oder einfach nur frei von allem sein altes Leben weiterzuleben, fiel es ihm schwer, eine endgültige Entscheidung zu treffen.

Wolff würde seine Anwesenheit im Familienzentrum ganz sicher dem Padre bald unter die Nase reiben. Doch er wollte allein mit Alonso sprechen, ohne das, was Wolff bereits wusste, als Gesprächsgrundlage zwischen ihnen.

LEA

»Bitte, vertrauen Sie mir.«

Anna sagte diesen Satz am Telefon dreimal. Seit Tagen führte sie mühevolle Gespräche mit Leas Eltern. Doch sie misstrauten ihr. Sie konnte es ihnen nicht verübeln. Jahrelang schon versuchten sie vergeblich, ihre Tochter aus den Fängen der Sekte zu befreien. Inzwischen glaubten sie nicht mehr an einen Erfolg. Sie hatten sich damit abgefunden, ihr Kind an einen scheinheiligen Guru verloren zu haben.

»Ich werde sie mitbringen, persönlich. Das verspreche ich Ihnen. Das Einzige, was sie tun müssen, ist, Ihre Tochter mit offenen Armen aufzunehmen.«

Das Schweigen am Ende der Leitung wich einem zittrigen Seufzer. Anna hörte Gemurmel, dann nahm Leas Vater seiner Frau den Hörer ab.

»Hören Sie? Versprechen Sie uns, dass Lea dieses Mal auch wirklich aussteigen will? Sie muss es selber wollen, sonst ist sie nach drei Wochen wieder weg. Glauben Sie mir, dieses Theater hatten wir schon zwei Mal, als wir sie außerhalb der Sekte abgefangen haben.«

»Ich verspreche es. Sie ist so weit, ganz bestimmt.«

»In Ordnung. Dann wagen wir einen neuen Anfang.«

Erleichtert gab Anna ihnen einen ungefähren Zeitplan auf den Weg.

Als sie auflegte, stieß sie vor Anspannung zurückgehaltene Luft aus. Sie hatte die Ziehmutter und den Familienältesten aus der Siedlung bearbeitet, Lea gehen zu lassen. Schließlich stimmten sie zu, denn auch sie mussten einsehen, dass Leas Kraft verbraucht war. Jetzt brauchte sie nur die Papiere des Mädchens. Notfalls ging es ja auch ohne. Anna hatte mehr Widerstand erwartet.

Das machte sie skeptisch. Es gestaltete sich fast schon zu einfach.

Sie griff erneut zum Telefon und wählte die Nummer der Siedlung. Minuten später ging endlich jemand ran.

»... Lara hier.«

»Anna Schuster! Ich möchte Lea morgen Vormittag abholen. Sagen Sie ihr doch bitte, dass sie sich um 9.00 Uhr bereithalten soll.«

»Lea?« Die Stimme im Telefon verstummte eine Weile. »Lea ist nicht mehr bei uns.«

»Was soll das heißen, sie ist nicht mehr bei euch? Wir hatten doch darüber gesprochen, dass sie nach Hause gehen soll.«

»Ja, das haben wir.«

»Und? Wo ist sie nun?«

»Ich weiß es nicht. Der Familienälteste hat sie heute Morgen abholen lassen. Mit all ihrem Gepäck, in eine andere Siedlung. Mehr weiß ich auch nicht.«

»Gib mir den Familienältesten ans Telefon, sofort!«

Anna packte sich an die Stirn. Das hatte ihr noch gefehlt. Lea, verschwunden aus Düsseldorf, fortgeschickt in irgendeine andere Stadt. Herumkutschiert mit nichts als einem Rucksack, blass und krank, um noch die letzte Hingebung, die wenigen verbliebenen geistigen und körperlichen Kräfte aus ihr herauszusaugen. Was sollte sie jetzt den Eltern sagen? Dass sie alles wieder aufgewühlt hatte, um sie dann zu enttäuschen?

Anna kannte die Vorgehensweise. Manche Mitglieder der Gemeinden wurden von Zeit zu Zeit von Stadt zu Stadt geschickt. Das war die beste Methode, Schwierigkeiten mit außergewöhnlich hartnäckigen Eltern aus dem Weg zu gehen. Auf diese Weise wurde es ihnen nahezu unmöglich gemacht, ihre Kinder zu finden.

»Hallo ... er hat keine Zeit. Er sagt, den Befehl habe er von oben. Mehr könne er auch nicht sagen.«

»Na, fantastisch ... nicht einmal, wohin ihr sie gebracht habt? Was für ein Haufen seid ihr?«

»Tut mir leid. Ich mochte Lea, sie war meine Schülerin ...«

Anna schmiss den Hörer hin.

Eine dunkle Ahnung mahnte sie, sich heute noch um Lea zu kümmern. Jetzt sofort. Anna öffnete den Büroschrank, um den Ordner zur Hand zu nehmen, den sie für Lea angelegt hatte. Auf der Innenseite der Schranktür starrte ihr der Spiegel entgegen. Er schrie sie geradezu an. Doch sie mied ihn, wie seit Wochen schon. Der schmale Ordner stand verkehrt herum im untersten Regal, versteckt zwischen Steuerordnern und Gesetzbüchern. Hierin sammelte sie all die Informationen, die sie über das Mädchen auftreiben konnte. Sie blätterte nachdenklich durch die meist handschriftlichen Notizen. Lea hatte vor ihrer Aufnahme in der *Kirche des Lichts* zwei Selbstmordversuche überlebt. Und ihr letzter Versuch, den Anna gemeinsam mit Torberg vereitelt hatte, machte ihr große Sorgen. Anna ließ den Ordner sinken. Selbstmord – ein letzter Ausweg. Wie schlecht musste es ihr gehen? Sie schaute nach draußen, auf die graue Tristesse des Hofes. Wenn das Leben zu schwer wird, vielleicht nicht die schlechteste Lösung.

Was denkst du denn da? Anna schickte ihre Gedanken umgehend dahin zurück, woher sie gekommen waren. Hier ging es um Lea. Unwillen stieg in ihr auf. Wut auf ihre emotionale Verfassung, eine Scheißwut über diejenigen, die sie auf solche Gedanken brachten. Wie konnte sie nur so untätig herumstehen und immer nur innerlich jammern?

Das Mädchen hatte sie gebeten, für sie zum Padre zu gehen, und das wollte sie jetzt tun. Dieses eine Schäfchen sollte er ihr herausgeben, diese Eine war er ihr schuldig. Entschlossen warf sie den Ordner zurück in den Schrank. Sie nahm ihre Kostümjacke, ihren aufgekeimten Mut, und lief ohne Umweg zu Alonsos Büro. Anna wusste, dass er anwesend war. Seine breite Silhouette schien durch die gläserne Tür und der Bodyguard kam gerade mit einer Tasse Kaffee den Flur entlang. Sie zwang sich, das aufkommende Nachdenken einzustellen und der überraschenden Impulsivität in ihrem Körper nachzugeben. Mit Schwung öffnete sie die Tür. Sie sprang so schnell auf, dass sie fast gegen die Wand stieß. Da saß er. Verwundert über ihr ungewohnt lebendiges Auftreten, ließ Alonso den Stift aus seiner Hand auf das Holz des Schreibtisches fallen und wandte sich ihr gespannt zu.

Anna baute sich direkt vor dem Schreibtisch auf. Ohne, wie üblich, etwas Belangloses voranzuschicken, kam sie sofort zur Sache.

»Ich möchte Sie um einen Gefallen bitten.«

Er schmunzelte, als fände er ihren Auftritt belustigend.

»Was?«

»Es gibt ein Mädchen unter Ihren Anhängern, das Lea Krone heißt. Heute Morgen schickte man sie in eine andere Stadt, aber ich hatte bereits etwas anderes für sie arrangiert. Ich brauche den Ort, wo ich Lea finden kann und die Erlaubnis, ihre Papiere zu holen.«

Fast staunte sie selbst über ihre Direktheit. Es war sicher das Beste gewesen, nicht gründlicher über ihre Aktion nachzusinnen, sonst hätte sie garantiert einen Rückzieher gemacht.

Alonso verlor das Schmunzeln. Er fuhr mit einem Finger um seine Lippen, während er schwieg. Dann nahm er den Stift wieder zur Hand, spielte eine Weile damit, und erhob sich. Langsam kam er herum und setzte sich ihr gegenüber halbseitig auf den Tisch. Er war ihr so nah, dass sie jeden Atemzug und jedes leise Rascheln seines weißen Anzugs wie eine überlaute Bombardierung wahrnahm.

»Seit wann interessieren Sie sich für die Mitglieder meiner Gemeinde?«

Ein unangenehmer Unterton begleitete seine Frage.

»Soviel ich weiß, geht es Sie überhaupt nichts an, was wann in der Gemeinde geschieht, Anna Schuster.«

»Diese eine Sache geht mich sehr viel an. Ich betrachte Lea als meinen Schützling und sie hatte mich um Hilfe gebeten.«

Jetzt setzte er ein Lächeln auf sein Gesicht, das Anna nicht weniger falsch vorkam, wie seine täglich bekundeten Herzlichkeiten dem Pförtner gegenüber.

»Um Hilfe? Aha … wissen Sie was – es wird sowieso Zeit, dass Sie in das Familienzentrum ziehen. Wenn Sie das getan haben, will ich Ihre Bitte noch einmal überdenken.«

Bei den letzten Worten tippte er nachdrücklich mit dem Stift gegen ihre Schulter. Anna spürte Aggressionen in sich. Zum Glück, sonst wäre sie jetzt eingeknickt. Die Stresshormone unterdrückten zuverlässig den emporwachsenden Nervenkitzel aus ihrem Bauch.

»Ich habe Ihnen einmal einen Gefallen getan und geschwiegen – jetzt werden Sie mir auch einen tun, oder…«

Er berührte mit dem Stift ihre Lippen.

»Vorsichtig…«, drohte er leise, »…sagen Sie nichts, was Sie bereuen könnten.«

Sie zog ihren Kopf zurück.

»Es gibt nichts, was ich bereuen könnte – wenn Sie meine Bitte erfüllen.«

Stur beharrte sie darauf, obwohl sie wusste, dass sie sich in Gefahr brachte. Aber sie wusste ebenso, dass ein Einzelner seiner Anhänger ihm nichts bedeutete. Darum wagte sie diese kleine Erpressung und blieb dabei, selbst als er sie nahezu mörderisch ansah.

»Ich will den Ort wissen, jetzt! Sagen Sie dem Alten in der Siedlung, dass man mir die Papiere geben soll und dass ich Lea dort abhole, wohin man sie geschickt hat.«

»Ich warne Sie, ich scherze nicht.«

»Auch ich scherze nicht. Ich könnte meine Aussage von damals jederzeit widerrufen. Sie und Kai Holzmann hatten eine Auseinandersetzung und die war nicht belanglos! Und was ist mit Peter Torberg? Selbstmord? Ausgerechnet der Mann, der an die Öffentlichkeit gehen wollte? Das alles würde die Ermittler sicher brennend interessieren.«

Er sah sie mit schmalen Augen kritisch an.

»Das würden Sie tun? Für irgendein Mädchen, für das Sie Muttergefühle entwickelt haben?«

Anna blieb hart. »Ja.« Mit Muttergefühlen lag er vermutlich nicht falsch.

Das Kribbeln in ihrem Bauch gewann allmählich Raum. Zu lange durfte ihr Wortgefecht nicht dauern.

Dann geschah das Unerwartete. Alonso stand auf und ging zum Ledersessel zurück. Stumm und deutlich verärgert, griff er zum Telefon.

»Geben Sie Frau Schuster die Papiere dieses Mädchens … ja, das Mädchen, das heute nach Münster geschickt wurde. Ja, alle Papiere. Sie kann sie mitnehmen.«

Anna atmete erleichtert aus. Münster, das war die Information, die sie brauchte. Fast glaubte sie selbst nicht, was ihr da gelungen war. Schnell bewegte sie sich in Richtung Tür.

Alonso rief ihr nach.

»Frau Schuster, ich mache mir Sorgen um Sie.«

Sie blieb stehen, ohne sich umzublicken.

»Oh, sorgen Sie sich nur um die Papiere, das reicht schon. Ich komme gut zurecht.«

Anna ging mit einem gezwungenen Lächeln. Der Bodyguard mit der Tasse in der Hand beäugte sie argwöhnisch. Dieses Mal hatte sie gesiegt, gegen Alonso und ihre Angst. Zu häufig konnte sie es nicht machen auf diese Weise, sonst würde es zu gefährlich für sie. Je näher sie ihrem Bürozimmer kam, desto schneller hallten ihre Schritte über den Flur. Sie schloss die Glastür hinter sich und versank in ihrem Stuhl. Erst als sie sicher war, dass Alonso ihr auch nach Minuten nicht gefolgt war, beruhigte sie sich ein wenig. In den nächsten Tagen würde sie sich so perfekt wie möglich ihm gegenüber verhalten. Dann würde er hoffentlich ihre kleine Erpressung vergessen. Andererseits tat es ihrem Verhältnis zu ihm vielleicht auch mal gut. Er sollte ruhig wissen, dass man so nicht mit ihr umgehen konnte. Sie war ein eigenständiger Mensch, keiner seiner Sklaven.

Gedankenversunken sah sie noch einmal durch das Fenster, diesmal in den wolkenverhangenen Himmel.

Nein, Suizid war für sie keine Option. Sie wollte leben. Bald schon würde sie sich absetzen, mit unbekanntem Ziel, Hauptsache weit fort. Sie würde einfach abhauen. Zum x-ten Mal vollzog sie innerlich die Planung der Weltreise, von der sie ständig träumte. In Gedanken wanderte sie schon im Grand Canyon, ließ sich mit einem Surfbrett auf den Wellen der Südsee treiben, kämpfte sich auf unbegehbaren Indiopfaden durch weite Teile des Amazonas, hinderte die Holzfäller tatkräftig am Abholzen der gewaltigen Wälder. Weiter führte ihr Weg, beschwerlich durch undurchdringlichen Dschungel, mit der Machete gegen wuchernde Gewächse, bis sie eine Art dorniger Hecke bewältigte. Und dann stand sie plötzlich mit schweißgebadetem Körper vor einem weißen Gebäude – Alonsos Kirche! Verdammt, das war die Realität. Annas Traum zerplatzte und ihr Wunschbild von einem romantisch abenteuerlichen Naturerlebnis verflog. Sie saß mitten im Alltag, in ihrem gläsernen Büro. Ihre Hand fasste an den Stoff der Bluse unter ihren Achseln. Sie schwitzte tatsächlich.

Spöttisch lächelte sie vor sich hin – in einem südamerikanischen Land würden Alonsos Kirchen sicher nie stehen, denn von einer armen Bevölkerung ließ sich nichts holen. Vom Glauben allein konnte der Padre nicht angemessen leben.

Der Timer des Smartphones summte. Ja, Torberg … heute sollte ein neues Treffen stattfinden. Ob er einlenken würde? Man konnte nie wissen, wo Alonsos Geduld ein Ende hatte. Vielleicht heute. Nach ihrem Auftritt eben, bestimmt. Es beschlich sie ein ausgesprochen flaues Gefühl, was das anging. Etwas würde heute geschehen, keinesfalls etwas Gutes. Bedrückt beobachtete sie den Sekundenzeiger der Wanduhr, der unaufhaltsam vorwärtswanderte, sich weder um Leben und Tod, noch um das Schicksal eines Menschen scherte.

Wie zufällig sah sie die Kontrahenten über den Hof gehen, zu früh und beide allein. Mit einem Satz stand sie am Fenster. Alonso ging vor und Torberg folgte langsam, scheinbar widerstrebend. Nein, Alonso zog ihn. Sie wunderte sich über Alonsos freundliche Gesten. Er führte ihn geradewegs die Treppe hinab zu diesem alten Fotostudio, wobei er ihn mehr schob, als führte.

Aha, dachte Anna, *auf die Väterliche* … und blickte verächtlich hinab.

TEIL 5

VÄTERLICHE UMGARNUNG

Alonso saß bereits im Wagen und wollte seinem Fahrer Anweisungen geben. Da stand völlig unerwartet dieser Milchbart Torberg vor ihm und schwieg ihn an. In seinem Gesicht blühten ein frisches Hämatom und die frische Kruste einer aufgeplatzten Stirn. Der Padre warf einen Blick auf die Breguet an seinem Handgelenk.

»Sagten wir nicht, um fünf? Haben Sie keine Uhr? Das ist nicht der richtige Zeitpunkt jetzt, ich habe zu tun.«

Ohne eine Reaktion blieb Jan stehen und starrte ihn an. Wenn er den Umschlag mit den Verträgen nicht im Hotelzimmer vergessen hätte, wäre es ein schnelles Aufeinandertreffen gewesen. So aber blieb immer noch die Option zur Entscheidung und das machte Jan irre.

Alonso zog die Brauen zusammen. »Die Uhrzeit lesen können Sie doch?«

Es blieb ihm nicht verborgen, dass Jan kraftloser wirkte als zuvor, fast schon ein wenig hilflos.

»Haben Sie sich schon entschieden und den Vertrag unterschrieben mitgebracht?«

Jan schüttelte den Kopf.

»Also, was ist denn jetzt?«

Mit einem missmutigen Seufzer erhob sich Alonso wieder aus dem Wagen. Aufgrund seiner Größe musste er sich ein wenig verrenken, um sich nicht den Kopf am Rahmen anzustoßen. Er stopfte sich das Hemd straffer unter den Gürtel und baute sich direkt vor Jan auf.

»Was haben Sie da?«

Alonso tippte auf Jans Wunde an der Stirn, auf der sich ein glänzender Grind aus dunkelrotem Gewebe bildete.

Jan fasste sich vorsichtig auf die Wunde. Daran hatte er gar nicht mehr gedacht.

»Nichts!«

Er senkte die Lider, um Alonso nicht ansehen zu müssen. Der Padre musste nicht wissen, dass er sich praktisch für ihn geprügelt hatte. Das würde er früh genug erfahren.

»Ich möchte schon jetzt mit Ihnen reden – allein.«

»Wir sind allein. Meinen Fahrer beachten Sie einfach nicht. Fangen Sie an, aber machen Sie keinen Roman daraus.«

»Wenn ich diesen Wolff als Geschäftsführer anerkenne, wo bleibt dann mein Mitspracherecht?«

»Ach, sind wir jetzt doch nicht mehr beim Verkauf? Wofür wollen Sie ein Mitspracherecht? Dieses Unternehmen wirft Gewinne ab, an denen Sie beteiligt sind – reicht Ihnen das nicht?«

»Wieso eigentlich Gewinne – das ist das Geld der Sektenmitglieder ...«

»Gemeindemitglieder! Ich darf doch bitten. Wieso interessiert Sie das?«

»Nennen Sie es Neugierde.«

»Ich möchte nicht, dass Sie denken, ich wäre Ihnen Rechenschaft schuldig! Trotzdem antworte ich Ihnen auf diese Frage: Ich lege es gewinnbringend an, erhalte damit das Vermögen der Gemeinde und vermehre es. Ist Ihnen das verständlich?«

»Aber Ihre Gemeindemitglieder brauchen nichts als Beten, Tee und Fladenbrot?«

»Es ist das einfache Leben, wie es Tradition in unserer Gemeinde ist. Ihr Vater hat in unser Unternehmen investiert und seine Anteile am Gewinn ohne dumme Fragen erhalten.«

Gequält lächelnd beugte er sich zu Jan herab.

»Aber Mitgesellschafter wird man so schnell nicht los.« Dann schmunzelte er nachsichtig, als verzeihe er Jan großzügig sein unerwünschtes Einmischen. Dafür puffte er ihn auf die von der Schlägerei geschwollene Wange. Jan fühlte sein Zahnfleisch über den Backenzähnen groß wie einen Tischtennisball.

»Sie wollen mir nicht erzählen, was da passiert ist?«

Jan schüttelte den Kopf.

»Wie Sie meinen. Für Kai Holzmann brauche ich Ersatz. Sie haben Herrn Wolff kennengelernt. Er ist der einzig richtige Mann an diesem Platz, ein Organisationstalent und ein Idealist. Er ist eingeweiht in alle die Gemeinde betreffenden Dinge. Ich werde mich hundertprozentig auf ihn verlassen können … wie ich allerdings seinen jetzigen Platz besetzen soll, ist mir ein Rätsel.«

Diesen letzten Satz sprach Alonso mehr zu sich selbst. Er rieb sich nachdenklich die Stirn. Das Smartphone in der Innenseite seines Jacketts summte. Alonso drehte sich von Jan weg, um das Gespräch anzunehmen.

Jan bemerkte, dass Alonso ihm einen kurzen, verstohlenen Blick zuwarf, bevor er sich erneut abwendete. Er sprach leise, aber Jan wusste auch so, dass Wolff dran war. Er wusste, was er dem Padre berichtete – doch jetzt war es ihm egal. Er fühlte sich nicht mehr ertappt. Sein größtes Interesse galt einem würdevollen Rückzug und er wollte Lara wiedersehen. Aber dafür war das Wohlwollen des Padre nötig. Als Alonso auflegte, blieb es sekundenlang still.

Dann rührte er sich.

»Sie gehen in meiner Gemeinde ein und aus, ohne, dass ich davon weiß?«

Jan zuckte die Schultern.

»Und prügeln sich für uns mit dem rechten Abschaum? Wir betreiben einige Projekte gegen Rechts, deshalb haben wir öfter Ärger mit diesen fehlgeleiteten jungen Männern … Wussten Sie von diesen Projekten?«

Jan verneinte. »Ich war nur ein paar Mal zu Gast in der Siedlung und habe mit Lara … ich meine, der Mentorin dort, über Gott und die Welt gesprochen.«

»Lara, aha.« Alonso zeigte sich nachdenklich.

Schließlich packte er Jan am Oberarm.

»Kommen Sie. Ich will Ihnen etwas zeigen.«

Er führte ihn über den Hof. Widerstrebend und langsam ließ Jan sich ziehen. Langsam auch deswegen, weil in seinem Schritt eine Schwellung so groß wie zwei Tennisbälle schnelle Bewegungen unterband. An einem Nebengebäude nahmen sie eine leicht verwitterte Treppe zum Untergeschoss. Jan humpelte hinter Alonso her. Ausgerechnet Treppenstufen. Ein paar der terrakottafarbenen Fliesen zeigten abgeplatzte Stellen. Nasse, welke Blätter klebten auf den Stufen, sodass sie aufpassen mussten, nicht auszurutschen. Alonso öffnete eine schmutzige, schwere Tür.

Jan blieb eine Weile vor dem Eingang stehen, bevor er zögernd hineinfolgte. Vor ihm offenbarte sich eine Hinterlassenschaft aus vergangenen Zeiten. Die früher weißgestrichenen Wände waren ergraut. Dauerlichtlampen standen wie aufgespannte Regenschirme im Raum und warteten gemeinsam mit einem verblichenen Sofa und einem harten Designerstuhl aus Plastik auf Kundschaft für eine Porträtaufnahme. Farbige Papprollen lagen vor einem freistehenden Hintergrundsystem auf dem Boden. Daneben ragten drei nackte Leuchtenstative wie Spieße empor.

Erinnerungen kamen hoch. An die Zeit, in der er noch daran glaubte, ein angesehener Fotograf werden zu können. Jan schritt die Einrichtung des verstaubten Fotostudios ehrfurchtsvoll ab.

»Die Blitzanlage ist von Hensel«, sagte er anerkennend.

»Ich dachte mir, dass Sie sich dafür interessieren würden. Sie hatten selbst ein Studio, nicht wahr? Ich habe einige Ihrer Arbeiten gesehen – Sie haben Talent.«

Jan hob eine Klemmzwinge von einem Tisch und legte sie wieder hin.

»Das ist lange her.«

»Und was ist in der Zwischenzeit geschehen?«

»Was geschehen ist?« Er stellte sich hinter eine der Dauerlichtlampen und spielte mit der Einstellung. »Die Realität holte mich ein. Ohne Vitamin B keine Karriere. So einfach ist das.«

Alonso sah seine Chance gekommen. Väterlich vertrauensvoll kam er näher und legte seinen Arm um Jans Schulter und Hals.

»Nun, ich könnte die Lösung für das Vitamin B sein.«

Überrascht sah Jan ihn an. Alonsos Arm war muskelbepackt und schwer.

»Dieses Studio kann man sicher wieder auf Vordermann bringen. Da hinten …« Alonso wies auf eine graue Tür. »… gibt es noch zwei große Räume, die sich als Atelier eignen.«

Er griff um Jans Kopf herum an dessen Kinn und drehte ihn in alle Richtungen.

»Hier könntest du schalten und walten, mein Junge. Natürlich haben wir oben im Gebäude auch eine moderne Ausstattung für digitale Bearbeitung. Aber ich dachte, das hier erfreut das wahre Fotografenherz.«

So umgarnt und vertrauensvoll umschlungen fiel Jan klares Denken schwer. Er mochte es nicht, dass er ihn anfasste. Die sachte Berührung seines Halses mutierte in seiner Gefühlswelt zur Umarmung einer Würgeschlange. In seine Nase stieg der Geruch von Alonsos Rasierwasser – ein herber, moschusartiger Geruch – und ihre Körper drückten aneinander. Bei der kompakten Größe des Padre fühlte sich Jan erneut wie ein Kind.

»Ein Studio kann ich mir auch in Hamburg aufbauen«, entgegnete er und versuchte vorsichtig, die große, warme Hand von seinem Kinn zu lösen.

»Das Studio, ja. Meinen Einfluss auf gewisse Kunstkreise gibt es nur hier.«

Fast unauffällig befreite sich Jan aus der Umklammerung.

Alonso sah auf die Uhr. »Lassen Sie uns das in Ruhe besprechen.«

»Wann?«

»Jetzt gleich. Ich lade Sie zu einer kleinen Fahrt ein.«

Er führte Jan aus dem Studio und warf die Tür mit Schwung ins Schloss. Unter seinen Schuhen platzten zwei neue Stellen aus den alten Treppenfliesen.

»Ich sorge dafür, dass das saniert wird«, versprach Alonso.

Oben wartete der Fahrer angelehnt an den Mercedes mit Händen in den Taschen vergraben auf seinen Chef. Als er ihn kommen sah, nahm er sofort Haltung an und lief eilig um das Fahrzeug, um die hintere Tür der Stretchlimousine aufzuhalten. Ganz wohl war Jan die Vorstellung nicht, mitzufahren. Im engen Raum des Autos würde er sich ausgeliefert fühlen. Doch sein Widerstand war nur eine Formalität in seinem Hinterkopf. Vielleicht hatte der Padre tatsächlich gute Beziehungen zur Kunstszene und dies könnte eine unverhoffte Chance sein. Wie oft hatte er gute Gelegenheiten schon leichtfertig vertan und in den Sand gesetzt.

»Wo fahren wir hin?«, fragte Jan.

Alonso saß schon. »Zu meiner Hacienda, por favor.« Er grinste schelmisch.

Erstaunt nahm Jan die unerwartete Gefühlsregung des Padre wahr. Der konnte ja humorvoll sein! Wie angesteckt lächelte er zurück. Sogleich bremste ihn das Hämatom an seiner Wange schmerzhaft aus. Ach ja, das gab es auch noch. Unwillkürlich fasste er sich ins Gesicht. Dann stieg er ein.

»Was hat er mit ihm vor?« Anna konnte sich nicht erklären, warum Torberg in das Fahrzeug des Padre einstieg. Sie sah vom Fenster aus die Rücklichter des Pullman verschwinden. Der Wagen blinkte nach links und verließ das Gelände des Zentrums. Wohin wollte er mit ihm? Nach links ging es weder zur Stadtmitte, wo man mit Torberg hätte Essen gehen können, noch gab es andere Ausflugsziele für Geschäftsbesprechungen in der Nähe. Für all das musste man rechts abbiegen. Nach links ging es zum Anwesen des Padre. Dort empfing er sonst nur wirklich gute Kunden. Kunden, die es sich leisten konnten, seine Hand auf ihren erkrankten Gebeinen zu bezahlen. Er nannte sie *Patienten*, als wäre er ein Arzt. Claudia Torberg war so ein unglücklicher Patient gewesen.

Zum eigentlichen Privatbereich des Padre hatte kein Mensch Zutritt – mit Ausnahme von Wolff.

Sie wartete bis 17.00 Uhr. Dann, nahm sie an, würde Kemal Akdas eintreffen, denn das war der anberaumte Besprechungstermin für heute. Doch Akdas kam nicht. Auch Alonso und Torberg tauchten nicht mehr auf. Anna machte sich Sorgen. Nervös wählte sie Kemal an.

»Was soll das heißen, Sie geht das nichts mehr an?« Zweifelnd, ob sie richtig verstanden hatte, nahm sie für einen Moment das Handy vom Ohr und starrte das Display an.

»Sie haben gekündigt?«

Kemal, am anderen Ende, wartete ihre Schrecksekunden ab.

»Erinnern Sie sich an unser Gespräch letzte Woche? Sie haben mich deutlich genug gewarnt und jetzt mache ich genau das, was Sie mir geraten haben. Ich fahre morgen nach Hause.«

»Ja, das habe ich Ihnen geraten. Ich verstehe … und Torberg?«

»Der taucht schon wieder auf. Glauben Sie mir, so einfach wird man diesen Stinksack nicht los. Vermutlich wird er nachts wie ein Bekloppter auf meine Tür einhämmern, um mich mit irgendeinem Unsinn, den er erlebt hat, aufzuregen. Und ich werde mich ärgern, mich gesorgt zu haben.«

Kemal entlockte Anna damit ein kleines Lachen.

»Machen Sie es gut.«

Als sie auflegte, spukten ihr Horrorszenarien durch den Kopf, in denen Torberg als Opfer von Gewaltexzessen irgendwo am Rande einer Autobahn liegen blieb. Oder aber er verschwand genauso wie Kai Holzmann.

Sie wartete.

DIE HACIENDA

Die Hacienda des Padre lag nur zehn Autominuten vom Zentrum entfernt. Jan fühlte sich während der Fahrt in dem Pullman wie ein Prominenter auf dem Weg zu einer Preisverleihung. Er saß Alonso sehr breitbeinig gegenüber und wartete nur darauf, einen Champagner angeboten zu bekommen, wie er es in Filmen gesehen hatte. Für einen Moment überlegte er, dass seine alte ungewaschene Hose eine Zumutung für die cremefarbenen und beheizten Ledersitze waren. Morgen wollte er dann doch noch einmal die Klamotten anziehen, die Kemal ihm mitgebracht hatte.

Eine fast zwei Meter hohe Mauer aus Naturstein umschloss das Landgut. Zwischen den Ritzen der Steine wucherten Reste von Mauerblumen, die im Sommer sicher reizvoll blühten, jetzt aber welke Büschel bildeten. Die Zufahrt war genauso elektronisch gesichert, wie das Tor zum Zentrum. Ohne auszusteigen, sorgte der Fahrer für eine Öffnung des Tores. Nach zweihundert Metern feinem Schotter fuhren sie langsam über mediterrane Pflasterarbeiten, die sich von einem Weg zu einem Platz ausbreiteten, dessen Mitte ein kleiner Etagenbrunnen dominierte. Dort hielten sie an. Der Chauffeur öffnete die Wagentür. Jan folgte Alonso über die rotgebrannten polygonalen Steine, bis er etwas auf sich zukommen sah, das ihn gehörig einschüchterte. Eine riesige Deutsche Dogge galoppierte ihm entgegen. Die Beine des Tieres bewegten sich durch ihre Länge optisch wie in etwas zu schneller Zeitlupe auf ihn zu. Rasch warf er Alonso einen forschenden Blick zu. Der schien nicht im Mindesten beeindruckt. Der Padre blieb stehen und wartete, bis das Tier sie beinahe erreichte.

»Sitz!«, befahl er bloß und das Monster mit der heraushängenden Zunge stolperte fast, bevor es sich auf das Hinterteil setzte. Hechelnd wartete es auf Anweisungen seines Herrchens. Alonso griff in seine Jacketttasche und holte ein Leckerchen heraus.

»Ich hoffe, er hat Sie nicht beunruhigt«, entschuldigte er sich an Jan gerichtet.

»Äh … pfff … überhaupt nicht. Warum? Es ist Ihr Wachhund, nehme ich an. Der wird schon auf Sie hören.«

»Auf mich schon, dem Gärtner hat er letztens einen Finger abgebissen. Aber Sie haben recht. Er ist ein guter Wachhund.«

»Einen Finger? Wirklich?« Als sie weitergingen, machte Jan einen unauffälligen kleinen Bogen um das Tier.

Alonsos Hacienda bestand aus einem zweigeschossigen Haupthaus und zwei eingeschossigen Nebengebäuden. Die warme Atmosphäre der in rotem Ton gedeckten Zeltdächer und in einem Hauch von Rot gehaltenen Außenwände hob sich durch das von innen schimmernde gelbe Licht ansprechend hervor. Eine beleuchtete Überdachung mit den passend gemauerten Rundbögen vor den bodentiefen Korbbogenfenstern und Türen sorgte mit den flankierenden Palmen für die Illusion, eine Villa in Spanien zu betreten, wäre es nicht so kalt draußen gewesen.

Der Padre führte Jan in eine mediterrane Lounge, auf der einen Seite mit Blick auf den Pool, auf der Frontseite auf den Etagenbrunnen vor dem Haus.

»Die Palmen«, fragte Jan. »Sind die echt?«

»Da haben Sie mich erwischt. Nein, in diesen Breitengraden würden echte Palmen nicht überleben. Sie sind künstlich, verzeihen Sie. Aber ihr Anblick erinnert mich an meine alte Heimat … Setzen Sie sich doch.«

Jan wählte den Platz auf einem Zweiersofa mit dicken Kissen. Das Polster sank angenehm weich ein.

»Interessant, Sie wählen denselben Sitzplatz, wie Ihre Mutter damals.«

In Jans Sonnengeflecht wühlte schlagartig ein kleines Ungeheuer. Jede Erinnerung an diese unbehandelte Wunde bereitete ihm Bauchschmerzen.

Der Padre drückte eine Klingel und ein schüchternes Mädchen in der Kleidung der Jüngsten erschien, um seine Getränkewünsche entgegenzunehmen.

»Ein interessanter Gedanke, dass an genau diesem Ort nur die Zeit Sie von Ihren Eltern trennt, nicht wahr? Der Mensch erlebt nur die Ereignisse dieser Momente. Der Ort aber, erlebt unzählbare Ereignisse über Milliarden von Jahren, von der Lava der ersten Erdentage an, über die gesamte Geschichte der Menschheit, bis hin zu eben jenem Moment, den Sie gerade fühlen.«

Jan ließ der Gedanke, dass seine Eltern genau hier gesessen hatten, fast ihre Nähe spüren.

»Man müsste eine Zeitmaschine bauen«, überlegte er.

»Wenn Sie zurückreisen könnten, in genau jenen Moment, was würden Sie Ihren Eltern sagen?«

In Jans Vorstellung tauchten die Gesichter von Mutter und Vater auf, die ihn erwartungsvoll anblickten.

»Gar nichts … Ich würde weiter in die Zeit zurückreisen und dann hätten sie vielleicht nie hier gesessen.«

»Schon möglich. Eine interessante Idee. Genauso gut könnte es sein, dass es ihr Schicksal war, hier zu sitzen – eine Fügung Gottes. Genauso, wie es vielleicht Ihre Vorbestimmung ist.«

Das Mädchen brachte ein Tablett und stellte es auf dem massiven Holz des Couchtisches vor ihnen ab. Dann blieb sie daneben stehen und es sah aus, als wagte sie nicht, sich zu rühren. Mit lediglich einer Handbewegung bedeutete der Padre ihr, sich zu entfernen. Sie reagierte sofort und Jan meinte, eine erleichterte Miene in ihrem Gesicht auszumachen.

Alonso setzte sich und goss Jan Wein ein, sich selbst einen Fruchtsaft.

»Was würden Sie tiefer in der Vergangenheit ändern wollen, wenn Sie es könnten?«

Jan hob das Glas und leerte es auf einmal.

»Ich würde meine Eltern an ihrem letzten Weihnachten besuchen. Und davor einige Dinge ungeschehen machen, die ich vermasselt habe.«

»Vielleicht wäre es dann gar nicht ihr letztes Weihnachten gewesen, Herr Torberg. Vielleicht hätte Ihre Mutter dann die Kraft gefunden, die sie brauchte. Aber genauso gut kann es sein, dass Ihre Eltern gehen mussten, damit Sie heute hier sitzen. Das ist das, was ich inzwischen denke.«

Der Padre beugte sich ein Stück über den Tisch.

»Ihr Schicksal ist es, heute mit mir an diesem Tisch zu sitzen. Alles, was Sie getan haben, selbst wenn Sie es rückwirkend ändern könnten, führt Sie zu diesem Moment an diesen Ort. Unausweichlich. Sie und ich mussten uns begegnen.«

Ein Räuspern an der Tür hinter ihnen unterbrach sie.

Andrej Wolffs Mund stand länger offen, als dass er die Überraschung darüber verbergen konnte, Jan Torberg in der Lounge der Villa zu begegnen. Das Mädchen hatte ihm geöffnet. Jetzt stand er am Türrahmen zur Lounge und beobachtete das Beieinander der beiden argwöhnisch. Was wollte der Provokateur hier? Die Vorstellung, der Padre hätte ihn persönlich eingeladen, gefiel ihm ganz und gar nicht. Was sollte das mit Torberg? Wollte der Padre ihn jetzt in die Gemeinde integrieren?

Wolff räusperte sich.

»Andrej, was gibt es?« Alonso stand auf und begrüßte Wolff, indem er vertrauensvoll den Arm um seine Schulter legte.

»Es ist vertraulich«, bemerkte Wolff mit einem misstrauischen Blick auf Torberg, dessen linke Gesichtshälfte immer noch wie ein aufgeschwemmtes Stück Fleisch aussah und sein versuchtes Grinsen zu einer Grimasse umwandelte.

»Was macht der Idiot denn hier?«, flüsterte Wolff.

Alonsos Lächeln fror für einen Moment ein. Er nahm Wolff am Arm und führte ihn in einen Nebenraum, den Jan nicht einsehen konnte. Sie sprachen leise, sodass Jan nicht mehr als ein unverständliches Gemurmel erreichte.

»Gibt es ein Problem?«

»Problem kann man es nicht nennen. Der Familienälteste in der Siedlung wollte Anna die vertraulichen Daten eines Mädchens aushändigen, inklusive sämtlicher Papiere. Sollen wir das wirklich erlauben?«

»Lea Krone? Ja, das habe ich angeordnet.«

»Und wenn Anna die Kleine aus der Gemeinde entfernt?«

»Genau das hat sie vor.«

»Ah, Sie wissen Bescheid. Das war mir nicht ganz klar. Ich dachte, wir trauen Anna nicht mehr.«

»Solange ich weiß, was sie vorhat, ist Anna kein Problem für mich. Über das, was sie mir nicht sagt, mache ich mir Sorgen. Das Mädchen aus der Siedlung ist wertlos für uns. Wenn Anna uns von Abfall befreit, soll sie das tun. Das heißt … der Familienälteste soll die Kleine noch zu mir bringen, bevor sie nach Münster gebracht wird. Ich will mir persönlich ansehen, was Anna an dem Mädchen gefressen hat.«

»Aber sie ist bereits in Münster.«

»Dann holt sie zurück.«

»Wie Sie wünschen … Haben Sie schon überlegt, wohin und wann Anna umziehen soll?«

Alonso schüttelte den Kopf. »Ich bin nicht sicher, ob sie überhaupt irgendwo hinzieht. Vielleicht ersetze ich sie auch.«

»Und der da?« Wolff winkte mit dem Kopf in Richtung Torberg. »Wieso ist der hier?«

»Denken Sie nicht, dass ich das ohne Ihre Rückendeckung entscheiden kann?«

»Ich meine nur, weil er hier so ganz privat mit Ihnen …«

»Ich überlege, ihn zum Chef der Garde zu machen, während Sie die Position von Kai Holzmann übernehmen. Er verfügt über eine interessante Mischung aus spiritueller Neugierde und Schlagfertigkeit.«

Wolff hielt inne. Dass er die Stelle von Holzmann bekommen sollte, wusste er schon, aber dass dieser dahergelaufene Schnösel ihn hier in so kurzer Zeit ersetzen sollte, traf ihn tief.

»Glauben Sie wirklich, der Junge hat das Zeug für so eine wichtige Vertrauensstellung? Ich denke, auch ich musste mir das erst erarbeiten.«

»Und ich denke, das geht Sie nichts an, Andrej. Muss ich noch deutlicher werden?«

»Natürlich nicht. Entschuldigung.«

»Gehen Sie jetzt.«

Wolff musste sich beherrschen, nicht aufzubrausen. Er griff in sein Haar und presste die Lippen zusammen.

Jan stand in der Lounge vor dem bodentiefen Fenster. Er sah Wolff nach, als er Alonsos Haus verließ und mit seinem BMW davonbrauste. Obwohl er Wolff nicht ausstehen konnte, fühlte er sich jetzt mit dem Padre alleingelassen. Was für ein widersinniges Gefühl – als ob er diesen gegelten Schmierlappen vermissen würde.

»Wegen des Vertrages …« Alonso stand hinter ihm und schenkte ihm in das Glas, das auf dem Tisch stand, Wein nach. »Vergessen wir das erst mal. Die Sache hat Zeit. Sie haben vollkommen recht. So etwas entscheidet man nicht von heute auf morgen.«

Er reichte Jan das Weinglas und hielt ihm sein eigenes entgegen. Jan nahm das seine und stieß an.

Draußen begann es, fein zu regnen, obwohl den Himmel nur vereinzelte graue Wolken bedeckten. Es erinnerte ein bisschen an Aprilwetter, dabei näherte sich der Monat bereits Ende November.

»Was wollen Sie eigentlich von mir? Warum bin ich hier?«, fragte Jan.

»Das ist eine gute Frage. Ich bin mir noch nicht schlüssig, was Sie angeht. Einerseits verfügen Sie über das Potenzial, andererseits verhalten Sie sich wie ein trotziges Kind.«

»Potenzial wofür? Das alte Fotostudio zum Leben zu erwecken? Das meinen Sie doch nicht.«

»Sie könnten etwas ganz Großes werden bei mir. In Ihnen leuchten Tatendrang und Durchsetzungskraft. Männer wie Sie braucht unsere Gemeinde. Wenn Sie den Trotzkopf beiseitelegen, kann ein ganz beachtlicher Macher aus Ihnen werden.«

»Und was soll ich *machen*?«

»Sie schließen sich uns an, wir arbeiten zusammen, Sie schützen die Siedlung und halten mir Störenfriede vom Leib.«

»Ich soll Ihr Bodyguard werden?«

»Sie bekämen eine schlagfertige Mannschaft zur Seite. Dafür verdienen Sie viel Geld und haben nebenher die Möglichkeit, Ihre künstlerische Ader auszuleben. Ich habe Beziehungen zum Kunstmarkt, von denen Sie nur träumen können.«

Jan kam ins Grübeln. Die groteske Mischung aus Gewalt und Kreativität, die sein Leben bisher ausmachte, wäre hier erwünscht. Ins Atelier ziehen, Lara jederzeit besuchen können und Teil von etwas zu sein – ein Reset von seinem vorherigen Leben. Und er könnte seine Neugierde befriedigen. Er würde alles über diese Sekte erfahren.

»Es könnte ein Neuanfang für Sie werden. Oder Sie gehen zurück in ihr trauriges, unzufriedenes Leben, das Sie bisher geführt haben. Sie haben die Wahl.«

»Das klingt so, als müsste ich nur nehmen. Was muss ich dafür geben?«

»Loyalität. Es ist eine Vertrauensstellung. Ich erwarte, dass Sie sich mit sich selbst und mit dem Glauben auseinandersetzen. Lernen Sie, sich selbst zu lieben, und lernen Sie, Gott zu lieben. Reinigen Sie sich von allem, was sich dazwischen stellt.«

»Und Sie sollte ich auch lieben?«

Alonso schmunzelte. »Ich bin der Padre, der Vater aller.«

»Ich weiß nicht. Ich denke, es scheitert schon an der Beschäftigung mit mir selbst.«

»Ihre Eltern haben Sie sehr geliebt. Vielleicht hilft Ihnen das, sich selbst zu lieben.«

»Woher wollen Sie das wissen?«

»Sie haben es mir gesagt.«

»Ihnen haben sie das gesagt? Warum nicht mir?«

»Vielleicht, weil sie wussten, dass Sie nicht so weit waren.«

»Warum ist meine Mutter gestorben, obwohl sie geglaubt hat?«

»Sie kam zu spät. Die Zeit, ihre seelischen Selbstheilungskräfte zu aktivieren, war zu kurz.«

»Und Ihr Handauflegen konnte das nicht verhindern?«

»Sie hatte nicht mehr die Kraft, die inneren Umstände zu ändern, unter denen sich ihre Krankheit entwickelte. Ohne geistige Reinigung keine Genesung. Es tut mir leid.«

Alonso stellte sich so dicht neben Jan, dass er mit seinem Körper Jans Arm berührte. Er deutete nach draußen, auf den kleinen Platz, den der Wechsel aus Sonne und Regen in ein seltsames Licht tauchte. Jan spekulierte, ob sie sich gerade am Anfang oder am Ende eines Regenbogens befanden.

»Sehen Sie diesen Brunnen da?«, sagte Alonso. »Das Wasser ist klar, wenn es aus der Quelle kommt. Während es nach unten fließt und in den beiden Becken verweilt, verunreinigt es sich. Doch mit dem Weg durch den Filter wird es gereinigt. All der Schmutz, den die Zeit des Fließens mit sich bringt, legt es auf dem Weg nach oben wieder ab. Genauso ist es mit dem Leben und dem Geist. Geboren wird man rein. Mit der Zeit aber haftet immer mehr Schmutz an unserer Seele. Doch diesen Schmutz kann man abwaschen. Den Geist reinigen, damit er so rein wird, wie bei der Geburt, das ist es, was in den Messen und Zentren der Gemeinde passiert. Wer es schafft, dem strahlt ein Licht der Erleuchtung.«

Die Stimme des Padre klang voll und sanft zugleich. Wovon er sprach, sagte er in überzeugender Glaubwürdigkeit. Dieser Mann meinte, was er sagte. Jan glaubte nicht, dass er ihn anlog. In Gedanken sah er ein Leuchten vor sich, das ihm den Weg zu innerem Frieden versprach, den es bisher nie für ihn gab. Er erinnerte sich an seine Meditationsversuche in Indien. Einmal hatte er es fast geschafft, alles abzulegen, was ihn so schwer belastete. Das war schwerer, als man denkt. Aber dieses eine Mal war er der Erleuchtung zum Greifen nahe gewesen. Doch als er danach greifen wollte, verschwand das Leuchten gerade deshalb, weil er es unbedingt erringen wollte.

Alonso sah, wie Jan mit offenen Augen träumte.

»Das Licht kann so stark sein, dass es einem im ersten Moment den Atem nimmt«, raunte er.

Jan zwinkerte sich in die Gegenwart zurück.

»Ich will gehen.«

Der Padre nickte verständnisvoll. »Überlegen Sie es sich ganz in Ruhe. Soll mein Fahrer Sie ins Hotel bringen?«

Jan winkte ab.

Die Hand auf seiner Schulter, die ihn verabschiedete, fühlte sich vertraulich und unbehaglich zugleich an.

PRÜGEL

Jan verließ das Haus und lief quer über den mediterranen Platz. Am Etagenbrunnen blieb er stehen. Klares Wasser sprudelte von oben aus in zwei runde Becken und ließ einzelne Herbstblätter darin tanzen. Mit einer Hand fischte er eins der Blätter heraus. Gedankenvoll blickte er zurück. Alonso stand hinter dem Fenster, ein Glas in der Hand, und beobachtete ihn. Das Gespräch mit ihm durchwühlte Jans Magen. Er streifte das Blatt von seinen Fingern und warf es zu Boden.

Das Tor zur Außenwelt öffnete sich automatisch. Es gab nur einen Weg, der von hier wegführte. Verlaufen konnte er sich also nicht. Eine Allee, flankiert von einem dichten Wald, leitete ihn der Sonne entgegen, die kurz zwischen den Regenwolken hindurch direkt in Jans Augen schien. Sie stand tief und blendete seine Augen. Obwohl es fast schmerzte, blinzelte er die Lider weiter auf und ließ das Licht im Weitergehen tiefer in sein Gemüt eindringen. Es stimmte, es konnte einem den Atem nehmen, wenn alles so hell schien. Alles andere um ihn herum verschwand in einer Schattenwelt. Da waren nur er und das Licht.

Ein Schlag von hinten verdunkelte sein Gesichtsfeld.

Jan landete mit Stirn und Nase auf dem Asphalt.

Harte Schuhspitzen trafen ihn in Nieren und Rippen. Er versuchte, aufzustehen, um wegzulaufen. Ein Körper vor ihm hielt ihn auf. Noch geblendet vom vorherigen Blick in die Sonne, glichen seine Feinde bloßen Schatten, die ihn wie aus der Hölle kommend malträtierten. Als er halbwegs stand, wuchtete jemand eine Faust in seinen Bauch. Spuckend und würgend wehrte Jan mit beiden Händen den Angreifer ab. Mühsam gelang es ihm, ins Gesicht seines Gegners zu packen. Wie ein Raubtier krallte er in die weichen Augenhöhlen, die er mit seinen Fingerspitzen ertastete. Der Kerl vor ihm schrie und ließ von ihm ab. Jan drehte sich um und schleuderte seine Fäuste in alles, was sich ihm entgegenstellte. Quälend langsam kehrte sein normales Sehvermögen zurück. Zwei der Hundesöhne lagen am Boden. Doch jetzt stand der Junge mit dem Pinselhaarschnitt mit zwei weiteren von dem Pack vor ihm. Sie waren zu viele, die sich ihm entschlossen entgegenstellten, als dass er sie alle umhauen konnte.

Jan drehte sich um und rannte, so schnell es ihm seine Weichteile erlaubten. Schritte und Schreie folgten ihm. Wohin sollte er? Sie trieben ihn wie ein Jäger ein Tier. In größerer Entfernung vor ihm sah er jemanden stehen. Der Mann beobachtete ihn und rauchte. Dann tauchten hinter ihm noch weitere Männer auf.

Impulsiv nahm Jan einen Weg, der auf der linken Seite in den Wald hineinführte. Er bereute es sofort, denn dort würde er keine Hilfe finden.

Wolff rauchte zwei Zigaretten nacheinander. Was er in der Ferne sah, erheiterte seine Stimmung.

»Sollen wir eingreifen?«, fragte einer seiner Männer neben ihm.

Er schüttelte den Kopf. »Das schafft der schon«, war seine Antwort, dabei sah es nicht wirklich gut für Torberg aus. Der Schlag von hinten musste ihn heftig getroffen haben. Nur ein verdammt harter Kerl würde jetzt noch richtig kämpfen können. Nein, Torberg würde das nicht schaffen. Und das gefiel Wolff. Es gefiel ihm sogar sehr. Er konnte gar nicht beschreiben, wie gut es ihm tat, zuzusehen, wie der neue Liebling des Padre durchgeklopft wurde. Der sollte ihn hier ersetzen? Jedem anderen hätte er es gegönnt, nur dem nicht. Der sollte ruhig richtig leiden, bevor er und seine Männer den rechten Mob aus dem Umfeld der Hacienda prügeln würden.

Zufrieden beobachtete er, wie sich Torberg in seine Richtung wegschleppte. Erstaunlich, er schaffte es sogar noch zu rennen. Ein harter Brocken, das musste Wolff zugeben. Doch dann bog Torberg ab, in Richtung Wald.

Mist! Sein geplanter Auftritt als Retter schien zu scheitern. Er hatte es sich so schön ausgemalt. Torberg großkotzig die Pelle retten, seinen Männern dabei zeigen, was für ein Schlappschwanz ihr potenzieller neuer Chef sein würde, und dem Padre den blutenden Mistkerl unterwürfig zu Füßen legen. Jetzt verschwand der Kerl im Wald. Am Ende schaffte er es auch noch, abzuhauen.

»Sollen wir hinterher?« Seine Männer waren scharf aufs Kämpfen.

»Wartet noch.«

Wolff warf die Zigarette zu Boden und trat sie aus. Er wollte Torberg Zeit geben, sich wirklich ernsthafte Verletzungen zuzuziehen.

Einer seiner Männer stieß ihn von der Seite an. Wolff verstand zuerst nicht. Dann hörte er die Stimme des Padre hinter sich.

»Was ist da los?«

Ertappt stand Wolff sofort gerade. Alonso kam ihnen mit dem Hund entgegen.

»Ein Rudel Jugendlicher. Die üblichen Verdächtigen. Ich glaube, sie haben es auf Torberg abgesehen.«

Alonso kniff die Augen zusammen und versuchte, in der Ferne etwas auszumachen.

»Wo sind sie jetzt?«

»In den Wald. Sie verfolgen Torberg.«

Der Padre sah verwundert aus und je länger er Wolff anstarrte, desto fassungsloser wirkte sein Blick.

»Was stehen Sie hier noch rum. Los, helfen Sie ihm.«

»Ihr habt gehört, was der Padre gesagt hat! Holt den Kerl da raus und bringt ihn her. Die anderen schlagt zu Brei.«

Augenblicklich machten sich die Männer mit vor Vorfreude geballten Fäusten auf den Weg in den Wald.

Eine Art Vereinsgebäude tauchte vor Jan auf. Mit äußerster Anstrengung legte er einen zusätzlichen Spurt ein und rüttelte an der Eingangstür. Verschlossen! Seine Verfolger holten auf. Jan sah sich um. Dann zog er sich in Froschstellung an dem Regenrohr nach oben, in Richtung Dach. Er hoffte inständig, dass das dünne Rohr seinem Gewicht standhielt. Unter ihm versuchte der Erste von ihnen, es ihm nachzumachen, aber er schaffte es nicht.

Auf allen vieren kletterte und stolperte Jan über die Ziegel des Daches. Dicke Moospolster erschwerten ihm einen festen Halt. Dann passierte es. Jan glitt aus. Er versuchte, sich an irgendetwas zu klammern, aber seine Hände rutschten jedes Mal ab. Schmerzhaft schlitterte er weiter und mit einem Aufschrei stürzte er fünf Meter tief zu Boden.

Für ein paar Sekunden blieb er liegen. Er blickte auf dem Rücken liegend in Richtung Himmel, der sich hinter Baumkronen versteckte. Was für ein Tag. Es gab Momente, da wünschte er sich, aus seiner körperlichen Hülle herauszufahren. Geschwächt wälzte er sich herum. Jan wusste nicht, welche Stelle an seinem Leib er sich zuerst halten sollte. Jeden seiner Knochen glaubte er zu spüren und er hatte das Gefühl, dass sie allesamt gebrochen waren. Doch die Angst vor den Verfolgern ließ ihn die Schmerzen vorerst verschieben. Zuerst musste er weg hier, er musste sich in Sicherheit bringen. Jan floh in das Dickicht. Er rannte, strauchelte über Wurzeln und Äste, bis er hinfiel, sich aufstemmte, um dann an einen Baumstamm gelehnt, erschöpft sitzenzubleiben.

Regen tropfte jetzt durch die Bäume, benetzte das ohnehin schon nasse Laub, den spärlichen Farn und Jans Gesicht. Er befühlte seine Beine. Sie hatten große, abgeschürfte Stellen unter den aufgerissenen Löchern seiner Jeans. Seine Hände sahen nicht besser aus. Der Regen nahm zu. Plätschernd goss es auf Jan herab und kalt rann das Wasser über seine Haut. Dann hörte es so plötzlich wieder auf, wie es angefangen hatte.

Wolffs Männer zerrten Jans Verfolger an Armen und Haaren aus dem Wald.

»Diesen Torberg haben wir nicht gefunden.«

Alonso schritt näher und begutachtete den jammernden Haufen. Die knurrende und bellende Riesendogge, die ihn begleitete, zerrte an dem Kettenhalsband. Man stieß die Überwältigten in Matsch und Regenpfützen zu Boden, sodass sie vor dem Padre knieten. Dunkelheit kroch hinter der sinkenden Abendsonne empor und tauchte den Hund und den Mann vor ihnen in ein unheimliches Szenario. In ihren eingeschlagenen Kiefern sammelte sich der Eisengeschmack des Blutes, doch sie wagten kaum, es auszuspucken.

Die tiefe Stimme des Padre durchschnitt das leise Prasseln des Regens. »Wisst ihr, was ihr seid?«

Sie wagten nicht, aufzusehen, jeder von ihnen aus Angst, die Aufmerksamkeit ihres Bezwingers auf sich zu ziehen.

»Hat es euch die Sprache verschlagen? Ich werde es euch sagen. Ihr seid Opfer – unsere Opfer. Nennt mir einen Grund, warum ich euch nach Hause schicken sollte, anstatt euch hier in diesem Morast kaltzumachen?«

Drei der Jüngeren begannen zu heulen. Die anderen versuchten krampfhaft, durch zusammengepresste Lippen einen Ausbruch ihrer entsetzlichen Furcht zu verhindern. Doch sie zitterten in Kälte und Regen wie völlig verängstigte Kinder.

»Ihr seid Abfall. Nichts als Abschaum, der weggeräumt werden muss. Selbst Satan würde euch vor dem Höllentor abweisen.«

Der Hinweis auf Satan und die Kenntnis, den Führer einer Sekte vor sich zu wissen, nahm den Elenden die allerletzte Hoffnung, halbwegs lebend nach Hause zu kommen. Jetzt heulte auch der Letzte von ihnen und bettelte um Gnade.

Der Padre hörte sich das Gejammer eine Weile an.

»Ihr kleinen Scheißer habt meine Gemeinde angegriffen. Was denkt ihr wohl, was ich jetzt mit euch mache?«

Einer der Jungen fing an, einen Teil des Vaterunsers herunterzubeten, stockte aber, weil er den Text nicht ganz wusste.

»Ich bin Christ!«, flennte er. »Ich bin Christ. Die anderen haben mich da mit reingezogen. Ich wollte Sie nicht angreifen, ehrlich.«

Die anderen murrten empört auf und schüttelten energisch die Köpfe.

Alonso begann ein kleines verstecktes Schmunzeln. Er ließ noch ein paar spannungsgeladene Minuten verstreichen. Dann zeigte er sich gnädig.

»Wenn ich euch noch ein einziges Mal in der Siedlung oder auch nur in einem Kilometer Umkreis von meiner Hacienda erwische, seid ihr tot. Habt ihr das verstanden?«

Stille.

»Ich fragte, ob ihr das verstanden habt!«

Alle nickten eifrig und stumm mit den Köpfen.

»Na, dann los … ich will euch rennen sehen. Wer nicht schnell genug ist, schafft es hier nicht raus.«

Wolffs Männer rissen die Kerle hoch und traten ihnen mit Gejohle in die Hintern. Die Jungen stolperten und rannten um ihr Leben.

Wolff lachte ihnen gehässig hinterher.

»Die kommen so schnell nicht wieder.«

Der Padre streichelte seinen aufgeregten Hund. »Nein, und wenn doch, dann macht ihr sie wirklich kalt.«

Jan fror. Wie er sich auch setzte oder legte, immer plagten ihn Schmerzen. Zitternd kauerte er sich zusammen und versuchte, an einen Helden aus einem dieser Abenteuergames zu denken, die er einmal gespielt hatte. Es nutzte nichts. Er begann, sich selbst zu bemitleiden.

Inzwischen konnte man kaum noch etwas erkennen. Der Wald tauchte ein in tiefes Schwarz. Immerhin, die Schläger hatten ihn verloren. Irgendwann schlief Jan im Sitzen ein und bemerkte weder Nässe noch die kalte Hundeschnauze an seiner Hand. Erst allmählich hörte er das bedrohlich wirkende Knurren und dunkle Bellen des Tieres. Sein Kopf vermochte keinen klaren Gedanken zu fassen und, obwohl er die Augen öffnete, sah er nichts, als verschwommenes Schwarz. Von Weitem hörte er Schritte durch nasses Laub näherkommen, hörte den Hund ruhelos hin und her rennen. Jemand stand vor ihm. Mühevoll versuchte Jan, seinen Kopf zu heben. Vor seinen Augen flimmerte etwas. Das Licht einer Taschenlampe erhellte die Nacht. Es war Alonso.

Er hatte ihn hier aufgespürt, mithilfe des Monsterhundes. Mit letzter Kraft versuchte Jan, sich zu erheben, aber seine Muskeln versagten und so sackte er auf halber Höhe zusammen und fiel Alonso entgegen. Er merkte noch, wie dessen Beine seinen Fall stoppten und wie er langsam, mit dem Gesicht zuerst, an Alonsos Beinen hinunterrutschte.

TEIL 6

DIE LEHRE

Jan erwachte unter einer warmen, aber rauen Decke. Er lag auf einem Futon am Boden. Vor seinen Augen leuchtete das aufdringliche Weiß des Familienzentrums von den Wänden, der Decke und seinem Bettzeug. Am Fußende lugten seine nackten Zehen hervor und lösten eine Gänsehaut auf den Waden aus, in deren Folge sich die Härchen an seinem gesamten Körper aufstellten.

Der Versuch, sich aufzurichten, scheiterte schon im Ansatz. Er sank auf das Kissen zurück, das seinen Kopf flach und polsterlos vom Laken trennte. Jede seiner Rippen schmerzte. Doch er wollte hoch, aufrecht stehen wie ein Mann. Vorsichtig rollte er sich seitlich von der Matratze. Er landete auf den Knien und krümmte sich wie ein Betender dem Boden zu. Jetzt wusste er, dass auch seine Knie die Schmach nicht schadlos überstanden hatten. Jan überlegte, ob es irgendeine Stelle an seinem Körper gab, die nicht schmerzte. So gründlich war er noch nie verdroschen worden.

Als er erwog, sich an der Wand hochzustemmen, hörte er jemanden in das Zimmer kommen. Es war Lara. Sie lächelte ihm entgegen. Jan rollte sich zurück auf die Matratze. Auf dem Rücken liegend, sah er zu, wie sich an ihrem Hals ein niedliches kleines Doppelkinn bildete, während sie sich über ihn beugte. Ihr langer Zopf fiel über ihre Schulter auf sein Gesicht und kitzelte kurz seine Nase, bis sie das Haar zur Seite warf.

»Wie geht es dir, Jan?«

Er holte vorsichtig Luft, um die Rippen nicht zu sehr zu spreizen.

»Ich weiß es noch nicht, wenn ich ehrlich bin.«

Jan vermisste seine Kleidung, stattdessen trug er einen weißen Hoodie und eine Art Jogginghose, wie die meisten im Familienzentrum. Angestrengt versuchte er, sich an Details zu erinnern … die Schlägerei, ein Sturz vom Dach, die Kälte im Wald, die Hundeschnauze … Alonsos Beine.

»Wo ist Alonso?«, fragte er.

Fragend sah sie ihn an. Jan suchte die Wände ab. Dann zeigte er auf das gerahmte Porträt.

Lara lachte. »Du meinst den Padre! Er hat dich persönlich hierher gebracht. Ich bin so stolz, dass ich deine Mentorin sein darf.«

Die *Lehre des Lichts* – Lara sollte ihn überzeugen.

Du musst unser Leben leben, um uns verstehen zu können, hatte sie einst gesagt und nun sollte er es wohl versuchen.

»Noch nie habe ich jemanden lieber unterrichtet als dich.«

Skeptisch betrachtete er das kleine Buch mit dem goldfarbenen Einband, das sie ihm in die Hand drückte. DIE LEHRE – die Bibel der Gemeinschaft. Um flach auf dem Rücken liegend zu lesen, musste er die Arme anstrengen. Selbst das fiel ihm schwer. Er ließ die Blätter kurz durch seine Finger gleiten. Jedes Blatt zierte ein goldener Rand.

Lara half ihm, sich aufzurichten, was wiederum an seinen Rippen zerrte. Jede Bewegung oberhalb seines Unterleibs fühlte sich an, als wränge jemand seinen Rumpf durch und zwischen den Beinen war auch nicht alles in Ordnung. Sie brachte ihm zwei dicke Kissen und stopfte sie ihm in den Rücken. Angelehnt wartete er auf den Moment der Schmerzfreiheit. Erst nach einigem Hin und Her und in einer ganz bestimmten Position stellte sie sich ein.

Wieder gab sie ihm das Buch der LEHRE. Das Schöne daran war die Berührung ihrer Hand auf der seinen. Er legte die Bibel zur Seite, nahm diese Hand und küsste jeden einzelnen der kleinen Finger. Lara hielt inne. Ihre Wangen zeigten eine leichte Röte. Dann zog sie ihre Finger vorsichtig aus seiner Umklammerung. Zärtlich streichelte sie Jans Wange.

»Ich habe einen Auftrag und wenn ich ihn erfülle, werden wir beide die glücklichsten Menschen sein … komm, lies

- du musst jeden Satz der LEHRE kennen.«

Es war nicht so, dass er sich nie mit dem Glauben an Gott auseinandergesetzt hätte. Manchmal hoffte Jan auf eine übernatürliche, liebevolle Macht, die sein Schicksal zu etwas Gutem lenkte. Aber, die Bibel lesen …?

»Ich habe Hunger«, sagte er.

»Das ist aber ein gutes Zeichen.« Lara nahm ein Glas von einem der kleinen Holztischchen neben dem Futon und schenkte ihm einen roten, nach Gewürzen duftenden Tee ein.

»Du kannst so viel Tee trinken, wie du möchtest. Mit dem Essen musst du noch warten.«

»Wieso?«

»Zunächst einmal musst du dich schonen. Das hat

Dr. Hermann gesagt. Wichtig ist, dass du deinen Körper entgiftest. Wenn der Körper rein ist, entgiftet auch die Seele. Fasten befreit.«

Da sie sein enttäuschtes Gesicht sah, lächelte sie ihm aufmunternd zu. »Keine Sorge, heute Abend wirst du etwas zu essen bekommen. Nicht viel, aber etwas zum Kauen.«

»Wo sind meine Sachen?«

»Deine Kleidung ist in der Wäsche.«

»Das hatte sie wohl nötig … und meine Uhr?«

»Die brauchst du nicht. Hier gilt unsere Zeit. Du musst dich ganz von diesen eingefleischten Dingen lösen und zu dir selbst finden. Eine Uhr oder ein Smartphone würde dich nur unnötig ablenken. Aber die LEHRE DES LICHTS wird dir dabei helfen. Hier …«

Sie nahm das Buch und schlug die ersten Seiten auf.

»Wir fangen ganz von vorn an. Jedes Wort der LEHRE ist bedeutsam.«

Lara setzte sich neben ihn auf den Futon, legte ihre Beine in den Schneidersitz und begann zu lesen.

»Am Anfang war das Licht. Dieses Licht erschuf Gott …« Ihre Worte rauschten durch Jans Ohren hindurch. Er beobachtete ihr Gesicht, während sie las. Wüsste sie von seiner Gleichgültigkeit gegenüber diesem Bibelgequatsche, würde sie desillusioniert aufstehen. Aber Jan wollte ihre Nähe spüren und sollte es nur die kurze Berührung ihres warmen Knies an seinem Arm sein. Nur das interessierte ihn. Ihr zu sagen, dass er Bibellesen für Unsinn hielt, dass er stattdessen lieber ihren rosaroten Mund küssen wollte, sonst nichts, hätte sie gekränkt.

»… ist das nicht wunderbar? Jeder, der das LICHT erblickt, kann zu Gott gelangen – auch du! Verstehst du jetzt, wie wichtig es ist, DIE LEHRE zu studieren? Wiederhole die ersten Sätze, Jan, sie werden dein Leben verändern.«

Jan öffnete die Lippen. Kein einziger Fetzen war in sein Gedächtnis gedrungen.

Lara gab ihm eine Hilfe.

»Am Anfang war das … na …?«

Er überlegte.

»Jan!«

Er wollte sie nicht enttäuschen, aber er konnte den Satz nicht beenden.

»… das Licht!«

Sie sah ihn fassungslos an.

»Jan, wenn du nicht einmal diese ersten Sätze der LEHRE behalten kannst, dann wird das nie was. Willst du nicht Teil von uns werden? Niemand zwingt dich, hierzubleiben … Komm, jetzt wiederhole doch einfach jedes Wort.«

Was mache ich eigentlich hier?, dachte er. Trotzdem wiederholte er jedes Wort, das sie ihm vorsprach. Er kam sich albern vor, aber er tat es. Er saß freiwillig hier und konnte jederzeit gehen und sie für immer verlassen. Genau das wollte er nicht.

Sie schenkte ihm Tee ein. Auch zwei Stunden später noch. Nie im Leben hatte er so viel Tee getrunken. Noch immer wiederholte er Wort für Wort aus der LEHRE DES LICHTS und sagte auf, was er gelernt hatte. Sein Brustkorb schmerzte und er wusste nie, wie er sich setzen oder legen sollte.

Als sie endlich eine Pause ankündigte, schloss er erschöpft die Augen. In seinem Kopf schwirrten Wörter wie Gott, Licht und Erleuchtung. Alles schwebte durcheinander und belegte sämtliche Gedankengänge, die zu etwas anderem führten als der LEHRE. Zerstreut schlief er ein.

Ihm war nicht klar, wie lange er geschlafen hatte. Es gab nirgendwo eine Uhr. Jetzt stand Lara vor ihm und stellte ihm Samuel und Urias vor, zwei milchgesichtige Jungen mit zartem Bartansatz und gepflegtem, durch Seitenscheitel geteilten Haar. Sie lächelten ihn an, aber Jan störten sie eher. Er wollte nur Lara sehen, sonst niemanden.

Doch die beiden halfen ihm, als er schließlich all den Tee, den er getrunken hatte, wieder wegbringen musste. Stöhnend stützte er sich auf ihre Schultern und sie fassten kräftig zu. Jetzt, wo er einmal stand, waren die Schmerzen schon erträglicher, aber wehe, wenn er sich vorbeugen musste.

Durch einen schmalen Gang führten sie ihn zu einem Toilettenraum, der einem engen Schlauch glich. Am Ende des Schlauches stand das, was er suchte, wie ein zur Schau gestelltes Museumsstück und der Anblick verstärkte seinen Drang.

»Es geht schon«, sagte er zu dem dunkelhaarigen Urias, dessen Name ihm künstlich vorkam. Doch Urias machte keine Anstalten, ihn allein zu lassen. Er führte Jan entschlossen bis zur Toilette und lehnte dann dicht neben ihm an der Wand – unangenehm dicht.

Jan wiederholte sich. »Es geht schon.«

Aber Urias blieb stehen. Jan drehte sich unter Schmerzen um. Auch Samuel wartete an der Tür. Seufzend und verschämt wandte er sich so gut es ging von Urias ab, um sein Geschäft zu erledigen. Das nächste Mal wollte er gleich allein gehen, dachte er bitter, aber für einen Streit fühlte er sich zu schwach. Das Pinkeln dauerte ewig. Er wagte einen Blick auf seine geröteten Hoden. Es leuchtete wie der Hintern eines Pavians. Zum Glück ging wenigstens die Schwellung langsam zurück. Sein Händewaschen wurde von Blicken verfolgt. Jede seiner Bewegungen schien seine Begleiter zu interessieren.

Den Rückweg zur inzwischen ersehnten Matratze, auf der er sich endlich würde ausstrecken können, machte Jan hinkend ohne ihre freundliche Unterstützung. Samuel und Urias folgten ihm lächelnd. Ihr Lächeln ging ihm auf die Nerven.

Wie spät mochte es sein? Sicher spät. Das Tageslicht, das es durch die Fenster bis in den Gang schaffte, erschien ihm, als wäre es nachmittags. Sein Magen hielt es für abends. Er wusste nicht einmal, welcher Tag heute war.

Als er vor seiner Matratze stand, voller Furcht vor dem bevorstehenden Zwang, seinen Rumpf beugen zu müssen, wurde ihm durch die Anordnung der anderen Futons im Raum plötzlich klar, dass er hier neben Samuel und Urias leben und schlafen sollte. Von der kurz aufblühenden Hoffnung, seine Schlafpartnerin könnte Lara sein, verabschiedete er sich sogleich. Heute war es ihm egal, aber morgen wollte er ihnen deutlich machen, was er davon hielt.

Verkrampft ließ er sich nieder, legte sich auf den Rücken und schloss die Augen – schlafen, nach all der Anstrengung brauchte er Schlaf.

Urias schüttelte ihn lächelnd.

»Komm – weiter. Du musst noch viel lernen!«

Jan hörte seine Worte und er antwortete, ohne die schweren Lider zu öffnen.

»Morgen.«

»Nicht morgen – jetzt! Morgen musst du es können.«

Er kitzelte seine Bauchseiten, doch Jan fühlte es nicht als kitzeln. Plötzlich aber fuhr er hoch. Ein stechender, anhaltender Schmerz in seinem Brustkorb holte ihn unsanft aus dem Schlaf zurück. Urias hatte ihm lächelnd in die Rippen gestoßen. Schweiß bildete sich über Jans Lippen. Er presste sie zusammen. Die angebrochenen Rippen erlaubten ihm sowieso nur flaches Atmen, doch jetzt wollte er die Luft am liebsten anhalten. In diesem Moment hasste er Urias und jedes lächelnde Gesicht dazu, selbst Laras, die von Weitem ihrem Schützling zusah. Sie kam und strich ihm eine Haarsträhne aus der nassen Stirn. Er stieß ihren Arm weg.

»Wir alle brachten unser Opfer«, sagte sie, als wäre sein Schmerz mit irgendetwas vergleichbar.

Gleich darauf hielt sie ihm die LEHRE vors Gesicht.

»Bis zum Essen studieren wir noch, danach gehen wir zur Meditation.«

Meditation, Essen … das klang besänftigend.

Also gut, das wollte er noch durchstehen. Morgen aber wollte er ihnen zeigen, dass man so mit ihm nicht herumspringen konnte.

Bis zum Essen trank Jan zwei weitere Kannen Tee und wiederholte vier ganze Kapitel der LEHRE. Zu seinem Erstaunen hatte er tatsächlich einiges behalten, wenn auch auswendig gelernt und nicht verinnerlicht. Aber das schien seinen Lehrern nicht wichtig.

Er ersehnte jetzt nur Essen und Ruhen – Meditation, wie sie es nannten. Er wollte so tun, als ob er in sich versunken sei, und würde endlich einnicken können.

Zum Abendessen führten sie ihn in einen Raum im Erdgeschoss, der ihn an eine kleine Kantine erinnerte. Geschwätzig, aber diszipliniert saßen die Gläubigen hier beisammen, nur zwei oder drei einzelne, verhielten sich so stumm wie er selbst. Alle sprachen leise, um die Mitbewohner nicht zu stören. Die Atmosphäre bei Tisch versöhnte ihn etwas mit dem Vorangegangenen. Er saß mitten unter ihnen, ohne dass die anderen eine besondere Kenntnis von ihm nahmen. Sie behandelten ihn wie einen der Jüngsten, als schienen nur Lara, Samuel und Urias zu wissen, dass er keiner war.

Das, was sie sein Abendessen nannten, hätte er für eine winzige Zwischenmahlzeit halten können. Er träumte von Hirschrouladen mit Spätzle und glasierten Kastanien – es gab Fladenbrot. Fladenbrot mit etwas Salat und viel, viel Tee. Er würde mindestens drei Kilo abspecken, aber einen Wasserbauch bekommen. Bei seinem geringen Gewicht sicher nicht gesund.

Als er nahezu gekrümmt die Toilette aufsuchte, war es schon das fünfte Mal, dass er nicht allein dorthin ging. Nicht einmal hier konnte er ausspannen.

Mmmm ... ihr monotones Gebrumme dröhnte in Jans Ohren. Penetrant summten Samuel und Urias neben ihm. Seine Vorstellung einer liegenden Meditation wich einer sitzenden Realität. In einer für ihn völlig unbequemen Haltung mussten sie im Schneidersitz ihr *Mmmm* summen, die Hände wie zum Empfangen eines Segens geöffnet. Er durfte ein dickes, rundes Kissen benutzen. Die Meditation hatte er sich in völliger Naivität anders vorgestellt, was natürlich unsinnig war. Warum sollten sie im Liegen meditieren?

Sie saßen in der Kirche der Gemeinde, ein schlichtes Gebäude, nicht hoch, wie die üblichen Kirchen, aber geräumig. Der Geruch von Räucherstäbchen und heißem Wachs durchflutete den Raum. Aus obenliegenden kleinen Fenstern drang spärliches Licht. Bänke gab es nicht, nur Matten und Kissen zum Knien oder Sitzen. Vor ihnen, unübersehbar und erhaben, stand der alles beherrschende Altar. Ein großer Holzblock mit eingelassener Kanzel, dekoriert mit einer golden- oder messingfarbenen Sonne, deren sieben spitz zulaufende Strahlen in kleinen Kugeln endeten. Der nach oben gerichtete mittlere Strahl ging in ein christliches Kreuz über. Blumen und Kerzen schmückten den Altar. Von Jesus fand Jan nichts, dafür das überdimensionale fotorealistische Porträt des Padre mit einer aufgehenden Sonne im Rücken. Väterlich blickte er auf die Gemeinde herab. Die Darstellung war so gewaltig, dass sich jeder Betrachter wie ein winziger, unbedeutender Sünder fühlen musste.

Wie lange saßen sie schon? Es schien kein Ende zu nehmen. Nach einem lauten Seufzer von ihm sahen sich einige von ihnen streng zu ihm um. Jan blieb nichts anderes übrig, als ebenfalls zu summen und so zu versuchen, die Zeit zu vergessen. Anfangs träumte er von Essen, dann von Lara. Sie war die Motivation, hier zu sitzen. Später dachte er nichts mehr. Nur noch Summen erfüllte seinen Kopf und betäubte ihn derart, dass er Gedanken, Schmerz und Müdigkeit vergaß.

Fast störend empfand er das Wecken aus seiner Meditation – er fühlte sich tatsächlich etwas entspannter.

Morgen würde es ihm besser gehen.

Einen Morgen gab es nicht direkt, auch keine Nacht … oder waren es weitere drei Tage und Nächte, waren es Wochen? Jans Zeitgefühl verschwand. Wenn er völlig erschöpft auf seiner Matratze eingeschlafen war, wurde er bald wieder geweckt. Nichts deutete tagsüber auf eine Tageszeit hin. Bis auf die Morgenmeditation und das Abendessen schien kein Ritual zu festen Zeiten stattzufinden.

Irgendjemand war immer bei ihm. Mal waren es Samuel und Urias, mal einer von ihnen mit Lara zusammen. Nie ließen sie ihn allein. Was er einst ersehnt hatte, wurde ihm zur Qual – doch wenn er sich beschwerte, glaubten sie, er wäre rückfällig und boten ihm an, zu gehen. Niemand wurde gezwungen zu bleiben. Doch wer einmal gegangen war, durfte nicht wiederkehren. Ein bisschen graute es ihm auch vor dem Wiedereintritt in die Vergangenheit und er schob es hinaus. Wenn er nur einmal einen klaren Kopf hätte fassen können.

Eines Tages, nach dem Aufstehen, nahm ihn der Familienälteste zur Seite. Carstens strähniges, schütteres Haar war im Nacken etwas zu lang und kräuselte sich leicht nach außen. Schuppen lagen auf seinem Jackett. Jan mochte ihn nicht, trotzdem ließ er sich von ihm väterlich auf die Schulter fassen, was er komisch fand, weil der Mann ihm gerade bis zur Brust reichte und er sich strecken musste, um ihn zu erreichen.

»Formalitäten sind zu erledigen, Papiere – du verstehst. Damit du Mitglied werden kannst, musst du unterschreiben.«

Es waren viele Unterschriften. Jan las die ersten Formulare, die letzten nicht mehr. Beim Abendessen stellte sich Carsten vor ihre Sitzgruppe. Sie blickten zu ihm auf, denn sogar zum Essen saßen sie auf Reismatten und Kissen vor einem niedrigen Tisch aus Holz. Jan wunderte sich über Carstens Auftritt. Normalerweise aß er nicht mit ihnen, sondern für sich in seinem Dienstzimmer.

Er räusperte sich.

»Wie ihr alle wisst, ist Jan ein Anwärter unserer Gemeinde – einer unserer Jüngsten.«

Die Gemeinde schwieg.

»Jan hat durch eine großzügige Spende unser Zentrum von großen Sorgen befreit, denn nun ist der Padre in der Lage, uns ein neues Gemeindehaus zu bauen. Außerdem schenkt er euch allen ein großes Fest.«

Klatschen!

Seine Rede überraschte Jan. Von einer großzügigen Spende wusste er nichts. Eine Verwechslung? Er sah sich hilfesuchend um. Gesichter strahlten ihm entgegen.

»Ich … äh …«

Klatschen!

Sie wollten nicht einmal hören, was er zu sagen hatte.

Jan kannte sich selbst nicht mehr. Normalerweise wäre er jetzt in Meuterei verfallen, doch er fühlte sich körperlich und geistig völlig erschöpft.

SORGE

Wochen nach ihrem letzten Kontakt zu Kemal klingelte Annas Smartphone und zeigte seine Nummer an. Endlich! Hektisch griff sie danach. Es tat gut, seine Stimme zu hören. Obwohl sie ihn kaum kannte, kam er ihr vor, wie ihr einziger Komplize, wie ein Freund, der ihre dunkelsten Geheimnisse teilte, und ihr ein bisschen Sicherheit bot.

»Haben Sie inzwischen etwas von Torberg gehört?«, fragte er.

»Ich dachte, er wäre Ihnen egal.«

»Fragen Sie mich nicht, warum ich das tue.«

»Sie sorgen sich um ihn.«

»Ja, das ist das Unglaubliche. Diese eingebildete Nervensäge ist mir anscheinend nicht egal. Vor drei Wochen hatte ich Kontakt mit einem Mitarbeiter von Torbergs Firma. Dorthin hat er einen Brief geschickt, dass er für unbestimmte Zeit in Urlaub gefahren sei.«

»Dann gibt es also ein Lebenszeichen.«

»Es kommt mir sehr seltsam vor. Allerdings ist es auch nichts, was Torberg nicht zuzutrauen wäre.« Verständlicherweise wollte Kemal nicht alles scheu machen, nur weil ein erwachsener Mann sich ein paar Wochen nicht persönlich meldete. Er hoffte immer noch auf eine unmotivierte Fahrt ins Blaue seines wechselhaften Ex-Chefs. Anna war nicht so optimistisch. In ihrer Gedankenwelt gediehen unschöne Assoziationen zu Kai Holzmann.

»Und das letzte Mal, als ich ihn sah, stieg er mit Alonso in seine Staatskarosse ein. Auch das ist Wochen her. Ich weiß es nicht genau, aber ich denke, sie fuhren zur Villa des Padre.«

»Das sagen Sie mir erst jetzt? Warum sprechen Sie Alonso nicht darauf an?«

Seine Frage war berechtigt. Doch was sollte Anna darauf antworten? Die Wahrheit? Dass sie – im schlimmsten Fall – von Alonso nicht als unbequeme Zeugin eingeschätzt werden wollte, die etwas zu viel beobachtet hatte. Nicht jetzt, nachdem sie ihn damit erpresst hatte, eine falsche Aussage zurückzunehmen. Nicht jetzt, wo sie die Milde des Padre brauchte, um Lea zu befreien. Immer noch kämpfte sie um das Mädchen. Tag für Tag servierten sie ihr andere Ausflüchte, warum sie gerade jetzt nicht abgeholt werden konnte.

»Sind Sie noch dran?«, fragte Kemal.

»Das kann ich nicht. Aber ich werde Wolff fragen, wo Torberg abgeblieben ist. Man wird sehen, wie er reagiert. So finde ich heraus, ob er überhaupt etwas davon weiß. Dann kommen wir der Sache näher.«

»Wie Sie meinen. Was soll ich in der Zeit tun?«

»Fragen Sie noch einmal in der Firma nach. Wenn Torberg auftaucht, melden Sie sich bitte umgehend bei mir.«

Anna hätte auflegen können, doch sie behielt das Telefon am Ohr, als wollte sie noch länger einer vertrauten Stimme zuhören. Auch Kemal zog das Beenden des Gespräches hinaus. Als das Schweigen drohte, peinlich zu werden, brach er es.

»Wie geht es Ihnen sonst?«

Anna seufzte hörbar. »Nicht gut.«

»Das tut mir leid.«

»Danke. Wirklich, es bedeutet mir etwas, wenn Sie das sagen.« Sie glaubte nicht, dass er sich vorstellen konnte, wie allein sie sich fühlte.

»Möchten Sie noch über etwas sprechen?«

Anna schnaufte leise. »Wo soll ich anfangen?«

»Bei unserem Treffen in dem Ristorante haben Sie die *Kirche des Lichts* erstaunlich gut verteidigt. War das eigentlich Ihr ehrliches Empfinden? Ich wurde das Gefühl nicht los, Sie machen bei mir Werbung für Ihre Sekte.«

»Das ist nicht *meine* Sekte. Wollen Sie wissen, wie ich ehrlich darüber denke?«

»Bitte.«

»Ich hasse sie. Ich hasse Wolff, den Padre und meine Verstrickung darin. Am meisten hasse ich die Art, wie die Anhänger den Padre anhimmeln. Junge Leute, von denen man Aufsässigkeit erwarten würde, Familien mit Kindern. Sie müssen sich nicht vorstellen, dass alle dumm sind – keinesfalls. Akademiker, selbst Lehrer, sind unter ihnen. Menschen, von denen man meint, dass sie nichts kritiklos hinnehmen. Alle ihm treu ergeben – und sie geben auch! Sie geben alles ab, was sie besitzen, opfern Geld, Gut und Arbeitskraft, und sogar ihre Kinder, indem sie die Kleinen in Kindertagesstätten und Schulen der Sekte stecken. Meine Kolleginnen und Kollegen, mit denen ich eng zusammenarbeite, schuften für nichts. Nur was sie eben zum Leben brauchen, reicht ihnen aus und das ist erschreckend wenig.«

»Das hört sich schon ehrlicher an.«

»Komplette Siedlungen stampfen sie aus dem Boden. Sie alle kennen nur ein Ziel – ins Paradies zu kommen.«

»Ins Paradies? So schlicht?«

»Machen die anderen Religionen doch auch, oder? Das Paradies, das der Padre ihnen verspricht, liegt genau wie bei denen nicht in diesem Leben. Wissen Sie, ich frage mich oft, wieso seine Kirche sich überhaupt in Deutschland ausbreiten konnte. Was ist in Deutschland anders als in Spanien, wo Alonsos Kirche sogar verboten ist. Liegt es am Mangel an glaubwürdigen Alternativen? Ein Versäumnis der etablierten Kirchen? Gibt er seinen Anhängern eine verloren gegangene Spiritualität zurück?«

»Schon möglich. Durch Atheismus entsteht ganz sicher ein Vakuum. Und die anderen Kirchen … ich denke nur an die Missbrauchsskandale oder Islamismus.«

»Ja, so machen sich die Religionen unglaubwürdig.«

»Tja, nun driften wir ab ins Philosophische.«

Beide lachten ein wenig.

»Wissen Sie, es gibt da ein Mädchen in der Gemeinde. Ein ganz armes Geschöpf. Und ich fühle mich schuldig ihr gegenüber«, gab sie zu.

»Was haben Sie getan?«

»Ich habe sie genauso benutzt wie der Padre und seine Vasallen. Sie hat für mich gearbeitet – umsonst.«

»Na ja, das war sicher nicht schön. Ich hatte mir jetzt Schlimmeres vorgestellt. Sie haben sie doch sicher gut behandelt.«

»Das habe ich. Trotzdem, es ist wie ein Mitlaufen mit Sklavenhändlern, verstehen Sie. So fühle ich mich – wie eine Sklaventreiberin.«

»Hat das Mädchen denn gern für Sie gearbeitet?«

»Das schon … wirklich, Lea ist auch selbst schuld, dass man sie ausbeutet. Immer wieder habe ich versucht, ihr naives Weltbild in eine bodenständigere Bahn zu lenken und sie etwas aufmerksamer zu machen für die Dinge, die sich hinter der Fassade abspielen. Es muss sie doch misstrauisch machen, wenn der Padre äußerste Bescheidenheit predigt, sich selbst jedoch im dicksten Wagen chauffieren lässt und in einer Villa residiert. Offensichtlicher geht es doch nicht!«

»Ja, es ist offensichtlich. Jeder vernünftig denkende Mensch erkennt das.«

»Aber Lea wollte davon nichts hören. Nichts erschütterte ihren Glauben daran, das Richtige zu tun. Keine Anspielung machte sie sensibel für die Ungerechtigkeiten, die passieren. Sie verdrehte alles, wendete es so, dass es in ihre Vorstellungen passte. Immer die gleichen Antworten kamen aus ihrem Mund – und da wird sie nicht die Einzige sein – die gleichen vorgeschriebenen Phrasen, welche die *Kirche des Lichts* ihr eingeimpft hat. ›Er muss doch die Gemeinschaft repräsentieren‹ … ›Die Gesellschaft ist noch nicht bereit für die Wahrheit‹ Sie wehrte sich gegen meine Angriffe auf ihre stupide, fromme Lebensweise, als wollte sie sagen, jetzt erst recht. Lea begriff nicht, dass sich das Leben innerhalb ihrer religiösen Gemeinschaft im Grunde nur in einem Punkt von dem der übrigen Gesellschaft unterscheidet: Sie lebt noch eingeengter, noch unfreier, ist von mehr Zwängen umgeben. Mit Fleisch und Geist ist sie der *Kirche des Lichts* verfallen und fühlt sich doch so, als genösse sie mir gegenüber besondere Privilegien, spätestens, wenn sie einmal sterben sollte.«

»Das Paradies, da ist es wieder.«

»Das werde ich wohl nie erreichen. Ich hätte jedes Mal kotzen können nach meinen Gesprächen mit Lea. Man konnte das Mädchen nicht einmal wütend machen. Ihr wurde angelernt, sich zu unterwerfen, um vom Padre und allen anderen geliebt zu werden. Sie will um jeden Preis dazugehören und koste es das eigene Leben. Wenn Sie mich fragen, ist Menschen wie Lea nicht zu helfen, jedenfalls nicht von mir. Und ganz ehrlich … darum tat es mir die ganze Zeit über nicht leid, sie auszunutzen.«

»Ich verstehe, was Sie meinen. Irgendwann gibt man sicher auf.«

»Und wissen Sie, was dann geschah? Dann hatte sie Schwierigkeiten in der Gemeinde. Ich saß plötzlich in der Gewissensfalle und schon habe ich mir ernsthafte Probleme mit dem Padre eingehandelt. Jetzt weiß ich nicht, ob ich das durchstehe. Aber ich kann es nicht mehr rückgängig machen.«

Sie schwieg eine Weile.

»Entschuldigen Sie, ich bombardiere Sie mit meinen Scherereien. Ich weiß auch nicht, warum ich Ihnen das alles erzähle.«

Aus dem Lautsprecher kam nichts. Kemal schwieg wie sie.

»Anna«, sagte er dann. »Sie haben kein Problem mit Lea. Hauptsächlich haben Sie ein Problem mit Ihrem Gewissen. Sie sind nicht wie die.«

Sie fasste sich an die glühende Stirn und schluchzte verhalten. »Nein, ich bin nicht wie die. Das wollte ich nie sein.« Ihre Nase lief, sie zog hoch und konnte ihr Weinen nicht mehr vor Kemal verbergen.

»Und das ist Ihnen auch gelungen. Sie müssen sich sehr allein fühlen, auf Ihrem einsamen Posten in dieser Verbrecherbande. Setzen Sie sich ab. Sie müssen dringend da weg.«

Anna schloss die Augen und versuchte sich zu beruhigen.

»Ich habe schon lange Pläne geschmiedet, wie ich untertauche. Aber erst werde ich Lea nach Hause bringen. Sonst könnte ich nicht mit meinem Gewissen leben. Dann verschwinde ich von hier.«

In Kemal sträubte sich etwas, bei dem Gedanken daran, dass Anna für immer fortgehen könnte, ohne ihm eine Möglichkeit zu geben, sie wiederzutreffen.

»Werden Sie sich bei mir melden, wenn Sie in Sicherheit sind.«

»Wenn ich das darf, nichts lieber als das.«

»Vielleicht könnten wir dann auch mal über weniger kritische Dinge plaudern.«

Mitten in ihrer dunklen, niedergeschlagenen Stimmung stieg ein kleines Licht empor. Er konnte es nicht sehen, aber sie lächelte hoffnungsvoll.

»Das würde ich sehr gern«, flüsterte sie ins Mikrofon.

GEMEINSCHAFT

Jan spürte den Hunger nicht mehr. Die lange Zeit des Fastens verdrängte das nagende Hungergefühl der ersten Tage und der Tee floss wie von selbst in seinen Rachen. In seinem Kopf kreisten Sätze aus der LEHRE, während die gesamte Vergangenheit verblasste. Was wollte er morgen? Was störte ihn gestern?

Das Abendessen und die Meditation waren das, was Jan am meisten ersehnte. Während des kargen Essens fügte er sich ein in die gesellschaftlichen Diskussionen der anderen, denn inzwischen konnte er sogar mitreden, weil er die Grundzüge der LEHRE erlernt hatte. Es ging um die Auslegung bestimmter Verse aus der LEHRE, die Kruste des heutigen Fladenbrots, den Geschmack der neuen Teemischung, das minimalistische Leben, die kapitalistische Bedrohung von außen und die eingeschlafenen Beine in der Meditation. Dann war es am stärksten – das Gefühl des Aufgehobenseins. Um ihn herum saßen Menschen mit den gleichen Problemen. Sie verstanden ihn und nannten ihn Bruder. Er gehörte dazu.

Und er, Jan, war etwas Besonderes – er war vom Padre erwählt. Lara hatte ihm erzählt, dass der Padre ihn künftig David nennen wollte, wenn er seine Ausbildung abgeschlossen hätte. Und David bedeutete Liebling. Sollte das besagen, dass er Vorrechte erhalten würde?

Heute war das erste Mal, dass er es so bewusst wahrnahm. Er spürte, wie sie an seinen Lippen hingen, wenn er sprach. Gleichzeitig hing er an ihren und er bekam Angst, etwas Falsches zu sagen, ihre Anerkennung zu verlieren und ihre Gemeinschaft zu verlieren. Er bekam Angst, sich als unwürdig zu entlarven.

GRAUENVOLLE ENTDECKUNG

Wolff lehnte am Konferenztisch und las vertieft auf seinem Smartphone. Anna wusste, dass sie keine Ruhe finden würde, wenn sie ihn nicht ansprach. Er war der Einzige, der ihr außer Alonso etwas über Torbergs Verbleib sagen konnte. Irgendjemand musste ihn vor seinem Verschwinden von hier noch einmal gesehen haben. Unentschlossen und leise näherte sie sich ihrem ungeliebten Kollegen. Sie suchte nach einem geschäftlichen Vorwand, ihn anzusprechen. Sein Aftershave drang bereits in einem Umkreis von zwei Metern in ihre Nase. Es fühlte sich unangenehm intim an, etwas von seinem Körper zu riechen. Sie mochte ihn immer weniger. Nein, sie hasste ihn. Anna wich ein paar Schritte zurück und räusperte sich.

Wolff schreckte hoch.

»Anna, was ist?«

»Wo ist Torberg?« Sie hatte sich entschlossen, eine Verlegenheitsfrage wegzulassen und direkt zur Sache zu kommen.

»Was?«

»Wo ist Torberg? Er ist seit längerer Zeit verschwunden.«

»Das fragen Sie mich heute? Wieso glauben Sie, dass ich das wüsste?«

Anna überlegte, ob sie ihm sagen sollte, was sie Wochen zuvor beobachtet hatte. Ihre Überlegung vollzog sie blitzschnell, während sie ihm mit ahnungsloser, gleichbleibender Miene entgegenblickte. Sie entschied sich dafür, es für sich zu behalten. Das geheime Wissen, dass Torberg ins Auto des Padre eingestiegen war, sollte ihr kleiner Trumpf bleiben.

»Niemand ist damals zu diesem vereinbarten 17.00-Uhr-Termin am Freitag erschienen, weder Torberg noch Sie oder der Padre. Deshalb dachte ich, Sie wüssten etwas.«

Jetzt hob Wolff die Hände und winkte ab.

»Ach, hatte ich vergessen, Sie zu informieren? Das tut mir leid. Torberg hatte abgesagt.«

»Abgesagt? Er ist also gar nicht hier gewesen?«

»Wie ich schon sagte, er hatte abgesagt – per Mail. Mehr weiß ich auch nicht.«

Du lügst mich an, dachte Anna. Es war unwahrscheinlich, dass er gar nichts wusste. Er war Gottes rechte Hand, der Vertraute des Padre. Er musste etwas wissen.

»Können Sie mir diese Mail bitte weiterleiten?«

»Wie bitte? Reicht Ihnen mein Wort nicht?«

Gereizt zog er seine Mundwinkel nach unten. Überhaupt erschien er heute auffallend schroff ihr gegenüber. Vom anmaßend balzenden Getue, das er ihr sonst gern zumutete, keine Spur.

»Ich brauche es für meine Unterlagen, zur Dokumentation, dass Torberg selbst die Vertragssache verzögert hat«, log sie. Seine Übellaunigkeit verunsicherte Anna. Deshalb legte sie nach: »Nur, falls er etwas Gegenteiliges behauptet.«

»Ich sag Ihnen mal was …«

Wolff setzte mit einem Tonfall an, mit dem er sie offensichtlich herunterputzen wollte, doch dann betrat einer der Sicherheitsmänner den Raum. Anna war nicht böse, dass er sie beide unterbrach.

Der Mann begrüßte Anna knapp. Strammen Schrittes ging er auf Wolff zu, um ihm etwas ins Ohr zu flüstern.

»Muss ich mich denn um alles persönlich kümmern?«, schnauzte Wolff.

Verlegen und eingeschüchtert zuckte der Mann die Schultern, was eigentümlich aussah, denn Wolff war ein ganzes Stück kleiner als er.

Genervt legte Wolff das Smartphone auf den Schreibtisch und wühlte in den Jacken- und Hosentaschen seines Anzugs nach etwas. Schließlich klimperte es in seiner linken Gesäßtasche. Wortlos verließ er mit dem Schlüsselbund in der Hand und dem Sicherheitsmann den Raum.

Anna sah ihm nach. Sie war unschlüssig, ob Wolff tatsächlich nichts wusste. Die einzige Möglichkeit, das herauszufinden, war ein Blick in sein Smartphone. Vor ihr, drei Meter weiter, lag es auf dem Tisch. Eine solche Gelegenheit würde sie nie wieder bekommen. Sie hatte nur wenige Sekunden bis zu ein paar Minuten, bevor die Bildschirmsperre einsetzte. Sie musste sich jetzt trauen, es blieb keine Zeit, ihr Tun gründlich zu überlegen. Anna hasste das.

Verstohlen blickte sie noch einmal zur Tür, dann ergriff sie das Gerät. Sofort drückte sie irgendetwas, um die Sperre zu verhindern. Dann lief sie mit dem Smartphone zum Fenster, um zu sehen, ob Wolff auf dem Hof auftauchte. Da kam er. Er lief mit dem Sicherheitsmann zu den Laderampen vor der Lagerhalle, wo er von zwei Arbeitern erwartet wurde. Der Zeitpunkt schien perfekt. Sie musste den Kerl nur im Auge behalten. Sobald er sich auf den Rückweg machte, wollte sie das Telefon genau so wieder an seinen Platz zurücklegen, wie sie es vorgefunden hatte.

Eilig überflog sie den Startbildschirm. Wo versteckte sich die verdammte Mail-App? Mehrfach wischte sie planlos hin und her, immer mit einem Auge auf Wolff unten im Hof, der sich jetzt mit den Männern unterhielt.

Da war sie. Zwei, drei Mal blätterte sie durch die Mails der vergangenen Wochen und benutzte die Suchfunktion. Von Torberg fand sie nichts. Dieser unverfrorene Lügner!

Der Hof fiel ihr wieder ein und plötzlich befand sich Wolff bereits auf dem halben Weg zurück. Sie wollte das Gerät schon zurücklegen, da kehrte er wieder um und wandte sich erneut den Männern zu. Blind drückte Anna auf den Bildschirm, um abermals die Sperre zu verhindern, während sie ihn mit Sorge beobachtete. Jetzt verschwand er mit den Männern in der Lagerhalle. Gut so – das verschaffte ihr Zeit.

Die Versuchung, im Privatleben von Wolff zu schnüffeln, war groß. An etwas Intimeres als sein Smartphone konnte sie kaum kommen. Durch ihr wildes Wischen und Drücken lag die Galerie geöffnet vor ihr. Voyeuristisch blätterte sie durch die Fotos. Ein Selfie von Wolff, geschönt, faltenlos und mit extrem weißen Zähnen. Sein Auto auf einer grünen Wiese, mehrfach, von allen Seiten – er prahlend davor. Ein Foto gemeinsam mit zwei offensichtlichen Prostituierten – widerlich. Das passte zu ihm.

Die Alben ließen sich bis auf eins öffnen. Wenn sie mehr Zeit hätte … im Hof tat sich nichts … welche PIN würde Wolff benutzen? Anna versuchte es mit seinem Geburtstag – nichts; mit seiner internen Festnetznummer – wieder nichts. Es ließ sich nicht knacken. Nicht auf die Schnelle. Spielerisch gab sie *Padre* ein. Zugang verweigert. Sie versuchte *Padre* mit allen möglichen Ziffern.

Bei der Ziffer 6 öffnete sich überraschend das Album und Anna sah, was sie nie hätte sehen sollen, was ihr den Atem nahm und das Klopfen ihres Herzens in Hals und Ohren beförderte. Aus dem Nichts reagierte ihr Körper in derartiger Panik, dass sie glaubte, unvermeidbar in Ohnmacht zu fallen. Trotzdem tippte sie mit zittrigem Zeigefinger auf die sechs Fotos vor ihr. Jedes der Bilder brannte sich in ihr Gedächtnis ein. Was sie schon lange vage befürchtet hatte, entpuppte sich mit einem Mal als wahr. Doch die Wirklichkeit war noch viel grauenhafter als ihre abscheulichsten Fantasien. Nie wieder würde sie Wolff ohne Angst begegnen können, keine seiner Bewegungen oder Aussagen als belanglos einordnen.

Als sich plötzlich die Tür öffnete, verfiel sie mit dem Smartphone in der Hand in Angststarre. Ihr Gegenüber an der Tür stierte sie ebenso entsetzt an wie Anna selbst.

»Ich dachte, der Raum wäre frei«, entschuldigte sich die junge Frau, deren Hand einen rollbaren Putzcontainer umklammerte. Annas Starre löste sich nur langsam.

»Was? Gehen Sie raus!«, stammelte sie.

Es war ein Glück, dass die Putzfrau hineingeplatzt kam. Anna hatte alles um sich herum vergessen, sogar die Absicherung durch den Blick auf den Hof hinab. Vom Lieferwagen war keine Spur mehr, das Tor der Lagerhalle geschlossen. Schnell beendete sie alle geöffneten Apps und legte das Smartphone genau dahin zurück, wo sie es ihrer Meinung nach herhatte. Nur weg hier, raus aus diesem Büro, möglichst weit weg von Wolff. Doch sie stoppte kurz vor der Tür und sah sich noch einmal um.

Es liegt verkehrt, dachte sie.

Annas Verstand kehrte nach dem erlittenen Schock zurück. Anders, als Wolff es zurückgelassen hatte, lag es mit dem Display nach oben. Sie musste es noch einmal anfassen und umdrehen. Aufgelöst stürzte sie auf den Schreibtisch zu. Sie nahm es in die zittrigen Hände.

»Noch hier?«

Wolffs Stimme drang an ihren Hinterkopf.

Ihr Körper zuckte unübersehbar zusammen. In ihrer Not hob sie das Handy schnell an ihr Ohr, als telefonierte sie. Der Versuch, ruhig zu atmen, gelang nur halbherzig. Sie wandte sich um und sah in seine Richtung. Die direkte Verbindung mit seinen Augen vermied sie.

»Ich hatte noch einen Anruf zu erledigen«, log Anna. Sie packte das Handy in ihre Kostümjacke und bereute sofort, mit ihrem unüberlegten Satz seine Aufmerksamkeit auf das Telefon gelenkt zu haben.

»Ist irgendetwas?«

Skeptisch musterte Wolff Annas Gesicht. Er stand keinen Meter von ihr entfernt. Das Aftershave umströmte sie und das

Gel in seinen Haaren glänzte vom Schein der tiefliegenden Sonne durch das Fenster. Nichts in seiner Mimik deutete auf das geringste Schuldgefühl hin, auf ein geringfügiges Gewissen, das ihm vielleicht zu schaffen machte. Er stand da wie immer, sah für Anna jetzt aber völlig anders aus. Das wenige Vertraute, das sie in ihm gesehen hatte, verflüchtigte sich mit jedem ihrer Gedanken an die Fotos auf seinem Handy. Er war ein skrupelloses Scheusal.

»Nein, nichts. Das Gespräch … es hat mich aufgeregt.«

»Das sieht man. Ihr Hals ist ganz fleckig. Worum ging es?«

»Oh, etwas Privates. Nichts, was die Gemeinde betrifft.«

Wolff nickte und trat etwas zur Seite. Den Disput von vorhin schien er durch die Ablenkung im Hof vergessen zu haben. Anna nutzte den Moment, um sich zügig an ihm vorbeizuzwängen und dem Ausgang zuzustreben. Wolff entließ sie seiner Aufmerksamkeit und begann, in seinen Taschen nach etwas zu suchen. Sein Blick fiel auf den Schreibtisch.

Noch bevor Anna den Fahrstuhl im Treppenhaus erreichte, hörte sie seine Stimme hinter sich.

»Anna?«

Sie hielt kurz den Atem an und tat, als hörte sie ihn nicht. Mit unruhiger Hand drückte sie den Fahrstuhlknopf.

»Anna!«

Wenn sie jetzt nicht reagierte, würde sie sich erst recht verdächtig machen.

»Haben Sie mein Smartphone gesehen?«

Sie schüttelte den Kopf, der sich vor Anspannung kaum bewegen ließ.

Er kratzte sich am Kopf. »Ich hab es verlegt, verdammt noch mal … Sehen wir uns beim Mittagessen?«

»Heute nicht.« Mehr konnte sie nicht herausbringen. Die Worte steckten in ihrem klopfenden Hals fest.

Der Fahrstuhl öffnete sich und rettete sie vor weiteren Fragen.

EIN KOMPLIZE

Kemal erwartete Anna im Restaurant einer Autobahnraststätte. Sie hatten sich geeinigt, sich auf dem halben Weg an einem neutralen Ort heimlich zu begegnen. Irgendetwas Schlimmes musste geschehen sein, denn sie hatte ihn fast panisch um dieses Treffen angefleht.

Als sie sich ihm gegenüber hinsetzte, erkannte er sie kaum wieder. Das war nicht die starke Frau, die ihm erst vor Wochen bei Spaghetti und Rotwein selbstbewusst eine eindringliche Warnung mitgegeben hatte. Sie mutete ihm beinahe wie ein Geisterbild von damals an. Für einen Moment war er nicht sicher, ob das dieselbe Person war. Ihre Gesichtshaut zeigte sich durch das dezente Make-up hindurch in einer erschreckenden Blässe, die Augen umschattete ein trauriger dunkler Rand. So stellte sich Kemal eine Sterbende vor, die versuchte, ihr Sterben kosmetisch zu vertuschen.

Gleich nach ihrem ersten Satz, den sie mit leiser Stimme hervorpresste, wusste er, warum sie so aussah.

»Ich habe etwas Unvorstellbares gesehen.«

Er holte tief Luft.

»Was haben Sie gesehen?«

»Kai Holzmann … er ist tot.«

»Ist das nicht der vermisste Geschäftsführer? Wieso sagen Sie *gesehen*? Sind Sie seiner Leiche begegnet und haben mit ihr gesprochen?«

Kemal fand sich nicht wirklich witzig. Er wollte vielmehr das, was da auf ihn zukam, schon im Vorfeld für ihn selbst entschärfen. Für Katastrophennachrichten war er nicht gemacht. Wie befürchtet, teilte Anna sein aufgesetztes amüsiertes Lächeln in keiner Weise.

»Ja«, flüsterte sie.

»Bitte, was?«

»Ich habe Kais Leiche gesehen.«

Er lehnte sich fassungslos zurück in den Stuhl.

»Und die von fünf anderen Menschen auch«, fügte sic hinzu.

»Sie haben sechs Leichen gesehen? Wo?«

»Auf einem Smartphone.«

Kemal begann zu ahnen, welche Abgründe sich im nächsten Moment vor ihm auftun sollten.

»Auf wessen Smartphone?« Auch sein Hals produzierte jetzt ein klangloses Raunen.

»Wolff.« Sie flüsterte den Namen.

»Sie wollen mich aber nicht verarschen? Das wäre völlig unnötig, denn Angst haben Sie mir schon genug gemacht.«

»Nichts wäre mir lieber als das. Nein, es ist kein makabrer Scherz und auch keine aufgebauschte Warnung. Diese Bilder werden mir nie mehr aus dem Kopf gehen.«

Annas Stimme vibrierte. »Nie mehr.«

Sie spürte, wie das ganze Entsetzen, die Angst und Tränen aus ihr herausbrechen wollten.

»Es war so grausam … ihre Körper waren schlaff, blutend, blau angelaufen, entstellt … und Wolff, dieses perverse Schwein, posierte über ihnen, wie ein Jäger mit seiner Beute. Kai, seine Arme waren …«

Vor Kemals geistigem Auge tauchten all diese Leichen auf. Er wollte keine weiteren Beschreibungen.

»Genug! Hören Sie auf. Ich will das nicht wissen.«

»Ich sag Ihnen, was das Schlimmste ist …« Anna zog das Sekret in ihrer Nase hoch, um überhaupt noch reden zu können.

»Nein, bitte sagen Sie es mir nicht.«

»… das Album trug den Namen *Padre6*. Verstehen Sie? Als wären es Aufträge an Wolff gewesen. Sechs Befehle, zu töten.«

Er schüttelte den Kopf, um diese Vorstellung aus seinem Inneren wieder herauszuschleudern.

»Das wissen Sie nicht. Sie wissen nur von den Fotos. Wie sie entstanden sind, entzieht sich Ihrer Kenntnis.«

»Es ist ganz sicher so. Jeden der Toten kannte ich … oh Gott, Peter Torberg …«

Anna konnte sich nicht mehr halten und schluchzte. Hilflos saß Kemal ihr gegenüber, bemüht, nicht ebenfalls in Tränen auszubrechen. Was sollte er tun? Ihre Aussagen waren ungeheuerlich bis unglaublich.

»Peter Torberg?« Kemals Herz klopfte langsam, aber überkräftig. »Aber es war ein Selbstmord.«

»Das war es nicht.«

»Wir müssen zur Polizei gehen«, sagte er. Es schien ihm das einzig Vernünftige. »Wo ist das Handy?«

»Hier bei mir.« Ihre bebende Hand erschwerte es ihr, das Smartphone aus ihrer Handtasche zu ziehen. Sie hielt es ihm hin.

Mit Unwillen griff Kemal danach. Wollte er das wirklich sehen? Als er es in Händen hielt, starrte er stumm auf das ausgeschaltete Display, abwägend, ob er sich das antun sollte. Reichte es nicht, dass sie es gesehen hatte? Wenn es stimmte, was sie sagte, würde ihn das bis an sein Lebensende in jedem Schlaf verfolgen. Sein Daumen schwebte über dem Bildschirm.

Plötzlich nahm Anna ihm das Gerät mit einem schnellen Zugriff wieder ab und steckte es zurück in die Tasche.

»Nein! Lassen Sie das. Niemand geht zur Polizei.«

»Was? Warum nicht? Was Sie mir erzählen, ist grausamer Mord. Das können wir nicht auf sich beruhen lassen.«

»Ich soll also Anzeige erstatten? Und dann? Meinen Sie, dann wird alles gut? Nein, ich habe gerade darüber nachgedacht. Das wäre mein Todesurteil.«

»Wenn Sie es nicht wagen, sollte ich es vielleicht tun.« Kemal sagte es, obwohl er schon jetzt daran zweifelte, mutig genug zu sein, sich selbst in die Schusslinie dieser Kriminellen zu bringen.

»Wir reden hier von mafiaartigen Umtrieben, von Mördern, die, wie Sie jetzt wissen, vor wirklich gar nichts zurückschrecken. Die werden nicht nur mich, sondern auch Sie töten. Oder glauben Sie, dass die Polizei Sie unendlich lang beschützen wird, nur weil Sie Zeuge sind? Das hört in dem Moment auf, nach dem Sie ausgesagt haben.«

Kemal erwischte sich, wie er am Nagel seines Daumens knibbelte. Sie hatte recht. Niemand würde sich dauerhaft um seine Sicherheit sorgen. Vor solchen Verbrechern könnten ihn nicht einmal seine zahlreichen Brüder und Cousins beschützen, die in Hamburg und Umland so taten, als gehörte ihnen die Welt.

»Eins verstehe ich nicht«, sagte er, »wenn Sie all das nicht wollen, warum erzählen Sie es mir dann?«

Anna zuckte die Schultern. »Ich weiß es nicht. Ich weiß nicht, was in mich gefahren ist, Sie da mit reinzuziehen.«

Sie schluchzte wieder leise auf. Kemal reichte ihr betreten ein zerknittertes Taschentuch aus seiner Jacketttasche.

»Ich glaube, ich wollte nur mit irgendjemandem darüber reden.«

Er nickte. Das verstand er. Er würde auch darüber reden wollen.

»Wir machen uns strafbar, wenn wir nichts unternehmen.«

Das nasse Taschentuch verschwand in ihrer Handtasche. Ein Funke Selbstbewusstsein schien wieder in sie zurückzukehren.

»Das müssen Sie mir nicht erzählen. Aber wir können das nicht tun. Um die Justiz sorge ich mich nicht. Ich habe allein Angst vor Wolff und Alonso. Sie sind die Gefahr. Uns nimmt da niemand in Schutzhaft. Selbst in diesem Fall – wer sagt, dass wir dort sicher wären.«

Insgeheim wusste Kemal, dass sie recht hatte. Es verstieß nur elementar gegen sein Rechtsempfinden, von einem unerträglichen Verbrechen zu wissen und einfach wegzuschauen. Würde ihm nicht auch das den Schlaf in Zukunft rauben?

»Torberg ist nicht wieder aufgetaucht?«, fragte Anna.

Er schüttelte den Kopf.

»Vielleicht wird er die Nummer Sieben in der Galerie.«

Beide verstummten für eine Weile. Jeder mit seinen Gedanken bei der eigenen Furcht und rätselnd, wie man weiter vorgehen sollte.

Anna schlug plötzlich mit der Faust auf den Tisch. »Dieser Mann hatte Zivilcourage! So unbequem er auch war, so mutig trat er für genau das ein, was er für richtig hielt. Solange er nicht die Nummer Sieben ist, kann man ihn vielleicht retten. Wir sollten ihn suchen.«

Kemal stimmte ihr zu. »Aber wo suchen wir ihn?«

In Anna kam so etwas wie Hoffnung auf. Sie wischte ihre rote Nase mit dem Ärmel trocken.

»Sie rufen bei ihm zu Hause und gegebenenfalls die Krankenhäuser in der Umgebung an, während ich noch einmal versuche, an einen Hinweis innerhalb der Gemeinde zu gelangen.«

»Zuhause? Torberg hat kein Zuhause … Ich könnte ihn als vermisst melden, wenn er nicht auftaucht. Damit habe ich niemanden beschuldigt. Kein Mensch wird meine Vermisstenmeldung mit Ihnen und dem Smartphone in Zusammenhang bringen. Es ist nur das, was ich ohne dieses furchtbare Wissen ohnehin getan hätte.«

»Vermisstenmeldung? Wenn er Briefe an seine Firma verschickt hat, gilt er doch nicht als vermisst. Steht denn seine persönliche Unterschrift darunter?«

»Man hat mir versichert, dass es eigenhändig unterschrieben ist. Sie haben recht. Keine Polizei wird einen Anlass sehen, ihn als vermisst aufzunehmen. Es sei denn, Sie geben ihnen diese Bilder.«

»Vergessen Sie es!«

»Also können wir nicht viel mehr tun als abwarten.«

Anna zuckte die Achseln. Ihr letzter Hoffnungsschimmer, den sie in Sachen Torberg gehegt hatte, verflog unaufhaltsam. Man würde ihn nicht mehr wiedersehen. Sicher hatte Wolff ihn getötet und irgendwo verscharrt, wo man ihn genauso wenig finden würde, wie Kai. Sie musste Jan Torberg vergessen und sich darauf konzentrieren, was noch zu retten war. Das waren sie selbst und Lea.

TAGE KAMEN UND GINGEN

Tage kamen und gingen. Jan hatte aufgehört, sie zu zählen. Sie waren ihm egal. Beten, Meditation, Lesen und Fasten bestimmten sein Leben. Sein Kopf erlebte eine ununterbrochene Bombardierung und fand den Frieden nicht. Es ging immer nur um die Lehre und die Gemeinde. Abends im Bett blieb kein Platz und keine Kraft mehr für andere Gedanken. Welche sollte er auch haben? Jan fragte sich nicht mehr, wer er war und wozu er das hier tat. Die Familie wurde seine Welt, Lara seine Lehrerin, der Familienälteste sein Oberlehrer und der Padre sein unerreichbarer Vater. Die Meditation genoss er inzwischen. Denn dann war er endlich allein mit sich und vergaß die neuen Brüder und Schwestern um ihn herum. Weder in Indien noch bei den Zenmönchen in Thailand hatte er das so geschafft wie hier.

Wirklich konzentriertes Denken gelang Jan nur zwischen LICHT und LEHRE. Irgendwann vor einem Erschöpfungsschlaf auf seiner Matratze versuchte er, etwas zurückzuholen, seinen kritischen Menschenverstand, seinen Eigensinn. Er versuchte, Ordnung in seine Gedanken zu bringen.

Ihm war klar, dass er Mitglied einer Sekte war, aber es störte ihn nicht. Wenn er schon einer Religionsgemeinschaft angehörte, war es da nicht egal, welcher er angehörte? Das prickelnde Gefühl der Aufsässigkeit – kein Funken dieser Emotion stob mehr in ihm. Er war es leid. Wichtiger war doch, dass er irgendwo hingehörte. Wofür er lebte, war ganz egal. Nur zwischen den Gemeinschaften leben konnte er nicht mehr. Was Lara gesagt hatte, stimmte. Die Welt, in der er gelebt hatte, hatte ihn ausgesetzt und gehasst. Es blieb nur ein mulmiges Gefühl zurück, wenn er zurückdachte. In Laras Welt fühlte er sich aufgehoben, eingebettet und abgeschirmt, weil alles, was anders war, ein gemeinsamer Feind war. Ein Angriff gegen ihn hätte immer einen Angriff gegen die gesamte Gemeinde bedeutet, denn angegriffen hätte man ihn jetzt allein wegen seiner Zugehörigkeit zur *Kirche des Lichts*. Jan baute gerade eine neue Existenz auf … David konnte er völlig neu aufbauen, Jan einfach vergessen. Diese Möglichkeit hätte man ihm in der *materialistischen Welt* nicht geben können … War er jetzt kein Materialist mehr? Ein *Jüngster* durfte nichts besitzen. Die vielen Papiere, die er auszufüllen hatte, als der Familienälteste sie ihm unter die Nase gehalten hatte. Was hatte er da alles mit Jan Torberg unterschrieben oder überschrieben? Auf einmal wurde ihm für einen Moment klar, welch große Spende er der Gemeinschaft hatte zukommen lassen. Natürlich, alles zu vergessen hieß auch, sein Vermögen zu vergessen. Geld – hier brauchte er keins. Uhren – hier nicht mehr nötig. Eine winzige Unsicherheit zündelte in ihm. Was, wenn er gegen ihre Regeln verstieße? Dann hatte er nichts mehr.

LARA UND JAN

Lara beobachtete Jan gern. Seine Fortschritte mit dem Lernen der LEHRE waren zwar überschaubar. Da musste sie ihn immer wieder anhalten, sich mehr anzustrengen. Sie glaubte ja, dass er das versuchte. Trotzdem vergaß er viel zu schnell. Manchmal hatte sie das Gefühl, er las, ohne etwas zu verinnerlichen. In seinem Kopf schien ein chaotisches Ablagesystem zu herrschen, eher noch, gar kein System. Dafür passte er sich immer besser an das Leben in der Gemeinde an und das freute sie. Ohne Murren stand er morgens auf, setzte sich zur Meditation und lauschte Laras Anleitung. Während der Meditation wanderten seine Augen unter den geschlossenen Lidern wie ruhelose Tiger hin und her. Die Füße bewegten sich ständig, als wollte er die Pranken strecken. Sein Geist war ein getriebenes Raubtier, das ab und an die Krallen ausfuhr. Urias und Samuel zogen sich manch spitze Bemerkung und manchen Rippenstoß zu. Aber Lara verletzte er nie. Kein böses Wort fiel über sie her. Wenn sie ihn ansprach, legte sich seine Gereiztheit und er fand eine Zeit lang Frieden mit sich selbst und seiner Umwelt. Sie empfand mehr für ihn als für die anderen Schüler. Ja, mehr noch als für Kai damals.

Jan saß auf dem Futon im Schlafraum, biss in einen Apfel, den er sich vom Frühstück heimlich mitgenommen hatte, und träumte vor sich hin. Lara hätte gern gewusst, an was er dachte. Sie legte zärtlich von hinten ihre Arme um seinen Hals und wühlte mit der Nase im Haaransatz seines Nackens. Da, wo er so gut nach Jan roch. Er wandte ihr den Kopf zu, sodass ihre Gesichter sich berührten, und lächelte. Sein Arm umschlang ihre Taille und sein Atem strömte auf ihre Lippen. Lara genoss die Nähe zu ihm so sehr, aber sie drückte ihn sanft von sich.

»Wir dürfen das nicht.«

»Wieso nicht? Du sagtest, jeder darf jeden lieben.«

»Ja, aber jetzt bist du mein Schüler. Wenn du die Stufe der Jüngsten gemeistert hast, dann darf ich dich lieben.«

»Und wann ist das?«

»Nach der Weihe.«

Eine Weihe, das klang Jan nach einem unerreichbaren Ziel in ferner Zukunft.

»Was passiert bei der Weihe?«

»Es ist ein Ritual, bei der du dein altes weltliches Leben verlässt und in die göttliche Gemeinschaft der *Kirche des Lichts* aufgenommen wirst.«

Er umschlang sie ganz eng und drückte ihren Körper näher an seine Schenkel.

»Dann weihe mich … jetzt.«

Lara lachte. Seine Berührung gefiel ihr so gut, dass sie ihn nicht fortstieß, was sie eigentlich sollte.

»Zuerst musst du die Stadien der Jüngsten durchleben. Du musst die Meditation beherrschen, Ehrfurcht zeigen, arbeitsam sein, die LEHRE verinnerlichen, Willen zeigen.«

»Aber ich kann mir nichts merken. Das wird nie was. Mein Kopf lässt so viel von allem anderen rein, dass für das Wichtige kein Platz bleibt.«

»Ich nenne dir die wichtigsten Schriften, die vor der Weihe abgefragt werden. Wenn du dir die merken kannst, fällt der Rest, der fehlt, nicht auf. Das bekommst du doch hin.«

»Ich hoffe es. Ich will dich doch ganz fest an mich drücken. Den ganzen Tag lang.«

Lara fühlte sich in Jans Armen und unter seinem Körper wie sorgsam zugedeckt. Noch nie hatte sie so geliebt. Sie durfte Jan nicht verlieren, so wie Kai, der einfach gegangen war, ohne sich zu verabschieden und ohne eine Nachricht zu hinterlassen. Sorge bemächtigte sich Lara – die Angst,

Jan irgendwann wieder an die Welt da draußen zu verlieren. Denn Jan war nicht wie die anderen ihrer Schüler. Sie spürte seine Zweifel, auch wenn er sie zu unterdrücken versuchte. Er war nicht vollständig angekommen in ihrer Welt.

DIE WEIHE

Einen Tag vor der großen Weihe versammelten sich alle Bewohner des Familienzentrums in dem Raum des Erdgeschosses, der Jan seit den ersten Tagen seiner Begegnung mit Lara ans Herz gewachsen war. Man hatte die Insel in der Mitte um einige Futons vergrößert. Der Gruppenabend stand bevor. Doch dieses Mal war alles anders als sonst. Jan und die anderen Anwärter der Gemeinde sollten einen Teil des Aufnahmerituals durchlaufen. Vollzählig saßen die Gläubigen dort im Kreis. Jan saß mitten unter ihnen und wartete nervös auf das, was sie von ihm wollten. Der Familienälteste hatte sich in ein weißes Gewand gekleidet.

»Heute müsst ihr zeigen, dass eure Bemühungen um Selbsterkenntnis Früchte tragen. Eure Vergangenheit lauert wie ein Ungeheuer darauf, dass ihr den Schutzraum der Kirche verlasst, um euch zu verschlingen. Denn es ist hungrig. Es wurde ernährt durch eure Schwächen und die Verbrechen, die ihr in der alten Welt begangen habt. Ihr müsst sie eingestehen und offenlegen, damit das Ungeheuer euch nicht mehr schaden kann.«

Die anderen Jüngsten rutschten genauso nervös wie Jan auf ihren Kissen hin und her. Als der Erste von ihnen stotternd von seiner früheren Geldgier erzählte und davon, dass er seine Freundin beim Abiball betrogen hatte, hielten die Gläubigen den Atem an. Ein anderer beichtete seine frühere Spielsucht, die ihn in die Armut getrieben hatte. Jemand hatte seine eigene Mutter bestohlen. Die Zuhörer wussten meist selbst etwas dazu zu sagen. Keiner von ihnen war frei von einer beschämenden Vorgeschichte. Niemand verurteilte den anderen. Wichtig war nur, dass man es jetzt besser machte. Jeder konnte sich in die Scham des anderen hineinversetzen.

Bald entstand eine Atmosphäre, in der sie auch die intimsten Schattenseiten ihrer Leben offenbarten, einschließlich ihrer sexuellen Neigungen. Auch Jan verfiel durch die Beichte ihrer Geheimnisse in ein Gefühl von Verbundenheit mit ihnen.

Als er an die Reihe kam, brauchte er dennoch einen langen Moment, bis er sich traute. Er war sich nicht ganz sicher, was genau bedeutsam war und was nicht. Ihm kam es vor, als bestünde sein Leben aus einer Anhäufung von Schwächen und Verbrechen.

»Ich habe meinen Eltern das Leben schwer gemacht. Das bereue ich heute zutiefst. Aber jetzt sind sie nicht mehr da und ich kann es nicht mehr gutmachen.« Seine Stimme zitterte ungewollt, als er das sagte.

Lara, neben ihm, fasste ihm verständnisvoll auf die Schulter.

»Mein Leben versank im Chaos und meinem Körper habe ich eine Menge zugemutet, hab eine Menge Gras geraucht und Ecstasy geschluckt.«

»Das ist eine wichtige Erkenntnis. Drogen sind der Ersatz für ein erfülltes Leben. Bist du über diese Sucht hinaus?«, fragte Carsten.

»Es gibt kein Verlangen mehr danach«, antwortete Jan und das stimmte sogar. Seit er sich hier Tag für Tag mit der LEHRE und dem Reinigen seiner Seele beschäftigte, dachte er nicht ein einziges Mal an einen Joint.

Alle waren sich einig, dass die LEHRE DES LICHTS seine Leere gefüllt hatte. Sie sangen gemeinsam ein Lied, das Urias mit der Gitarre begleitete. Dann fragte Carsten alle Anwärter der Weihe nach den Versen der LEHRE und den Gemeinderegeln aus. Lara hatte gemogelt und mit Jan im Voraus die Fragen gepaukt. Mit knapper Not stellte er Carsten zufrieden.

Am großen Tag der Weihe suchten sie alle das Gotteshaus auf. Laras hibbelige Aufregung ging auf Jan über. Sie nestelte an

Jans Kleidung herum, damit ihr Lieblingsschüler akkurat und sauber in der Kirche erschien.

Der Priester eröffnete, begleitet von ein paar Ministranten, die Messe mit einer Predigt über die Wichtigkeit der Gemeinde und die Hingabe an die LEHRE. Dann kam der große Augenblick, auf den Lara seit Wochen wartete. Der Padre betrat mit feierlicher Miene die Kirche. Sein weißes Gewand erinnerte Jan an die Robe oder den Umhang des Papstes.

Die Gläubigen raunten kurz. Lara und die anderen knieten sich ehrfürchtig auf die vor ihnen liegenden Kissen und senkten die Häupter. Jan überlegte gerade, ob er es ihnen nachmachen sollte. Da winkte Saul, der Priester, Jan und einige andere der Jüngsten zu sich heran. Zuerst war sich Jan nicht sicher, ob er wirklich gemeint war. Doch der Priester ließ keine Zweifel aufkommen. Es war so weit. Er sollte die Weihe erfahren. Nervös schritt Jan hinter den anderen Jüngsten hinterher. Er hatte Angst, sich falsch zu verhalten und damit hundert vorwurfsvolle Blicke zu ernten. Als sie zwei Meter vor dem Altar und dem Padre standen, wurden sie angehalten zu verweilen.

Jan senkte die Augen. Er verspürte eine seltsame Scheu, hier in der Kirche, den, für alle in der Gemeinde, Gottgleichen anzusehen. Erst jetzt wurde ihm bewusst, welche Stellung der Padre in der Gemeinschaft hatte. Der Gedanke an seine bisherige Respektlosigkeit dem Oberhaupt der Kirche gegenüber erfüllte Jan mit einer gewissen Reue. Es kam ihm vor, als hätte er alle anderen belogen und nur der Padre und er wüssten von Jans wahrer Seele. Doch der Padre ließ sich nichts dergleichen anmerken.

Die Gemeinde sang das Lied von der Sonne, die durch Gottes Macht der Erde Licht und Wärme schenkt, und vom Auserkorenen, der dieses Licht empfängt. Danach hielt Saul eine Rede über die Gnade Gottes und dem unauslöschlichen Band des Padre zum Allmächtigen.

Der Junge neben Jan zitterte vor Aufregung. Jan blickte auf, weil er ein Rauschen von schweren Stoffen hörte. Vier Ministranten hielten an Stangen befestigte und an gemusterte Teppiche erinnernde Vorhänge vor ihnen hoch, sodass sie eine Wand zwischen ihnen und dem Padre schufen.

»Nun verlasst die Kleider des Weltlichen und betretet nackt und rein die Tür zum Göttlichen«, befahl Saul.

Die Jüngsten schlüpften schnell aus ihren Hoodies und den weißen Hosen. Jan sah sich verstohlen um. Niemand lachte über die Nacktheit. Es war eine ernste Angelegenheit. Weglaufen war keine Option. Zögerlich tat Jan es ihnen nach. Tatsächlich begann auch er jetzt zu zittern. Es war ein erbärmliches Gefühl, nackt unter lauter Angezogenen zu stehen. Er spürte seine Hoden an den Oberschenkeln und versank in ein hilfloses Gefühl von Ausgeliefertsein.

Vor ihm schob der Junge die Vorhänge beiseite und trat in den abgetrennten Bereich dahinter. Als Jan die Vorhänge durchschritt, streiften sie seine Haut wie streichelnde Arme. Gänsehaut überzog seinen Körper von den Fußspitzen bis zur Kopfhaut.

Der Padre, in seiner stattlichen Größe, sah erhaben – fast majestätisch – auf sie herab. Saul fasste Jan von vorn an die Schultern und drückte ihn sanft nieder, bis er vor dem Padre kniete. In diesem Moment schämte sich Jan für seine Nacktheit und für seine Wenigkeit. Er war ein Nichts, ein Bittsteller, der in eine Welt eingedrungen war, die ihm nicht zustand. Er war ihr nackt und ohnmächtig ausgeliefert. Der Padre allein konnte bestimmen, ob er bleiben konnte oder ob er die Familie verlassen musste. Er war Herr über Jans Leben und Jan angewiesen auf seinen guten Willen.

Auf Alonsos Gesicht stand ein kleines siegesbewusstes Lächeln. Er hatte David genau da, wo er ihn haben wollte, und er wusste, dass es jetzt nur noch Feinheiten bedurfte, um ihn endgültig ergreifen zu können. Im Vertrauen in Laras und Urias gute Vorarbeit, ließ er ihm die Möglichkeit, zu wählen.

»Dies ist der Tag, an dem du dich entscheiden musst.«

In seiner Hand hielt er das meist begehrte Stück aller Neuankömmlinge – das Symbol der *Kirche des Lichts*, das Amulett mit der strahlenden Sonne.

Er drängte David nicht und drängte ihn so in die richtige Richtung. Wenn er das Leben der Jüngsten beendet hatte, dachte Jan, konnte es doch eigentlich nur besser werden. Was sollte er auch tun? Selbst, wenn er gewollt hätte – ohne Geld … ohne Papiere?

»Bist du bereit, dich der *Kirche des Lichts* hinzugeben?«

Jan atmete schnell. Die Entscheidung – jetzt!

»Ja«, raunte er.

Der Padre kam ihm näher, bis er Jans Körper mit seiner Robe berührte. Dann legte er seine Hand auf Jans Kopf. Seine feste, tiefe Stimme erfüllte den stillen Raum mit elysischem Klang.

»Ich verleihe dir die Kraft, dem Weltlichen zu entsagen und dein Leben dauerhaft dem Göttlichen zu widmen. Ab jetzt bist du ein Leben lang Gott und der *Kirche des Lichts* verpflichtet, gehorsam und ohne Zweifel.«

Jan spürte zu seiner Verwunderung die Hand des Padre als eine kraftvolle Quelle, die seinem zitternden Körper zur Ruhe verhalf. Für einen Moment war absolute Ruhe in seinem Kopf. Er bedauerte es fast, als er die Hand von ihm weg dem Jungen neben ihm auflegte.

Zwei Ministranten halfen Jan in neue goldschimmernde Kleider. Es kam ihm vor, als wären sie extra vorgewärmt worden. Die Wärme des innen angerauten Stoffes verjagte die Kälte, die Aufregung und die Scham, die er empfunden hatte. Tausende gewebter Fäden gaben ihm die Würde wieder.

Er musste sich erneut hinknien. Noch einmal spürte er die große, ruhige Hand des Padre auf seinem Schopf.

»Dein Name soll ab jetzt David lauten.«

Dann beugte sich der Padre zu ihm herab und legte ihm die Halskette mit dem Amulett um. Endlich. Danach hatte sich Jan so lange gesehnt. Mit der strahlenden Sonne auf seiner Brust war er gleichwertig mit Lara und es gab ihm das Recht, mit Lara ein Bett zu teilen.

Jan durfte aufstehen. Der Padre schob ihn und den zweiten der Geweihten mit der Hand an den Hinterköpfen nach vorn, durch die Vorhänge hindurch. Da standen sie, frisch gekleidet, als neue Menschen vor der begeisterten Gemeinde. Herausgeschält aus dem Dreck des Alten, hineingeboren mit neuem Namen in die Welt der wahrhaftigen Kirche. Sie waren von nun an vollwertiger Teil der Gemeinde.

Lara klatschte enthusiastisch in Jans Richtung. Er wusste nur nicht genau, ob sie ihn oder den Padre meinte.

Der Padre lächelte zufrieden. Er hatte gesiegt, seine Sammlung von Menschen um einen Speziellen erweitert. Alonso liebte diese Sammlung, denn jede Seele mehr, bedeutete ihm mehr Macht und mehr Reichtum. Die Gemeinde feierte ihn und er winkte ihnen dezent zu. Bald glaubte er selbst an seine Göttlichkeit. Jan Torberg, den er zu David gemacht hatte, war ein besonders klug erarbeiteter Schatz. Ein Meisterwerk seiner Kunst. Torberg hatte ihn herausgefordert, aber er hatte ihn in kürzester Zeit durchschaut, gebrochen, umgarnt, aus seiner alten Haut gerissen und in eine neue gesteckt. Er hatte einen neuen Menschen erschaffen. David war sein jungfräuliches Schoßkind, das er in einem goldenen Käfig füttern und zu einem Erzengel an seiner Seite machen wollte. Jetzt plante er für David die Zeit der schönen Worte, der Streicheleinheiten und Anerkennung.

Alonso beobachtete mit Gefallen die Zuneigung, die sich zwischen David und seiner Mentorin zeigte. Das Mädchen umarmte den jungen Mann wie eine heiße Liebe und David drückte sie, als wollte er sie noch in der Kirche vernaschen. Das passte ihm gut. Liebe war ein nicht zu unterschätzendes Bindeglied zwischen zwei Welten. Glaube und Liebe hatte mehr gemeinsam, als man dachte.

Er hob seinen Arm und winkte Jan heran. Nur ungern löste sich Jan von seiner Lara. Sie schubste ihn leicht an, als er zögerte, dem Wink des Padre nachzukommen.

Alonso nahm zufrieden Jans Hemmung wahr, ihm näher zu treten.

»Nun komm!«, befahl er.

Als Jan in Reichweite stehen blieb, zog er ihn an sich und umarmte ihn väterlich.

»Das Leben der Jüngsten hast du hinter dir. Was hältst du davon, wenn wir jetzt etwas Richtiges essen? Bei mir auf der Hacienda. Ich lasse alles kommen, was du dir wünschst.«

Richtiges Essen, nach all dem Fasten während seiner Ausbildung konnte sich Jan nicht einmal vorstellen, wie ein voller Bauch sich anfühlte.

Großzügig lächelnd führte Alonso ihn aus dem Familienzentrum heraus. Es war das erste Mal seit langer Zeit, dass Jan es verließ. Wie lange er hier gelebt, drinnen verbracht hatte, wusste er nicht. Niemand wollte mit ihm darüber sprechen. Auf dem großen Hof der Zentrale stand die Stretch-Limousine des Padre. Der Fahrer öffnete ihnen die hintere Tür des Wagens. Sie nahmen nebeneinander Platz und Jan blickte sich in dem Fahrzeug um. Eine Erinnerung kam hoch – die Hacienda, der Überfall auf ihn, das Dach … die ersten Tage als Jüngster. Sein Bauch verkrampfte sich.

»Was schlägst du vor?« Der Arm des Padre lag auf seinen Schultern. David sah ihn an.

»Hirschrouladen mit Spätzle und glasierten Kastanien … und dazu einen Chateauneuf-du-Pape.«

Alonso grinste. Es war die erste Gemeinsamkeit zwischen ihnen. Er würde sie sich etwas kosten lassen.

TEIL 7

LEAS AUSWEG

»Freust du dich auf Zuhause?«

Anna sah Lea kurz an, die neben ihr still und blass auf dem Beifahrersitz saß. Von Dankbarkeit keine Spur. Anna war von Düsseldorf nach Münster gefahren, um sie aus der Siedlung der dortigen Gemeinde abzuholen. Entgegen dem Versprechen des Padre hatte es Wochen gedauert, bis sie das Mädchen endlich abholen durfte. In Münster hatte Lea mutterseelenallein mit einem Rucksack und einer Tasche am Straßenrand gestanden. Seitdem sprach sie kein Wort.

»Ich bin sicher, dass deine Eltern sich freuen … oh, Mist!«

Vor ihnen leuchteten Warnblinklampen auf drei Autobahnspuren auf. Anna drückte auf das Dreieck am Armaturenbrett und trat auf die Bremse. Das Pedal pulsierte unter ihrem Schuh. Leas Gepäck rutschte von der Rücksitzbank auf den Boden des Wagens. Jetzt schien in Lea so etwas wie Leben zurückzukehren. Sie wollte ihre Arme am Handschuhfach abstützen, aber der sich straff zuziehende Gurt verhinderte es. Die Länge ihrer Arme reicht nicht mehr aus. Annas Finger krallten sich in das Lenkrad. Als sie zum Stehen kamen, knallten ihre Hinterköpfe gegen die Kopfstützen. Schnell blickte Anna in den Rückspiegel. Sie sah das nachfolgende Fahrzeug auf sie zukommen. Hinter ihnen quietschten Reifen.

»Oh, bitte!« Vor und neben ihnen war kein Meter mehr Platz, den sie hätte nutzen können. Sie konnten nur hoffen.

Der SUV hinter ihnen kam so knapp zum Stehen, dass sie glaubte, der Fahrer säße in ihrem Kofferraum. Er starrte sie im Rückspiegel genauso entsetzt an, wie sie ihn.

Leas und Annas Blicke trafen sich.

»Na also, deine Wangen haben endlich Farbe bekommen«, bemerkte Anna spitzzüngig. Statt des geplanten Lachers schaffte sie nur ein ersticktes Glucksen.

»Es wäre nicht schlimm gewesen«, sagte Lea. »Nicht für mich, aber wohl für das Kind.«

»Welches Kind.« Lea senkte die Augen.

»Du bist schwanger?«

Mit flatternden Händen und zitternden Knien lenkte Anna den Wagen zur Seite, um eine Rettungsgasse zu bilden.

»Darf ich fragen von wem?«

Eine Tränenperle rann über Leas Gesicht. In dem einzigen Tropfen konnte Anna die ganze Welt gespiegelt sehen. Lea presste die Lippen zusammen, um sich zusammenzureißen, doch es gelang ihr nicht.

»Wie weit ist es denn?«, startete Anna einen neuen Versuch.

»Ein paar Wochen. Ich war nicht beim Arzt, ich weiß es nur.« Mit dem Ärmel wischte sie die Nase trocken. »Er war es. Er selbst.«

»Wer?« Anna überlegte angestrengt, wen sie mit *Er* meinte. »Meinst du, einer der Jungs aus dem Zentrum? Doch nicht Carsten, dieser fette, schmierige Familienälteste? Oder etwa Wolff?« Wolff hätte sie es am meisten zugetraut.

Lea schüttelte bei allem den stumm den Kopf.

»Nein! Der Padre?« Anna fiel fast die Kinnlade herunter.

Diesmal flossen Tränen in einem kleinen Rinnsal.

»Wann ist das denn passiert?«

»Als sie mich von Münster noch einmal zurückholten ... Er bat mich, zu ihm zu kommen. Ich dachte, er wollte mir die Hand auflegen und mich segnen.« Sie führte die Hände an die Augen und schluchzte auf. »Aber das wollte er nicht ...«

Anna starrte sie an, nicht sicher, ob sie alle Details wissen wollte.

»… Ich sollte mich ausziehen. Es war so kalt und ich hab gezittert … ich wollte das nicht.«

Ein Hupen zerstörte Annas ungewollt aufkommende Vision von dem Padre bei einer Vergewaltigung. Die Fahrzeuge vor ihr fuhren bereits einige Meter voraus. Anna legte den Gang ein und versuchte, sich auf den Verkehr zu konzentrieren.

»Weiß er es?«, fragte sie.

»Nein, das traue ich mich nicht. Ich musste nach Münster zurück. Er sagte, ich sei eine gottlose Schlampe, und dass ich ihn verführt habe. Wenn Sie mich abholen würden, wäre es bloß Dreck, der weg kann.«

»Das hat er gesagt?«

Annas Herz klopfte unnatürlich heftig. Es kam ihr vor, als bestünde ihr ganzer Körper nur aus Herz.

Die nächsten zwei Stunden Fahrt schwiegen beide.

In Marburg angekommen, hätte sich Anna gefreut, wenn Lea ihr wenigstens bei der Suche nach der richtigen Hausnummer geholfen hätte. Doch das Mädchen war in einer Schwermut gefangen, die sie regungslos dasitzen ließ. Schließlich parkte Anna in der Stichstraße, zog die geradezu steif gewordene Lea aus dem Auto, und lief mit ihr von Haus zu Haus, um Leas Elternhaus zu finden. Nach zweimaligem Umkehren und dem Einschlagen eines anderen Weges standen sie endlich vor der richtigen Tür. Emotionslos blieb Lea am Treppenabsatz stehen, während Anna auf die Klingel drückte.

Anna hatte die Leute nie gesehen. Sie kannte sie nur von den Telefongesprächen. Als ihr der Vater öffnete, dachte sie sofort an einen ihrer Lehrer von früher. Er war schlank, fast schon dünn. Sein graues Haar trug er ein wenig länger. Ausläufer seiner Wellen kringelten sich auf dem Kragen des graublauen Rollkragenpullovers. Der Pullover steckte in einer etwas zu weiten Jeans. Die Mutter war ein wenig hippiehaft gekleidet

– ein langer Rock, eine Rüschenbluse, beides blumig gemustert. Ihre Frisur erinnerte Anna an einen ausgefransten Besen. Krause, blondierte Haare standen in alle Richtungen ab.

Leas Eltern begrüßten ihre Tochter verhalten, aber mit Tränen in den Augen. Anna wurde den Eindruck nicht los, dass sie sich umsahen, ob die Nachbarn sie beobachteten. Und tatsächlich bewegte sich die Gardine hinter dem Nachbarfenster.

Der Vater half mit seinen dünnen Armen, das bisschen Gepäck ins Haus zu tragen.

»Es tut mir leid, dass es so lange dauerte. Aber ich versichere Ihnen, dass Lea nicht mehr von der Gemeinde belästigt wird. Hier …« Anna griff in ihre Lederumhängetasche und holte eine kleine Mappe mit dem Ausweis des Mädchens heraus. Fast ungläubig nahm der Vater ihn entgegen.

»Möchten Sie noch eine Tasse Tee?«

»Ja, gern. Eine kleine Pause, bevor ich zurückfahre, könnte ich gebrauchen.«

Der erbost vorwurfsvolle Blick, den Leas Mutter ihrem Mann zuwarf, entging Anna nicht. Anscheinend hielt sie nicht viel von Annas Gegenwart. Für sie war sie nur eine von der Sekte. Eine von denen, die ihr das Kind weggenommen hatten.

Anna folgte ihnen ins Haus. Während sie auf dem Wohnzimmersofa vor einem Couchtisch auf den Tee wartete, nahm Lea wortlos ihr Gepäck und verschwand direkt in ihrem Zimmer.

»Hören Sie …« Anna griff in ihr Portemonnaie, holte eine Visitenkarte hervor und überreichte sie dem Vater. »… am besten gehen Sie mit Ihrer Tochter sofort zu dieser Adresse. Es handelt sich um eine Sektenberatungsstelle.«

Er winkte ab. »Stecken Sie das wieder weg. Denken Sie, dass wir das nicht alles schon versucht haben?«

»Wie Sie meinen. Was wollen Sie als Nächstes tun?«

»Wir haben bereits einen Termin in einer Klinik für sie. Mit ein bisschen Beratung ist das nicht getan.«

»Verstehe.«

Anna überlegte, ob sie etwas von der Schwangerschaft erzählen sollte. Doch sie entschied sich dagegen. Nicht noch eine Misere, die sie zu lösen hatte. Sollte die Familie das allein klären. Sie fühlte sich ausgesprochen unwohl bei den Krones. Die Mutter schaute sie ununterbrochen mit vorwurfsvollem Gesichtsausdruck an und sprach kein Wort mit ihr. Dabei sollte sie froh sein, für das, was Anna ihrer Tochter zuliebe riskiert hatte. Sie wusste ja gar nicht, wie gefährlich die Sekte tatsächlich war. Der Vater sprach zwar mit Anna, ausgesprochen freundlich wirkte er jedoch nicht. Anna blieb Teil der Sekte, die sie hassten.

Nachdem sie sich die nächsten Minuten angeschwiegen hatten, reichte es Anna. Etwas zu abrupt stellte sie die halbgeleerte Teetasse auf den Unterteller. Es klimperte und die Krones zuckten zusammen.

»Ich werde dann gehen. Wo ist Lea? Ich würde mich gern noch verabschieden.«

»Die zweite Tür links, das ist ihr Zimmer. Gehen Sie nur.«

Anna packte ihre Tasche und stand auf. Ihr Knie touchierte dabei die Teekanne. Im letzten Moment erwischte sie das Geschirr und verhinderte ein Ergießen des Inhaltes über den Hochflorteppich. Dafür erntete sie verständnislose Blicke. Auf dem Weg durch die Wohnung betrachtete sie die gerahmten Familienfotos der Krones aus glücklicheren Tagen, die an den Wänden hingen. Lea mit ihren Eltern am Meer, Lea mit Zahnlücke, Lea als Kleinkind auf Papas Schultern. Wieder einmal war Anna froh, dass sie keine eigenen Kinder hatte. So wie es aussah, würde sie sich nie welche wünschen. Diese Sorgen blieben ihr dann wenigstens erspart.

Behutsam klopfte sie zweimal an Leas Zimmertür. Anna sah auf die Uhr. Es wurde Zeit. Der Rückweg war lang.

»Lea?«

Sie drückte die messingfarbene Klinke der weißgestrichenen Tür und trat ein. Das Zimmer roch frisch gelüftet. Es war ein Jugendzimmer. Schreibtisch und Drehstuhl standen vor einem kleinen Fenster mit Scheibengardinen in Bärchenmotiv. Darauf stapelten sich ein paar Bücher und Mappen, als wäre Lea eben erst von der Schule gekommen. An der Wand hingen Poster von Buddha und Neuseeland. Vor dem Schrank lag ihr Gepäck.

Ihr Blick wanderte zum Bett mit den typischen Polstern, die Jugendbetten umgaben. Anna fühlte sich an die eigene Kindheit erinnert.

Doch dann wich sie schreiend zurück. Sie sank zu Boden, schrie noch einmal, rang nach Atem. Auf dem Bett lag Lea, rücklings, einen Arm nach unten hängend. Am Handgelenk klaffte eine riesige, frisch geschlitzte Wunde, aus der Blut herauspulsierte. Das Blut füllte eine große rote Pfütze, die sich auf dem Laminat ausbreitete und Annas Schuhe tränkte. Anna glaubte, einen Geruch nach frischem Blut und Fleisch zu riechen, wie sie ihn auf dem Fleischmarkt in Athen erlebt hatte. Das schnürte ihr die Luft ab. Sie musste hier weg. Auf allen vieren kroch sie aus dem Zimmer. Noch bevor sie raus war, weg von dem schrecklichen Anblick, schrien Leas Eltern. Wild gestikulierend, blockierten sie mit ihren Körpern die Tür. Anna quetschte sich kriechend zwischen die Beine hindurch, bis ins Wohnzimmer. Hyperventilierend lehnte sie sich an den Couchtisch.

Die Krones schrien immer noch. Kopflos rannten sie hin und her, bis der Vater endlich den Notruf im Telefon herbeibrüllte. Plötzlich stürmte die Mutter mit ihren wirren Haaren und erhobenen Händen Anna entgegen. Anna sah sie auf sich zukommen und hielt sich die Arme vor das Gesicht. Sie hatte es noch nicht geschafft, sich vom haltgebenden Boden zu erheben. Mit flachen Händen schlug die Frau auf sie ein. Anna wehrte ab, mehr schaffte sie nicht. Sie konnte sie weder festhalten noch zurückschlagen oder weglaufen. Sie saß einfach da und ließ sich verprügeln. Schmerz spürte sie nicht, nur Angst und Stress.

»Raus! Raus«, schrie Leas Mutter immer wieder.

Dann zerrte sie an Annas Kleidung und zog sie mit enormer Kraft bis zur Tür.

Anna stemmte sich hoch, vollkommen geschwächt. Ihr war, als wäre alles Blut aus ihren Armen und Beinen gewichen.

»Meine Tasche«, presste sie heraus.

Die hysterische Frau hielt inne. Sie verpasste Anna eine letzte Ohrfeige. Danach stand sie da und hechelte nach Luft. Es war der Vater, der Anna die Tasche von Weitem zuwarf. Im Flug fielen ihr Portemonnaie und der Autoschlüssel heraus und landeten hart auf den Fliesen des Hauseingangs.

»Verschwinden Sie endlich!«, rief der Vater.

ANGRIFF AUF DEN PADRE

Blass, aber mit rotem Fingerabdruck auf der Wange, saß Anna im Auto. Der Motor lief schon seit einigen Minuten. Warum nur hatte sie das Gefühl, schuldiger zu sein als Alonso? Weil es ihr nicht gelungen war, Lea von ihrem Irrglauben zu befreien? Wäre es besser gewesen, Lea nicht nach Hause zu bringen? Hätte sie den Padre besser gar nicht um Leas Papiere gebeten? Leas Selbstmordversuch und die Reaktion ihrer Eltern machten sie fertig. Ja, sie war eine von denen, eine von der Sekte, welche geschickt und legal die Kinder anderer Leute raubten. Sie wusste das und hatte alles mitgemacht. Sie war schuldig.

Anna schloss die Augen. Langsam, aber unaufhaltsam stieg unendlicher Hass in ihr empor. Seit Torberg nach Hamburg gekommen war, hatte ihr Gewissen aufbegehrt – rebelliert, wie dieser unbequeme Mann. Voller Achtung dachte sie jetzt an seine standhafte Aufsässigkeit und sah in ihm ein Vorbild für sich selbst. Nur die Angst hatte sie bisher zurückgehalten, das zu tun, was sie tun musste.

Laute Sirenen kündigten die Rettungswagen an, welche zügig die Ecke zur Stichstraße passierten. Ein Polizeiwagen folgte. Anna fuhr los. Ein letzter Blick in den Rückspiegel zeigte rennende Sanitäter auf dem Weg ins Haus.

Die zeitraubende Rückfahrt dämpfte die dramatische Erregung, die ihren Leib durchrüttelte. Doch mit jeder Minute, die sie fuhr, und je näher sie Düsseldorf kam, desto mehr Mut fasste sie. Jegliche Angst vor Gewalt, vor ihrem eigenen Tod, verschwand hinter dem Bild von Leas blassem Gesicht, ihrem Blut auf dem Boden und den Fotos auf Wolffs Smartphone. Jan Torberg hatte ihr gezeigt, dass Angst kein guter Berater war. Dafür war sie ihm dankbar.

In Düsseldorf angekommen, fuhr Anna ohne Umweg zum Zentrum. Sie parkte direkt vor dem Eingang. Sie wollte gar nicht erst wieder in eine Gefühlslage kommen, die stumm und willenlos machte. Energiegeladen nahm sie die Treppe, warf übermäßig schwungvoll die Tür zum Büro des Unantastbaren auf und ging geradewegs auf ihn zu.

Alonso saß hinter seinem Schreibtisch, vertieft in seine Unterlagen. Entschlossen stellte sie sich vor ihn hin und ihre Stimme klang fest.

»Ich muss mit Ihnen reden!«

Alonso sah nur kurz auf, las dann aber weiter, ohne sie auch nur zu grüßen.

»Es geht um eines ihrer *Schäfchen*!«

Er regte sich nicht.

Aufgebracht schlug sie mit der Faust auf den Tisch.

»Erinnern Sie sich an Lea? Sie hat sich die Pulsadern aufgeschnitten! Wegen Ihnen, wegen Ihrer Scheißsekte, und wegen der Schwangerschaft, die Sie zu verantworten haben. Ein Mädchen, das Sie Abfall nannten!«

Alonso schob ihre Faust zur Seite, ohne einmal aufzublicken.

Sie glaubte, zu explodieren.

»Das Mädchen war meine Freundin! Sie haben Schuld an ihrem Tod!«

Machtlos stand Anna vor ihm, während er unbeirrbar in seinen Unterlagen blätterte.

»Glauben Sie nur nicht, dass ich dazu schweigen werde.

Ich bin es satt. Dieses verlogene Geschäft mit Menschen, die korrupten Saubermänner, die alles verdecken. Das alles bin ich satt und vor allem …«, Hass übermannte sie, »… Ihr scheinheiliges, verlogenes, väterliches Getue, hinter dem sich nichts als Macht und Gier verbirgt … ich bin es leid, einen Vergewaltiger und Mörder zu schützen! Ja, ich weiß davon.

Sie und Wolff sind Mörder. Sie haben Kai Holzmann auf dem Gewissen und Peter Torberg. Und von den anderen weiß ich auch!«

Es war raus, es war gesagt und nicht mehr rückgängig zu machen. Aber es tat wahrhaftig gut. Aufsässig wischte sie Haarsträhnen zurück, die im Schweiß ihrer Stirn klebten. Wie unattraktiv grimassenziehend sie während ihres Wutausbruchs auch ausgesehen haben mochte – es war ihr egal. Schluss mit dem Schönsein, Schluss mit dem Verstellen. Ihren Hass durfte er ihr gern ansehen.

Langsam hob Alonso den Kopf. Er sah sie gelassen an, und es sah so aus, als wäre er völlig unbeeindruckt von ihren schweren Vorwürfen.

»Meine liebe Anna«, sagte er in einem unglaublich herablassenden Tonfall. »Ich glaube, es wird Zeit, Ihr Honorar zu erhöhen. Sehen Sie hier, ich habe bereits etwas vorbereiten lassen.«

Gönnerhaft ließ er ein Papier in ihre Richtung fliegen.

Es landete genau vor ihrem verdutzten Gesicht und beim Überfliegen las sie eine bestechend hohe Summe. Anna war fassungslos. Dies war die größte Demütigung, die er ihr jetzt antun konnte. Darauf aufbauend, was sie bisher getan hatte, warf er sie abschätzend in einen Topf mit all den anderen korrupten Betrügern, die sie verurteilt hatte.

Hilflos, nach etwas Handgreiflichem suchend, sah sie sich um. Am liebsten hätte sie ihn mit einer Axt erschlagen. Aber ihr fiel nichts weiter als ein altmodischer, gefüllter Tuschbehälter in die Hände, der als unnützes Requisit den wertvollen Schreibtisch zierte. Es war nichts Geeigneteres da, um ihm den Schädel zu zertrümmern. Demonstrativ hob sie das gläserne Gefäß in die Luft – und schlug es mit Wucht gegen Alonsos Kopf. Eine Wunde öffnete sich an seiner Stirn. Blut quoll heraus. Sie verspürte für einen Moment ein kleines bisschen Genugtuung.

Sein Kopf wackelte, aber der Koloss nahm den Angriff, ohne zu zwinkern. Nicht einmal gezuckt hatte er. Das machte Anna noch rasender. Das massive Glas mit der Tusche hatte den Schlag überstanden, ohne zu zerbrechen. Sie musste noch etwas tun. Anna war noch nicht befriedigt. Langsam kippte sie den Behälter um. Mit gehässigem Lächeln goss sie die blauschwarze, dickliche Brühe genussvoll über alles, was auf dem Tisch weilte. In dünnen Strichen zog sich die Farbe über sämtliches Papier, breitete sich vernichtend aus und rann langsam tropfend den Tisch hinab. Zur Krönung und zu ihrer vollsten Zufriedenheit, reichte der Rest, um Alonsos Haar stellenweise blauschwarz zu färben und spinnenförmig über sein zutiefst finsteres Gesicht zu laufen. Bis auf den letzten Tropfen nutzte sie die königliche Flüssigkeit aus, um schließlich triumphierend, sozusagen als letzten Schliff, das Glas auf den sündhaft teuren Teppichboden zu werfen, nicht, ohne Flecken zu hinterlassen.

Im selben Moment, in dem sie ihren Triumph genoss, brodelte bereits etwas in ihrem Inneren, das sie kannte. Als Alonso aufstand und sie mit unglaublich boshaftem Blick fixierte, wuchs das Brodeln, kochte auf, ergriff ihren gesamten Körper und steigerte sich zu schmerzhafter Angst, je näher er kam, während sie ein paar Schritte rückwärts stolperte. Ihre Unerschrockenheit war verflogen. Dennoch blieb sie jetzt stehen. Mit heißem Gesicht sah sie zu ihm auf, aber sie bereute nichts, kein einziges Wort, auch wenn sie jetzt Angst hatte vor dem, was kommen würde.

Kaum bis zur Brust reichte sie ihm, als er sich groß und mächtig vor ihr aufbaute, kochend vor Wut. Anna bemerkte, dass er am ganzen Körper bebte. Sie lächelte gequält. Sie hatte es geschafft, ihn völlig aus der Fassung zu bringen.

Die Wucht seines Schlages warf sie zu Boden.

Ohne Aufschrei hatte sie ihn ertragen, aber sie stand auch nicht mehr auf.

Als Anna zu sich kam, spürte sie, dass jemand im Raum war. Vorsichtig lugte sie aus einem halbgeöffneten Auge, ob es vielleicht günstiger wäre, sich tot zu stellen und liegenzubleiben. Aber man packte sie von hinten und drehte sie behutsam um. Etwas furchtbar Kaltes legte sich auf ihre Wange.

Von ihrem Mut war nichts mehr geblieben. Furcht quälte sie, die Angst, Alonso wolle sie jetzt töten. Doch selbst die größte Angst verhindert nicht das Verlangen nach Gewissheit. Ruckartig zwang sie ihre Augen, sich zu öffnen – und sah Jan Torberg. Erleichtert atmete sie die angestaute Luft aus.

Er kniete vor ihr und versuchte unbeholfen, ihr recht entstelltes Gesicht mit einem kalten, nassen Tuch zu kühlen. Jetzt merkte sie die Hitze in ihrer linken Gesichtshälfte. Wie Feuer brannte die Haut und sie konnte förmlich spüren, wie es innen anschwoll. Fast unmöglich war es ihr, das linke Auge zu öffnen. Sie ahnte, welche Größe die Schwellung haben musste. Trotzdem lächelte sie, so gut sie konnte, Torberg an. Er kam ihr vor wie ein Retter aus äußerster Not.

»Können Sie aufstehen?«, fragte er.

»Es wird schon gehen.«

Hilfreich stützte er sie, während sie mit wackeligen Knien zum Stehen kam. Energisch kämpfte sie gegen das matte Schwarz in ihrem Bewusstsein an. Sie standen immer noch in Alonsos Büro, doch von ihm selbst war keine Spur. Nur die Bescherung auf dem Schreibtisch und auf dem Teppich zeugte von ihrem lächerlichen kleinen Attentat auf den Padre.

Jetzt erst wurde ihr die Gefahr, in der sie sich befand, richtig bewusst. Was hatte sie sich nur dabei gedacht? Bestürzt wandte sie sich an ihren Retter.

»Wo soll ich nur hin? Ich bin doch nirgends mehr sicher!«

Torberg lächelte ihr beruhigend entgegen und tätschelte ihre Schulter. »Alles gut, Sie leben ja noch. Worüber hatten Sie Streit mit dem Padre?«

»Das fragen ausgerechnet Sie mich?«

Empört sah sie ihn an. Gerade er musste doch auch ohne Fragen verstehen. Es fiel ihr aufgrund der Schwellung schwer, deutlich zu sprechen.

»Auch, wenn ich mich bisher mitschuldig gemacht habe, so habe ich doch mein eigenes Empfinden für Recht und Unrecht. Mein Gewissen drückte mich schon lange und bevor es mich ganz erdrückt, musste ich es erleichtern.«

»Verstehe.«

Sie nahm den nassen Lappen selbst in die Hand und drückte ihn auf die Schwellung.

»Was glauben Sie, was ich alles von Alonso weiß, von seinen dunklen Geschäften und seinen feinen Geschäftspartnern, von seinen Verbrechen! Alles ist Geschäft und er macht Geschäfte mit menschlichen Seelen. Dieser Mann ist eine Gefahr für uns alle, er ist ein Ausbeuter der Gesellschaft, ein gefährlicher Schwerverbrecher …«

Anna steigerte sich, obgleich sie merkte, dass sie kaum zu verstehen war. Ihr Mund ließ sich nicht ganz öffnen. Dabei hatte sie so viel zu sagen. Sie begann, vor Erregung zu zittern, und sah vor ihren Augen Leas Blut.

»Und das haben Sie ihm alles gesagt?«, fragte er.

Fast gleichgültig wirkte sein Blick. So, als habe er nur gehört, aber nicht verstanden, was sie eben aus sich herausgenuschelt hatte. Das brachte Anna runter, verhinderte aber das Zittern nicht.

»Ja«, flüsterte Anna, »und ich habe gesagt, dass ich nicht mehr schweigen werde. Ich habe Beweise.«

Ihre Stimme hob sich wieder und aufmunternd stieß sie ihn an. »Mit Ihrer Courage und meinem Wissen könnten wir alles aufdecken und dem ein Ende machen. Wenn Sie mir helfen, werde ich vor Gericht aussagen!«

Sein Schweigen verwirrte sie.

Überhaupt störte sie etwas an ihm. Sie wusste nur nicht, was genau es war.

»Alonso baut sein kriminelles Geschäft hier noch auf. Wenn alles so steht, wie er es will, wenn überall die richtigen Leute am richtigen Platz sind, wird er sich zurückziehen und nur noch kassieren. Dafür lässt er sich dann einmal im Jahr anbeten …«

»Und Sie, werden Sie bei ihm bleiben?«

Entsetzt schüttelte sie den Kopf.

»Was? Niemals! Wollen Sie mich nicht verstehen oder können Sie nicht? Ich kann gar nicht hierbleiben. Wie ich denke, habe ich Ihnen gerade gesagt. Nicht einen Tag mehr werde ich mitmachen, keine Politiker mehr bestechen, keine Prozesse für ihn gewinnen und keine Menschen mehr verraten. Ich kann doch auf Sie zählen?«

Torberg reagierte nicht im Mindesten so, wie sie es erwartete. Es war, als ginge all das Gesagte an seinem Kopf vorbei.

»Wo ist eigentlich Kemal?«, fragte er.

»Kemal?«

»Kemal Akdas.«

Wie kam er darauf, dass sie es wusste?

»Das hat zwar mit mir nichts zu tun, aber er hat das einzig Richtige getan.«

Auf seinen fragenden Blick erzählte sie von ihren letzten Gesprächen, von Kemals Rückzug und seinen Zukunftsplänen.

Torberg sah nicht erstaunt aus. Langsam zog er einen zerknüllten Zettel aus seiner Hosentasche. Sie las. Es war Kemals Abschiedsnotiz an ihn, nicht freundlich, aber deutlich.

»Sie wussten es doch.«

»Ich glaubte es nur nicht.«

Torberg sah traurig aus, als hätte er mit Kemal jemanden verloren, der ihm sehr viel bedeutet hatte.

Sie dachte kurz nach, dann holte sie aus der Innentasche ihrer Kostümjacke einen aufgerissenen Briefumschlag und übergab ihn Torberg.

»Er hatte mir noch geschrieben … der Brief enthält seine neue Anschrift und seine neue Telefonnummer. Vielleicht nehmen Sie Kontakt zu ihm auf. Aber behalten Sie die Adresse unbedingt für sich.«

Er nahm den Umschlag nur zögernd.

»Danke … aber ich glaube, das kommt zu spät.«

Verwirrt sah sie ihn an und jetzt fiel ihr etwas auf, das blinkend seinen Hals zierte und schaukelnd über seinem offenen Hemd hing. Es hätte ihr ins Gesicht springen müssen – genau der Anhänger, den jedes Kind des Lichts trug – die strahlende Sonne, silbern glänzend, deren Bedeutung eindeutig war. Jetzt wusste sie, was sie die ganze Zeit über gestört hatte. Jan Torberg war einer von denen geworden. Wie, in Gottes Namen, hatte Alonso das nur geschafft?

ANNAS FLUCHT

Anna wurde schlecht, speiübel im Bauch und dunkel vor den Augen. Sie war verraten – verraten von einem Mann, der sie überhaupt erst dazu bewegt hatte, aufzustehen und sich in Gefahr zu begeben. Gerade ihm hatte sie vertraut und eben hatte sie ihm ihr aufgewühltes Seelenleben offenbart, alle ihre Pläne gegen Alonso herausposaunt. Erst jetzt erkannte sie – sie war allein. Niemand würde ihr helfen, weder Torberg noch Kemal. Sie stand ohne Hilfe gegen eine übermächtige Sekte. Das hielt sie nicht durch. Niemals. Noch immer hatte sie Wolffs Smartphone bei sich zu Hause versteckt, aber die belastenden Fotos waren nicht einmal woanders gesichert. Nur Kemal wusste, wo sie das Handy verborgen hatte.

Heimlich kramte sie in ihrer Jackentasche nach ihrem Wohnungsschlüssel. Jetzt gab es nur eine Möglichkeit – Sachen packen und los, weg von hier, untertauchen. Und das, bevor Alonso hier auftauchen würde. Während sie nach außen mit Torberg, der längst nicht mehr Torberg war, sprach, lief innerlich der Katastrophenplan ab, den sie gedanklich schon mehr als einmal durchlebt hatte. Geld, Papiere, Tarnung – alles war eine Frage der Zeit. Und Zeit gewinnen, war jetzt Punkt eins ihres Plans. Das hieß, Torberg hinhalten, verhindern, dass er sie im nächsten Moment Alonso auslieferte. Auf einmal war sie hellwach. Adrenalin und Noradrenalin schoss durch ihre Synapsen. Sie musste ihn täuschen. Angespannt spielte sie Erleichterung vor, als Torberg ihr anbot zu versuchen, die Sache mit Alonso zu bereinigen. Lachhaft! Anna ließ sich nicht anmerken, wie maßlos enttäuscht sie von Torberg, oder wie er jetzt heißen mochte, war. Er hatte es geschafft, ihr den letzten Rest Menschenachtung zu nehmen. Die eine Hälfte der Menschheit war ein gieriger, verlogener Haufen, die andere Hälfte war das Opfer. Lea, Kai, Torbergs Eltern und Anna gehörten zu den Letzteren.

Anna entschied sich für eine List. Vorgeschoben ging sie auf Torbergs Vorschlag ein, hier auf Alonso zu warten.

»Wahrscheinlich ist es das Beste ... Ich gehe nur schnell mein Gesicht waschen.«

Sie hatte nie eine Schauspielschule besucht, aber anscheinend wirkte ihre Einsicht so überzeugend, dass Torberg kein Misstrauen hegte und sie unbehelligt gehen ließ. Vielleicht ließ er sie auch trotzdem gehen. Doch bevor sie aufbrach, um alles zu verlassen, blieb sie noch einmal stehen und sagte etwas in den Raum hinein, das Torberg im tiefsten Inneren treffen sollte.

»Ihr Vater hat sich nicht umgebracht. Er wurde ermordet – von Wolff! Und der Padre gab ihm den Befehl dazu. Sie hatten recht, als Sie es bezweifelt hatten. Ich habe den Beweis dafür.« *Und der Kopf Ihres Vaters war nichts als eine blutende zerfetzte Masse*, dachte sie noch.

Torberg starrte sie jetzt an. Stumm und mit zusammengekniffenen Augenbrauen. Man konnte förmlich sehen, wie er versuchte, seine innere Zerrissenheit zu kitten. Wenn ihn diese Nachricht nicht zurückholen würde, dann schaffte es gar nichts mehr.

Anna nutzte die Chance, die sein untätiges Zaudern bot, und verschwand durch das Treppenhaus nach draußen zu ihrem Wagen. Sie musste jetzt an sich denken.

Etliche Male verfehlte Anna vor Aufregung das Zündschloss. Sie bekam es nicht hin, die Hand ruhig zu halten. Als es endlich glückte, würgte sie das Fahrzeug ab. Fast resigniert ließ sie die Stirn auf das Lenkrad fallen und schloss die Augen. *Durchatmen, bloß nicht verrückt werden ... Panik macht es schlimmer ...* Fast wünschte sie sich, sie hätte an all diesen Meditationssessions teilgenommen. Nach ein paar tiefen Atemzügen gelang der Start endlich. Langsam lenkte sie den Wagen vom Hof des Verwaltungszentrums. Jeder der bewusst ausgedehnten Atemzüge würde ihr einen Vorsprung verschaffen. Nur ihr Herz wusste von der notwendigen Besonnenheit nichts. Nach einem luftabschnürenden Trommelwirbel klopfte es jetzt zwar weniger oft, dafür umso heftiger. Sie musste hier weg, bevor der Padre es mitbekam. Das konnte sie nur mit Klugheit und Diszipliniertheit schaffen.

Anna befuhr etwa die Mitte des Hofes, als ihr der Chauffeur des Padre in dem Pullman entgegenkam. Vor Schreck starrte sie ihn im Vorbeifahren an. Als sie bemerkte, dass er sie fragend ansah und kurz grüßte, wandte sie ihren Kopf schnell ab und heftete ihren Blick zwanghaft auf die Straße. Zum Glück saß Alonso nicht in dem Wagen.

Mit Absicht blickte sie erst zwei Kilometer weiter in den Rückspiegel. Er war ihr offensichtlich nicht gefolgt. Doch es war nur eine Frage der Zeit, bis der Padre ihn oder – vermutlich schlimmer – Wolff auf sie hetzen würde. Und dann, gnade ihr Gott. Die Bilder der sechs Leichen brachen aus einer gut verschlossenen Schublade ihres Gedächtnisses hervor. Wolff würde Anna zerstückeln, ganz sicher. Er würde sie quälen, würgen, ermorden und dann zerstückeln, das vielleicht sogar bei lebendigem Leib. Es gab nichts mehr, was sie ihm nicht zutraute.

Hektisch tippte sie während der Fahrt mit einer Hand auf ihrem Telefon die Nummer Kemals.

»Geh ran, geh ran!«

Nach etlichem Klingeln und vielem Knacken in der Verbindung meldete sich endlich jemand. Sie konnte ihn nur schlecht verstehen.

»Kemal? Sind Sie das?«

»Ja, haben Sie etwas von Torberg gehört?«

»Sie müssen sofort da weg. Hören Sie? Sie müssen die Adresse, an der Sie sie sich aufhalten, verlassen. Tauchen Sie unter.«

»Was? Warum?«

»Alonso hat Ihre Adresse. Und Wolff. Sie sind nicht mehr sicher dort. Wenn die Sie anrufen, legen Sie auf. Lassen Sie sich auf keinen Fall überreden, herzukommen.«

»Woher haben die meine Adresse? Nur Sie wissen davon.«

»Ich hab sie Torberg gegeben.«

»Er ist also wieder aufgetaucht.«

»Er hat uns verraten. Er ist jetzt einer von ihnen.«

»Das kann ich nicht glauben.«

»Es ist so, glauben Sie mir. In der nächsten Zeit werden Sie mich nicht mehr erreichen können. Ich bin auf der Flucht. Wenn ich in Sicherheit bin, melde ich mich.«

»Auf der Flucht? Was haben Sie getan?«

»Etwas völlig Unüberlegtes. Ich muss jetzt auflegen.«

Anna fuhr zu schnell, überquerte rote Ampeln und setzte den Wagen vor ihrer Haustür fast auf dem Gehweg auf. Wie gestochen rannte sie zur Tür und schloss auf. Trotz all der Angst und Hetze drückte sie kurz ihren Merlin, der ihr erwartungsvoll entgegenhoppelte. Was würde nur aus ihm werden? Sie durfte gar nicht darüber nachdenken. Doch dafür war keine Zeit. Jetzt musste sie Schritt für Schritt das tun, was sie seit langer Zeit geplant hatte. Als Erstes stieß sie die Tür zum Schlafzimmer auf und griff sich den längst gepackten Koffer. Mit Schwung warf sie ihn auf das Bett und riss den Reißverschluss auf. Dann stürmte sie in die Küche, packte sich zwei Flaschen Wasser aus der Getränkekiste und einen ganzen Brotlaib vom Küchenschrank. *Ich brauche ein Messer* … bereits in der Diele angekommen, rannte sie noch einmal zurück und nahm eins der Messer aus dem Messerblock. All das schmiss sie in den geöffneten Koffer.

Allmählich kam die Besonnenheit zurück und das Nachdenken fiel ihr leichter. In der Seitentasche des Koffers prüfte sie die Anwesenheit ihrer Papiere. Es waren falsche Papiere – ausgestellt auf *Hellen Heinsberg*, mit Annas Foto, jedoch mit dunkler gelockter Frisur.

Die Perücke!

Anna holte die künstliche Haarpracht aus dem Schrank, wo sie seit langer Zeit, sorgsam auf einem Frisurkopf ruhend, auf ihren Einsatz wartete. Bevor sie sich damit in einen brünetten Lockenkopf verwandelte, zog sie sich um, tauschte Rock gegen Jeans und Pumps gegen Sneaker. All das vollbrachte sie in wenigen Minuten. Sie zwang sich dazu, nicht zwischendrin aus dem Fenster zu sehen, weil selbst das nur unnötig Zeit kosten würde. Als sie sich im Spiegel betrachtete, erschrak sie. Nicht nur die Perücke machte aus ihr eine völlig andere Person. Sie machte sie zur burschikosen Hellen Heinsberg, 36 Jahre, wohnhaft in Berlin. Ihr Gesicht sah entstellt aus. Der Schlag des Padre hatte ihre linke Wange dick anschwellen lassen. Hoffentlich klang das bis zum Grenzübergang zur Schweiz wieder ab. Natürlich fürchtete sie sich, auf ihrer Flucht in die Schweiz mit den falschen Papieren entlarvt zu werden, doch das war nichts gegenüber der Angst, Wolff oder Alonso in die mörderischen Hände zu fallen. So aufgedunsen, wie sie jetzt aussah, war sie regelrecht gebrandmarkt. Doch was sollte sie nun dagegen tun? Sie musste ihren gut durchdachten Fluchtplan einhalten, eine andere Möglichkeit gab es nicht. *Das Geld!* Fast hätte sie das Bargeld aus der geheimen Flasche im Bad vergessen.

Anna durchquerte die kleine Diele. Sie betrat das Bad und verharrte.

Auf dem Wannenrand saß Wolff und spielte mit der zur Spardose umfunktionierten Badeschaumflasche herum. Zuerst wollte sie es gar nicht wahrhaben, dachte an eine Täuschung ihres verängstigten Geistes.

»Hallo Anna, interessante Frisur. Wollten Sie zu einem Maskenball?«

Vor Schreck erstarrte ihr Körper in Angstlähmung. Nicht ein Gliedmaße ließ sich bewegen, selbst, als sie es noch so versuchte. Der Schock über den Anblick ihres größten Feindes lieferte sie gleichzeitig aus. Anna wusste, dass er ihr Mörder sein würde. Die Flucht war bereits hier gescheitert, all die detailreichen Planungen der vergangenen Wochen und Monate – umsonst.

Wolff stand auf, kam auf sie zu und zog ihr langsam die Perücke vom Kopf. Er grinste diabolisch. Wenn sie sich doch nur bewegen könnte. Sie dachte an das Messer in ihrem Koffer. Warum hatte sie es nicht in die Hosentasche gesteckt? Sie musste es zurück ins Schlafzimmer schaffen. Das war ihre einzige Chance. Anna versuchte, die Starre mit tiefen Atemzügen zu lösen. Wolffs Körper direkt vor ihr dünstete erneut den Geruch von Männerparfüm aus, der sich in ihren Lungenflügeln sammelte. Abstoßend, doch vielleicht war es gerade dieser Geruch, der sie erweckte. Zuerst ließen sich die Finger bewegen, dann spürte sie ihre Füße wieder, und auch ihren Atem nahm sie jetzt bewusster wahr. Annas Gehirn wechselte innerhalb von Sekunden von einem eingefrorenen Zustand in einen Modus, der Tausende Gedanken in kürzester Zeit durch die Synapsen jagte. Ihr neuer Plan lautete so: Wolff mit Geschwafel ablenken, unter einem Vorwand ins Schlafzimmer gelangen, das Messer ergreifen … und dann den Mistkerl im besten Fall abstechen, bevor er es mit ihr tat.

»Ich hatte mich schon gewundert, wie lange Sie brauchten, um hier zu sein«, log sie.

Wolff musterte sie. »Ach ja?«

»Denken Sie, ich hätte Sie nicht erwartet?«

»Das sah jetzt, ehrlich gesagt, nicht so aus.«

»Nun ja, nicht vielleicht hier im Bad, eher da, wo mein längst gepackter Koffer steht. Ich weiß genau, dass Sie es auf mein Gepäck abgesehen haben. Aber das, was Sie suchen, werden Sie dort nicht finden.«

»Was haben Sie denn im Gepäck verstaut?«

»Nichts.«

»Nichts? Oder das Smartphone, welches Sie mir gestohlen haben?« Wolff lachte auf. »Anna, wissen Sie, wie naiv Sie klingen?«

»Wenn Sie meinen.«

»Wo ist denn Ihr Fluchtkoffer?«

»Im Schlafzimmer.«

Wolff fasste sich in den Schritt und knetete die Hose.

»Im Schlafzimmer? Kommt mir gelegen.«

Unvermittelt packte er ihre Haare am Hinterkopf und drehte sie roh um. Ihr Nacken überstreckte sich schmerzhaft. Sofort wurde ihr klar, dass ihre Schonfrist abgelaufen war und sie keine Zeit für Geschwafel mehr hatte. Sie musste noch skrupelloser sein als er, um zu überleben. Darüber nachdenken, ob sie das überhaupt konnte, durfte sie nicht. Während er sie mit Gewalt durch die Diele schob und dabei den armen Merlin, der im Weg saß, mit dem Schuh zur Seite trat, nahm sie die nächsten Minuten gedanklich vorweg. Es war wichtig, dass er sie für wehrlos hielt, damit sie ihn überraschen konnte.

Im Schlafzimmer sah er sich kurz um, dann warf er sie so in Richtung Bett, dass sie zu Boden fiel und ihre Stirn gegen den Bettrahmen stieß. Einen Moment lang irritiert, raffte sich Anna schwankend auf. Wolff durchwühlte das Gepäck. Das Messer, wo war es? Da fand sie es neben dem Koffer auf der Tagesdecke, achtlos von ihm dorthin geworfen, aber zu nah bei ihm, als dass sie eine Möglichkeit für sich sah, es vor ihm zu erwischen.

»Wenn Sie das Smartphone suchen, das werden Sie hier nicht finden«, sagte sie.

Wolff sah abrupt auf, mit einem Blick, der sie ahnen ließ, wie er sie gleich zerfleischte.

»Ganz so naiv, wie Sie denken, bin ich nicht. Ich habe es jemandem gegeben und wenn ich nicht heute Abend am vereinbarten Treffpunkt bin, wird er damit zur Polizei gehen.«

Während sie das log und sich fragte, warum sie nicht genau das getan hatte, ging sie auf Wolff zu. Jetzt oder nie! Sie musste es tun. Jäh ergriff sie das Messer. Der Holzgriff lag fest in ihrer Hand. Anna stach zu. Sein Körper war härter, als sie es erwartete. Sofort stolperte sie einen großen Schritt zurück. Sie hatte ihn im Bereich der Rippen getroffen, nicht am Bauch, wie gewollt. Wolff öffnete überrascht den Mund. Er starrte sie an, dann das Messer, das mit einem Teil der Spitze in seinem Brustkorb steckte. Damit hatte er um nichts in der Welt gerechnet. Schockiert begann er zu taumeln, doch was sie erhoffte, dass er zusammensacken würde, das passierte nicht. Wolff packte das Messer und zog es mit einem Ruck aus sich heraus. Anna registrierte es mit Entsetzen, hörte ihn stöhnen, sah das Blut und flüchtete aus dem Raum. Mit der Kraft einer Verzweifelten warf sie die Schlafzimmertür von außen zu und schloss mit zittrigen Fingern ab.

Mit dem Schlüssel in der Hand sank sie an der Tür nieder und horchte mit einem Ohr an dem Holz. Was geschah in dem Raum? Ein dumpfes Plumpsen direkt vor der Tür bestürzte sie. Wolff fluchte und stöhnte leise. Danach war es still. Anna hielt eine Weile den Atem an. Neben ihr lag Merlin japsend am Boden. Behutsam nahm sie ihn und legte ihn auf ihren Schoß.

»Es tut mir leid«, flüsterte sie. »Es tut mir so leid. Niemand ist unschuldiger als du.«

Weinend kraulte sie sein weiches Fell, vorsichtig, um ihm nicht noch mehr wehzutun.

Plötzlich erschütterte etwas die Tür, sodass Anna vor Schreck samt Merlin nach hinten kippte.

Wolff schrie von innen und trat gegen die Tür.

»Ich krieg dich, du scheiß Schlampe! Ich schlag dir jeden Zahn einzeln aus.«

Anna sprang bestürzt auf. Schnell legte sie den sterbenden Hasen in der Dielenecke ab. Der nächste Tritt zersplitterte das Holz. Durch ein Loch erschien Wolffs Bein, das augenblicklich weiter oben nachtrat und Teil für Teil aus dem Holz brach.

Panisch rannte Anna los. Sie hatte nichts, keine Papiere, keine Geldkarte, nicht einmal den Autoschlüssel. Alles lag im Schlafzimmer auf dem Bett. Es ging ums nackte Überleben. Sie erfasste die Klinke der Haustür. *Nur raus hier!*

Anna war fast draußen, da packte er sie am Bein und zog sie nach innen. Haltlos fiel sie hin und schlug mit dem Kiefer auf der Türschwelle auf. Blutgeschmack strömte in ihren Mund. Als er sie zurück in das Haus zog, sah sie ihr verwischtes Blut wie eine Schleifspur auf den Fliesen. Sie starrte voll Sehnsucht und Verzweiflung auf den Eingang, durch den die Sonne ihr helles Licht strahlte. Wolff ließ ihr Bein fallen und schritt zum Licht. Dann sperrte er die Tür ab und es wurde dunkel.

DAVID

»Wir werden eine Reise antreten. Ich werde jedes meiner Zentren in Deutschland und im Ausland besuchen und ich möchte, dass du mitkommst.«

Das Angebot des Padre überraschte Jan. »Sollte ich nicht hier im Zentrum bleiben und die Garde anführen?«

Er wollte gar nicht weg. Laras Nähe war ihm wichtiger als der Wunsch des Padres. Seit Anna einen Tag zuvor die Behauptung vom Mord an seinem Vater in den Raum gerufen hatte, haderte er mit seinem Vertrauen in die Gemeinschaft. Zwar glaubte er nicht wirklich an das, was sie behauptete. Warum sollten Wolff und der Padre so etwas tun? Bestimmt wollte sie ihn nur verunsichern. Dennoch entfaltete sich das von ihr eingepflanzte Misstrauen mit jeder Überlegung über die Ungereimtheit zwischen gepredigtem Glauben und gezeigter Praxis in der Gemeinde.

Der Padre hatte einen Narren an ihm gefressen. Jan war sich seiner besonderen Stellung bei ihm bewusst. Er war des Padres Liebling, dafür das Hassobjekt Wolffs. Denn der ließ keine Möglichkeit aus, ihm eins reinzuwürgen. Allein das ließ ihn an der vielgepriesenen Gerechtigkeit in der Gemeinde zweifeln. Jan litt an den kleinen Gehässigkeiten, die Wolff ihm antat – zu heftige Stöße in die Rippen im Vorübergehen, Lächerlichmachen vor den Wachleuten, die Jan demnächst beaufsichtigen sollte, Unterlassen von Informationen, wenn es um wichtige Aufgaben ging. Trotzdem glaubte er nicht, dass Wolff ein Mörder war. Anna musste gelogen haben. Jan würde niemals für und mit solchen Verbrechern arbeiten.

»Du wirst viel über die Gemeinde lernen auf unserer Reise«, sagte der Padre. Er lächelte Jan zufrieden an, während Jan insgeheim begann, über den Sinn seiner Abhängigkeit nachzudenken.

Ein Geräusch hinter ihnen lenkte sie ab. Wolff trat ein. Sein sonst so korrekt und übereitel wirkendes Gehabe wich heute einer auffallenden Vernachlässigung. Er sah erschöpft aus, verschwitzt und ungekämmt. Sein Gesicht zeigte einen großen blauen Fleck, sein Gang war leicht gebeugt, als hätte ihm jemand in die Rippen gestoßen.

Bedeutungsvoll nickte er Alonso zu. Doch der Padre schien nicht zu verstehen.

»Was gibt es?«

Verstohlen blickte Wolff zu Jan hinüber.

Alonso winkte ab.

»Rede nur, David kann alles hören.«

Zögernd räusperte sich Wolff, als suchte er nach den richtigen Worten.

»Anna … äh, sie hatte einen Unfall.«

Ungläubig sah Jan ihn an. Er blickte in die Gesichter der anderen und hatte einen Verdacht. Für einen Moment funkte es in seinem Inneren. Es ging ihm inzwischen körperlich deutlich besser als in der ersten Zeit in der Siedlung. Das spürte er an dem langsam aufkommenden Bedürfnis, zu hinterfragen. Jan erinnerte sich verschwommen an sein Lebensgefühl vor der Weihe, an das Unzufriedene und Aufsässige. Es war keine glückliche Zeit gewesen, aber eine selbstbestimmte. Die Erinnerung an die Vergangenheit hinterließ nicht nur seelischen Schmerz, wie Lara es ihm einreden wollte. Sie offenbarte auch die Lebendigkeit und das Selbstbewusstsein, das er empfunden hatte. Er wollte wieder Fragen stellen. Aber Infragestellen und Zweifeln waren unerwünscht. Jeder Anflug von Kritik löste augenblicklich Sanktionen aus. Seine Frage, warum man unbedingt die Hand des Padre küssen musste, hatte ihm zwanzig Extrarezitationen aus der LEHRE und eine Beichte beim Padre persönlich eingebracht. Nachfragen brachten nichts als Ärger.

Der kleine Funke in Jans Innerem verglimmte wieder. Er hätte immer noch gehen können. Zwar besaß er nichts mehr, nicht einmal mehr Papiere, vor allem keine Entschlossenheit. Wohin sollte er auch gehen? Da draußen wartete niemand auf ihn. Alles, was er hatte, lag in dieser Gemeinde – Lara, eine Familie, eine Aufgabe, ein gefülltes Leben. Von seiner eben empfundenen Lust zu Aufruhr blieb schon jetzt kaum noch etwas übrig.

Alonso sah zum Fenster hinaus. Er schwieg lange, als hielte er eine Schweigeminute für Anna. Dann drehte er sich zu Jan.

»Wie hieß noch dieser Türke … dein Rechtsberater?«

Jan senkte die Augen. Es wäre Verrat. Kemal wollte nichts mehr mit ihnen zu tun haben. Es war aber vielleicht die letzte Möglichkeit, ihn wiederzusehen. Der Padre wartete. Obwohl er wusste, dass er das Falsche tat, kramte er aus seiner Hosentasche einen zerknitterten, aufgerissenen Briefumschlag, den Anna ihm gereicht hatte, und hielt ihn unschlüssig in Händen. Alonso nahm ihm mit einem Griff das Schreiben weg. Jan sah dem Umschlag nach und beobachtete den Padre, wie er stumm las. Er wollte ihm den Brief gar nicht geben. Warum empfand er keine Wut darüber? Was war aus ihm geworden? Die ganze Zeit über begleitete ihn ein Gefühl, als ging er durch Nebelschwaden, die er nicht durchdringen konnte. Jan war müde. Seit Wochen hatte er viel zu wenig geschlafen. Immer dann, wenn er Eigensinn in sich aufkommen spürte, versickerte es bald in geistiger Erschöpfung.

WOLFFS GEHEIMNIS

Jan zwang sich, seine Trägheit zu überwinden. In Gedanken breitete er die Arme aus und schob den Nebel beiseite, der sein Bewusstsein umhüllte. Er holte tief Luft und wandte sich an Wolff.

»Was genau ist Anna denn passiert?«

Gereizt schmetterte Wolff Jans Frage ab.

»Was geht dich das an?«

Es war Wolff für diesen Moment egal, dass der Padre ihn verwundert und leicht verärgert ansah. Das Letzte, was er gebrauchen konnte, waren neugierige Nachfragen, wie und wo die Schlampe ihren Tod gefunden hatte. Allein, dass Torberg, der jetzt ausgerechnet David hieß, danach fragte, ließ Zweifel an der gelungenen Umprogrammierung des Störenfrieds aufkommen. David – Liebling, ausgerechnet! Des Padres Liebling? So plötzlich? Es war zum Kotzen. Nichts lief, wie es sollte. Sein Smartphone war noch immer verschollen, mit all den Beweisfotos, die er leichtsinnigerweise gespeichert hatte. Fotos von Kai Holzmann, von Peter Torberg, und all den anderen Missgeburten, die er für Alonso erledigt hatte. Wo, verdammt noch mal, hatte sie das Handy versteckt? Wenn der Padre davon erfahren würde, gäbe es unaussprechbaren Ärger für ihn. Natürlich war es bescheuert, mit den Leichen zu posieren. Aber es war geil. Das gab ihm das Gefühl von Kraft und Macht. Peter Torberg zu töten und es wie einen Selbstmord aussehen zu lassen, war fast zu simpel. Der Mann war einfach fertig gewesen. Er hätte es eines Tages sowieso getan. Aber Holzmann, das Verräterschwein, da ging es um einen Kampf auf Leben und Tod. Und er – Andrej Wolff – hatte gesiegt. Er hatte ihm – kurz, bevor er ersticken würde – die Tüte vom Kopf gerissen, ihm die Fresse zu Brei zertrümmert und ihm mit einer eigens mitgebrachten Machete bei lebendigem Leib die Arme abgehackt. Er war ein Sieger.

»Sie hatte einen Autounfall«, sagte er jetzt und in Gedanken sah er Anna auf einem Stuhl gefesselt in ihrem eigenen Haus sitzen, den Mund geknebelt.

»Auf einer Landstraße … sie fuhr gegen einen Baum«, fügte er noch an und verriet damit genau das, was er noch mit ihr vorhatte. Sie sollte verbrennen in ihrem Auto. Bis zur Unkenntlichkeit, damit niemand mehr herausfinden konnte, ob sie vor oder nach dem Unfall zu Tode kam. Dazu wollte er ihr vorher auf bestimmte Weise die Unterarme brechen, damit es aussah, als hätte sie sich vor dem Aufprall in ihr Lenkrad gekrallt und abgestützt. Aber bis dahin musste sie ihm erst noch das Versteck des Smartphones verraten. Er hatte diese Fotos natürlich nicht in der Cloud gespeichert. So konnte er leider jetzt nicht von außen darauf zugreifen. Es war ein elendiger Mist.

»Sie ist verbrannt«, ergänzte er in schroffem Ton an Torberg gerichtet.

Dem vorlauten Liebling des Padres sollten weitere Fragen im Halse stecken lassen.

Jan schluckte die Antwort wie einen giftigen Brocken. Die Kaltschnäuzigkeit mit der Wolff das sagte, ließ ein Loch im Nebel zurück.

TEIL 8

ZWEIFEL

Lara sah sofort, dass es Jan nicht gut ging. Geistig abwesend und stumm verbrachte er das Abendessen am Tisch. Als er auch vor dem Zubettgehen noch nicht mit ihr sprach, nahm sie ihn beiseite. Sie wollte weder ihren Schülern noch dem Familienältesten auffallen. Deshalb zog sie ihn in den Vorratsraum zwischen Säcken mit Mehl und Stapeln von Konservendosen. Sie schloss von innen ab.

»Jetzt verrate mir, was du hast. Habe ich etwas falsch gemacht?«

»Nein, es hat nichts mit dir zu tun. Ich habe vom Tod einer Freundin gehört … na ja, eine Freundin war sie nicht wirklich. Du musst sie kennen – Anna Schuster.«

Lara reagierte erschüttert. »Sie ist tot? Oh nein, was ist passiert?«

»Sie soll einen Autounfall gehabt haben und verbrannt sein. Aber ich weiß nicht, ob ich das glauben soll.«

»Wieso glaubst du das nicht?«

»Das kann ich dir schlecht erklären. Nicht jetzt.«

»Wer hat es dir denn erzählt?«

»Wolff und der Padre.«

»Wie kannst du an dem zweifeln, was sie sagen?«

Jan nahm ihren kleinen Kopf zwischen seine Hände.

»Belaste dich nicht mit meinen Gedanken, Lara.«

»Wenn es ein Autounfall war, muss es ja irgendwo in der Zeitung stehen, nicht wahr? Du bist doch morgen draußen unterwegs, um den Padre zu chauffieren. Vielleicht hast du dann eine Gelegenheit, eine Zeitung zu kaufen … Aber heimlich, Jan, und ich habe dir das nicht gesagt.«

Auf so etwas Banales war er nicht mal gekommen. »Du bist genial.«

»Du wirst sehen, alles ist so, wie es dir gesagt wurde. Es tut mir so leid für Anna Schuster. Sie war eine sehr nette Person.«

Jan dachte weiter. Was sollte er tun, wenn er seine Zweifel bestätigt sähe? Wenn sie ihn wirklich angelogen hatten, was war dann mit Anna geschehen?

»Hast du ein Handy?«, fragte er.

»Was? Nein! So etwas brauchen wir hier nicht.«

»Wer hat denn ein Handy? Irgendjemand muss doch eins haben.«

»Vielleicht Carsten.«

»Der Familienälteste? Dieser schmierige, unausstehliche Typ?«

»Aber, David! Wie redest du denn?«

Lara sah sich schuldbewusst um, obwohl sie im Vorratsraum eingesperrt waren.

»Ich kenne dich ja gar nicht wieder.«

»Dann lernst du mich endlich so kennen, wie ich wirklich bin.«

Dass er so etwas sagte, machte ihr Angst. »Wie bist du denn wirklich?«

»Jedenfalls nicht der nette Kerl, in den du dich verliebt hast. Es tut mir leid. Ich wollte nicht, dass es so kommt. Lara, die Welt da draußen ist nicht so, wie du denkst. Es gibt nicht nur das Gute oder das Böse. Es gibt immer beides, überall. Auch in deiner Welt ist nicht alles nur gut. Nicht einmal der Padre.«

»Ich will das nicht hören.«

Jan küsste sie auf die Stirn. »Das musst du auch nicht.«

Sie seufzte. »Ich kann dir etwas Geld geben. Damit kannst du dir vielleicht draußen so ein Telefon kaufen.«

»Das wird nicht funktionieren. Man muss es anmelden und ohne Papiere bekomme ich keine SIM-Karte.«

»Was sollen wir sonst tun?«
»Ich nehme mir Carstens Handy.«
Lara ahnte, was er vorhatte. »Du willst es stehlen?«
»Nur ausleihen. Ich gebe es zurück.«
Sie schüttelte den Kopf energisch. »Das gefällt mir nicht.«

DIE RÜCKKEHR DER REBELLION

Das Smartphone von Carsten zu klauen, war nicht schwierig. Jan beobachtete ihn und wartete, bis er es nach einem Gespräch ohne Aufsicht beiseitelegte. Anscheinend dachte der Familienälteste nicht im Traum daran, jemand aus seiner geistigen Familie könnte ihm das Teufelszeug entwenden. Es war nicht einmal mit einem Passwort geschützt. Jan griff direkt zu, als Carsten das Büro verließ. Er nahm es mit in den Vorratsraum und schloss sich ein, um ungestört damit hantieren zu können. Es war nicht so, dass er noch nie ein Smartphone besessen hatte. Nur war es schon eine geraume Zeit her und die Dinger hatten sich extrem weiterentwickelt. Nach einer Weile fand er die Telefonapp und den Browser. Aber das Internet konnte man von hier aus nicht aufrufen. Ihm blieb nichts übrig, als es von unterwegs aus auszuprobieren, wenn er seine erste Aufgabe für den Padre ausführen sollte. Kemals Telefonnummer hatte er sich auf einem kleinen Stück Papier extra notiert. Eigentlich nur, weil er sich für den größten Schussel aller Zeiten hielt und nicht, weil er damit rechnete, dass der Padre ihm den Brief von Kemal wegnehmen würde. Jetzt war er froh darum.

Jans Auftrag lautete, den Padre von einer Adresse abzuholen und zurück in die Zentrale zu bringen. Das sollte er wohl hinbekommen, dachte er. Und es sollte ihm nebenbei Zeit geben, unbeobachtet im Internet zu stöbern. Bis zur Abfahrt vertrat er sich auf dem Hof die Beine. Es war eine Art Innehalten, bevor er sich der Welt da draußen aussetzen wollte. Dann setzte er sich hinter das Steuer, stellte das Navigationssystem so ein, wie man es ihm erklärt hatte, und durchfuhr das elektronische Tor, um das Gelände zu verlassen. Nur wenige Kilometer weiter hielt er an einer Bushaltestelle an und stieg aus.

Als er den ersten Fuß außerhalb der Zentrale und der Siedlung auf die Straße der City setzte, kam es ihm vor wie der Ausgang nach Jahren in Isolationshaft. Die ganze Welt lag plötzlich vor ihm und tat so, als wollte sie ihn verschlucken. Die lange Zeit, abgeschnitten von der Außenwelt, hatte ihn noch übersensibler gemacht, als er es eh schon war. Die Geräusche und die Schnelligkeit des Verkehrs in der Stadt stürmten wie ein Unwetter auf ihn ein. Seine Augen hefteten sich an alles, was sich vor ihm bewegte: die Tauben auf den Ästen des Baumes, die vom Wind herumgewirbelte Bäckertüte auf der Straße, die rastlosen Menschen mit hochgeschlagenen Krägen und Schirmen, die Autos im stockenden Verkehr. Er fühlte ein aufregendes Kribbeln in der Magengegend.

Dummerweise war er in Vertretung des Chauffeurs des Padre mit der riesigen Stretchlimousine unterwegs. Die Fahrt mit dem Pullman war sozusagen seine Jungfernaufgabe, mit der er sich bewähren sollte. Hier, an der Haltestelle, fühlte er sich unwohl. Sie war ihm zu nah an der *Kirche des Lichts*, um Carstens Handy zu benutzen. Er stieg ein, legte den Automatikgang ein und fuhr durch die Stadt. Unauffällig irgendwo zu parken, schien ihm aussichtslos. Jeder, der den Wagen passierte, starrte ihn an. Allein das Fahren fiel ihm schwerer als gedacht. Nicht nur die Länge des teuren Wagens bereitete ihm Schweißausbrüche. Ihm fiel es schwer, seine Augen an die vorausfahrenden Fahrzeuge zu heften. Er konnte sie in seiner inneren Unruhe nicht ausreichend fixieren.

Erst auf dem Parkplatz vor einem Park stellte er den Wagen quer über vier Stellplätze ab. Er verriegelte die Türen und stellte erfreut fest, dass sich das Internet jetzt öffnen ließ. Extra früh losgefahren blieb ihm laut Navigationssystem eine dreiviertel Stunde, um Informationen über Unfälle der letzten Tage herauszufinden. Über einen so schweren Unfall, wie er Anna zugestoßen sein sollte, musste doch irgendwo berichtet werden.

Jan fand keinen einzigen Hinweis. Natürlich bewies das nichts, aber es nährte seine Zweifel. Nach einigem Zögern nahm er den Zettel aus der Hosentasche. Er sah sich nach allen Richtungen um, dann wählte er Kemals neue Nummer, doch der nahm nicht ab. Jan sah auf die Uhr des Navis. Es blieb ihm keine Zeit mehr.

Bald darauf saß der Padre in dem Wagen auf der Rückbank und ließ sich von Jan durch die Stadt chauffieren. Jan hoffte währenddessen, dass das Handy in seiner Jackentasche nicht ungeplant läutete. Smartphones waren ihnen nicht erlaubt. Schon gar nicht die gestohlenen Smartphones derjenigen, die es durften, und Carsten würde sein Mobiltelefon sicher schon verzweifelt suchen.

»David.« Der Padre sprach durch eine Sprechanlage zu ihm. Er saß hinter einer Scheibe, die ihn vom Fahrer trennte. Jan war es recht, dass der Padre seine Nervosität während der Fahrt nicht so genau mitbekam.

»Fahr da eben rechts ran.«

Die unerwartete Aufforderung irritierte Jan. Ohne groß zu überlegen, schlug er das Lenkrad ein, um den einzig passenden Platz am rechten Fahrbahnrand anzusteuern. Leider vergaß er die Ausmaße des Pullman und brachte einen neben sich fahrenden SUV in große Not. Schnell schwenkte er zurück und verpasste gerade noch einen Zusammenstoß mit einer Verkehrsampel. Die Schwerkraft schaukelte den Padre auf dem Rücksitz hin und her.

»David! Der Wagen hat eineinhalb Millionen gekostet!«

Diese Ansage von hinten führte nicht gerade zur Austrocknung seiner Schweißdrüsen. Jans Nerven lagen blank.

»Wo soll ich denn jetzt halten?«

Alonsos Stimme schallte jetzt lautstark an Jans Hinterkopf. Er hatte die Scheibe heruntergefahren.

»Lass es, bei Gott! Fahr in die Zentrale.«

Als sie die Zentrale erreichten und er auch noch die Engstelle durch das Tor gemeistert hatte, war Jan nahe an einer Migräne.

Der Padre blieb sitzen und wartete.

»David?«

Jan drehte sich um. Seine Haare klebten wie die Beine einer großen Tarantel auf der Stirn.

»Oh«, sagte er, nach einem Blick in Alonsos Gesicht.

Dann stieg er mit zittrigen Knien aus und rannte um die Haube herum, um dem Padre die Tür aufzuhalten. Alonso stemmte sich aus dem Fahrzeug.

»Wann ist der Chauffeur zurück?«

»Ich weiß nicht.«

»Den Maybach überlassen wir in der Zwischenzeit besser jemand anderem. Für dich tut es auch ein Lieferwagen.«

Jan war es genauso recht wie dem Padre.

Er überlegte, ob Alonso genauso ungerührt über Annas Tod dachte, wie Wolff.

»Ich möchte Sie etwas fragen.«

»Was?«

»Der Unfall von Anna …«

Der Padre fuhr ihn an. »Was interessiert dich Anna?«

»Sie geht mir nicht aus dem Kopf.«

»Wieso ist da so viel Platz in deinem Kopf. Du hast anscheinend nicht genug zu tun, dass du dich für Dinge interessierst, die dich nichts angehen … ach, ich vergaß.« Alonso holte etwas aus seiner Hosentasche und hielt es Jan vor die Nase. »Das ist der Schlüssel zum Fotostudio. Du kannst deine überschüssigen Gedanken dort in kreative Bahnen lenken.«

Jan hielt die Hand auf und Alonso ließ den Schlüssel hineinfallen.

»Vergiss Anna! Schaff Ordnung in das alte Studio. Heute Abend allerdings wirst du mit Wolffs Männern eine Runde trainieren.«

Er drückte mit seinen Pranken Jans Oberarme zusammen.

»Du wirkst mir ein wenig schwächlich. Für den künftigen Chef der Garde musst du in Form kommen. Ich denke ja, dass du das besser kannst als Auto fahren.«

UNGLEICHER KAMPF

»Er weiß es nicht, stimmts? Er weiß nichts von den Fotos. Sie haben es ihm verschwiegen.«

Anna saß auf einem Stuhl. Ihre Hände und Füße waren mit einer Wäscheleine zusammengebunden, die ihr in die Haut schnitt, ihre Bluse zerrissen. Den Knebel hatte er gelöst. Sie hatte Angst, aber diese Angst wich immer mehr der Erschöpfung.

Wolff schwieg. Er durchwühlte ihren Wäscheschrank, riss Schubladen heraus, und kroch unter das Bett.

»Eins muss ich noch wissen – haben Sie im Auftrag des Padre gemordet, oder wusste er nichts davon? Und mich – wie wollen Sie mich verschwinden lassen? Glauben Sie nicht, dass die Polizei misstrauisch wird, wenn so viele Menschen aus der Gemeinde verschwinden?«

Gefrustet kam er unter dem Bett hervor.

»Du wirst nicht verschwinden, du wirst verbrennen – in deinem Auto.«

»Das kann man nachweisen! Unterschätzen Sie die Spurensicherung nicht.«

»Vielleicht hast du recht … Ich werde dich lieber in Säure auflösen und den Abfluss runterspülen. Gern lebendig.«

In Anna verkrampfte sich der Brustkorb. Dazu war er imstande. Noch stärkere Qualen als jetzt warteten auf sie.

»Egal, was Sie tun, es wird auffallen, allein, weil diese Wohnung verwüstet wurde. Und wenn Sie noch so dicke Handschuhe tragen. Irgendwo wird Ihre DNA kleben bleiben.«

»Oh, das war nicht ich. Das war das Rechte Pack! Die machen immer Ärger. Und was meine DNA angeht – ich war bei dir zu Besuch, Schätzchen.«

»Eines Tages wird man Sie entlarven und Sie werden für all das büßen.«

»Kann sein, aber du wirst das nicht mehr erleben.«

Seine Finger krallten sich in Annas Oberarme.

»Schluss mit dem Geplauder. Wo ist das Smartphone?«, schrie er. Tropfen von Speichel trafen Annas Gesicht.

»Ich sagte doch, es ist nicht hier. Die Fotos habe ich hochgeladen. Sie liegen in einer Cloud.«

»Du lügst!«

Seine Faust traf ihren Kiefer und warf ihren Kopf zur Seite. Anna schmeckte das Blut in ihrem Mund. Sie konnte ihren Mund nicht mehr öffnen. Ihr Unterkiefer war verschoben. Wie sollte sie das bloß überleben?

NICHT NUR GUT UND BÖSE

Lara fing Jan noch vor der Siedlung ab, als er auf dem Weg zu ihr war. Sie war nervös und sah sich immer wieder um, ob man ihr hinterherspionierte.

»Hast du etwas herausgefunden?«, fragte sie. »Carsten läuft unruhig hin und her und durchwühlt alle seine Schubladen und Schränke. Er ist furchtbar schlecht gelaunt und schnauzt jeden an.«

Jan fasste in seine Jacke und fühlte nach, ob er es nicht verloren hatte.

»Ich leg ihm das Handy irgendwo hin. Dann beruhigt er sich wieder.«

»Und der Unfall?«

»Es gibt keine Berichte über einen solchen Unfall.«

»Was sollte ihr denn sonst passiert sein?«

Jan verschluckte, was ihm auf der Zunge lag und er unterdrückte, was sich ihm aufdrängte. Hätte der Padre nicht so gereizt auf seine Frage nach Anna reagiert, würde Jan sie vielleicht bald vergessen. Aber so blieb ihr Schicksal übermächtig präsent. Annas letztes Zusammentreffen mit Alonso endete mit einem brutalen Schlag. Anscheinend deshalb, weil sie ihm Ungerechtigkeiten um die Ohren geschleudert hatte, die er nicht hören wollte. Konnte man sie weggeschafft haben, weil sie unbequem wurde?

Aber wohin?

»Irgendetwas ist faul an Annas Schicksal. Ich weiß ja selbst nicht, wonach ich suche … Lara …« Er fasste mit einer Hand an ihre Wange und spürte die Wärme, die sie ausstrahlte. »Könntest du dir vorstellen, dass nicht alles der Wahrheit entspricht, was man uns erzählt?«

Entrüstet stieß sie seine Hand von ihrem Gesicht.

»Auf keinen Fall! So etwas darf man nicht denken. Es ist ein ganz schlechtes Zeichen, dass du voller Zweifel bist. Du solltest mehr meditieren und in der LEHRE lesen. Das hast du seit der Weihe sehr vernachlässigt.«

»Ich kenne die LEHRE auswendig. Was soll ich denn noch darin lesen?«

»So würdest du nicht reden, wenn du die LEHRE ganz verstanden hättest. Du verbringst zu wenig Zeit mit uns in der Familie. Deswegen entgleitest du.«

»Der Padre hat etwas anderes für mich vorgesehen als stundenlanges Meditieren und Lesen. Da bleibt mir keine Zeit mehr für Familie.«

Ihr Augen füllten sich mit Tränen. Sie spürte, dass er sich immer mehr von ihrer Welt entfernte. Zuerst kamen die Zweifel, dann die Weigerung, und schließlich würde er die Glaubensgemeinschaft verlassen.

»Ich habe schon einmal jemanden an die Welt da draußen verloren. Ich will das nicht noch einmal erleben.«

»Die Welt da draußen ist doch nicht weit entfernt. Warum hast du nicht nach deinem Freund gesucht? Vielleicht hätte er dir etwas zu erzählen gehabt.«

»Ich gehe doch nicht da raus! Nicht ohne die Unterstützung meiner Gemeinde.«

»Wieso muss draußen alles schlecht sein und hier drinnen alles gut?«

»Weil es so ist! Wer es leugnet, hat nicht verstanden. Du wirst gehen und uns alle hier vergessen.«

Jan schüttelte den Kopf. »Ich würde dich niemals vergessen.«

»Dann beweise es und hör auf, diesen Zweifeln nachzuhängen.«

»Kannst du mir nicht einfach nur ein bisschen vertrauen.«

»Wie sollte ich dir vertrauen, wenn du voller Zweifel bist.«

»Weil du auch allen anderen hier vertraust. Wieso vertraust du Carsten, dem Priester, Urias, dem Padre und allen anderen mehr als mir?«

»Du kannst dich doch nicht mit dem Padre vergleichen. Natürlich vertraue ich ihm mehr als dir. Ich habe ihm mein ganzes Leben geschenkt.«

»Ach, vergiss es! Mit dir kann man nicht vernünftig reden.«

Wütend winkte er ab und verließ das Haus. Lara machte ihm eine Szene, dabei hatte sie eben zugegeben, dass sie den Padre mehr liebte als ihn. Sollte sie doch mit ihm das Bett teilen. Carstens Handy behielt er. Hinter der Siedlung der Familie lief er bis zum Tor, wo ihm die böse Außenwelt mit all ihren Geräuschen und Gefahren auflauerte.

Er atmete tief durch. Dann nahm er erneut den Zettel aus seiner Hosentasche und wählte noch einmal Kemals Nummer.

Jemand meldete sich.

»Kemal, sind Sie das?«

Kemal sah verwundert auf das Display seines Autoradios. Er war unterwegs im Auto und bekam den Anruf über die Freisprechanlage. Von der Stimme her schien hinter der unbekannten Nummer Torberg zu stecken.

»Torberg! Was ist denn da los bei Ihnen? Wo waren Sie bloß die ganze Zeit? Ich kann auch Anna Schuster nicht mehr erreichen.«

Der Anrufer ließ ihn auf eine Antwort warten.

»Reden Sie, Mann!«

»Anna ist tot. Ein schrecklicher Verkehrsunfall … angeblich.«

»Nie im Leben! Torberg, wenn Sie irgendetwas darüber wissen, sagen Sie es jetzt.«

»Ich weiß nicht mehr, als das – aber ich glaube es nicht.«

»Was glauben Sie denn?«

»Dass man sie weggeschafft hat.«

»Hat Anna Ihnen von den Fotos erzählt?«

»Welche Fotos?«

»Wolff hat anscheinend sechs Menschen ermordet und sich mit ihnen abgelichtet. Einer davon war Ihr Vater. Jan, Sie hatten recht damals. Er hat sich nicht umgebracht. Wolff hat ihn erschossen.«

Kemal glaubte, ein unterdrücktes Schluchzen aus dem Telefon zu hören. Konnte das wirklich der Torberg sein, den er kannte? Anna hatte behauptet, dass Torberg der Sekte beigetreten war. Konnte er ihm überhaupt trauen?

»Ich kann das nicht glauben. Wolff ist ein Arschloch, aber warum sollte Wolff das tun? Was soll mein Vater denn getan haben, dass man ihn erschießt?«, fragte Torberg.

»Weil der Padre es befohlen hat. Es ist eine Mafia, sonst nichts. Da ist nichts Heiliges … die *Kirche des Lichts* ist eine gottverdammte Sekte!«

Stille legte sich zwischen beide.

»Torberg … Jan … Anna hat Wolffs Smartphone gestohlen und versteckt. Eigentlich wollte sie mir die Fotos zusenden. Das hat sie anscheinend nicht mehr geschafft. Ich weiß aber, wo das Smartphone versteckt ist.«

Die Stimme am Telefon wurde fester.

»Wo ist es?«

»In Annas Haus. Im alten Streu des Hasen.«

»Ich hole es. Wie lautet die Adresse?«

»Ich suche die Adresse raus und schreibe Ihnen eine SMS an die Nummer, mit der Sie anrufen. Aber warten Sie auf mich. Ich bin gerade auf dem Weg dorthin. Die Fahrt dauert noch fast zwei Stunden. Seien Sie vorsichtig, wenn Sie dort ankommen. Man könnte Ihnen auflauern.«

SUCHE IN ANNAS HAUS

Nachdem er aufgelegt hatte, musste Jan sich erst einmal fassen. Er legte die Hände an seine Stirn und drehte sich im Kreis, mit dem Gesicht nach oben in den Himmel. Da sollte jemand sein, der sein Schicksal lenkte. Doch der Himmel zeigte sich unbeeindruckt. Graue Wolken zogen gleichgültig über ihn hinweg und eisige Luft legte sich auf sein Gesicht. Niemand war da, um ihn aufzufangen. Wie konnte er nur auf diese Sekte hereinfallen – ausgerechnet er, der Kritische, der Bockige und Respektlose. Wie war ihnen das gelungen? Er hatte sich gänzlich verloren und musste sich nun unter Schmerzen wiederfinden.

Wut kochte in ihm hoch und seine unterdrückte Impulsivität explodierte aus ihm heraus. Jan wollte nicht auf Kemal warten. Er musste es jetzt regeln. Entschlossen telefonierte er nach einem Taxi und ließ sich zu Annas Adresse fahren.

Das Haus lag abgelegen. Es war alt und dafür von einem großen Grundstück umgeben. Vom Fenster aus hätte ihn jeder aus dem Taxi aussteigen sehen können. Sollte Wolff oder jemand anderes aber dort sein Unwesen treiben, wollte Jan sich unbemerkt anschleichen. Er ließ den Fahrer bis zur nächsten Kreuzung fahren, außer Sichtweite des Hauses.

Als er ausstieg, inspizierte er die Umgebung. Brachland, ein angrenzendes abgeerntetes Maisfeld, und eine leere Straße mit regengefüllten Schlaglöchern – aber kein Auto weit und breit. Wolff würde sicher nicht zu Fuß kommen.

Das Haus lag in völliger Stille. Nichts deutete darauf hin, dass hier irgendetwas passiert war. Nur auf dem Rasen, neben einer Buchsbaumhecke, lag der Kadaver eines schwarz-weiß gescheckten Kaninchens, als hätte man es zur Terrassentür herausgeschleudert. Jan spionierte durch das Küchenfenster.

Alles sah nach einer ordentlich verlassenen Wohnung aus. Dann horchte er an der Haustür und versuchte, sie zu öffnen. Sie war verschlossen. Es wäre auch zu einfach gewesen. Zum Glück war das Haus alt und die Scheiben dünn. Geduckt unter dem Sims der Fenster lief er um das Haus herum. Er wickelte sich seine Lederjacke um den Unterarm und schlug die kleine Scheibe des Abstellraums ein. Das Klirren der Scherben durchbrach die Stille wie eine Sirene. Mit eingezogenem Kopf flüchtete Jan eine Ecke weiter und wartete auf eine Reaktion von innen. Als er sicher war, dass sich nichts rührte, kam er zurück, klopfte die spitzen Bruchstücke heraus, schüttelte die Jacke aus, und stieg durch das Fenster. Er landete zwischen gefüllten Regalen mit Gurkengläsern und Küchenrollen. Unter seinen Turnschuhen knirschte das Glas. Bevor er die Klinke hinunterdrückte, horchte er noch einmal.

Leise betrat er die Diele. Allmählich fühlte er sich sicherer. Hier war niemand zu Hause. Krümel von grauem Streu zeigten ihm den Weg zum Gäste-WC bis zur Toilette des Hasen. Das Streu stank und sah sehr zerwühlt aus, als ob er nicht der Erste war, der hier suchte.

»Na, tolle Idee«, fluchte er.

Jan fahndete nach Handschuhen im Unterschrank des Waschbeckens, aber fand keine. Nach einigem Zögern hielt er sich mit einer Hand die Nase zu. Er kniete sich hin, packte mit der anderen nackten Hand in das alte Streu und wühlte darin herum. Nichts. Doch dann bemerkte er die hochstehende Ecke eines Pappkartons. Die Schale war unter dem Streu noch einmal ausgelegt worden. Die halb durchgeweichte Pappe ließ sich anheben. Darunter zog Jan einen kleinen zugebundenen Plastikbeutel hervor. Kemal hatte recht. Es war das Handy.

Sprachlos hielt er das sorgsam verpackte Beweisstück vor sich hin und überlegte. Darauf sollte sich also ein Foto seines toten Vaters befinden. Was für eine Drecksau musste man sein, davon auch noch Fotos zu schießen? Doch solange er es nicht mit eigenen Augen gesehen hatte, konnte er nur glauben, was Kemal ihm erzählte. Aber warum sollten Kemal und Anna lügen? Wahrscheinlich würde er das Smartphone nicht zum Laufen bekommen, da ihm das Passwort fehlte. Kein Grund also, es aus der Verpackung herauszuholen. Jan traf eine Entscheidung. Das Beweisstück musste zur Polizei. Das Vernünftigste war, hier auf Kemal zu warten und gemeinsam mit ihm die nächste Wache aufzusuchen. Dieser Entschluss war nicht leicht für ihn, denn mit Polizei verband Jan keine guten Erfahrungen. Daran allerdings, war er jedes Mal selbst schuld gewesen.

Er wusch den Beutel unter fließendem Wasser ab und achtete darauf, dass nichts eindrang. Mit viel Seife und einer Nagelbürste schrubbte er seine Finger, bis er meinte, auch nicht das Geringste mehr von der Hasenpisse riechen zu können. Als er sich abtrocknen wollte, hörte er ein seltsam klickendes Geräusch hinter sich. Es war schon länger her, doch dieses Klicken kannte er. Auch das Gefühl des harten Gegenstandes in seinem Rücken war ihm bekannt. Es war der Lauf einer Pistole. Sofort ging sein Blick in Richtung des Handys, das er zum Trocknen in ein Gästehandtuch eingeschlagen hatte. Während er sich langsam umdrehte, griff er vorsichtig danach.

»Ich darf doch noch meine Hände abtrocknen, oder?«

Wolff stand vor ihm und setzte jetzt die Pistole auf Jans Brust. Jan überlegte, warum er nicht sofort schoss. Vielleicht war sich Wolff nicht sicher, was Jan hier suchte. Und er war immer noch des Padres Liebling. Das konnte ihn vorerst abhalten, ihm unbedacht eine Kugel ins Herz zu jagen.

»Was suchst du Penner hier?« Wolff schien nicht amüsiert, ihn hier anzutreffen.

Jan sah ihm von oben herab in die Augen. Das war also der Mörder seines Vaters. Ein schmierig schleimiger Großkotz, der sich als Herrscher über Leben und Tod aufspielte. Die Tatsache, dass er hier mit einer Waffe in der Hand vor ihm stand, bewies Jan schon seine Schuld. Es gab keinen Zweifel.

»Was machst du hier mit der Waffe?«, fragte er zurück.

»Wir werden jetzt nicht wie im Kindergarten Fragen mit Fragen beantworten. Ich habe die Waffe und du antwortest – und immer nur dann, wenn ich es dir sage, verstanden?«

Jan antwortete nicht. Mit seiner Hand umschloss er noch immer das Handtuch mit dem Handy darin. Er wandte Wolff den Rücken zu und tat so, als trockne er die Hände ab. Dabei ließ er den Beutel in seinem locker sitzenden Hosenbund verschwinden. Das Plastik knisterte leise. Jan kniff die Augen zusammen, vor Angst, dass Wolff es hörte.

»Das reicht jetzt. Raus hier. Du gehst vor.«

Jan schob sich an seinem Feind vorbei und ging ein paar Schritte voraus in die Diele.

»Weiter!«, befahl Wolff.

DER KAMPF

Während Jan Schritt für Schritt mit dem Lauf einer Pistole im Rücken durch Annas Wohnung geschoben wurde, sah er plötzlich Dinge, die er vorher gar nicht wahrgenommen hatte. Blutstropfen auf den Fliesen der Diele und eine zersplitterte Zimmertür. Ein dünnes Büschel halblanger blonder Haare klebte an der zweiten Stufe der Holztreppe, die nach oben führte. Genau dahin schickte Wolff ihn hinauf. Jan stoppte. Ein Entkommen von der ersten Etage bis zur Haustür würde deutlich schwieriger werden. Doch Wolff versetzte ihm einen Schlag mit der Waffe gegen den Hinterkopf. Jan stürzte gegen die Treppe und konnte sich gerade noch am Geländer festhalten, um nicht auf die Stufen zu knallen. Er rieb sich seinen Haarschopf und fand Blut an seinen Fingern. Der Mistkerl hatte ihm eine Platzwunde verpasst.

»Wie hast du es denn geschafft, bis an meinen Hinterkopf zu gelangen?«, provozierte er Wolff mit einem sarkastischen Grinsen.

»Maul halten!« Wolff hasste Jan immer mehr. Der Hinweis auf ihren Größenunterschied feuerte ihn bloß an.

Widerwillig nahm Jan die Treppe, immer in Gedanken an die Möglichkeit einer Flucht. Oben musste er eine Tür mit eingelassenem, satiniertem Glas aufschließen. Schon vor dem Öffnen sah er durch die milchige Scheibe die Silhouette einer menschlichen Gestalt auf einem Stuhl sitzen. Als er das Zimmer betrat, stockte ihm der Atem. Auf dem Drehstuhl ihres eigenen Büros hing Anna, nur mit einer aufgerissenen Bluse bekleidet, schlapp und wehrlos in den Fängen einer grünen Wäscheleine, mit der man sie umschlungen hatte. Ihr Kopf lag auf der Brust, als ob sie im Schlaf eingesunken war. Um sie herum, auf dem Laminat, prangten Blutspritzer und Jan bezweifelte, dass sie von Wolff stammten. Die Wunden an den Händen und Knöcheln zeugten von einer langen Zeit in ihren Fesseln. Ihre Finger waren durch die abschnürende Wirkung der Leine bläulich angelaufen. An ihren Beinen war Blut hinuntergelaufen.

»Anna!« Jan flüsterte es fast.

Er lief auf sie zu und kniete sich vor sie hin. »Anna!«

Jan nahm ihren Kopf zwischen seine Hände und erschrak. Hämatome schwemmten ihr Gesicht auf. Rotbraune Krusten bedeckten Augenbrauen, Lippen und Wangenknochen. Ihr Haar klebte vom Blut. Wolff hatte ihr mindestens den Kiefer gebrochen. Aber Anna lebte. Sie rührte sich, als sie Jans warme Hände spürte, die erste Berührung seit zwei Tagen ohne Schmerz. Durch einen Schlitz ihrer zugequollenen Augen sah sie ihn an und Jan erkannte gleich die Dankbarkeit in ihrem Blick, ihn zu sehen. Jan durfte sie jetzt nicht im Stich lassen. Eine solche Enttäuschung durfte sie nicht mitmachen. Er musste helfen. Nur fragte er sich, wie.

»Was für ein Trauerspiel. Ihr beide seid ein Traumpaar.« Wolff verzog seine Lippen zu einer angewiderten Miene.

Jan stand auf und baute sich schützend vor Anna auf.

»Was willst du eigentlich?«

»Das Smartphone, das du Depp hier gesucht hast. Wo ist es? Aus der Schlampe bekommt man nichts raus.«

Nur deshalb hatte Wolff ihn also noch nicht abgeknallt.

»Und wenn ich es wüsste? Warum sollte ich es dir verraten?«

Wolff trat Jan mit dem Schuh gegen das Knie, sodass er zur Seite wankte. Dann zielte er mit ausgestrecktem Arm auf Anna.

»Sag es, sonst knall ich sie ab.«

Jans Gedanken überschlugen sich. Er sah die Mündung der Waffe auf Anna gerichtet. Jan musste jetzt handeln, aber ihm fehlte die rettende Idee. Wolff hob seinen Arm noch etwas an.

»Schon gut … ich weiß, wo es ist. Aber ich sage es erst, wenn Anna frei ist.«

»So läuft das nicht. Du wirst es mir holen.«

Jan zögerte.

»Wo ist es?«, schrie Wolff. Man spürte die vor dem Platzen stehende Anspannung in dem Mann.

Jan musste Zeit gewinnen. Zeit, um seine Handlung zu überdenken, und um Wolff mit ihm zusammen aus dem Zimmer zu locken.

»Im Streu des Hasen.«

»Du lügst, im Streu habe ich gesucht.« Aus Wolffs Mund spritzte Speichel. Seine Stimme hatte alles Menschliche verloren.

»Es gibt einen doppelten Boden in der Schale. Darunter liegt es.«

Als Anna hörte, dass Jan das Versteck des Handys verriet, brach sie innerlich zusammen. Das war ihre einzige Hoffnung gewesen. Nur deshalb lebte sie noch. Er würde sie beide töten. In dem Moment, da er das Handy in der Hand hielt. Sie hob ihren Kopf und sah Jans Rücken vor sich. Torberg wusste anscheinend nicht, was er tat. Doch sie konnte nichts sagen. Ihr Körper war zu schwach.

Wolff trieb Jan vor sich her, die Treppe hinunter. Jan war klar, dass er ihn abknallen würde, sobald er das Handy hatte. Und das steckte nach wie vor in seiner Hose. Hätte er mehr Vorbereitungszeit gehabt, hätte er ein Fakehandy im Streu versteckt. Aber so war er gezwungen, schon bald zum Angriff überzugehen. Ein gefährliches Unterfangen. Allein die Waffe sorgte für Ungleichheit in einem bevorstehenden Kampf. Wenn es ihm gelänge, sie wegzukicken, hätte er eine reale Chance.

Inzwischen standen sie im Bad vor dem Hasenklo.

»Los, hol es raus«, befahl Wolff.

Jan hob die Hände leicht in die Höhe, um zu zeigen, dass er sonst nichts bei sich trug.

»Das musst du schon selber machen«, sagte er. »Ich wühl da nicht herum.«

»Verscheißere mich nicht!«

Wolffs Nerven lagen in Fetzen. Ihm war klar, dass Torberg sich nicht für ihn die Finger schmutzig machte. Doch er brauchte das Handy. Er musste nur prüfen, ob es seins war. Dann würde er ihm endlich eine Salve in sein arrogantes Maul schießen und anschließend Anna den Rest geben. Die Leichen würde er schon irgendwie los. Er streckte die Knarre in Jans Richtung und bückte sich, ohne ihn aus den Augen zu lassen.

»Mach ja nichts Dummes«, warnte er. Dann tastete er mit der anderen Hand den Boden ab.

Jans Herz schlug Kapriolen. Er wartete mit erhobenen Händen genau auf den Moment, dass Wolff den Pappboden anhob und hoffentlich für den Bruchteil einer Sekunde die Augen von ihm nahm.

Plötzlich hörte man Schritte und eine Stimme aus der Diele.

»Hallo? Torberg? Sind Sie das?«

Sowohl Jan als auch Wolff rissen die Köpfe in Richtung der Stimme. Kemal tauchte mit verwundertem Blick aus dem Dunkel vor dem Bad auf. Die kleinen Glassplitter auf seiner Hose zeugten davon, dass er Jans Weg durch das Fenster genommen hatte. Beide starrten ihn an und Kemal starrte zurück, entsetzt über die Pistole, deren Mündung auf Torberg zielte.

Dann reagierte Jan. Er nutzte das Überraschungsmoment, das Kemals Erscheinen auslöste, zog sein Knie an die Brust und trat mit einem Sidekick zu. Die Pistole flog aus Wolffs Hand gegen den Rand der Badewanne. Wolff schrie auf und versuchte, aufzuspringen, doch Jan lag schon auf ihm. Beide kämpften darum, als Erster an die Waffe zu kommen.

»Oben … Anna!«, presste Jan heraus und er hoffte, dass Kemal ihn verstehen konnte.

Da Jan größer war, reichte sein Arm weiter an die Pistole heran und es sah so aus, als ob Wolff schnell unterlag. Aber dann spürte Jan plötzlich einen stechenden Schmerz in der Seite. Ihm wurde heiß. Der Kerl hatte ein Messer. Aus Jahren Erfahrung im Straßenkampf wusste Jan, dass ein Kampf mit bloßer Hand gegen ein Messer ohne massive Verletzung nahezu aussichtslos war. Vielleicht hatte Wolff auch schon ein wichtiges Organ seines Körpers getroffen. Er umschlang Wolffs Hand und versuchte, ein weiteres Einstechen auf ihn zu verhindern, bevor ihn die Schwäche aus der Verletzung ereilen würde. Unterdessen lag er unten. Eine denkbar schlechte Position. Der Kampf schien ihm zu entgleiten. Als letztes verzweifeltes Mittel fiel ihm nur ein, mit aller Kraft in die Hand seines Feindes zu beißen. Blut verteilte sich in Jans Mund und er hatte das Gefühl, eine Sehne zwischen seinen Zähnen zu zerreißen. Er biss, was das Zeug hielt. Bald schaffte Wolff es nicht mehr, das Messer festzuhalten. Es fiel zwischen ihnen auf die Fliesen des kleinen Bads, in dem sie sich inmitten des verteilten Hasenstreus herumwälzten.

Anna hörte Schreie und Gepolter von unten. Sie konnte nichts weiter tun, als hoffen und beten. Wenn Wolff gewinnen würde, wären das ihre letzten Minuten. Nach einem Augenblick unheimlicher Stille ging das Kampfgeschehen unten weiter. Sie vernahm Schritte auf der Treppe zum Obergeschoss.

Bitte nicht Alonso, dachte sie.

In der Tür tauchte ein junger Mann auf, dem sie am liebsten um den Hals gefallen wäre.

Kemal musste den Schock erst einmal verwinden, bevor er mit flatternden Fingern den Notruf der Polizei wählte. Dann suchte er nach einer Schere, um Anna loszuschneiden. Vor Aufregung riss er die ganze Schublade des Schreibtischs heraus. Er wusste, es musste schnell gehen. Unten kämpften Torberg und Wolff auf Leben und Tod. Sollte der Falsche gewinnen, war es auch um Kemal und Anna geschehen. Mit Gewalt und Schweiß auf der Stirn kniff er die Wäscheleine, die Anna knebelte, an mehreren Stellen durch. Er fing Anna auf. Sie fiel ihm wie ein lebloser Körper in die Arme. Dass sie nur eine Bluse trug und sonst nichts, beschämte ihn. Auch sah er die Prellungen und Blutspuren auf ihren Oberschenkeln und wusste, was Wolff ihr angetan hatte. Er legte sie ab und zog sein Jackett aus. Damit ummantelte er ihren geschundenen Körper.

Kemal horchte nach unten. Noch immer hörte man das Stöhnen und Poltern eines Kampfes. Das ersehnte Blaulicht erklang noch immer nicht. Seine Angst, dass Wolff Torberg töten könnte, wuchs mit jeder Sekunde. Er sah sich um und suchte nach etwas, das er als Waffe benutzen könnte.

Wolff gelang es, Jans Kopf gegen die Säule des Waschbeckens zu schlagen. Benommen kämpfte Jan weiter. Auch er schaffte es mit einem Griff in Wolffs Haar, dessen Kopf auf den Boden zu knallen. Blut machte ihre Gesichter glitschig. Jans Hand rutschte immer wieder ab. Er merkte, dass ihm die Kräfte schwanden. All das Blut, wahrscheinlich war es von seiner eigenen Wunde durch das Messer. Es ging ums Ganze. Jetzt durfte er nicht nachlassen. Der Mistkerl versuchte erbittert, ihn umzubringen. Jan nahm mit brachialer Anstrengung die letzten Kräfte zusammen, packte Wolff am Hals und drückte zu. Wolff wehrte sich. Er röchelte, doch Jan ließ nicht locker. Mit zappelnden Händen versuchte Wolff, Jan von sich zu schlagen, doch bald ließen sie nach. Seine Augen traten heraus. Jan würgte weiter. Noch nie hatte er jemandem so lange den Hals zugedrückt. Immer hatte er losgelassen, wenn seinem Gegner die Kräfte schwanden. Doch diesmal ließ er nicht los, sich bewusst, was er tat. Er drückte zu wie ein Besessener, bis er ganz sicher war, dass alles Leben aus Wolff herausgewürgt war und aus seinem blauen Gesicht die Zunge herausquoll. Selbst dann war es Jan noch nicht genug. Er quetschte den Hals weiter und weiter.

»Torberg, es reicht.«

Eine Stimme von hinten ließ ihn zu sich kommen. Über sich selbst erschrocken nahm er langsam die Hände von seinem erschlafften Gegner. Jetzt merkte er, dass er auf Wolffs Brustkorb kniete. Er stemmte sich hoch und drehte sich um.

Kemal stand zitternd in der Tür. In der Hand hielt er einen Brieföffner, bereit, sich dem Gemetzel anzuschließen. Doch der Kampf war vorbei.

»Ich glaube, toter bekommen Sie ihn nicht«, sprach er zu Jan.

Der nickte. Ein ironisches Lächeln legte sich auf seine Lippen.

»Nein, toter geht es nicht.« Das Lächeln verließ ihn. »Der Mistkerl.«

Dann verließ ihn jede Kraft und er sackte zu Boden. Er schleppte sich zum Türrahmen und lehnte sich mit angezogenen Knien an.

Kemal warf den Brieföffner zu Boden und hockte sich neben Jan.

»Wo ist Wolffs Smartphone?«, fragte er.

»Ach ja, ich denke, ich habe einen Trumpf im Ärmel – oder besser gesagt – in der Hose.«

Jan wühlte zu Kemals Verwunderung in seiner Hose, bis er den Beutel mit dem Handy, der inzwischen tief in seine Unterhose gerutscht war, herauszog.

Kemal entwischte ein erleichtertes Lachen, das fast in einer Art Heulen ausartete. Jan sah ihn an und heulte mit.

TEIL 9

BELASTUNG

Der Kriminalbeamte mit den roten Haaren bot Jan einen Kaffee in einem patinaverfärbten Steingut-Pott an. Seine Sitzhaltung und sein Bauch zeugten von einer unendlichen Anzahl an Monaten und Jahren, die er gekrümmt über Akten verbracht hatte. Werner Albrecht hatte schon einige aufsehenerregende Fälle bearbeitet, aber dieser schien in seiner Brisanz alle anderen zu überbieten. Ein Guru einer angeblich christlichen Sekte, die in vielen ihrer Geschäftsbereiche staatliche Unterstützung in Anspruch nahm, sollte nicht nur der Korruption und menschenverachtenden Ausbeutung, sondern sogar der Anstiftung zum sechsfachen Mord beschuldigt werden. Und vor ihm saß ein Mann, der mit eigenen Händen den angeblichen Auftragskiller erwürgt hatte. Die Ermittlungen dazu liefen seit einer Woche.

Jan lehnte den Kaffee ab. Der Verband unter seinem Pullover kratzte und die Nähte der, zum Glück nicht so tiefen, Messerwunde juckten. Er konnte sich noch immer nicht vorstellen, etwas anderes als Tee zu trinken. Die Zeit in der Familie hatte ihn nicht nur in dieser Hinsicht entscheidend geprägt. Es war sehr viel mehr hängen geblieben, als Phrasen aus der LEHRE, die ihm alle kritischen Gedanken aus dem Gehirn gepresst hatten. Noch immer meditierte er jeden Tag. Allerdings mündete die Meditation nicht mehr in der Preisung der *Kirche des Lichts* und des Padre, sondern da, wo Meditationen enden sollten – im Nichts, im Fallenlassen aller Urteile und Vorurteile. Manchmal redete er auch mit Gott, aber er erwartete keine Antworten. Jan wohnte in Annas

Haus, solange sie im Krankenhaus um ihr Leben kämpfte. Von seinem Vermögen, das er der Kirche unfreiwillig überschrieben hatte, sah er bisher keinen Cent und damit war vorerst auch nicht zu rechnen. Er fing wieder mit Nichts an, so wie er vor seinem Erbe nichts gehabt hatte. Vielleicht war es ihm sogar lieber so, denn das war etwas Vertrautes.

»Konnten Sie die Fotos aus dem Smartphone auslesen?«, fragte Jan.

»Ja, die Kollegen haben das Handy ausgewertet. Erschreckend, was da zutage kam. Andrej Wolff wird damit schwer belastet. Nur schade, dass man ihn nicht mehr vernehmen kann.«

»Wenn es möglich wäre, ihn zu vernehmen, säße ich heute nicht mehr hier.«

»Ich glaube Ihnen das. Und Herr Akdas bezeugt das auch. Am Ende entscheidet aber der Richter darüber, ob es Notwehr war. Es wäre alles etwas einfacher für Sie, wenn Sie nicht wegen mehrfacher Körperverletzung vorbestraft wären.«

»Wie gesagt, Anna Schuster kann es auch bezeugen.«

»Sie liegt nun leider im Koma. Und wenn, dann könnte sie höchstenfalls Wolff als ihren Peiniger benennen, nicht die Umstände seines Todes. Aber Ihre Chancen stehen gut, wenn Sie mich fragen, Herr Torberg. Besonders, wenn die Exhumierung Ihres Vaters Ihre Anschuldigungen beweist.«

»Sie hat gesehen, dass er mich mit einer Waffe bedrohte … was ist mit dem Padre?«

»Sie meinen Jorge Alonso? Der wäscht seine Hände in Unschuld. Alles, was passierte, war allein Wolffs Schuld.«

»Frau Schuster wird ihn belasten. So einfach kommt er nicht davon.«

»Er hat gute Anwälte.«

»Kann ich davon ausgehen, dass Frau Schuster im Krankenhaus beschützt wird?«

»Ein Beamter wurde nicht extra für sie abgestellt.«

»Das sollten Sie aber. Sie ist in großer Gefahr. Alonso wird verhindern wollen, dass sie aussagt. Möglicherweise auch andere, die in Korruptionsgeschäfte verwickelt sind.«

Albrecht wurde nachdenklich. »Vielleicht haben Sie recht. Wenn alles so ist, wie Sie und Herr Akdas das schildern, handelt es sich um nichts anderes als eine Art Mafia. Das wäre allerdings ein handfester Skandal. Ich werde sehen, was ich tun kann. Das A und O ist die Aussage von Frau Schuster. Halten Sie sich weiterhin bereit, damit wir Sie erreichen können.«

Albrecht sah Jan Torberg nachdenklich hinterher. Es war eine brenzlige Situation für den jungen Mann. Seinen Angreifer bis zum Tod zu würgen, war in ihrer Dramatik eine schwer zu rechtfertigende Form von Notwehr. Wenn dieser Anwalt Akdas mit einwandfreiem Leumund nicht wäre, der zu Torbergs Gunsten aussagte, stünde ja nicht einmal fest, ob er nicht sogar mit Wolff unter einer Decke steckte. Anna Schuster musste aussagen. Albrecht griff zum Telefon. Er wollte versuchen, für sie einen Personenschutz im Krankenhaus zu beantragen.

Jan verließ das Revier mit gemischten Gefühlen. Der Kriminalbeamte schien ihm zu vertrauen, aber was war mit dem Gericht? Was, wenn der Richter von Alonso bestochen würde? Dann würde er für die nächsten Jahrzehnte unschuldig im Gefängnis landen.

Als er die Tür nach draußen öffnete und sich an ein paar Männern in Anzügen vorbeidrängte, stand er auf der Treppe zum Kommissariat unvermittelt Alonso gegenüber. Der Padre wurde von drei Reportern belagert, die ihm ihre Mikrofone hinhielten und Fragen stellten, aber von den Männern um ihn herum kommentarlos zurückgedrängt wurden. Alonso stockte, als er ihn sah. Jan auch. Sie starrten sich gegenseitig an.

Jan spürte augenblicklich einen Krampf im Magen. Schweiß trieb aus feinen Poren seiner Stirn. Es machte ihn wütend, dass der Padre immer noch Macht über seine Gefühle ausübte. Er konnte doch nicht sein ganzes Leben lang Angst und Schuld diesem Scheinheiligen gegenüber empfinden. Jan überlegte, was er getan hätte, bevor er sich in David, den gehorsamen Diener Gottes gewandelt hatte?

Da fiel es ihm wieder ein. Er verzog spöttisch seinen Mund zu einem extrabreiten Grinsen. Das konnte er gut.

»Na, Sie Quacksalber – heute schon einen Richter bestochen? Wie viel Geld haben Sie sich von Ihren Anhängern für Ihre kostspielige Hacienda schenken lassen? Oder für Ihre edelsteinbesetzte Breguet-Uhr?«

Jan sprach extra laut, damit die Journalisten es hören und notieren konnten.

In Alonsos Gesicht breitete sich eine ungesunde Röte aus, die Jan erfreute.

»Wasser predigen und Wein trinken, nicht wahr? Was nehmen Sie eigentlich von den krebskranken Menschen, denen Sie völlig sinnlos die Hand auflegen?«

Alonso platzte der Kragen. »Das reicht! Geh zur Seite, du Judas!«

Er ging zwei Schritte vor, doch Jan verstellte ihm den Weg. »Sechs Morde – in Ihrem Auftrag! Was sagen Sie eigentlich dazu?«

Die Journalisten im Hintergrund filmten und notierten gierig.

Im Brustkorb des Padre staute sich vor Wut die Luft an. Sein Mund und seine Augen sprachen von Hass. Jan beschloss, ihn endgültig zur Weißglut zu bringen.

»Tja, der Kampf fängt erst an, du Wichser.«

Er unterstrich seine Worte mit einer eindeutigen Handbewegung.

Alonso atmete schwer. Jeder seiner Atemzüge verriet, dass er sich nur mühsam beherrschen konnte. Plötzlich packte er Jan, hob ihn in die Luft und schleuderte ihn nach vorn gegen die Tür des Reviers. Ein solcher Angriff kam für Jan dann doch unerwartet. Bevor Jan selber aufstehen konnte, zerrte Alonso ihn mit festem Griff hoch. Zwei seiner Anwälte versuchten, ihn verzweifelt von weiteren Aggressionen abzuhalten. Sie blickten sich bestürzt um. Die Bilder in Zeitungen und sozialen Medien würden katastrophal aussehen.

Als aus dem Revier Polizisten kamen und die Anwälte ihn anflehten, von Jan abzulassen, riss Alonso sich endlich zusammen. Er stellte Jan wieder auf seine Füße. Dann zog er sich sein Jackett zurecht, wischte mit einem Taschentuch Hände und Stirn trocken und begann, sein aus dem Zopf geratenes Haar zu ordnen. Mit einem Arm stieß er Jan ein letztes Mal zur Seite und betrat das Kommissariat, ohne sich umzublicken.

Ein triumphierendes Lächeln legte sich auf Jans Lippen. Sein Plan war aufgegangen. Die drei Journalisten umringten ihn. Mikrofone drängten sich ihm auf.

»Was soll ich sagen? Ich war für Wochen Teil dieser Sekte. Hier geht es nicht nur um Ausbeutung und Korruption, hier geht es um den Tod von Menschen – um skrupellose Morde. Einer davon war mein Vater.«

Jan gefiel sich in der Pose des Anklägers. Er grinste, blass von Alonsos Schlägen, in die Kameras. Diese Aufnahmen aus all den Kanälen des Netzes herauszumahnen, bevor sein Ruf deutlichen Schaden nahm, durfte dem Padre schwerfallen. Jan den Mund zu verbieten, war jedenfalls ein Ding der Unmöglichkeit. Keine noch so dringliche Abmahnung oder Drohung konnte ihn von nun an davon abhalten, die Sache beim Namen zu nennen. Während er ein Interview nach dem anderen gab, sah er jemanden, der von der anderen

Straßenseite aus das Geschehen beobachtete. Ohne das gerade geführte Interview zu Ende zu bringen, ging er auf Kemal zu.

Kemal musste lachen, als er Torbergs breitmäuliges Grinsen betrachtete, das sich ihm übermütig näherte. So musste das sein. Das war der Torberg, den er kannte. Wie gute Freunde umarmten sie sich und Kemal störte sich nicht einmal an der erneut ungewaschenen Hose seines ehemaligen Chefs. Dann aber drückte er ihn von sich.

»Sie haben die Presse aufgescheucht?«

»Ich dachte, es könnte nicht schaden.«

»Sie werden mit einer Unterlassungsklage rechnen müssen.«

»Das können die gern machen. Bei mir ist eh nichts mehr zu holen.«

»Darum kümmern wir uns als Nächstes. Der Vertrag, den Sie unterzeichnet und einkuvertiert im Hotelzimmer liegen gelassen haben, trägt ein Datum von vor der Spende Ihres Vermögens. Somit war die Spende ungültig, denn Sie konnten nicht spenden, was Ihnen gar nicht mehr gehörte. Ich kenne einen sehr guten Anwalt, der ausgesprochen interessiert an unserem Fall ist.«

»Danke, Kemal. Ich hätte gern Sie als meinen Anwalt beauftragt.«

»Ich bin ja Zeuge vor Gericht. Wir stehen das gemeinsam durch.«

»Wichtiger als mein Vermögen ist jetzt, dass wir Anna nicht allein lassen. Wir müssen sie bewachen, bevor Alonso sie im Krankenhaus ausschalten lässt.«

»Wie stellen wir das an?«

EIN ATTENTAT

In Annas Hals steckte ein Schlauch und in ihrer Armbeuge lag eine Infusion. Es roch aufdringlich nach Desinfektionsmittel. Im Gegensatz zu ihrem stillen Daliegen surrten, piepsten und zischten all die Apparate mit den Schläuchen und Kabeln, die sie umgaben. An der Seite des Bettes hing ein halb gefüllter Urinbeutel.

Jan betrachtete ihr blau unterlaufenes Gesicht und den angeschwollenen Kiefer. Man hatte ihr Gesicht gesäubert und alles Blut aus ihren Haaren gewaschen. Nähte auf ihrer Haut verliefen mit den Linien ihrer Mimik. Sie lag im künstlichen Koma. Er dachte darüber nach, wie sehr er sie enttäuscht haben musste, als sie den Anhänger mit der strahlenden Sonne an seinem Hals entdeckt hatte. Jetzt schämte er sich dafür. Diese Frau hatte die Hölle durchlebt. Während Anna sich mit Mut und Stärke von der Sekte löste, ließ er sich von dem Padre die Hand auflegen. Sie durfte nicht sterben. Das hatte sie nicht verdient. Das hatte Alonso nicht verdient. Anna musste aussagen, sonst wäre ihr Kampf umsonst gewesen. Sie war die Einzige, die Alonso wirklich belasten konnte.

Jan nahm sich den weißen Plastikstuhl, der abseits an der Wand stand und zog ihn an Annas Krankenbett heran. Dort sitzend und neben ihr wachend, dachte er über sein Leben nach. Er war immer ein Suchender gewesen. Für kurze Zeit hatte die *Kirche des Lichts* seine Leere gefüllt. Jetzt war sie wieder da und er sah nichts, was sie nach dem noch bevorstehenden Kampf gegen Alonso und seine Machenschaften so schnell wieder füllen konnte.

Eine Pflegerin betrat das Zimmer und prüfte die Infusion.

»Es ist schon sehr spät. Oder wollen Sie über Nacht hier bleiben?«

Jan musterte sie misstrauisch. Wieso wollte sie das wissen?

»Ich bleibe, solange es nötig ist.«

Sein schroffer Tonfall brüskierte die junge Frau.

»Ich meine ja nur! Die Aufwachphase beginnt vermutlich erst in zwei Tagen. Möchten Sie sich vielleicht einen Kaffee holen?«

»Ich bleibe hier sitzen, bis ich abgelöst werde.«

In der Enge des Zimmers streifte die Pflegerin mehrfach fluchend seine Beine, um an alle Geräte und Monitore zu gelangen.

Er kontrollierte die Uhr. Die heutige Nachtwache an Annas Bett ging an ihn. Morgen früh wollte Kemal kommen, um ihn abzulösen. Solange kein Beamter Anna schützte, mussten sie beide das erledigen, da waren sie sich einig. Keinen Moment sollte sie allein sein. Ein Kaffee zum Wachhalten würde ihm die Aufsicht tatsächlich erleichtern.

»Sie können mir nicht vielleicht einen Kaffee bringen?«

Die junge Frau bedachte ihn mit einem abwertenden Lacher.

»Dann eben nicht«, maulte Jan.

Sie ging und er meinte, ihre Finger hätten das Pendant zum F-Wort geformt.

Jan rieb sich im Sitzen die Oberschenkel. Die Nacht würde lang, seine Geduld aber nur gering sein. Er brauchte nicht nur Kaffee, sondern auch Bewegung. Die altbekannte Unruhe pflanzte sich langsam wieder in seinen Leib. Im Familienzentrum war er froh um jede Minute der Ruhe gewesen. Jetzt quälte ihn die Ruhe wieder.

Während er aufstand, streckte er seinen Rücken durch und reckte die Arme weit nach oben. Er öffnete die Tür des Zimmers und betrat den Gang der Station. Eine Schwester eröffnete ihm, dass es Kaffee für Besucher nur außerhalb der Station gab und jetzt, in der Nacht, am ehesten am Automaten im Erdgeschoss. Jan überlegte eine Weile. Dann ging er noch einmal zurück und warf einen prüfenden Blick auf Anna, bevor er sich auf den Weg nach unten machte. Jenseits der Station atmete er tief durch. Er nahm die Treppe, um seinen rastlosen Beinen etwas Bewegung zu verschaffen. Das Treppenhaus war gut durchlüftet. Fast wehte so etwas wie Wind um seine Nase. Auch dieser Geruch, der ihm vorkam wie ein Gemenge aus Desinfektionsmitteln und Körperflüssigkeiten, verschwand hinter den Türen der Stationen. Jan wollte sich beeilen, um Anna nicht unnötig allein zu lassen. Doch vor dem Automaten bemerkte er, dass er kein Kleingeld bei sich trug. Verärgert trat er gegen die Maschine, was der Pförtner missbilligend registrierte. Er rannte wieder hoch, wie früher, immer zwei Stufen auf einmal.

Es kam ihm gleich verdächtig vor, dass gerade dann jemand aus Annas Zimmer eilte, als er zurückkam. Jan sah der Person hinterher. Sie trug einen blauen Kittel und eine Haube, die wie ein Haarnetz auf ihrem Kopf saß. Als sie sich umblickte, erkannte er eine Gesichtsmaske.

Sofort vergewisserte er sich, ob es Anna gut ging. Sie lag genauso da, wie vorher. Jan betrachtete sie und setzte sich wieder auf den Stuhl neben das Bett. Falscher Alarm. Trotzdem war etwas anders, er wusste nur nicht, was. Der Schlauch in ihrem Hals lag, die Infusion lag – alles schien unverändert. Auf einmal fiel es ihm auf. Es surrte und zischte anders. Jan sprang auf. Der Schlauch an Annas Hals war durchschnitten. Kopflos fasste er sich mit beiden Händen ins Haar. Er war ein Idiot! Wie ein Irrer sprang er auf und stolperte vor die Tür.

»Hilfe! Hilfe!«

Das Team der Station reagierte zunächst hektisch. Sie versammelten sich in Annas Krankenzimmer und riefen sich gegenseitig etwas zu. Doch schnell schafften sie Ordnung in das Chaos. Eine junge Frau legte Anna ein Mundstück auf das frisch operierte Gesicht und eine andere drückte auf eine Art Ballon, um sie zu beatmen. Währenddessen kümmerten sich die anderen um die abgeschalteten Geräte.

Jan kniff die Augen zusammen. Er hatte es vergeigt. Nicht auszudenken, wenn er noch in Ruhe einen Kaffee getrunken hätte. Seine einzige selbst auferlegte Aufgabe war es, Anna genau davor zu beschützen, was nun geschehen war. Wütend auf sich selbst und den Attentäter hastete er auf den Flur. Die verdächtige Person war längst entkommen. Trotzdem rannte er ins Treppenhaus und sprang die Stufen nach unten bis zum Ausgang. Der Pförtner beäugte ihn, als wäre er der Attentäter.

Vor der Tür sah er sich um. Ein Rettungswagen parkte direkt vor dem Haus. Dahinter standen auf extra gekennzeichneten Plätzen eine Handvoll Taxen. Jan lief auf sie zu und sprach die Fahrer der Wagen an.

»Haben Sie jemanden gesehen, der sehr eilig aus dem Haus gelaufen ist?«

Die vor ihren Wagen stehenden Männer schüttelten verwundert die Köpfe.

»Sind Sie nicht dieser Torberg aus Hamburg?«, fragte ein Fahrer durch die heruntergelassene Scheibe seines Taxis.

Jan beugte sich zu dem Mann hinunter, um ihn anzusehen.

»Erinnern Sie sich an mich? Ich war Ihr Taxifahrer von Hamburg nach Düsseldorf zu dieser Kirche.«

»Ich erinnere mich vor allem an Ihre Geste mit dem Mittelfinger. Haben Sie den Mann gesehen?«

»Mein Kollege ist gerade mit jemandem los, der sehr eilig aussah.«

»Ein kleiner Mann, so an die 160 cm? Schwarze Schuhe?«

»Welche Schuhe der trug, weiß ich nicht. Aber 160 cm kommt hin. Ein Mann mit Halbglatze.«

»Fahren Sie!«, befahl Jan und öffnete die Beifahrertür auf.

»Gern … aber wohin?«

»Das sag ich Ihnen an … los. Und wenn Sie sehr schnell sind, zahle ich Ihnen das Doppelte an Trinkgeld, was die Fahrt kostet.«

Der Taxifahrer fuhr los und nahm die Richtung, die sein Gast ihm ansagte. Jan wusste, wen er suchte. Und wenn der dumm genug war, würde er den direkten Weg zur Zentrale der *Kirche des Lichts* nehmen. Er ließ den Fahrer Abkürzungen fahren.

Nach fünf Kreuzungen und vier Gelblichtsünden sahen sie das andere Taxi vorausfahren.

»Überholen Sie ihn und setzen Sie sich davor. Ich brauche den Mann, der in dem Wagen sitzt.«

Der Taxifahrer wunderte sich, aber für das versprochene Geld und weil es eine willkommene Abwechslung dazu war, alte Menschen mit Gehbehinderung durch die Rushhour zu gurken, gab er Gas und stellte den Wagen vor den seines Kollegen. Der stoppte und sah sie verständnislos an. Als sein eiliger Fahrgast auf dem Rücksitz Torberg auf sich zukommen sah, wollte er die entgegengesetzte Tür öffnen, um zu entkommen. Doch Jan war schneller. Mit einem Griff riss er die Tür auf und erwischte den Kerl an der Jacke. Der Mann trat gegen ihn und Jan zog den Kopf zurück, um wenigstens dieses Körperteil zu schützen. Doch seine Tritte retteten den Attentäter nicht. Jan zog ihn unter den Augen der beiden Taxifahrer aus dem Wagen, packte ihn am Hals und rammte ihn gegen das Fahrzeug. Als er das Gesicht erkannte, wusste er, dass er recht mit seiner Vermutung gehabt hatte.

»Carsten! Du scheinheiliges Schwein! Wer hat dich beauftragt?«

Der Familienälteste verzerrte vor Angst sein Gesicht unter Jans festem Griff.

»Ich krieg keine Luft!«, jammerte er.

»Hat der Padre dich beauftragt, Anna zu töten? Sprich!«

Jan drückte weiter zu.

»War es der Padre?«

»Vielleicht sollten Sie ihm Luft zum Antworten lassen«, warf sein Taxifahrer ein und tippte Jan vorsichtig von hinten auf die Schulter.

Kurz nachdenklich ließ Jan locker. Er sollte wirklich nicht noch jemanden erwürgen, der gegen den Padre aussagen könnte. Carsten röchelte und würgte.

»War es der Padre? Wenn du nicht sprichst, bring ich dich genauso um wie Wolff, ich schwöre es.«

Der Mann hustete heiser. »Ja, es war ein Auftrag.«

Jan schlang seine Hände wieder enger um Carstens Hals.

»Vom Padre?«

»Vom Padre, ja. Lass mich los, verdammt noch mal.«

Jan griff nach hinten, packte den Taxifahrer am Ärmel und zog ihn zu sich heran.

»Hast du das gehört?«

Erschrocken wehrte der Fahrer Jan ab. »Ja … aber, wer ist der Padre?«

Jan lachte sarkastisch auf. »Ein menschenverachtender Pharisäer.«

Mit Carsten im Schwitzkasten fuhren sie zum Kommissariat. Dort angekommen zog Jan Carsten von der Rückbank und zerrte ihn unter den verwunderten Augen der Polizisten bis ins Büro des rothaarigen Kommissars. Der Taxifahrer folgte ihm und freute sich jetzt schon darauf, davon seinen Kollegen vor dem Krankenhaus erzählen zu können.

Werner Albrecht staunte nicht schlecht über die hereingeplatzten Gäste.

Jan packte Carsten im Nacken und schüttelte ihn.

»Wiederhole, was du mir gesagt hast. Wer hat dich beauftragt?«

»Hey, hey, Herr Torberg. Was ist denn hier los? Lassen Sie den Mann in Ruhe.«

»Dieses Arschloch hat eben versucht, Anna Schuster zu töten. Und er hat etwas zu sagen: Fragen Sie, wer ihn beauftragt hat!«

»Haben Sie das wirklich getan? Wer hat Sie beauftragt?«

»Er hat die Sauerstoffversorgung der Beatmungsmaschine unterbrochen«, warf Jan aufgeregt ein.

Carsten sah seine Chance gekommen. In der Anwesenheit des Kommissars konnte Torberg ihn sicher nicht erwürgen, was er ihm auf der Rückbank des Taxis noch zugetraut hatte.

»Ich weiß nicht, wovon der spricht. Er ist ein gefährlicher Verrückter.«

Jan glaubte, nicht richtig zu hören. Das Schwein wollte sich rausreden.

»Ich habe gehört, was er eben ausgesagt hat«, mischte sich da der Taxifahrer ein. »Er sagte, der Padre hätte ihn beauftragt. Ich weiß aber nicht, wer dieser Padre ist.«

Dankbar sah Jan den Fahrer an. Wer hätte das gedacht. Er hätte ihm um den Hals fallen können.

»Ist das so?«, fragte Albrecht.

Carsten schwieg, mit ängstlichem Blick auf Jan.

Der Kommissar wies einen Mitarbeiter an, nach dem Geschehen im Krankenhaus nachzufragen.

»Und wenn es so war, dann schicken Sie die Spurensicherung dorthin. Und von dem Kerl hier nehmt ihr die Fingerabdrücke und DNA … und belehrt ihn über seine Rechte.«

Man führte Carsten ab.

»Ich hätte ihn lieber über meine Rechte belehrt«, sagte Jan mit einem Schmunzeln.

Albrecht zog seine Brauen streng zusammen, dann aber schmunzelte er kaum merklich mit.

»Ja, ich glaube, Sie hätten ihm auch gern Ihre Linke reingehauen.«

ERWACHEN

Anna durchlebte Bruchstücke ihrer Folter noch einmal. Sie sah das hassverzerrte Gesicht von Wolff, der sich über sie beugte, bevor er sie packte. Sie spürte den Schmerz ihrer Vergewaltigung, den Schmerz im Kiefer, als er zuschlägt, schmeckte das Blut, fühlte die ausgeschlagenen Zähne mit der Zunge. Anna erkannte, dass sie träumte, aber es gelang ihr nicht, aufzuwachen. Während sich ihr Geist im Elend aufbäumte, lag ihr Körper regungslos da. In Gedanken schrie sie verzweifelt nach Hilfe – doch niemand hörte sie. Die Angst, den Rest ihres Lebens diesen Zustand ertragen zu müssen, löste Panik in ihr aus. Annas Qualen wiederholten und wiederholten sich und schienen nie zu enden.

Dann kam diese Erstickungsqual. Sie rang nach Luft, aber ihr Brustkorb hob und senkte sich nicht. Da war das Piepen und Surren. Da waren Stimmen um sie herum, doch sie konnte niemanden sehen. Wussten sie, dass sie noch lebte? Anna hörte sich selbst leise röcheln, während sie innerlich brüllte. Ihre Arme fingen an, um sich zu schlagen.

»Frau Schuster? … Anna!«

Die Stimmen wurden lauter. Ihr eigenes Stöhnen schallte in ihrem Kopf. Sie brauchte Luft.

»Atmen, Anna … atmen.«

Anna atmete lang und gierig ein und gurgelnd aus. Endlich ließen sich die Lider öffnen. Grelles Licht drang und brannte in ihre Augen. Blinzelnd taxierte sie die Menschen um sich herum – Ärzte und Krankenpfleger. Dankbar ließ sie sich fallen und nahm alles hin, was sie mit ihr anstellten. Ihr Albtraum hatte ein Ende. Sie nestelten an ihrem Hals und fingerten an Geräten und Monitoren, die ihr Bett umgaben.

Irgendwo, zwischen den weißen und grünen Kitteln hindurch, entdeckte Anna ein bekanntes Gesicht. Kemal, ihr Beschützer in den letzten Stunden, an die sie sich erinnerte. Sie wollte ihn rufen, aber ihr fehlte jegliche Kraft. Als man sie endlich in Ruhe ließ, wollte sie schlafen, aber die Angst vor den Träumen ließ es nicht zu.

»Anna?«

Sie blickte im Liegen nach oben. Kemal stand neben ihr am Bett und sein besorgtes Gesicht rief jene letzten Stunden in ihrem Haus wach. Was war zuletzt geschehen? Wolff hatte Torberg mit der Waffe nach unten getrieben. Und dann? Sie erinnerte sich an beängstigende Kampfgeräusche, bevor Kemal sie von ihren Fesseln befreite, und an die Furcht vor dem Ausgang des Kampfes.

»Wolff?«, nuschelte sie unter Mühe.

»Er ist tot.«

»Tot?« Sie konnte es kaum glauben. »Wirklich tot?«

Kemal nickte.

Anna schloss die Lider. Sie wollte sagen, wie erleichtert sie über diese Nachricht war. Tot – weg für immer. Ihr schlimmster Feind konnte ihr nie mehr etwas antun. Er tat ihr nicht leid.

»Danke«, flüsterte sie.

»Danken Sie nicht mir, sondern Torberg«, flüsterte Kemal zurück.

Torberg – dieser Halunke, ihr Verräter und Retter zugleich. Sie überlegte, welches von beidem das andere überwog.

»Und Alonso?«, fragte sie.

Kemal verstand sie fast nicht. Durch die Verletzungen und die Klammerungen in ihrem Kiefer fiel ihr das Sprechen sehr schwer.

»Alonso hat natürlich von all dem nichts gewusst«, sagte er schließlich, als er meinte, das Richtige aus ihrem undeutlichen

Gemurmel herausgehört zu haben. »Werden Sie gegen ihn aussagen?«

Anna hob den Kopf ein paar Zentimeter an. Ihr Gesicht lief rot an.

»Aussagen? Was ich weiß, wird ihm das Genick brechen. Ich werde ihn vernichten. Und nicht nur ihn.«

Kemal lächelte. »Ich bewundere Ihre Stärke und Ihren Mut. Glauben Sie mir, ich werde Sie nicht allein lassen auf Ihrem Weg.«

Er nahm ihre kleine schmale Hand. »Ich möchte dich überhaupt nicht mehr allein lassen.«

DAS FÜLLEN DER LEERE

Torberg klopfte an die Tür zum Familienzentrum. Als es im Lautsprecher rauschte und man nach seinem Namen fragte, log er.

»Carsten.«

Es summte und die Tür öffnete sich. Die Jüngsten, die ihn hineinkommen sahen, blickten ihn erschrocken an. Jan wusste, was sie von ihm dachten. Es war ihm unangenehm. Er konnte ihnen wer weiß was vom Padre und Wolff oder Carsten erzählen, sie würden ihm kein Wort glauben. Ihn interessierte nur Lara. Lara wollte er die Wahrheit sagen, in der Gefahr, dass sie ihn hassen würde.

Lara stand auf den unteren Stufen der Treppe und sah ihn traurig und enttäuscht an. Sie merkte sofort, dass das nicht mehr der Jan war, den sie kennen und lieben gelernt hatte. Die Außenwelt hatte ihn ihr endgültig genommen, genau wie Kai damals.

»Komm nicht näher«, sagte sie. »Sie haben mir gesagt, dass du ein Verräter bist.«

»Das haben sie dir gesagt. Aber was glaubst du?«

»Warum sollten sie mich anlügen?«

»Weil sie es schon oft getan haben. Du hast mir von Kai erzählt. Weißt du, was mit ihm geschah?«

Sie schüttelte stumm den Kopf.

»Man hat ihn umgebracht.«

Ihre Augen füllten sich mit Tränen. »Woher willst du das wissen?«

»Wolff hat ihn umgebracht und der Padre hat es ihm befohlen.«

Vor Entsetzen hielt sie sich die Ohren zu und kniff die Augen zusammen. Das wollte sie nicht hören. Das durfte sie nicht hören. Jan war ein Judas. Er war nicht mehr David, den sie liebte, sondern ein Verräter, wie sie es ihr gesagt hatten.

»Lara.«

Trotz der Fingerbeeren in ihren Ohren hörte sie ihn dumpf hindurch.

»Lara!« Er nahm ihr die Hände vom Kopf und hielt sie fest. Sie rang mit ihm, aber er behielt sie eisern in seinem Griff. »Ich weiß, dass ich dich getäuscht habe. Aber ich bin nicht der Einzige. Alle hier haben dich getäuscht. Wolff, Carsten, Dr. Hermann, und der Padre. Carsten hat gestern versucht, Anna im Krankenhaus zu töten. Sie hatte keinen Unfall. Es wird eine Gerichtsverhandlung geben. Hier ...«

Er ließ sie los und kramte aus seiner Lederjacke ein paar Zeitungsausschnitte der letzten Tage heraus, die sich mit dem Padre und seiner Kirche befassten. Auch das Foto von ihm mit der göttlichen Faust am Kragen und Alonsos wutverzerrtes Gesicht war dabei.

»... lies das. Es sind nur einige Ausschnitte zu den Anklagepunkten gegen Alonso. Mehr verlange ich gar nicht von dir. Lies es und entscheide dann, ob du mir du glauben möchtest.«

Sie nahm die herausgerissenen Seiten an sich.

Jan gab ihr einen Kuss auf die Stirn. »Wenn du nicht weißt, womit du die Leere in deinem Kopf füllen sollst, dann ruf mich an.«

Er steckte ihr Carstens Handy zu, das sie, sich verstohlen umsehend, in die Taschen ihrer goldschimmernden Tunika steckte.

»Du wärst diejenige, die meine Leere füllen könnte. Ich werde dich vermissen.«

Dann ging er rückwärts, betrachtete sie noch eine Weile und ließ die Reismatten, die Porträts des Padre, die Freunde, und seine erste große Liebe endgültig hinter der Tür zurück.

Kemal wartete draußen auf ihn. Vor einem Taxi stehend vergrub er die Hände in den Taschen seines Mantels und trat von einem Fuß auf den anderen.

»Wie hat sie es verkraftet?«, fragte er Jan.

»Sie denkt darüber nach.«

»Ich hoffe, nicht zu lange. Der Padre wird mit allen Mitteln versuchen, wenigstens innerhalb der Gemeinde sein Gesicht zu wahren und alles als Intrige darstellen.«

Jan und er stiegen in das Taxi.

Die Zeitungsartikel und die Fotos darauf lagen auf dem Boden des von innen abgeschlossenen Vorratsraumes. Lara hockte darüber und nässte sie mit ihren Tränen ein. Jahre hatte sie dem Padre und seiner Kirche geschenkt. Wenn all das stimmte, dann lebte sie die größte Lüge ihres Lebens. Was blieb dann noch von ihrer Welt? Nichts. Leere. Ihr Daumen schwebte über der Taste des Handys.

Als Jans Smartphone klingelte und Jan ein Lächeln entlockte, staunte Kemal nicht schlecht.

»Wie war das noch? *Solcher digitaler Scheiß stiehlt Ihnen nur einen Teil Ihres Lebens.*«

Jan sah ihn abschätzend an.

»Hatten Sie nicht eigentlich gekündigt?«

»So schnell werden Sie mich nicht los, Torberg.«

»Na gut, dann stelle ich Sie wieder ein, aber vier Gehaltsstufen tiefer.«

»Sie sind ein Arschloch!«

»Ich weiß.«

Der Taxifahrer blickte in den Rückspiegel. Seine ungewöhnlichen Fahrgäste grinsten sich gegenseitig an.

– E N D E –

DER BERLINER SICHERHEITSMANN SIMON WÄCHTER WIRD VERDÄCHTIGT, DAS SCHLIMMSTE ATTENTAT DER DEUTSCHEN NACHKRIEGSGESCHICHTE BEGANGEN ZU HABEN –DEN MORD AN DEM AMTIERENDEN BUNDESKANZLER.

Gekonnt verbindet REVOLUTION AUTOMATON die Fragmente eines politischen Attentats, die Erschaffung künstlicher Intelligenzen und eines persönlichen Gedächtnisverlustes zu einem psychologischen Thriller mit hohem Realitätsfaktor.

LUZIFER
VERLAG